한국문학의 이념과 현장

이 도서의 국립중앙도서관 출판시 도서목록(CIP)은 e-CIP 홈페이지(http://www.nl.go.kr/cip.php)에
서 이용하실 수 있습니다. (CIP제어번호 : CIP2010003617)

한국문학의 이념과 현장

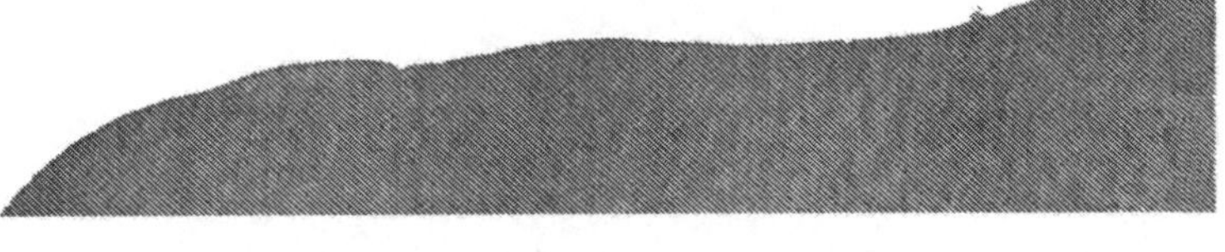

The Ideology and Field of Korean Literature

유경수 | 고영진 | 김정숙 | 김현정 | 김화선 | 남기택
박현이 | 서혜지 | 오연희 | 오홍진 | 홍웅기

푸른사상
PRUNSASANG

문학은 현실 사회에 어떤 역할을 할 수 있을까? 또한 비평은 문학에 어떤 영향을 끼칠 수 있을 것인가? 이러한 질문은 문학과 비평이 생겨난 이래로 우리가 계속 던지고 있는 것이나 지금까지도 명쾌한 답을 제시하지 못하는 문제이기도 하다. 이에 우리는 그 질문에 대한 답을 구하고자 여기 한 권의 책을 엮어서 세상에 내놓는다.

이 책은 전체 3부로 구성되어 있다. 1부에서는 '한국 근대문학과 이데올로기'의 관점에서 분석한 글들을 모았다. 우선 김정숙의 「민족담론에서 국가(반공)담론으로의 현실인식의 궤적」은 최정희의 시대성 짙은 해방기 소설과 6·25전쟁을 겪은 후 발표된 『綠色의 門』에 나타난 현실과 관련된 담론의 양상과 현실인식의 궤적을 살펴본 글이다. 김화선의 「일제말 전시기 식민 주체의 호명 방식」은 『방송소설명작선』을 중심으로 일본의 제국주의 이데올로기가 라디오 방송을 이용하여 어린이와 여성을 식민지 주체로 호명하는 양상을 살펴본 글이고, 김현정의 「근대계몽기 국문담론 양상과 언문일치」는 근대계몽기 국문과 관련된 논의들을 바탕으로 그 전개양상과 의미망, 그리고 언문일치를 펼치는 과정에서 나타난 문제점 등을 고구한 글이다. 남기택의 「근대문학사상의 형성과 효용」은 근대문학이 형성되는 과정 속에 길항했던 전통적 이데올로기의 양상을 고찰한 글이다.

오홍진의 「김동환과 친일문학 – '힘의 논리'의 발현 양상을 중심으로」는 한국 근대문학의 1세대인 김동환의 시와 평론에 나타난 '힘의 논리'를 친일문학과 연관하여 살펴보고 있다. 김동환 시의 근원으로 작동하는 '힘의 논리'가 친일문학의 논리로 이어지는 과정을 치밀하게 분석하고 있으며 다음으로 「박영희 문학론 연구— '생활' 개념을 중심으로」에서는 식민지 시대의 대표적인 시인이며 평론가인 박영희의 문학론을 이데올로기적 측면에서 분석하면서 유미주의에 탐닉한 박영희가 이데올로기의 환상에 빠져 친일문학에 이르는 과정을 '생활' 개념과 연관하여 논의하고 있다.

2부에서는 '문학의 힘, 실천의 윤리학'이라는 주제로 문학이 실제 어떤 힘을 지니고 있으며 이를 실천하기 위해서 어떠한 방식을 취하고 있는지에 대해 다섯 편의 글을 통해 고구하였다. 먼저 김화선의 「청소년소설에 나타난 성장 서사」는 청소년 문학 작품에 나타난 여성 성장 서사의 의의를 밝히고 있다. 다음으로 서혜지의 「가난한 사람들의 유랑과 가족의 해체」는 공선옥의 『유랑가족』을 중심으로 가난 때문에 국경과 가족의 경계를 넘어선 여성들과 이로 인한 가족의 해체, 가난의 굴레에서 벗어나지 못해 정착하지 못하고 유랑해야 하는 인물들을 분석하고 있다.

또한 유경수의 「다원적 소통을 향한 디아스포라적 상상력—황석영의 『바리데기』를 중심으로」는 『바리데기』의 디아스포라와 공간 그리고 인물에 대한 연구이다. 이 글에서는 『바리데기』가 이주노동자의 현실을 보여주면서도 이를 통해 다원적 소통을 향한 디아스포라적 상상력을 보여주고 있다는 것을 분석하고 있다. 홍웅기의 「사유와 실천의 윤리학」은 문학의 사회적 역할에 대한 고민을 모색해 본 글로 이청준의 『신화를 삼킨 섬』을 통해 문학과 현실의 관계를 되짚어보고자 하였고, 「자유의 새로운 공간 찾기」는 80년대적 가치와 80년대 이후의 가치의 소통 가능성을 모색해 보고자 한 글이다.

3부에서는 '지역, 일상, 환상' 이라는 주제로 글을 엮어 보았다. 먼저 고영진의 「구경꾼과 광증발현자의 거리」는 소설 속 인물의 역할은 무엇보다도 "형상화"에 있다는 점에 주목한다. 작가 최인석은 광기를 바라보는 것과 발현하는 것만큼 거리가 멀어 보이는 현실과 환상에서 구경꾼의 시선을 "잃지 않은 채 미쳐버릴" 수 있다는 것, 또는 구경꾼이 시선이 "있어야 미칠" 수 있다는 것이 그가 말하는 환상과 리얼리즘의 조화를 보여준다. 김화선의 「지역의 힘, 지역의 문학 2」는 『작가마당』에 수록된 작품들을 대상으로 대전·충남 지역문학의 정체성과 성격을 규명한 글이고 남기택의 「한국전쟁과 지역문학—강원지역의 경우」는 한국전쟁을 전후한 지역의 문학양상을 개관한 글로서 강원지역문학사의 진지한 재구를 요청하고 있다.

박현이의 「비워냄과 차오름, 대상을 끌어안는 힘」은 김완하의 시세계를 조명하고 있는 글이다. '자연과 일상, 삶' 이라는 보편적 소재를 다루고 있는 그의 시편들이 우리 삶에 내재하는 고통을 자정작용을 거쳐 타자를 끌어안고 생성하는 힘으로 변용시켜가는 과정을 담아내고 있음을 분석한 글이다. 또한 오연희의 「잡범문학의 진수」는 유용주의 장편소설 『어느 잡범에 대한 수사보고』를 노동문학의 관점에서 분석한 글이다. 2000년대 들어 가난한 사람들의 삶은 더욱 피폐해져 가는 반면 국가의 공권력은 거의 폭압적인 수준에 다다르고 있다. 이런 현실에서 먹고 살기 위한 생계형 잡범과 권력형 대어형 범죄는 이 땅에서 못가진 자와 가진 자의 대립구도에 대응된다. 진정한 정치가 사라진 오늘날 법을 지키는 것이 아니라 정의를 수호하는 것이 중요하다는 주인공의 발언에서 2000년대 노동문학의 변화된 모습을 발견할 수 있음을 밝히고 있다.

이상에서 살펴본 바와 같이 이 책에는 한국문학을 향한 공저자들의 깊이 있는 시선이 반영되어 있다. 저자 일동은 '한국문학과 이데올로기'라는 큰 주제에 맞추어서 통시적으로는 근대문학부터 현대문학에 이르기까지 날카로운 시선으로 분석하려 하였고 공시적으로는 중앙과 지역 문단을 아우르는 다양한 시선을 가지려 노력하였다. 우리의 작은 노력이 문학과 비평 그리고 현실의 고리를 풀어내는 데 기여할 수 있기를 바란다.

2010년 10월
공저자 일동

‖ 차례 ‖

제2부 문학의 힘, 실천의 윤리학

제3부 지역, 일상, 환상

∥ 차례 ∥

제1부

한국 근대문학과 이데올로기

민족담론에서 국가(반공)담론으로의 현실인식의 궤적

김정숙

1. 머리말

담인 최정희(1912. 3~1990. 12)는 함경남도 단천에서 출생하여 보육원 교사, 『삼천리』 기자 등을 거쳐 1935년 『조광』에 「흉가凶家」를 발표하면서 작가가 된 대표적인 근대 여성작가이다. 초기 작품은 대체로 자기 고백적이고 폭로적인 성향을 보이며, 이후 발표된 「地脈」(『문장』, 1939. 9), 「人脈」(『문장』, 1940. 4), 「天脈」(『삼천리』, 1941. 1~4)은 해방 전 대표작으로 꼽힌다. 박화성, 강경애, 김말봉 등과 함께 '여류 2기생'으로 분류되는 최정희는 일제 강점기 때부터 작품 활동을 시작해 동반자작가, 가장 여성적인 작가, 여성과 모성의 갈등을 다룬 작가 등으로 다양한 평가를 받아 왔다. 특히 모성에 초점을 맞춘 「지맥」, 「인맥」, 「천맥」에 대한 연구[1]가 주를

---

1 이와 관련된 논의로, 김혜정, 「최정희의 「天脈」에 나타난 여성성」(『개신어문연구』, 1992) ; 방민호, 「1930년대 후반 최정희 소설에 나타난 여성의 의미」(『현대소설연구』 30호, 2006) ; 심진경, 「최정희 문학의 여성성」(『한국근대문학연구』, 2006) 등이 있다.

이룬다. 또한 1930년대 후반 소설들에서 보이는 모성에 대한 강조가 「환상 속의 병사」(1941. 2)와 친일소설로 불리는 「장미의 집」(1942)·「野菊抄」(1942)와 관련될 가능성 및 그 내적 논리를 찾는 연구[2]가 최근 이루어지고 있다. 최정희 소설의 핵심인 '모성'이란 화두가 이 시기 식민지배 권력이 요구하는 전시체제의 부합용일 가능성도 고려할 대목이다.

그런데 최정희는 해방과 6·25 이후에도 여러 편의 장·단편 소설을 내놓았는데도 불구하고 그에 대한 연구는 주로 '신여성'의 범주에 놓인 삼맥과 친일 소설에 국한되어 있는 듯하다. 해방 후에는 사회적인 시대 풍경을 다루어 주목할 만한데도, 『인간사』를 제외하고 최정희의 소설 창작의 긴 이력에 대한 총체적인 연구와 평가가 부재하다. 이후 등장한 신세대 작가로 불리는 강신재, 손소희, 한말숙 등에게 자리를 내준 것인지, 아니면 이후의 그의 문학에서 새로운 것을 찾을 만한 '문학성'이 부재한 것인지가 본 연구의 출발점이다.

특히 우리의 문학사에서 '해방'과 '전쟁'은 카오스와 격정으로 표출된 하나의 사건이다. 특히 좌우익의 대립적 갈등이 문학에서도 대응되는 형국에서 작가의 현실인식의 변화 양상을 살펴보는 일은 사건 전후를 이해하는 하나의 방법이 될 것이다. 이에 대해 본 연구에서는 해방기(1945~1950년 6·25전쟁 이전)에 창작된 시대성이 짙은 소설과 6·25전쟁을 겪은 후 1954년에 발표된 『綠色의 門』을 중심으로 작가의 태도 변화와 그 의미를 살펴보고자 한다.

변화의 지점을 한국전쟁으로 나눈 이유는 '전쟁'은 어떤 형태로든 정

2 이와 관련된 논의로, 서영인, 「순응적 여성성과 국가주의—최정희 친일문학의 내적 동인 연구」(『현대소설연구』, 2005) ; 홍순애, 「국민문학에 나타난 파시즘 양상 연구—최정희의 「야국초(野菊抄)」를 대상으로」(『한민족문화연구』, 2004) ; 이상경, 「일제 말기의 여성 동원과 '군국(軍國)의 어머니'」(『페미니즘연구』, 2002) ; 김양선, 「日帝 末期 女性作家들의 親日談論 연구」(『語文硏究』 33호, 2005) 등이 있다.

치적·심리적 제반 형질을 변화시키는 거대한 체험이기 때문에 해방기에 씌어진 작품과 전쟁 후 국가가 재편되는 과정에서 창작된 작품 사이에는 어떤 낙차가 드러날 것으로 생각되기 때문이다. 또한 전쟁 후 최초의 장편소설인 『녹색의 문』은 해방기를 거친 젊은 주인공들이 현실에 안착해가는 모습을 형상화한 작품으로, 해방기가 서사의 주요한 배경을 이루고 있다. 이와 동시에 1965년에는 전쟁 체험과 근대/현대문학의 담론이 활발하게 전개되고, 전문잡지 『현대문학』이 창간되기 때문에 이후에 생산된 작품은 사실상 다른 범주의 논의를 필요로 한다. 그런 의미에서 해방기에 창작된 작품과 한국전쟁 후 처음으로 씌어진 『녹색의 문』은 1930년대 형상화된 모성 서사와 친일의 국면이 이후 어떻게 변화해 나가는지 살필 수 있는 의미 있는 텍스트라고 할 수 있다.

2. 해방 공간의 형상화와 사실적 현실인식

해방기는 '모든 것이 새로 탄생되려는 거룩한 진통기'[3] 혹은 '새로운 시대와 삶에의 기대가 분출된 유례없는 정치적 앙양기'[4]로 표현될 만큼 격정적인 시대였다. 당대 작가들은 이런 과도적 상황을 문학적으로 형상화하거나 문단을 재편하는 계기로 삼았다. 최정희의 해방기소설[5]에는 「우물치는 風景」, 「風流 잡히는 마을」, 「占禮」, 「청량리역 근처」, 「베갯모」 등이 있다. 이병순은 해방기 최정희 소설을 1947년 종반 이전에 발표

---

3 이원조, 「여성과 문학」, 『여성문화』, 1945. 12, 23쪽.
4 신형기, 「해방기 문학연구의 두 성과」, 『오늘의 문예비평』 1991년 가을호, 243쪽.
5 연구가들이 밝힌 최정희 소설의 창작 연도와 출전은 명확하지 않을 뿐더러 작품의 수도 불명확하다. 이 시기를 연구할 때에 기존 목록을 참고하여 누락된 해방기에 산출된 개별 작가의 작품에 대한 서지적 정리가 필요하다. 본 논문에서 「風流 잡히는 마을」, 「占禮」는 『최정희』(『정통한국문학대계』 46, 어문각, 1988), 「우물치는 風景」은 『최정희 선집』(『신한국문학전집』 12, 어문각, 1972)에 수록된 작품을 대상으로 하며, 인용할 경우 작품명과 쪽수만 기입하기로 한다.

된 작품과 1948년 이후에 씌어진 작품들을 나누어 현실 추수와 낭만적 서정의 세계로 자세하게 논의[6]한 바 있다. 본 논문에서 주목하는 것은 해방공간을 표상하고 있는 작품인 「占禮」(『문화』, 1947. 7), 「風流 잡히는 마을」(『백민』, 1947. 9), 「우물치는 風景」(『신세대』, 1948. 2~5)이다.

1947년과 48년에 집중적으로 창작된 작품들의 공통적인 주제는 '가난'이다. 실제적이고 구체적인 의미에서의 극도의 '배고픔'이다. 「풍류 잡히는 마을」은 서흥수와 목수영감 사이에 일어난 일을 '나'가 전달하는 서사의 한 편에, 해방기가 지닌 열정의 파토스와 그 후 미군정, 이승만과 김구를 둘러싼 임시정부, 민주주의와 공산주의 등의 역사적 용어 등의 설명이 결합하여 해방기의 미결정적이고 불안한 세태를 잘 보여주는 작품이다. 해방기의 대표작으로 손꼽힐 만큼 이 작품은 해방기를 다룬 최정희 작품들의 원본이라고 할 만하다. 당시의 상황은 작품 초반에 많은 분량에 걸쳐 기사문 형식으로 전달되는데, 일부를 제시하면 다음과 같다.

> 그러다가 해방이 턱 되었다. 거저 다같이 얼싸안고, 뛰고, 춤추고, 만세를 부르고 우리나라 태극기가 어디서나 마음대로 펄펄 휘날리고, (…중략…) 아아 이게 대체 무슨 일이란 말인가. 마을 사람들은 다 쏟아져나왔다. 누구의 말도 지시도 없이 거저 뛰어나왔다. 늙은이나, 젊은이나, 아이나, 어른이나 다함께 한군데로 모여들었다.
>
> —「풍류 잡히는 마을」, 373쪽

> 또 누구의 지시여던지—아니 아무도 뭐라고 하지 않았을 것이다—행렬의 한부분이 어느새 와아악 소리와 함께 주재소를 들이치고 면사무소를 때려 부쉈다.
> 이게 대체 무슨 일이란 말인가. 꿈인가 생신가 전혀 모를 일이었다. 징발로

---

6 이병순, 「현실추수와 낭만적 서정의 세계」, 『현대소설연구』 26호, 2005.

징용으로 보국대로 징병으로 나갔던 내 남편이 오고 내 아들이 오고 아저씨가 오고 오빠가 자꾸만 오지 아니하느냐. (…중략…) 그 떠나보내던 때의 악대가 없어도 좋았다. 군악이 없어도 좋았다. 새납과 징과 꽹과리가 울지 않아도 거져 어깨가 들먹거렸다.

—「풍류 잡히는 마을」, 374쪽

그들 입에 제일 처음으로 내리게 된 이가 여 운형씨다. 여 운형씨가 조선 대통령이 된다고 호언장담을 하는 자가 있는가 하면 그렇지 않고 우리나라 이 왕이 일본서 왕위에 오른다고 하는 자도 있었다. (…중략…) 그들은 또 여 운형씨의 이름과 함께 기억한 것이 인민공화국이었다.

이번엔 서울엔 미국 병정이 들어오고 북조선 평양 쪽엔 노서아 병정이 들어왔다는 이야기를 하며 (…중략…) 하지만 그들은 이 삼팔선이 얼마나 걱정스런 것인지 몰랐다. 그들은 그보다도 밤이면 술집 갈보를 노리고 달려드는 미군 병정이 더 걱정스럽고 무서웠다 (…중략…) 미군들의 이러한 왕래로 말미암아서 그들의 장자나무 밑 회의가 뜨음해질 무렵에 미국서 이 승만 박사가 돌아왔다. 그러자 서울 신문들이 들끓듯 야단들인 것처럼 이곳 사람들도 부쩍 떠들었다.

"여 운형씬 이 승만 박사한테 들이댈 배가 못된다."

"아무렴 박사신데 될 말이야."

"아뭏든 조선선 제일이라는데……."

"미국 갔다 오셨으니 안 그래."

이구동성으로 이 승만 박사의 찬양이었다. 입으로만 찬양이 아니라 가진 것이 있다면 무엇이나 다 바치고 싶었다. 다 드리고 싶었다. 이처럼 '이 승만 박사' '이 승만 박사' 하고 그에게 가는 마음이 하늘에 달하게 될 적에 중경에 있던 임시정부 요인들이 환국하였다.

—「풍류 잡히는 마을」, 377쪽

길게 인용된 부분은 해방이 단순히 설명될 것이 아니라는 점을 자세하게 보여준다. 실제의 인물이 호명되고 그와 관계된 긴박한 시국의 상황과 인민공화국과 여운형, 민주주의와 이승만이 '씨'와 '박사'의 호칭으로 불리며, 그 구도는 다시 서울-미국 병정, 평양-노서아 병정의 대립으로, 임시정부 요인들의 환국과 맞물려 해방의 복잡한 정국을 제시한다. 또한 암시적으로 앞날 전개될 '삼팔선'에 대한 불안감도 드리워져 있다.

들뜬 기대로 맞이한 해방은 이후 사람들에게 더 이상 '자유'의 기표가 아니다. 작품 속 나는 족제비에 번연히 물려가는 닭을 지키기 위해 목수 영감에게 울타리를 부탁하지만 일을 차일피일 미루어 심기가 불편해진다. 이후 나는 목수 영감이 친일 지주였던 서홍수의 잔칫날에 봉변을 당한 일과 서홍수와 마을 사람들이 '지주-소작인'의 억압적 상황에 놓여 있음을 알게 된다. 토지 추수의 삼분병작제[7] 법령이 발포된 후 농민들은 조상대대로 해오던 종노릇에서 벗어날 기쁨에 가득 부풀었지만, 지주들이 땅을 팔면서 그 상황은 궁핍으로 몰리게 된다. 미군정에 의해 공표된 3·1제는 '본질적으로 식민지적 지주제의 현상유지라는 미군정의 공식 입장을 표명한 것'인 동시에 '좌익주도의 변혁운동의 급속한 진전 가능성에 대한 임시대응조치, 즉 농민운동의 개량화를 목적한 정책'[8]에 다름 아니었기 때문이다.

「점례」 역시 「풍류 잡히는 마을」의 주제와 맥을 같이 하는 작품이다. 열네 살인 점례는 너무 궁핍하여 요리집에서 일하는 복이에게 시집을 가야 할 형편으로, 잡은 혼례 날짜가 땅의 권력을 쥐고 있는 허승구의 딸 순행의 혼례날과 겹친다. 불행한 운명의 암시에도 날짜를 미룰 수밖에

---

7 토지 추수의 삼분병작제, 즉 3·1제는 미군정이 실시한 농업정책의 일환으로 선포되었는데, 1945년 10월 5일 발표된 법령 제9호 『3·1제 소작료 실시 및 소작조건의 개선건』에 의해서이다. 그 법령의 골자를 보면, "어떠한 소작인이 어떤 사람에게 지불하는 현물, 현금 혹은 어떠한 지불 가능한 형태이든 간에 그 최고 지불한도는 이제부터 어떠한 소작인에 의해서 경작되고 그 후에 누구에 의해 수확되었든 간에 경작된 곡물, 농산품 및 과일의 3분의 1을 초과해서는 안 된다."는 것이다.
8 박혜숙, 「미군정기 농민운동과 전농의 운동 노선」, 박현재 외, 『해방전후사의 인식』 3, 한길사, 1987, 373쪽.

없는 점례는 자신의 집에서 키운 닭이 허승구의 채마밭을 망가뜨린 사건
으로 돌에 맞게 되고 곧 죽게 된다. 이같이 허승구의 눈치를 볼 수밖에
없는 농민들의 처지는 "해방이 되면서 삼분병작의 제도가 생기된 이후"
에 더 심해진 것이다.

> 〈어느때 어떻게 될지 모르는 놈의 재산〉 이것이 그의 머리를 항상 쉴새없이
> 점령하는 생각이었다. 그래서 아들에게 자주 "세상이 어떻게 된다드냐?" "공
> 산이 된다드냐, 민주가 된다드냐." 하고 물었다. 그러면 아들은 임시정부가 서
> 봐야 한다고 대답하였다.
> 　그러면 허 승구는 "임시정부가 서면 다시 옛날로 돌아갈 일은 없겠지." 하
> 고 행여나 자기들이 좋던 세상이 다시 돌아오지나 않을까 하는 실낱 같은 희
> 망에서 이렇게 물어보기도 하였다.
> 　해방 이후에 변동된 삼분병작제로 해서 자기들에게 닥쳐오는 타격과 또 앞
> 으로 참 자기 말마따나 세상이 어떻게 될지 모르는 불안스런 마음으로 해서
> 생기는 신경의 이상이라고 볼 수밖에 없는 것이다.
> 　　　　　　　　　　　　　　　　　　　　　　　　　　　—「점례」, 417쪽

결국 이 제도로 해서 지주의 신경은 더욱 날카롭게 되고 그에 따라 소
작인은 더한 불안과 공포에 떨게 된다. 이로 말미암아 "작인들이 유형무
형의 희생을 당하게 되는 일"이 적지 않게 된다. 당시 고리대금업자의 횡
포도 이 제도와 직간접적으로 관련된 것임을 알 수 있다.

「우물치는 풍경」은 관찰자인 '나'가 마을의 공동 우물을 치는 풍경을
사실적으로 그리고 있는 작품이다. 해방 공간의 궁핍한 가난과 무질서한
모습은 여러 에피소드를 통해 제시된다. 혼례를 준비할 수 없어 마을에
혼인을 못하고 있는 청춘남녀의 모습, 우물치는 것이 끝나기 전 음식은
부정을 방지하기 위해 금기시되지만 너무 배고픈 나머지 밀가루빵을 둘
러싸고 남녀노소 왁자하게 몰려들어 먹는 장면, 그리고 페이소스를 자아

낸 학수 어머니와 몽분 어머니의 육탄전 등 '풍경'이 파노라마처럼 제시된다.

이처럼 최정희의 해방기 소설은 "지주와 소작인 간의 관계를 통해서 농촌사회의 제도적 모순을 드러내고 지주의 착취와 횡포 때문에 억울한 희생을 감수해야 하는 소작인들의 참상을 사실적인 수법"[9]으로 그린 것으로 요약될 수 있다. 「풍류 잡히는 마을」과 「점례」는 토지를 둘러싼 새로운 제도가 시행된 해방 공간의 모습을 지주-소작인의 봉건적 관계로 주서사화고 있다면, 「우물치는 풍경」은 토지 제도에서 비롯된 하층민들의 궁핍한 생활상과 불안을 주로 다루고 있다. 해방 후 이들에게 "마을은 다시 눈물의 바다 한숨의 골짜구니"(「풍류 잡히는 마을」, 383쪽)로 변화했고, 그들은 자유와 풍요의 땅 대신 "해방 전 그 무섭던 생지옥-주림과 징병과 보국대와 징발의 생지옥을 연상하는 마을"에서 살아갈 수밖에 없는 처지에 놓이게 되었다. "독립(해방)하던 해는 잘 먹었지, 떡에 고기에 술에…」/「그건 우물 고사가 아니라 놀이었어. 놀이./「또 좀 그렇게 먹어봤음.」(「우물치는 풍경」, 505쪽)의 대화에서처럼 해방 공간에서 이들에겐 절실한 것은 이념이 아닌 '놀이'와 '양식'이라는 점이 더욱 현실적으로 다가온다.

「우물치는 풍경」에서 또 하나 주목할 부분은 해방 후 국가의 성립 과정의 단초를 보여주고 있는 점이다.

> 당신들 입에 거미줄치게 하는 자는 따로 있습니다. 그것은 최주사올시다. 당신들을 수십년래로 종과 같이 부려먹다가 해방이라는 바람에 당신들이 종전보다 조금 나은 처지에 서게 되고 그자들이 종전보다 약간 못한 자리에 놓여지게 되니까 고것이 배가 아파서 당신들의 생명줄이 매인 당신들의 갈아먹

---

9 이병순, 앞의 글, 134쪽.

은 땅을 팔아가지고 서울가서 정계에서 일하는 즉 다시 말하면 앞으로 우리 나라를 세우는데 한목 보자고 덤비는 자들에게 돈을 대어주는 최주사올시다. 그자는 지금 당신들의 피와 눈물이 맺히고 맺힌 돈을 함부로 마구 써간답니다. 어떻게 쓰는가 하면 앞날 세워지는 우리 나라 정부가 저이를—최주사와 같은 땅 많고 돈 많은 자들을 돌보아주는 그런 정부를 세우게 하려고 눈이 뒤집혀서 그럴싸한 인물을…… 그럴싸한 인물이란 것은 그 최주사와 같이 자기 유익만 생각하고 제 욕심만 부리는 피도 없고 눈물도 없는 그런 위인들 말입니다. 그런 위인들한테 돈을 멕여가면서 우리 나라를 세워 달라고 합니다. 그런 위인들이 나라를 세우고 정치를 해야 저이들 좋은 세상이 또 오겠으니까 그러는 거라요.

—「우물치는 풍경」, 517쪽

해방은 일제의 속박으로부터 벗어나는 동시에 새로운 국가를 세워야 하는 과제를 동시에 안겨주었다. 해방 전 언어와 민족이 상상의 공동체로 기능했다면, 해방 후 부재하는 국가를 누가 어떻게 세울 것인가는 대단히 중요한 문제였다. 좌우익의 이데올로기가 첨예하게 대립하고 외세의 힘들이 동시다발적으로 모였던 궁극적인 목적은 엄밀하게 말해 '국가 세우기'와 관련되었다고 볼 수 있다. 지주인 최주사가 삼분병작 이후 땅을 판 돈을 "서울 가서 정계政界 인물 몇 사람의 뒤들 댄다고 들립니다. 무슨 공장을 경영하고 회사를 차렸다는 소문"에서처럼 농촌의 친일 지주는 이후 정계와 도시 공장이나 회사의 경영자의 신분으로, 그들이 소유한 땅은 '자본'으로 변모하면서, '앞날 세워지는 우리나라 정부'가 자본제 국가의 중추 세력으로 부상하는 과정을 작가는 잘 짚어내고 있다.

세 작품을 통해 우리는 해방 후 삼분병작 제도로 촉발된 사회 현실과 궁핍한 생활상을 깊이 들여다 볼 수 있다. 이런 공통 주제는 '닭—농민/족제비—지주'와 같은 우의적 수법과 마을 공동체라는 틀 안에서 이루어진 봉건적 관계를 서사화한 점에서 이전 소설의 자장 안에 놓인 작품

이다. 더 나아가 지주-소작의 관계와 그로 인한 가난이 계급적 · 관념적
으로 머물지 않고 사실적으로 묘파되고 있다. 이러한 현실감을 획득할
수 있었던 이유는 해방기의 작품들이 경기도 양주군 와우면 덕소에서 파
인과 함께 살았던 7년 동안의 작가의 실체험을 바탕으로 쓴 것[10]이기 때
문이다. 1인칭 관찰자 시점이 주를 이루고, 그 관찰자가 주로 중간층이
자 지식인 여성이라는 특징은 이러한 작가의 경험과 관련된다. 당대의
현실을 사실적인 모습과 이후 전개될 징후를 예리하게 형상화한 점은
『삼천리』 기자로 일했던 경험과 1930년대 이후 지속적으로 보여준 현실
인식의 결과라고 할 수 있다.

3. 사랑의 통속화와 반공주의의 결합

현실을 사실적으로 그려낸 이전 시기의 소설과 다르게 최정희는 대중
여성잡지에 작품을 연재하면서 대중성 짙은 목소리를 드러낸다. 특히 한
국전쟁 직후에 연재된 『녹색의 문』은 그 변화를 드러내는 첫 작품이다.
이 소설은 종전될 즈음 『서울신문』(1953. 2. 25 ~ 7. 8)에 연재된 후 1954
년 정음사에서 단행본으로 출간된 작품이다. 이후 속편인 『黑衣의 女人』
이 『여원』 창간호(1955. 10)부터 1956년 10월까지 연재되고, 「續·綠色의
門」으로 이름을 바꿔 1954년 정음사판과 합쳐 1959년 민중서관에서 『綠

---

10 최정희의 창작 태도가 구체적 경험에서 비롯되었다는 논의들에서 보듯 해방기 소설들도 그의 경험의
소설적 변용이라고 볼 수 있다.

"해방이 되었다고는 하나 농민들에게 아직도 사슬은 대인 채로, 굶주리고 헐벗고 하는 참상을 그
대로 보고 있을 수가 없어서 쓴 것이다. 내가 여기 와서 그들과 한가지로 살고 있으면서, 내 눈앞
에 또렷한 비참한 사실을 목도하면서, 그것들을 보아가는 사이에 내 피가 뛰고 내 붓대가 가만있
으려 들지 않는 것을 내가 어떻게 적지 않고 있을 것이냐 말이다." (최정희, 「나의 문학생활 자
서」, 『백민』, 1948. 3, 47쪽)

色의 門』으로 발간[11]되었다. 「녹색의 문」은 17개, 「속·녹색의 문」은 27개의 소제목이 달려 있는 작품으로, 2년 남짓의 공백 기간은 서사의 전개에서 미묘한 차이를 드러낸다. 작가는 식민기와 해방 직후, 그리고 재건기를 배경으로 해방기의 혼란한 국면을 그리고 있다. 이 작품은 공통적으로 학생 주인공들의 복잡한 애정사를 중심으로, 전쟁이 끝나갈 무렵에 쓴 1부는 주로 일제 말기와 해방 공간의 모습을, 1955년에 창작된 2부는 전쟁 후 재건과 국가 이데올로기와 관련된 서사로 진행된다. 이러한 서사 진행에서 드러나는 균열된 작가의 목소리는 눈여겨봐야 할 지점이다.

이 작품의 시간적 배경은 1940년대와 해방기, 그리고 신탁통치기가 중심을 이룬다. 스트라이크, 우익, 좌익, 괴뢰군, 간첩, 월북, 민주주의, 공산주의 등의 어휘가 당시의 상황을 알려주는 시대의 표지어이다. 『녹색의 문』은 전체적으로 인물을 둘러싸고 일어나는 다분히 통속적인 사랑의 서사로 진행된다. 특히 인물들이 변화해 가는 과정은 사랑이 현실과 맺는 양상을 살피는 데 유용하다. 김영서는 식민공간에서는 스트라이크를 하는 진보적 지식인이었지만, 해방이 되면서 연애와 땐스 홀을 출입하며 즐기는 속물적인 반공 검사로 변모한다. 도영혜는 김영서의 외모와 스트라이크에 매혹되어 그를 따라 동경에 가 동거까지 하지만 영서에게 끝내 사랑을 받지 못하고 아이(승국)를 임신한 채 귀국해 홍찬규와 결혼한다. 그러나 홍찬규는 승국이가 영서의 아들이라는 점을 눈치채고 영혜를 학대하고 쫓아낸다. 도영혜는 가부장적 인물인 찬규 대신 공산주의자인 성완수와 살다가 그가 몰래 월북한 후 술집을 경영하며 정치가인 모고관과 함께 지낸다. 그녀는 남자에 의해 좌우된 비극적인 삶을 살게 되

11 최정희, 『녹색의 문』, 민중서관, 1959. 인용의 경우 쪽수만 기입하기로 한다.

고, 현실의 상황과 직접적으로 관련되면서 종국에는 법의 심판을 받고 형을 사는 것으로 귀결된다. 부차적 인물이나 영혜와 비슷한 인물인 노차순은 편지 잘 쓰고 운동 잘하는 이성배를 사랑하다가 시인이나 권력이 없는 문사와 사귀다가 권력을 지녀 정치를 결정할 수 있는 정치적 인물과 연애를 한다. 김영서의 사랑을 거절하다가 받아들인 유보화는 학병 문제와 아버지의 죽음으로 귀국하게 되고, 김영서의 동료 이성배에게 강간을 당한 후 원치 않는 아이를 낳게 된다. 자살을 결행하다 살아난 그녀는 서남령 선생의 도움으로 생의 의지를 다지게 된다. 유보화와 서남령 선생은 다른 인물들에 비해 '이성' 대신 '예술'을 택하는 인물들이다. 그림을 위해 애정없는 가족들을 두고 유학을 떠나는 서남령, 소설 제목처럼 결혼 상대자는 '하늘나라 푸른 문을 단 집'에 사는 사람이므로 이 세상에 없다는 것을 깨달은 유보화는 예술의 길로 돌아가면서 자아를 찾고자 한다.

작품의 1부는 이러한 인물들이 서로 만나고 얽히면서 관계를 형성하는 모습이 담겨 있다. 서사의 진행에서 대동아 전쟁과 '일제'에 대한 비판은 갈등과 사건 전개의 매듭 역할을 담당하고 있다. 김영서의 남성다움은 조선어말살을 비판하고 수업 거부라는 스트라이크를 주동하는 모습으로 제시되며, 도영혜로 하여금 사랑하고 집착하게 하는 갈등의 계기가 된다. 또한

① 일본 놈들의 편이 되어 전쟁에 안 나가려고 거기서 고생하는구나. 그 악독한 일본 제국주의 때문에 김영서씨는 그런 데 가서 고생하는구나. 오늘 날 내 신세를 이 지경으로 처참히 만들어 준 것도 그놈들이다. (168쪽)

② 결혼 후 이성배에게 시골가서 살 것인가를 묻는 보화 어머니의 말에 『시굴 가믄 학병 문제가 시끄러워 못 배겨요. 누님 집에 있어야 무사할 테니까 여

기서 살겠어요.』

　『그렇기도 한, 어떡허든지 병정으론 뽑혀 나가지 말아야지. 무슨 수단을 써
서든지…… 시굴은 아주 말이 아니다. 병정이다, 징용이다, 과년한 처녀들까
지 막 뽑아 내 가더구나.』(177쪽)

　③ 유보화의 원치 않은 임신 사실을 모르는 시어머니는 이들의 결혼의 이유
를 『이번에 내 올라가 알아봤더니 그놈의 정신대 때문에 부리나케 혼사를 치
렀더구마, 야가 정신대에 뽑혀갈까봐서 그랬다요.』(182쪽)

　①은 마음을 열지 않았던 보화가 김영서를 동정하여 연모하는 계기로,
또한 자신의 비참한 처지가 '일본 제국주의' 때문이라고 원망하는 부분
이다. ②는 이성배와 그의 누나와의 대화를 통해 서울에 숨어 살 수밖에
없는 원인을 '학병 문제'와 징용의 사태와 관련지으며, ③은 며느리인
유보화에게 일어나는 이해하기 어려운 일들의 이유를 '과년한 처녀들'
을 착취하는 정신대의 문제로 귀결시킨다. 또한 이성배의 병정의 기피가
"국가가 민족을 생각해서가 아니고 오직 자기 개인의 생명의 위험을 느
끼는 데서 오는 생각"임을 알고 비난받으며, 영서에 대한 사랑의 실패를
상징하는 검은 드레스 역시 "전시라서 화려한 걸 입기"(183쪽) 꺼리는 이
유로 제시된다. 이처럼 『녹색의 문』은 일본 제국주의에 대한 신랄한 비
판과 민족주의 목소리로 가득 차 있다. 이는 좌익 계열이 주장했던 '친일
의 청산'과 무관하지 않다고 볼 수 있다. 이 때문에 김영서와 그를 싫어
하는 유보화를 동경에서 만나게 하고, 언덕에서 젊은 유학생들이 조선말
로 합창을 부르는 부자연스러운 설정은 사랑과 민족을 결합시키기 위한
의도적 장치라고 할 수 있다.

　이런 민족적 서사는 "임시정부 요인들의 환국"(201쪽)으로, 요인 중의
한 명인 김영서의 출현과 관련된 것으로 전이된다. "거리엔 신탁통치반
대시위 행렬의 물결이 홍수를 이루고 있"(209쪽)으며, "사동이 문을 닫고

「해방의 노래」를 흥얼거리"(212쪽)는 시대로 변화한다. 12장의 "해방과 함께 온 것"과 15장의 "분열"은 이데올로기의 '분열'을 예고하는 것이다. 해방은 사회적 변화뿐만 아니라 애국 청년에서 반공 검사로 등장하는 김영서의 외적 변화와 그에 따른 의식적 변모를 동반한다. 곧 2부의 서사는 일제를 향했던 민족 서사가 내국민(특히 좌익)에 대한 통제와 반공을 강조하는 국가이데올로기 표출로 집약된다.

> 토지개혁안이 실시되리라는 소리가 들리자 지주들은 소작인이 부치던 토지를 팔기에 급급했고 그 위에 해방이 되었다고 농촌을 버리고 도시로 이주하는 사람들이 적지 않았으며 「소개」로 내려간 서울 사람들도 되 올라오고 해서 집과 땅이 헐값으로 떨어졌던 까닭에 누이네들은 그 덕을 보았다고 했다.
>
> 『매부네는 되려 해방 덕을 보는 셈인 걸 우리만 녹는 판이야.』
>
> 이성배는 토지 개혁안이 실시되는 걸 무척 염려하고 있었다.
>
> 『정당하게 녹는 건 유쾌한 거예요. 토지는 농사짓는 사람들 손에 넘어가야 한다고 우리 아버지는 전부터 말씀 하셨어요.』
>
> 『당신 아버지가 공산주의자야?』
>
> 『공산주의자래야 그런 소릴 하나요? 농민을 착취하는 지주에게 반기를 들어야 한다는 건 누구나 가져야할 사상이예요.』
>
> 『아아니 당신두 공산주의자 아냐?』(199~200쪽)

해방기에 가장 집중적으로 전개된 토지개혁안(삼분병작제)은 앞서 2장에서 보았듯이 민족을 가장 피폐하게 한 요인이었다. 그런데 위의 인용문은 그런 상황을 알려주는 것에서 더 나아가 그에 대한 평가가 언급되고 있다. "농민을 착취하는 지주에게 반기를 들어야 한다는 사상"은 '공산주의'의 한 행위로 징후화되고 있는 것이다. 이러한 과정은 공산주의에 대한 간단한 언급에서부터 도영혜로 상징되는 '공산-여성'을 '반공'이라는 이름으로 단죄하는 것으로 나아간다. 집착에 가까우나 자신을 열렬하게 연모했던 도영혜에게 김영서가 내린 판결을 보면 그 점을 확연하게 알 수 있다.

논고문의 내용을 대강 추린다면 아래와 같았다.

─피고인 도영혜는 남로당 간부 성완수의 내연의 처로서 효자동 ××번지
에 그와 동거하면서 괴뢰집단의 두목인 김일성의 지령을 받아 대한민국 정부
를 뒤집어 엎을 목적으로 요인 암살을 꾀하는 한 편 대한민국 정부의 최근 동
향 및 군사기밀을 탐지하여 괴뢰집단에 보고한 사건이 명백할 뿐 아니라 현재
에 이르러서도 그 목적을 달성하기 위하여 모씨의 첩으로 가회동 ××번지인
자기 처소를 아지트로 사용하면서 이미 월북한 성완수와의 긴밀한 연락을 취
하고 있다는 증거가 명백하므로 국가보안법 제 이조 이항을 각각 적용하여 징
역 십 오년에 처하기를 사뢴다는 것이었다.(273쪽)

이 장면은 일본이 속국으로 삼고자 내세웠던 제국주의적 기획인 '국
가보안법'이 '대한민국 정부'를 보호하기 위해 내국인을 향한 처벌로 변
화하는 일단을 보여주는 중요한 대목이다. 한국문학사에서 "반공주의
서사는 개인 주체 및 집단 정체성 형성 및 사회체계 형성과 관련하여 강
렬한 규율장치 역할을 해왔기 때문에 그 형성과정 및 계보"[12]에 대한 검
토가 필요하다고 전제한다면, 이런 점에서 『녹색의 문』은 담론의 추이와
함께 대중적 사랑 담론이 반공주의와 어떻게 결합되는지를 상징화하는
징후적 텍스트라고 할만하다. 또한 '법'과 함께 신문을 포함한 미디어
역시 국가 재건을 위한 공고한 이데올로기적 국가장치임을 보여준다.

한 어떤 신문엔 「정열의 여간첩」 도영혜로 되어 있고 어떤 신문엔 「국제 스
파이의 붉은 연애」라고 씌어 있었다. 기사 내용은 똑같이 과거의 범행을 은폐

---

12 김복순은 논문(「소녀의 탄생과 반공주의 서사의 계보 ─ 최정희의 『녹색의 문』을 중심으로」, 『근대문학
연구』, 2008)에서 『녹색의 문』은 소녀의 탄생 ─ 낭만적 사랑 ─ 반공주의 결합의 기원을 제시하는 작품
으로, 특히 '소녀라는 주인공의 탄생'이 이루어진 해방 후 최초, 최대의 소설로 호평하고 있다. 대중
(여성)소설에서 반공주의 서사를 살펴보는 기획은 최근 활발하게 전개되고 있는 1960년대 담론을 이
해하는 데 유효하리라 본다.

하고자 모 고관의 첩으로 있다는 것, 그렇게 있으면서 대한민국 정부의 동향 및 군사기밀을 탐지하여 월북한 과거의 애인 성완수와 긴밀한 연락을 하고 있을 뿐 아니라 성완수가 월북하기까지 그의 지령으로 정부 요인을 암살할 계획을 했다는 등 등이었다. 그리고 신문 기사와 아울러 검찰총장의 명의로 사고 내용의 보고문이 발표되었었다.(270쪽)

여기에서 짚어봐야 할 부분이 지배적 담론의 추이에서 드러나는 이질적인 목소리이다. "작품 내부에는 지배 담론의 규정력을 부정하거나 지배 담론에서 이탈하려는 태도"[13] 또한 존재하기 때문이다. 단일한 담론은 작품 속 또 다른 시선을 통해 균열되고 비판받는다. 여성인물의 자아 찾기가 그것인데, 이 작품은 어떤 의미에서 유보화의 내적 성장 과정을 보여준다. 『녹색의 문』에 등장하는 여인들의 특징 가운데 하나는 당시의 인텔리 여성임에도 불구하고 한 걸음도 봉건적인 사고방식에서 벗어나지 못했다는 점이다. 바로 이러한 성향이 이들의 불행의 제1원인이다. 도영혜의 경우 적극적인 사고방식을 가진 것 같으나 김영서에게 버림받은 후 자아를 상실한다. 이 점은 유보화도 마찬가지인데 정조를 상실하게 되자 자신의 삶을 포기해 버리는, 그래서 "운명에 내맡긴 채 흘러가는 삶의 모습들은 근대적 자아에 눈뜬 신여성이라기보다는 구시대적인 사고방식에 갇힌 채 질식해가는 시대착오적인 모습"[14]을 보인다.

이는 표면적으로 자아의 성숙, 정체성 찾기를 보여주고 있으나, 내면적으로 보면 끊임없이 남성인물의 개입에 의한 과정에 불과하다. "여자들은 제 좋은 남자의 주의 사상을 말짱 따라가지. 제가 좋아하는 남자의 사상이 공산주의면 공산주의자가 되는 거야. 민주주의면 따라서 민주주

13 박훈하, 「1950년대 소설담론의 주체형식 연구」, 부산대 박사학위논문, 1997, 98쪽.
14 황수진, 「최정희론-『녹색의 문』과 『끝없는 낭만』을 중심으로」, 『건국어문학』 제21·22집, 1997, 612쪽.

의가 되는 거야. 내가 만약 김영서하구 살게 됐더라면 공산주의자가 되
진 않았을 거야."(282쪽)라며 도영혜는 자신의 의지와 선택으로 일제에
대한 스트라이크와 좌익, 우익을 선택한 것이 아니라 사랑하는 남성들의
사상에 의해 여성의 사상이 결정된다고 말한다. 유보화 역시 소녀시절에
는 아버지의 영향, 여학생 시절에는 미술교사인 서남령, 동경 이후에는
김영서에 의해 그들의 사상이나 생활철학을 수용한다. 작품 말미에는 재
혼을 하지 않은 채 자신의 아들 진석과 김영서의 아들을 키우면서 일생
을 희생할 보화의 모습이 제시된다.

표면과 내면의 괴리에서 여성인물들은 일면 좌절하는 것처럼 보인다.
그러나 작가는 이들에게 자신을 세울 방법을 마련한다. 만약 이 작품이
민족주의이나 반공주의 담론으로만 그쳤다면 문학적 유효성은 지니지
못 했을지 모른다. 작품은 지배적인 시선 이면에 자아의 힘으로서 뿐만
아니라 담론의 균열 및 그에 대한 비판을 드러내고 있는데, 그 방법 중
의 하나가 '여성 연대'의 표출이다. 이 작품에는 여성들의 동성애적 코
드가 나타난다. 유보화와 선배 도영혜의 경우[15], 유보화의 동기 노차순
의 경우[16] 처음에 스킨십으로 표현되고, 작품 후반에서는 동지적 신뢰로

---

15 차순은 전에 몇 번 유보화에게 친구를 맺자는 편지를 한 일이 있었다. 그럴 때마다 유보화는 도영혜
   가 말려서 친구를 맺지 못했다.
   「언니는 언니구 차순은 친군데 어때요. 언니두 차순을 동생처럼 사랑함 되잖아요?」
   유보화가 이렇게 조르면 도영혜는,
   「난 너만 사랑함 고만야, 다른 앤 싫어. 너두 나만 사랑해 줘 응?」
   하곤 유보화를 껴안아 주든가 유보화의 뺨을 자기 뺨에 갖다 대든가 하곤 했다.(26쪽)
16 차순은 도영혜 모양으로 꼭 껴안고만 자는 것이 아니라 뺨도 비벼 보고 입도 맞춰 보고 또 가슴도 주
   물러 보고 하는 것이었다. 처음 얼마 동안은 이러한 것이 좋지가 않았다. 도영혜한테 껴안기는 것만
   사뭇 못했다. 못하다기보다 싫증이 났다. 뺨을 비비는 정도라면 모르겠는데 입을 맞춘다든지 가슴을
   주무르는 때면 근지러운 것 같기도 하고 후더분한 것 같기도 해서 얼른 제자지로 가 버리곤 하는 일
   이 많았다.
   그날 밤은 그렇지가 않았다. 저도 차순과 똑같은 것을 했던 것이다. 그것은 도영혜한테 껴안기는 것
   에 비할 것이 아니었다. 도영혜한테 껴안기는 것을 잔잔히 내리는 비에 비긴다면 이것은 사나운 폭풍
   우(暴風雨)와 같은 것이라고나 할까?(33쪽)

드러난다.

유보화와 도영혜의 심리적 애정은 남성인물에 의해 파괴되지만 한 남성을 두고 삼각관계를 이루어도 심각한 갈등을 드러내지 않는다. 오히려 다른 여성에게 자신들이 사랑한 인물 '김영서'를 '빼앗기기'보다는 둘 사이 누군가가 결혼하기를 바란다. 특히 유보화는 도영혜의 아들을 키우거나 그녀를 위해 증언을 하는 용감한 행동에서 남성과의 사랑보다는 동성과의 우정을 선택한다. 이는 남성의 경우에도 여성화된 인물을 지닌 사람에겐 비교적 호의적(서남령)인데 반해 성적 폭력을 가한 인물(이성배)에겐 죽음을 부여하는 작가의 의도로도 표출된다.

작품 서두에 제시된 동성애적 분위기와 이후의 여성 인물간의 깨지지 않는 믿음, 그리고 이성 대신 예술을 택하는 과정이 지니는 의미는 무엇일까. 그것은 당시 여성들의 진정한 주체되기의 어려움을 제시하는 한편 혼란한 상황을 타개할 방법에의 모색이라고 할 수 있다. "남자들이란 뱃가죽이 열 겹두 더 돼. 그 뱃속은 도무지 알 수 없어. 여자들이야 다 뽑아 놓잖아."(282쪽)라고 도영혜가 말하듯, 남성들은 자신의 신념과 정세에 따라 '스스로' 바꿀 뿐만 아니라 여성의 사랑을 대상(타자)로 위치 짓는다. 이는 도영혜를 비롯한 여성인물들이 "(뱃속을) 다 뽑아 놓는" '사랑'에 자신을 걸었던 것과는 대비되는 모습이다. 도영혜를 심문하는 담당 검사인 김영서에게 유보화가 "피도 눈물도 없는 인간"이라고 힐난하자 김영서는 "피나 눈물로써 해결될 문제가 아니라니까. 민족 운명에 기우되는 문젤 어느 개인의 눈물이나 피로써 어떡한단 말이오? 법의 존엄성으로 다스릴 밖에 없는 문제"(271쪽)라며 냉정하게 말하는 장면이나, 김영서를 이성과 법의 대리자인 '검사'로, 유보화를 '예술'의 자리로 다시 돌아가도록 대비적으로 설정한 것은 이와 무관하지 않다.

이같이 작가는 남성들이 취한 이념에 대해 비우호적이다. "제일 처음으로 지킬 지조志操는 졸업하고 귀국 후에 조선총독부의 관리官吏가 아니 되는 것"(65쪽)의 신념을 보였던 1부의 긍정적인 모습에서 탈각된 우익의 대변자인 김영서와, 도영혜가 잠시 동거했던 좌익인물 성완수의 태도(여자를 사지死地에 버려두고 혼자서만 월북한 것)를 모두 부정적인 시선으로 그리고 있기 때문이다. 어떤 의미에서 이 작품에서 가장 문제적인 인물은 도영혜라고 할 수 있다. 도영혜는 통속적 사랑을 극대화시킨 동시에 급변하는 시대 이데올로기, 특히 '반공주의'에 의해 철저하게 좌절된 팜므파탈적 인물이기 때문이다. 이념의 소용돌이 속에서 도영혜가 온몸으로 부딪히며 파악한 현실이야말로 가장 적실하다고 할 수 있다.

> 『너두 인제 가정에서 나와 활동해라. 삼십 육년간이나 빼앗겼던 조국을 찾지 않았냐? 빼앗겼던 조국을 찾았으니 바루 잡아 세워야 한단 말이다. 잘못하면 자본주의 ×국의 속국이 되구 말지 몰라. 지금 우리가 맹렬한 투쟁을 하지 않으면 자본주의 ×의 주구 노릇 밖에 못한단 말이다. 우리는 진정한 의미에서의 민주주의 국가를 건설해 나가야 한단 말이다.』(211쪽)

해방기에 민주주의의 가치와 그에 대한 열망이 가장 절실한 시대적 요청이었을 것이다. 자유로운 시대와 민주주의 국가에 대한 도영혜의 염원은 유보화를 각성에 이르게 한다. 이 점에서 여성작가라는 점이 주목된다. 구체적인 역사적 사실에 대해서는 문제 삼지 않아 구체적 리얼리티가 결여되어 보이지만, 그 이면에는 예속된 국가의 해방과 국가 재건이라는 역사가 곧 속물과 배신으로 얼룩지고 있다는 점을 암시한다. 남성의 권력 이동이 보여주는 폭력성 대신 작가는 여성적 연대를 통해 긍정적인 가치를 보여주려고 했는지 모른다.

다시 말하면 『녹색의 문』을 이루는 지배적인 어조는 통속적 사랑과 반공으로 호명되는 국가 이데올로기의 결합이다. 이는 식민지와 관련된 비판적 언술이 해방기에는 자세하게 기술된 반면, 해방 후에 전개된 서사에는 비판적 언술이 거의 나타나지 않고, '사랑'과 배신에 관련된 통속적 성향을 지닌 서사가 주를 이루는 맥락과도 연결된다. 또한 역사적 사실과 관련된 부분은 작가의 언술과 여성작중인물에 의해 기술되고, 주동인물인 김영서의 정치비판적 언술은 거의 드러나지 않는 점에서 해방 후의 역사 형성이 남성성에 의해 주도된 과정임을 짐작할 수 있다. 특히 월북한 성완수와 관련되었다는 이유만으로 재판에서 도영혜를 '간첩'으로 8년 실형을 선고하는 결말 부분은 국가 이데올로기, 특히 반공주의의 맹아 내지 기원을 보여준다. 이것은 작가의 목소리가 지배 담론에 (무)의식적으로 포섭되고 있음을 의미하는 것이다. 의미있는 것은 국가의 입법자로 기능하는 남성적 현실 이면에 그것을 비판하는 균열의 목소리인 신뢰와 책임을 강조하는 '여성 연대'의 가능성 또한 제시하고 있는 점이다.

4. 맺음말

현재 학계에서는 '현대' 한국사회의 기원으로 간주되는 '해방기' 문학/문화 연구의 새로운 패러다임이 적극적으로 모색되고 있다. 기존의 해방기 연구들은 그 선구적인 성과에도 불구하고, 이데올로기론에 기반한 주제론적 연구에 치중하거나 식민지 시기의 '정리'와 '반성'에 초점을 두고 이루어진 측면이 많다. 기존의 해방기 문학 연구가 남북한의 단정 수립과 냉전 체제 성립 이후의 진영론을 해방기의 문화공간에 투사하여 질서화한 것은 아닌가라는 반성이 필요한 시점에서 한 작가의 창작 시기의 편차를 통해 당대의 실상을 재구해 보는 것도 유의미한 작업이라 하겠다.

최정희는 공군창공구락부로 활약하는 등 현실 정치에 참여한 제1세대

작가이다. 현실을 재현하는 방법에 있어 해방기의 소설은 관찰자의 시점을 취해 사건을 사실적으로 전달한다. 1920년대로부터 이어진 지주―소작인의 플롯을 공유하되 계급적이고 당파적인 목소리를 배제하고 사실적 서술과 우의적 수법이 특징적이다. 관찰자의 시선으로 인해 방관자적 태도나 '농민(약자)'에 대한 비우호적인 태도라고 비판받기도 하지만 토지제도를 중심으로 자신의 체험 내에서 당대의 실상을 사실적으로 그린 점이 당시의 현실을 재구하는 데 더 유효하다고 본다.

해방기를 주배경으로 한 『녹색의 문』은 연애와 관련된 주요 서사와 그 과정에서 겪게 된 여러 시련 과정을 통해 통속화된 연애사와 지배 담론과 동일시되는 국면을 보여주고 있다. 그 여러 시련 중에서 굵직한 계기가 되는 사건들은 정치적 현실이다. 보국대, 징병, 정신대를 중심으로 한 해방 바로 전의 상황, 공산주의와 민주주의의 분열, 임시정부의 환국, 토지 개혁안, 국가보안법과 관련된 해방기의 현안, 그리고 6·25전쟁은 직접적으로 언급되지 않았지만 그로 인해 파생될 개연성이 높은 반공주의와 국가주의 등이 중요한 계기들이라고 할 수 있다. 이런 문제들에 직면한 작중인물들을 통해 작가는 일제 식민지에 대한 강한 비판을 드러낸다. 미국에 대한 인식은 거의 비판조로 일관되는데, 특히 자본주의의 속국에 대한 우려가 그것이며, 공산주의에 대해서는 대상에 따라 양가적인 모습을 보인다. 가령 착취하는 지주와 농민의 반기와 관련한 '공산주의'의 형상화는 과거 내지 봉건적 잔재를 비판하는 목소리로 기능하나, 국가나 공공영역과 관련한 현재의 사항에서는 도영혜의 판결에서 보듯 신랄한 비판의 대상이 된다. 이는 반공주의(레드 콤플렉스)의 기원을 보여주는 한 양상이라고 할 수 있다.

『녹색의 문』은 '낭만적 사랑에의 기대와 좌절'을 주서사로 하면서, 1부는 식민지와 해방공간에 행해졌던 일본에 대한 비판과 민족주의 담론으로 전개되고, 2부는 해방 후 임시정부와 국가 재건으로 초점화되면서 반공주의 담론으로 전개되는 양상을 띠고 있다. 낭만적 사랑은 민족 담론이 강화되면서 상승한 후, 반공주의의 목소리가 강화될수록 점차 좌절되는 포물선을 그린다. 작품 말미에 가서는 동성애적 연대와 예술 지향의 균열된 지점이 드러나면서 다시 회복되는 곡면을 보여줌으로써 새로운 전망 내지 목소리를 드러낸다. 이와 같은 사랑과 담론의 운동과 이질적인 균열 담론이 『녹색의 문』을 대중소설로만 읽을 수 없는 이유이다.

결론적으로 해방기 소설과 『녹색의 문』 1부가 식민지의 연장선상에 바라본 '민족담론'의 자장 안에 놓여 있다면, 전쟁 후 재건의 시기로 접어든 1955년 이후에 씌어진 2부에서는 '국가담론'(「우물치는 풍경」의 마지막 부분에서 '국가'의 형성 암시)의 범주로 변화해 간다. 두 시기의 소설들은 봉건 지주와 소작인의 관계를 비롯한 일제 식민지에 대한 강한 비판과 청산의 문제, 공산주의와 미국적 자본주의, 토지개혁안과 국가보안법 등 국가의 기원 및 형성과 관련된 중요한 의제들을 담고 있다. 이런 사안들을 대하는 작가의 태도는 현실을 그 자체로 보여주는 관찰자적 시선에서 사랑을 다루는 대중적 시선으로 옮아간다. 또한 두 시기의 소설에는 누군가가 다른 이의 말을 대신하고 있는 '간접 서사'를 띤다는 점에서 해방 후 국가 재건을 둘러싸고 펼쳐진 좌익과 우익의 어느 쪽에도 자유롭게 발언할 수 없는 작가의 (무)의식적 태도를 짐작할 수 있다. 최정희 소설에 나타난 이러한 현실 인식의 변화가 그의 문학 세계 전반에서 어떤 역할을 하고 있는지는 다른 논의의 장이 필요하다.

『비평문학』 34호(2009. 12)에 수록

일제 말 전시기 식민 주체의 호명 방식

『放送小說名作選』을 중심으로

김화선

1. 서론

식민지 통치의 주요 도구로서 1930년대 중반 이후 "一朝 유사시 보도 기관으로서의 중요한 역할"[1]을 수행했던 라디오는 시험방송에서부터 朝鮮劇友會 회원들이 문학작품을 낭송하는 등 문학과 긴밀한 관련을 지니고 있었다. 특히 '라디오 소설'은 '라디오 드라마'와 더불어 청취자들의 문학적 욕구를 충족시키는 동시에 대중적 흥미를 만족시키는 것이었다. 일제는 중일전쟁 발발 이후 이를 전시 동원을 위한 본격적인 선전수단으로 삼는다. 1937년 9월 1일자 『조선일보』에 실린 라디오 소설 현상 모집 기사는 라디오 소설, 곧 방송소설이 전시 체제하에서 구체적으로 어떤 역할을 부여받고 있었는가를 말해준다. "400字詰 20매 내외"의 "'시국을

---

1 朝鮮總督府遞信局, 『朝鮮遞信事業沿革史』, 朝鮮總督府遞信局, 1938, 233쪽. 서재길, 「일제 식민지기 라디오 방송과 '식민지 근대성'」, 『사이間SAI』 창간호, 2006, 194쪽에서 재인용.

배경으로 하여' '내선일치' '총후의 적성' 을 주제로 한" 작품을 현상 공모한 것으로 미루어 방송소설을 국책협력을 위한 매체로 적극 활용하였음을 알 수 있다.

일제 말기 총력전 체제하에서 방송소설이라는 명칭으로 수많은 작품들이 발표되었으나 지금까지 남아있는 자료는 『방송소설명작선』(조선출판사, 1943)이 유일하다. 이외에 방송 문예 관련 자료들을 수록한 『방송지우』가 있으나 1943년 7월 창간호와 몇몇 권만 발굴된 실정이다. 『방송소설명작선』과 더불어 방송소설이라는 명칭이 사용된 작품집으로는 광복 이후 일본의 패망과 전쟁에 대한 반감을 주로 다룬 『방송소설걸작집』(선문사, 1946)과 방인근의 『청춘야화』(한성도서 주식회사, 1955)가 있을 뿐이다.

이상에서 짐작할 수 있듯이 일제시대 방송소설에 대한 연구는 1차 자료의 부족과 방송소설이라는 장르적 특성으로 인해 다소 소략한 편이다. 방송소설을 본격적으로 연구한 논의로 송민경의 「일제하 방송소설 연구」를 들 수 있는데 이는 방송소설이 총력전 체제의 형성과 밀접한 관련이 있다는 가설에서 출발하여 인물을 묘사하는 방식이나 서술자의 서술 태도를 이분법적 대립과 과잉 감정의 표출이라는 멜로드라마적인 양상으로 파악하고 있다. 또한 강현구의 「1940년대 방송소설 연구」는 『방송소설명작선』과 『방송소설걸작집』, 그리고 방인근의 1940년대 방송소설을 모은 개인 창작집 『청춘야화』를 비교·분석하고 있다. 그밖에 일제시대의 라디오 방송을 살펴본 논의로 엄현섭의 「제국일본의 문화매체 비교연구─라디오방송을 중심으로」와 「『라디오 年鑑』에 나타난 植民地期와 慰安放送과 그 성격」, 서재길의 「일제 말기 방송문예와 대일 협력」, 「일제 식민지기 라디오 방송과 '식민지 근대성'」 등에 주목할 수 있다.

지금까지의 연구 성과를 토대로 본고는 일제가 방송소설을 활용하여 식민 주체를 호명한 구체적 양상을 살펴보고자 한다. 경성방송국 조선어 제2방송 책임자였던 윤백남에 따르면, 라디오가 조선에서 갖는 사명은 "1. 민속한 뉴스 제공 2. 가정부인 계몽운동 3. 아동의 과학외 독본적 교양급 과학오락 4. 일방적 청신한 오락 5. 성인교양급 취미적 강좌 강연 6. 부업강좌"로서 "가정적으로 이상적 교양과 대접을 받지 못하는 우리 조선의 아동들에게 라디오가 가진 특색의 전부를 발휘하야 그들의 고상하고 보드라운 취미를 조장하는 것 등에 조선에 있어서 라디오의 갈 길"이며 "'주부를 잡아라' 이것이 우리 조선에 있어서의 라디오 사업의 성공의 첩경이"[2]었는 바, 어린이와 여성이야말로 일제가 라디오 방송을 통해 계도하려는 주요 청취자였음을 확인할 수 있다. 이러한 판단 아래 본고는 어린이와 여성 주체를 중심으로 『방송소설명작선』에 나타난 이데올로기적 인간형을 분석할 것이다.

2. '소국민'과 식민주의의 내면화 – 식민지 조선 어린이의 정체성

일제는 계속되는 전쟁을 치루면서 일상을 준準전시체제화하고 장차 "국가의 중견이 되며 주인이" 될 식민지 조선의 어린이들을 '소국민小國民' 혹은 '제2세 국민第二世國民'으로 호명하면서 어린이들을 철저한 일본 정신을 지닌 존재로 기르고자 하였다. '소국민'을 "대동아공영권의 맹주로써 또는 지도자로" 교육하기 위해 "일대각성이 필요한"[3] 시점이라는 인식이 팽배되고 있는 상황에서 일제는 다양한 담론 전략을 구사하면서 조선의 어린이들을 식민이데올로기로 포섭하고자 하였다. 이러한

2 윤백남, 「라디오 문화와 이중방송」, 『매일신보』, 1933. 1, 7~9쪽.
3 『아이생활』, 1943. 1, 宋昌一 著 小國民訓話集 광고.

시대적 상황은 『방송소설명작선』[4]에도 반영되어 있는데, 이 작품집에 수록된 대부분의 소설은 대동아전쟁의 정당성을 선전하고 전쟁동원의 필요성을 역설하는 한편, 전쟁을 치루는 총후국민으로서 지녀야 할 마음가짐과 일상생활에서의 태도를 강조하고 있다.

"'싸우는 일본'에 필요한 '국민생활의 변화'와 '신동아 건설'을 위해 이에 걸맞은 일상생활의 혁신, 전쟁과 건설이라는 양면을 서로 연계, 회전시키는 축으로서 잘 정제된 '기름' 역할을 하는 것이 라디오의 사명이고 역할"(『방송』, 1940. 7)이라는 사실을 염두에 둘 때 당시에 라디오를 통해 방송된 소설들이 어떤 기능을 담당하고 있었는가를 추측하기란 어렵지 않다.[5] 그러면 일제 말기의 총력전 체제하에서 라디오를 통해 방송된 소설들이 식민지의 어린이들을 호명하는 구체적 양상을 분석해보면서 식민이데올로기가 부여한 어린이의 정체성을 살펴보기로 하자.

2.1. 일본 정신을 지닌 병사형 인간의 탄생

일제가 군사적 필요에 따라 내건 '대동아공영권'은 팽창정책의 슬로건으로서 '동아 해방'을 내세우지만 그 이면에는 황국을 핵심으로 한 지배와 복종의 수직적 상하관계의 계층적 질서가 숨어있었다. 표면적으로는 아시아 각 민족의 평등, 역사·문화의 다원성을 주장하면서도 실질적으로는 일본민족이 지도 민족인데, 그 이유는 태고 적부터 동화와 융합을 지속시켜온 일본민족의 우수성과 천황이 통치하는 황국의 위대함 때

---

4 『방송소설명작선』에는 모두 17편의 소설이 수록되어있다. 수록된 소설의 목록은 다음과 같다. 김동인의 「남경조약」, 박태원의 「꼬마반장」과 「어서 크자」, 이선희의 「승리」, 정인택의 「나무의 일생」과 「청향구」, 안회남의 「바다로 간다」와 「은실의 마음」, 장덕조의 「雨後晴天」과 「연화촌」, 김래성의 「수놓은 송학」과 「어떤 여간첩」, 정비석의 「수국피는 날」과 「그리운 창공」, 계용묵의 「생일」과 「개구리도 숨었건만」, 이무영 「양개」.
5 김화선, 「식민지 어린이의 꿈, '병사 되기'의 비극」, 『창비어린이』 2006년 여름호, 228~229쪽 참고.

문이라고 주장했다.[6] 이와 같은 대동아공영권의 논리에 포섭된 조선의 어린이는 "새동아를 세우는데 가장 씩씩한 어린 용사"로서 존재 의의를 부여받는다. 대동아의 앞날을 책임질 국민이 되기 위해 어린이들은 전시 체제하에서 "황국의 역사적 사명에 따"라 "대국민의 자질"을 도야하여 "천황이 친히 통솔하는 신의 병사神兵"[7]로 성장해야 했던 것이다.

그러나 조선에서 징병제를 실시하는 일이 간단하지만은 않았다. 징병 대상자들의 훈련과 교육, 대상자 파악의 문제는 차치하더라도 조선인들이 징병제에 반감을 갖지 않도록 설득력 있게 포장하는 일이 만만치 않았다. 그리하여 일제는 "조선 동포가 내선일체의 실시에 투철해 왔다는 것을 인정하여 그 열렬한 열망을 수용했다는 것, 지원병제도의 실적이 양호했다는 것, 대동아공영권 건설의 중핵적 지도체로서 활발한 지위를 조선동포에게 부여했다는 것을 명확히 하고 또 병역이 일본신민으로서 가장 숭고한 의무임과 동시에 특권이라는 사실"[8]을 내용으로 한 선전 작업을 벌여나갔다. 징병 대상자가 될 어린이와 청년 계층, 그리고 아들을 둔 어머니가 주요 대상이 된 것은 당연한 일이었다.

『방송소설명작선』에 수록된 작품들 가운데 징병제를 직접적으로 선전하고 있는 작품은 내지 여성 미나미 부인의 큰 아들 "다까시 伍長이 散華한 하늘, 그리고 히로시군이 뒤를이어 날나갈하늘"을 "雨後晴天"으로 묘사한 장덕조의 「雨後晴天」과 징병제 실시를 감격어린 호소로 전하는 「어떤 女間諜」, 그리고 안회남의 「바다로 간다」와 정비석의 「그리운 창공」 등이다.

<hr>

6 윤건차, 이지원 옮김, 『韓日 근대사상의 교착』, 문화과학사, 2003, 287쪽.
7 宮田節子他, 『創氏改名』, 明石書店, 1992. 위의 책, 194쪽에서 재인용.
8 朝鮮總督府, 『朝鮮統理と皇民化の進展』, 1943. 최유리, 『일제 말기 식민지 지배정책연구』, 국학자료원, 1997, 200쪽에서 재인용.

정비석은 「그리운 창공」에서 소년항공병이 되려는 막동이의 열렬한 욕망을 서사화하고 있다. "앞으로 앞으로 - 높이 더높이-" "가도가도 끝없는 하늘로 훨훨 나러단이"고 싶은 막동이가 진정 원하는 꿈의 실체는 바로 용감한 항공병이 되는 것이다. "이대로 남태평양으로 날어가서 소로몬군도에 있는 미국병정들을 한바탕 뭇질러주고 왔으면 싶었"[9]던 막동이의 소망은 비행사였던 외사촌 형 태병이가 군에 입대하는 모습과 더불어 신성시된다.

> 아! 그 씩씩하고도 용감스러운 태병형의 얼골! 막동에게는 태병형이 사람이라기보다도 무슨 신선같이 성스러워 보였다. 몸에 감은 비행복에서는 향기로운 하늘 내음새가 풍기는듯 하였고 비행복 호주머니속에는 한두조각 조각진 구름이 들어있는것만 싶었다.[10]

감탄사를 동원하여 전쟁에 출정하는 병사를 묘사하는 서술자의 시선에는 숭고함마저 어려 있다. 이처럼 지원병을 성스럽게 재현한 까닭은 어린이들로 하여금 하늘을 나는 용감한 병사가 되는 일이야말로 가장 가치 있는 일이라는 메시지를 전달하기 위해서이다. 비행사가 되려는 꿈을 심어주고자 의도적으로 항공열을 보급한 일제의 노력은 "모형비행긔 학년마다달은제조법"(『매일신보』, 1942. 3. 29)과 "비행기의 발달사 : 금년은 비행기가 날기시작하야 이십년이 되는해"(『매일신보』, 1940. 3. 3), "비행기가 날기까지"(『소년』, 1939년 6월호, 22~23쪽) 등 비행기와 관련된 기사를 양산하던 당시의 기사에서 확인할 수 있다.

박태원의 「어서 크자」 역시 표면적으로는 빨리 어른이 되고 싶은 어린

---

9 정비석, 「그리운 蒼空」, 『방송소설명작선』, 조선출판공사, 1943, 344쪽.
10 위의 작품, 388쪽.

이의 내면 심리를 그리고 있으나, 이러한 맥락에서라면 다섯 살 소년 남수의 욕망이 단순히 하늘을 날아보고 싶은 것이라고 말하기 어렵다. 마음껏 비행기를 날릴 수 없어 "그저 얼른 커야만 무엇이든지 맘대로 할 수 있"다는 사실을 깨닫고 "어서 크자! 얼른 얼른 크자" 결심을 하는 남수의 모습은 하늘을 나는 비행기를 타고 적군을 공격하는 일본 병사의 이미지를 변용한 것에 지나지 않는다.

이와 관련하여 살펴볼 작품은 계용묵의 「생일」이다. 계용묵은 조선의 어린이의 탄생은 곧 일본정신을 지닌 병사의 탄생임을 돌잡이를 주요 모티프로 하여 상징적으로 보여준다. 돌잔치에서 총을 집는 아들을 보며 아버지는 "하구많은 물건 가운데서 더구나 능금 같은 휼란한 빛에 유혹을 받음이없이 한토막의 나무로 밖에 안 된 아무런 빛깔도 없는 총을" 집어 들었다고 벅찬 감동을 표한다.

어린 가슴에서도 힘잇게 뛰는 심장의 고동이 맛다은 아버지의 가슴을 울리며 따스하게 스미여드는 체온이 온통 그의 정열인 것 같애 그것을 길러내임에 아버지로서의 책임이 더욱 중하여 지는 것 같음을 느끼었다.
「네가 총을 드럿것다!」
하고 아버지는 감격한 마음에 참을수 없는 듯이 또 다시 이렇게 중얼거린다.[11]

겨우 돌을 맞은 아들 '마사오'가 총을 든 것에 감격한 아버지는 자신의 아들이 "동네에 보답을 하여야 하는 것이 아닌가"하고 걱정하고 아들을 "키워내일 자기의 책임이 중한것임을" 깨닫는다. 예문에서와 같이 작가는 아버지의 감정을 과잉 노출시키면서 어린 병사의 탄생을 감동적으로 전달하고 있다. 여기서 '마사오'가 동네에 보답하는 길의 의미는 총

---

11 계용묵, 「生日」, 『방송소설명작선』, 366쪽.

을 통해 암시된다. "딸 오형제를 내리" 낳은 후에 겨우 얻은 늠름한 아들의 탄생은 일본정신을 내면화한 병사의 탄생이었던 것이다. 이처럼 『방송소설명작선』에 수록된 몇몇 작품들은 식민지 어린이들을 자연스럽게 병사로 호명하면서 식민이데올로기를 전파하는 수단으로 기능하였다.

2.2. 어린이의 일상을 지배하는 전쟁

일제는 1938년 7월 7일 중일전쟁 발발 1주년을 기념하여 "황국정신의 현양과 내선일체의 완성, 그리고 생활의 혁신과 전시경제정책에의 협력, 근로보국 및 생업보국, 銃後국의 후원, 방법방첩 및 실천망의 조직 및 지도의 철저"를 강령으로 하는 국민정신총동원운동을 시작하고 곧이어 '고도국방국가체제의 확립'이라는 목표로 국민총력운동을 실시한다. 일제 말기 라디오를 통해 방송된 소설들 가운데 박태원의 「꼬마 반장」은 국민정신 총동원을 위해 만들어진 일종의 슬로건이라 할 수 있는 총후봉공의 실상을 적나라하게 보여주고 있다.

> 南秀는 머리에 「テソカブト」를 쓰고, 어깨에 防毒面을 메고, 손에 「メカボン」을 들고, 門밖으로 썩 나갔습니다. 「テソカブト」는 제것입니다마는, 防毒面이나 「メカボン」이나 모두 아버지것입니다. 어머니가 보시면 물론 야단을 하십니다. 허지만 어머니는 지금 뒤뜰에서 빨래를 하시니까 아무 일 없습니다.
>
> 그래, 南秀는 아주 맘 턱 놓고, 그렇게 차리고 나섰습니다. 이제부터 洞里아이들을 모아 놓고, 防空訓練을 할 생각이지오.
>
> 南秀 아버지가 이洞里 愛國班長이십니다. 그러니까, 이를테면, 아이들 틈에서는 南秀가 亦是 班長이지오. 勿論, 아이들은, 모두가 다 그렇게 認定해 주는 것이 아니었지만, 그래도 南秀는 저 혼자 班長입니다.[12]

12 박태원, 「꼬마 반장」, 『방송소설명작선』, 37~38쪽.

위 예문은 애국반상회와 방공훈련을 소재로 전시동원 정책에 충실한 어린 소국민의 모습을 형상화하고 있는 「꼬마 반장」의 부분이다. 아버지의 방독면과 확성기를 몰래 가지고 나와 방공훈련을 하는 남수의 행동은 어린이들의 일상과 놀이문화에 파고든 전시 상황을 그대로 드러낸다. 남수는 "소국민도 다같이 방공전사 가을의 방공대연습 오늘부터 시작 부모를 도와 활동하자"[13]는 일제의 정책에 따라 "총후국민銃後國民의 열성"을 보여주는 전형적인 소국민이다. 아버지의 말을 빌려 방공훈련에 불성실한 주민들을 비판하는 부분에서 이러한 면모는 노골적으로 드러난다. "班長인 아버지도 언젠가 어머니 하고 하시는 말씀에 防空訓練도 잘 안하고, 常會에도 잘 안나오고, 또 그밖에, 무엇이든 하라는 것은 도무지 잘 안하면서, 똑 고무신이나 廣木, 配給이 나왔다면, 그저 눈이 벌개서 달려드는 그런 班員들은, 아주 나쁜 班員이라고 하시던 말씀을 들었기 때문"[14]이라는 서술은 일제의 정책을 적극 홍보하면서 방공훈련에 적극적이지 않은 "나쁜 반원"들을 응징의 대상으로 만들고 있다. 작가는 남수의 목소리를 빌려 시국에 동조하는 메시지를 전달하고 있는 것이다.[15]

그런데 「꼬마 반장」에서 주목해야 할 부분은 애국반장을 아버지로 둔 다섯 살 꼬마 남수가 친구들을 모아 방공훈련을 하는 전반부 스토리와 딸기를 먹다가 다락에서 잠든 남수를 찾지 못해 가족들이 벌이는 한바탕 소동을 다룬 후반부 스토리가 부자연스럽게 연결되고 있다는 점이다. 총후국민의 자세를 보여주는 전반부에 비해 천진난만한 어린이의 일상을 보여주는 후반부는 스토리 전개도 자연스럽고 인물들의 심리묘사도 뛰어나다. 스토리 전·후반의 대조적 구성을 통해 "'시국을 배경으로' '총후의

---

13 『매일신보』, 1941. 10. 12.
14 박태원, 앞의 작품, 41~42쪽.
15 김화선, 「아동의 '국민' 편입과 식민주의의 내면화」, 『어린이와 문학』, 2008년 8월호, 21~26쪽 참고.

적성'을 주제로" 해야 한다는 방송소설의 취지와 작가의 창작 의도가 충돌하고 있음을 짐작할 수 있다. 작가가 말하고 싶은 것과 말해야만 하는 것의 대립은 한 편의 작품 속에 이질적인 스토리를 병치시킨 것이다.

전시 체제의 일상에 파고든 식민 권력의 힘은 어린이를 총후보국의 용감한 대원으로 구성하기를 원하였다. 계용묵의 「개구리도 숨었건만」은 "학생들의 지금 든 그 호미는 병사들이 메인 총에 조곰도 지지않는 얼과 성이 담기운 무기임을 잊어서는 않된다"고 소리높여 외치면서 근로보국의 의미를 강조하고 있다.

> 이 동네 국민학교에서는 五학년생도 百여명을 총동원시켜 김이 늦어진 논에 김을 매여 주기로 하였든 것이다. (…중략…) 그 논에서 나는 곡식을 그 논 임자만이 먹는것이냐. 그것이 다 나라의 곡식이 되는것이라는 것을, 그리하야 다만 그 한알의 쌀알이라도 더불키여 내게 한다는 것은 국민으로서의 누구나 하여야할 일인 동시에 어떻게도 큰 일이요, 귀한 일이라는 이야기를 다시 들려주었을때[16]

"비가 오거나 말거나" 열심히 김을 매는 학생들은 "열과 성으로 연성시킨" "소국민부대"로서 "나이는 비록 어리지만 마음의 힘은 어리다고 할 수가 없다." 근로보국운동은 국가가 개인의 노동력 착취를 정당화하고자 "국민으로서 누구나 하여야 할 일"이라는 논리로 포장하고 있으나 육체적 노동을 정신교화와 연결시키면서 어린 학생들의 노동력을 철저하게 활용하고 더 나아가 징용으로까지 이어지도록 일제가 치밀하게 의도한 것이었다.

이상에서 살펴본 바와 같이 일제 말기 방송소설은 어린이의 일상을 치

---

16 계용묵, 「개구리도 숨었건만」, 『방송소설명작선』, 372~373쪽.

밀하게 포섭하여 장차 훌륭한 병사가 되거나 후방에서 전쟁을 도울 수 있는 역량을 지닌 소국민으로 자라나도록 요구하고 있었다.

3. 군국의 어머니와 이상적 가정의 수호자

– 식민지 조선 여성의 정체성

일제 말기 총동원체제 아래 여성은 훌륭한 일본 제국군인이 될 만한 아이를 낳고 기르는 '군국軍國의 어머니'와 근검절약과 저축으로 전시하의 가정과 국가 경제를 부양하는 '가정주부'의 역할을 강요받았다.[17] 여성에게 요구되었던 군국의 어머니의 역할은 징병제 실시와 밀접하게 관련이 된다. 1938년 2월 26일 조선육군 특별자원병령이 공포된 후 조선에서는 지원병제도가 실시되고, 이어 1942년 5월 9일 징병제 실시가 선포되는데 이러한 상황에서 여성은 장차 자라서 일본의 군인이 될 귀한 아들을 낳아 기르는 막중한 책무가 부여된다. 뿐만 아니라 이른바 '총후銃後 부인'으로서 전시하에서 후방의 가정을 지키며 근검절약과 저축, 물자절약을 생활화하고 나아가 부족한 노동력까지 보충해야만 하였다. 태평양 전쟁이 장기화된 상황에서 전장에 나가있는 남성을 대신하여 가정을 지키고 사회적으로도 중요한 몫을 담당해야 했던 것이다.

『방송소설명작선』에 수록된 작품들 가운데 이선희의 「승리」와 안회남의 「은실의 마음」, 장덕조의 「雨後晴天」과 「연화촌」, 김래성의 「어떤 여간첩」, 정비석의 「수국피는 날」과 「그리운 창공」은 조선의 여성들을 전쟁에 동원하기 위해 총후 부인이나 군국의 어머니 상을 서사화한 작품들이다.

---

17 이선옥, 「평등에 대한 유혹 – 여성 지식인과 친일의 내적 논리」, 『실천문학』 2002년 가을호, 259쪽.

3.1. 가족국가주의, 군국의 어머니와 총후 부인

김래성의 「어떤 여간첩」은 총후의 여성으로서 "우리들 여성에게 맡겨진 임무란 평안히 집안에 앉어서 사랑하는 애들과 다정한 가정을 묵묵히 지켜나가면 그만이니" "국가가 우리들 여성에게 맡겨준 임무란 너무나 쉽고 너무나 편안한것"이므로, "다만 불평을 말라는 한마디의 실행이 무엇이 그리도 어려울것"[18]인가라고 설파하고 있다. 국가가 여성에게 요구하는 역할은 가정이라는 테두리 안에서 의미를 지니는 것인데, 그런 점에서 '가정의 국가화'란 아내, 어머니 역할의 국가 관리하고 말할 수 있다.[19] 이는 전시동원 체제 아래 조선에서 이루어진 천황제 파시즘에 근거한 가족국가주의로의 변모양상을 실감나게 보여주는 것이다. 가정을 국민정신 총동원을 위한 기초 단위로 설정하고 국가의 기조를 이루는 가정이 후방을 든든히 지켜야 전쟁에서도 승리할 수 있다고 믿었다. 이러한 신념에 따라 여성은 가정의 중심이 되는 존재로 부상하기에 이른다. 조선의 여성이 황민으로 거듭나기 위해서는 총후 부인이라는 주체성을 획득해야만 했고, 그 연장선상에서 '군국의 어머니'의 역할도 부여된 것이다. 식민지 여성을 '군국의 어머니'로 호출해내려는 구체적 전략의 일환으로 방송소설은 아들을 흔쾌히 전장에 내보내고 후방의 경제를 책임지는 장한 어머니 상을 반복적으로 제시한다.

> 바로 수개월전 히로시소년의 형 「다까시」伍長의 영령을 이 애국반원일동이 경성역두에서 마지하든감격을 어찌 잊어버리겠습니까.
> 그때 이몹시 마르고 항상 겸손한 미나미여사의 태연한 자태는 감탄이라보담 오히려 하나의 놀라움이었습니다. (…중략…) 말이쉽지 六十이 다 되오는

---

18 김래성, 「어떤 여간첩」, 『방송소설명작선』, 290~291쪽.
19 우에노 치즈코, 이선이 역, 『내셔널리즘과 젠더』, 박종철출판사, 1998, 69쪽.

과부노인이 큰아들을 나라외받허 전사한지 얼마되지않아 다만 하나인 막내아
들을 부르심을 기다리지않고 또 솔선하야 내여놓는다는것은 여간 어려운일이
아닐것입니다.
　김씨도 여태까지 신문이나 잡지나 혹은 방송같은것을 통하야 많은 미담과
훌륭한 군국모성의 결심같은것을 듣고는있었으나[20]

　장덕조의 소설 「雨後晴天」의 예문에서 보듯 미나미 여사는 애국반원
열여덟 가구 중 유일한 "內地人世帶"로 큰 아들 다까시를 전쟁에서 잃고
도 둘째 아들 히로시를 소년항공병으로 보내는 의연한 여성이다. 한 사
람의 국민으로서 기꺼이 자식을 국가에 바치는 일본의 여성들을 배우라
고 당시 일제가 벌인 다양한 선전전과 같은 맥락에서 장덕조는 일본인
미나미 여사를 본받을 것을 강조하고 있다. 예문에서도 드러난 바와 같
이 "신문이나 잡지나 혹은 방송"은 조선의 여성이 '군국의 어머니'가 될
것을 광고하고 있었고[21], 이러한 선전 정책에 따라 방송소설 역시 '군국
의 어머니'로서 갖추어야 할 자질을 서사화하면서 일제의 식민정책을
따르고 있었다. 미나미 부인을 바라보며 "지르르하도록 감격한마음이
치밀어"오르는 김씨는 일본 여성과의 동일시를 지향하는 반도의 여성의
자세를 보여주고 있다.

　식민 권력이 조선의 여성을 '군국의 어머니'로 호명하면서 황국의 신
민으로 재배치하고 있는 과정은 필연적으로 모성의 왜곡을 수반한다. 장
덕조가 말하는 다음의 의미는 "군국모성"이 경계해야 할 바를 명료하게
드러낸다. 가령 "자식이거나 짐승이거나 사랑하는것을 내옆에두고 돌봐

20　장덕조, 「雨後晴天」, 『방송소설명작선』, 213~216쪽.
21　그 예로 「군국의 어머니」(『매일신보』, 1940. 10. 28), 「군국의 어머니 指標」(『매일신보』, 1942. 5. 26),
　　「군국의 어머니 열전」(『매일신보』, 1942. 6. 29), 박태원의 『군국의 어머니』(조광사, 1942. 10), 김상덕
　　의 『어머니의 힘』(남창서관, 1943. 5)과 『어머니의 승리』(경성동심원, 1944. 9), 「군국의 어머니에게」
　　(『매일신보』, 1944. 12. 7), 이규화의 「전력 증강과 모성 보호」(『신시대』, 1945. 1) 등을 들 수 있다.

주고싶은것은 人情일것이다. 그러나 세상에는―더군다나 요새같은 소위 決戰時에는 이 같은 人情을 꺽지않으면 안되는경우가 얼마든지 있다. 참사랑―참사랑, 가장 경계해야할것은 맹목적 사랑이"[22]라는 언술은 맹목적 사랑을 경계하고 국가를 위해 인정을 접어야만 한다는 메시지를 분명히 하고 있다. 방송소설의 특성상 완곡한 표현보다는 직설적으로 의도를 전달하는 방식을 택하고 있으나 개인의 사적인 감정의 영역이 국가를 위한 헌신적 사랑이라는 공적 영역에 위반되는 것을 용납할 수 없다는 결정은 가정에서의 어머니 역할이 국가주의 이데올로기에 귀속되고 있음을 보여준다. 이 지점에서 아들을 지원병으로 보내는 어머니의 존재가 긍정적인 '군국의 어머니' 상으로 존립하게 되는 논리적 근거가 마련된다. 그리하여 "내 아들아, 아니, 나라의 아들아, 어서 네 소견대로 일억민중을 위해서 죽으려므나! 그렇게, 그렇게 빈"[23]다는 어머니가 진정한 모성을 지닌 존재로 부각될 수 있었던 것이다.

일제에 의해 만들어진 왜곡된 모성은 정비석의 「그리운 창공」에서도 반복적으로 재생산된다. 비행사가 되겠다는 막동이의 소망에 반대하던 어머니는 사촌형이 태워준 비행기를 타고 하늘을 나는 아들의 모습을 보고서야 비로소 심경에 변화를 일으킨다. 전쟁에 적극적으로 참여하려는 자발적인 아들의 태도에 의해 어머니가 변화되는 모습은 여성이 가정의 중심이라는 기존의 논리가 허상에 지나지 않음을 증명한다. 일본 제국주의에 의해 소국민으로 호출된 아들이 원하는 것을 기꺼이 들어주는 모성은 "여전히 가부장제적 질서의 수립에 이바지하는 남성 중심적 성격을 띤다."[24]

---

22 장덕조, 앞의 작품, 217쪽.
23 김래성, 앞의 작품, 293쪽.
24 심진경, 「여성작가 친일소설 연구」, 『배달말』 제32호, 2003, 95쪽.

3.2. 낭만적 사랑과 전쟁 이데올로기의 결합으로

탄생한 군국의 가정

『방송소설명작선』에 수록된 소설들이 어머니가 아닌 젊은 여성을 형상화하는 방식에 있어서 주목해야 할 점은 근대적 교양을 지닌 세련된 여성이 아니라 참고 인내하며 희생하는 전근대적 여성을 긍정적으로 그리고 있다는 사실이다. 일본 군인이었으나 전우들이 남기고 간 뜻을 이어받아 청향구의 농장을 경영하는 이노우에를 보고 벅찬 사랑의 감정을 느끼는 채화의 이야기를 다룬 정인택의 「청향구-生新支那通信」과 "농촌청년보국대원의 한사람으로 내지에 건너가게 된" 현호의 사랑을 수동적으로 기다리는 옥순의 사랑 이야기를 그린 정비석의 「수국피는 날」이 대표적이다. "공장에 댕긴다구 하이카라짓 허지말어라"고 주의를 주는 현호의 모습이나 순결을 지키며 현호의 처분만을 기다리는 조선공장造船工場의 여직공 옥순의 소극적인 태도는 여전히 보수적인 전근대적 가치 체계를 반영하고 있다. 특히 「청향구-生新支那通信」은 일본 군인에게서 사랑의 감정을 느끼는 채화의 태도를 낭만적으로 묘사하고 있다. "일본군은 잔인하기가 짝이 없어서 닥치는 대로 잡아 죽인다는 소문"과 "군인이 아니면 절대로 보호하고, 오히려 식량까지도 배급해 주는것이 일본군이라는 풍설" 사이에서 채화의 "처녀다운 호기심"은 일본군의 모습을 이상적인 남성상을 발견하는 원동력으로 작용한다.

> 거리에 모여 있는 부락 사람들의 떼와, 그것을 둘러싼 일본군인의 마귀같은 모양을 예상하고 있던, 채화의 눈에는 그러나 아무것도 비치지 않았습니다. (…중략…) 시커멓게 햇볕에 걸었으나 단정한 얼굴, 사내 답게 딱 벌어진 넓은 가슴, 허리에 찬 긴 칼, 몸에 꼭 맞는 군복軍服…… 늠름하면서도 조금도 무서운 생각을 주지 않는 용모요, 태도였습니다.[25]

채화의 이러한 감정적 태도는 일본 군인에 대한 사랑의 감정을 유발하고 나아가 현실을 낭만화하는 계기가 된다. 여성의 시선에 의해 늠름한 남성의 모습을 획득한 일본군인 이노우에는 청향구를 평화롭게 만든 구세주로 형상화된다. "새세상"을 열어나가는 이노우에에 비해 채화는 "눈물 어린 눈"을 한 "가냘픈" 존재로 대비된다. 채화의 이러한 면모는 장덕조의 「연화촌」에서 "가장 적은일에 충성했으나 그와함께 가장 큰일에 공헌한 사람"이라는 이유로 표창을 받게 된 영희 어머니의 모습과 다르지 않다. 이는 전시하의 여성에게 국가가 "맡겨준 임무란 너무나 쉽고 너무나 편안한것"이라는 김래성의 언급과 일맥상통하는 것으로, 일본 제국주의 이데올로기가 전시하의 여성에게 부여한 '총후 부인'이나 '군국의 어머니'가 실은 여성 개인을 근대적 주체로 호명하는 데서 탄생한 것이 아니라 가정이라는 범주 안에서 어머니나 아내의 몫을 제대로 감당하는 보수적인 여성 주체를 국가주의 이데올로기로 포장하는 과정에서 탄생한 것임을 말해준다.

1937년 후반부터 본격적으로 등장한 스파이 담론 역시 이와 무관하지 않다. 스파이란 후방을 교란시키는 위험한 존재인데, 당시 유행한 스파이 담론은 중일전쟁 이후 외국인(중국, 소련, 영미와 관련된) 여성 스파이에 대한 신화화와 스파이에 연루되기 쉬운 집단으로 '신여성'적 정체성 자질을 호명하는 방식으로 분열된다.[26] 김래성의 「수놓은 송학」과 「어떤 여간첩」은 정확히 이 두 가지 양상을 보여준다. 경성에서 재봉학교를 경영하는 독일여성 마리에 원장의 스파이 행위가 영자의 연인 신영호의 예리한 관찰력에 의해 밝혀지는 「수놓은 송학」이 매혹적인 근대여

---

25 정인택, 「청향구」, 『방송소설명작선』, 127쪽.
26 권명아, 『역사적 파시즘—제국의 판타지와 젠더 정치』, 책세상, 2005, 214쪽.

성을 스파이로 규정하는 첫 번째 경우를 소설화한 것이라면 「어떤 여간
첩」은 후자에 해당한다.

북경에서 경성으로 잠입한 스파이 최경자가 영숙과 나눈 대화의 부분
이다. 두 여성의 대화에서 선량한 황국신민이 의미하는 바가 곧 현모양
처라는 사실이 드러난다. 개인의 감정을 중시하는 근대 사상은 "적성국
가 영미의 사상"으로 매도되고 자기를 희생하며 현모양처가 되는 길이
황국신민으로 거듭나는 길이라고 작가는 말하고 있다. 동양적 현모양처
와 대립되는 신여성의 정체성을 규정짓는 속성은 여간첩 최경자로 체현
된 스파이의 특징으로 귀결된다. 스파이 담론의 기저에는 제국주의 일본
이 원했던 여성성이 가족주의의 테두리 안에서 희생적인 현모양처였다
는 사실을 보여준다.

한편 젊은 과부 은실이 좋은 혼처를 마다하고 아이가 셋 딸린 홀아비
에게 시집을 가겠다고 결정하기까지를 서사화한 안회남의 「은실의 마
음」은 가정이 국가의 기초를 이루며 진정한 여성의 역할은 새로운 가정
을 건설하는 데 있음을 역설하는 데서 절정을 이룬다.

---

27 김래성, 앞의 작품, 284~285쪽. 오자는 원본 표기를 따름.

　　젊은 과부 은실이를 노릭감으로 생각하지 않고, 진실한 동기에서 청혼하여
온 단 한사람이라고, 은실이는 믿었습니다. 세상사람들은 결혼해야한다는 진
리만알지, 어떻게 결혼 해야한다는 길 그 바른길은 모다 모르는것이 아닌가?
은실이가 처음 시집 안가겠다고, 그렇게 앙탈한것은, 결혼의 바른길, 바른동
기를 모르는 세상사람들의 속된 생각에, 강렬하게 반발하는때문이였다고 해
석됩니다. (…중략…) 불행한 삶에서만 허덕이든 사람들 끼리 모히어, 문허졌
든 가정을 새롭게 건설하여 나가는 감격과 동시에, 새 히망과 새 용기가 벅차
게 그의몸으로 슴여들없읍니다.[28]

은실은 현모양처가 탄생할 수 있는 기반이 될 "가정을 새롭게 건설하"
기 위해 결혼을 하기로 결심한다. 은실이 밝힌 "결혼의 바른 길"이란 삼
남매의 엄마가 되어 무너진 가정을 일으켜 세우는 것이다. 모성이 결혼
의 "바른 동기"가 된다는 은실의 생각은 가정을 국가의 토대로 삼는 총
력전하의 상황에서 기인한 것이다.

일본의 식민주의는 조선 여성의 정체성을 총후 부인이나 군국의 어머
니에서 찾음으로써 제국주의에 협력하는 여성상을 만들어 나갔다. 앞에
서 이미 언급한 바와 같이 라디오 방송은 가정주부들을 주요 청취자로
삼고 이들을 대상으로 식민이데올로기를 전파시키려는 목적을 지니고
있었던 만큼 식민지 조선의 여성들을 총후 부인이나 군국의 어머니로 포
섭하려는 담론적 전략의 일환으로 방송소설을 이용하였던 것이다.

4. 결론

이 글은 『방송소설명작선』에 수록된 작품들을 중심으로 일본의 제국
주의 이데올로기가 라디오 방송을 이용하여 식민지 주체들을 호명하는

---

28 안회남, 「은실의 마음」, 『방송소설명작선』, 189쪽.

양상을 살펴보았다. 특히 일제 말기는 국민총력운동이 실시되면서 전쟁 동원의 논리가 강력한 파시즘으로 작용하던 때로서 라디오 방송은 어린이와 여성을 식민 권력이 요구하는 이데올로기적 인간형으로 재생산하기 위해 다양한 담론 전략을 구사하였다. 일상을 전시체제화하고 총후 국민을 양성해야만 하는 절박한 상황에서 라디오 방송은 소설의 형식을 적극 활용하여 식민이데올로기를 전파하고자 하였다. 이를 구체적으로 증거하는 예가 바로 『방송소설명작선』에 수록된 작품들이다.

일제는 식민지 조선의 어린이를 전쟁에 동원하고자 어린이를 '제2세 국민' 또는 '소국민'으로 호명하며 그들에게도 한 사람의 국민으로서 맡은 바 소임을 해낼 것을 강조하였다. 『방송소설명작선』의 경우 이러한 점은 대략 두 가지 차원으로 나뉘는데 어린이들에게 하늘을 자유롭게 나는 꿈을 심어주고 궁극적으로 소년항공병이 되는 길이 용감하고 장한 어린이가 마땅히 해야 할 바임을 주장하는 것이 그 하나라면, 총후 국민의 일인으로서 근로보국에 참여하고 전시체제화된 일상에 적극적으로 참여하는 모습을 보여주는 것이 다른 하나라고 할 수 있다. 전자는 조선의 여성들을 '군국의 어머니'로 호명하면서 군사를 키워내는 어머니의 역할을 부여한 것과 동일한 맥락에서 이해할 수 있다. 그리고 후자는 '총후 부인'이라는 이념을 주입하여 여성 주체를 가정의 책임자로 세우지만 여성을 독립된 주체로서 인정하는 것이 아니라 보수적인 가치관의 연장선상에서 현모양처 이데올로기를 포장한 것에 지나지 않는다.

이상에서 살펴본 방송소설은 일제의 통제에 부응하여 어린이와 여성들을 이데올로기적 주체로 호명하는 면모를 보이고 있다. 일제는 식민지의 어린이와 여성에게 소국민과 총후 부인이라는 정체성을 부여하였고, 궁극적으로 황국신민으로 재배치하기를 원했던 것이다. 어린이 인물이 등장하는 성장 서사의 궁극적 지향점은 병사형 인간의 탄생을 향하고 있었으며, 현모양처 이데올로기를 바탕으로 한 안정된 가정의 재건설은 전근대적 여성상을 전쟁 동원의 논리로 포장한 것이었다. 방송소설은 이러한 일제의 식민 전략을 효율적으로 전달하는 도구가 되었다. 이미 지명도를 획득한 유명 작가들이 창작한 방송소설은 일제의 식민 정책을 홍보하는 효율적인 수단으로서 일제 말기 대중 동원 서사의 전형을 보여주고 있다.

『Comparative Korean Studies』, Vol. 17 No. 2 (국제비교한국학회, August 2009)에 수록

근대계몽기 국문 담론 양상과 언문일치

김현정

1. 들어가며

100여 년 활발하게 논의된 근대계몽기[1] 문학에 대한 관심은 지금도 여전히 지속되고 있다. 그것은 '지금-이곳'의 상황이 100여 년 전 한국을 둘러싼 동아시아 상황과 크게 다르지 않았다는 점과 그에 따라 당대의 문학담론을 통해 새로운 길을 모색해보려는 의도가 작용한 결과라 할 수 있다. 이는 근대계몽기 문학을 단순히 이행기의 문학, 과도기의 문학으로 보고 그 문학현상을 조명하던 기존의 입장에서 나아가 이 시기 문학담론들의 심연의 기저에 작동하는 '새로운 인식론적 배치'(푸코)를 읽어내려는 태도와도 긴밀하게 연결된다.

---

1 '근대계몽기'는 우리의 근대가 시작한 '기원의 공간'으로, 이는 단지 봉건체제에서 근대로 전환했다는 거시정치적 측면만의 문제가 아니라, 사유체제와 삶의 방식, 규율과 습속 등 구성원 개개인의 신체를 변환시키는 차원까지를 아우르는 폭넓은 것이다(고미숙, 「근대계몽기, 그 생성과 변이의 공간에 대한 몇 가지 단상」, 『민족문학사연구』 14호, 1996, 110쪽 참조).

한국이 독립된 민족 국가로서의 형식을 갖추게 된 것은 1894년 '갑오개혁'을 통해서였다. 한국과 중국의 관계가 공동문명권이라는 인식틀이 서서히 해체되고 국가 대 국가로 관계가 조정되면서 독립된 주권 국가로서의 자의식이 맹아할 수 있게 된 것이다.[2] 이러한 중국과의 관계 변화는 곧 우리의 언어생활, 즉 그동안 한문에만 전적으로 의존해 오던 어문생활에 큰 반향을 불러일으켰다. 특히 국문 사용을 공식화한 갑오개혁의 법령, 즉 "국문으로 본을 삼되, 국문과 한문은 혼용한다."[3]라는 황제 칙령은 어문생활에 획기적인 전환점을 제공하게 된다.

물론 이러한 국문 생성의 외적 조건은 그 이전부터 형성되었다. 병자수호조규(1876년)나 조미수호통상조규(1880년)와 같은 근대적 외교 관계를 통해 조선은 형식적으로는 '만국공법萬國公法하의 독립국', 즉 근대 네이션으로 표출되었고 세계 체제의 일원이 되기에 이르렀다. 이 과정에서 근대 네이션의 매체이자 국체의 표상으로서 발견된 것이 바로 '국어'·'국문'의 존재였다. 당시 박영효 사행들은 일황日皇이라는 국가 상징이 재현되는 일본어라는 국가 표상에 대해 고종을 대신해 조선이라는 내셔널리티를 조선어의 존재를 통해 재현하고 있었다. 그들의 근대 네이션 재현의 언어는 구어 상황과 종래의 문자 질서·교양을 절충한 에크리튀르 간의 직접적인 뒤섞임으로 표출되었다. '발화를 옮겨 적는 말'(에크리튀르)로서의 한문과 '발화되었을 때의 말'(파롤)로서의 구어가 자명하게 분리된, 조선의 독특한 국한문혼용의 에크리튀르가 출현하게 된 것이다. 그리고 이 에크리튀르는 혼종적일 수밖에 없는데, 그것은 한자와 한글이 섞인 대목 때문에 혼종적이라는 것이 아니라 이질적인 언어군이

---

2 권보드래, 『한국 근대소설의 기원』, 소명출판, 2000, 132쪽 참조.
3 "第十四條, 法律勅令, 總以國文爲本, 漢文附譯, 或混用國漢文."(1894년 11월 21일, 勅令 第一號, 公文式, 『舊韓國學報』 제1권, 아세아문화사, 1973, 744쪽)

섞여든 체계 자체가 만국 체제 · 네이션 체제의 구체적 배치물이라는 점에서 그러하다.[4] 이렇듯 박영효 사행 일원은 국한문체와 국문체의 생성 · 보급과 아주 밀접한 관련을 맺고 있었던 것이다.[5] 즉 이 당시의 국어는 조선의 국어가 부재했을 때 다언어의 혼종적 배치를 통해 근대 네이션의 재현, 다언어적 배치물, 번역적 재현의 결과물이자 새로운 구어 환경과 외국어 환경 속에서 창안된 것이라 할 수 있다. 그것은 '국민어' 이전에 '국가어' 였고, '국문' 이기 이전에 '구어(국어)' 이기도 했던 것이다.[6]

이렇듯 근대 네이션의 매체이자 국체의 표상이었던 '국어' 와 갑오개혁의 법령으로 공식화된 '국문' 의 등장으로 당시의 언어생활은 급속도로 변화하게 된다. 우리는 오랜 기간 동안 중국의 영향으로 한문이 주가 된 언어생활, 즉 입으로는 국어를 말하면서도 글로는 한문을 써야만 하는 기형적인 언어생활을 해왔던 것이 사실이다. 이로 말미암아 음성언어와 문자언어의 이중 구조 속에서 상당한 불편을 겪어야만 했다. 이러한 언문이치言文二致는 훈민정음이 창제된 이후에도 계속되어 상층上層은 여전히 한문을 쓰고, 하층下層은 언문諺文에 의존하게 된 것이다.[7] 그러나 19세기 후반부터 시대적 요청에 의해 언문이치만으로 도저히 감당할 수 없게 되면서[8] 언어체계에 대한 새로운 질서의 움직임이 보이기 시작한다. 이를 통해 언문이치가 아닌 언문일치가 제기된 것이다. 언문일치의 '일치' 란 일반적으로 근대 이전 시기에 고도로 집대성된 문자언어를

---

4 황호덕, 「국가와 언어, 근대 네이션과 그 재현 양식들－『사화기략(使和記略)』의 구어(口語) 상황에 대하여」, 한기형 외, 『근대어 · 근대매체 · 근대문학』, 성균관대학교 대동문화연구원, 2006, 14~30쪽 참조.
5 유길준이 박영효가 읽은 혼종 국어의 창안자이자 보급자였다는 점과 박영효 사행의 일원이었던 이종일이 순국문으로 발행된 『제국신문』의 사주였다는 점에서 이를 확인할 수 있다.
6 황호덕, 앞의 글, 40~42쪽 참조.
7 이기문, 『개화기의 국문 연구』, 일조각, 1970, 13~16쪽 참조.
8 당시 각종 공문 · 사문서(私文書)의 양이 증가하였고, 관보 · 신문 · 잡지와 교과서의 출판이 늘어났으며, 교육, 집회, 결사 등의 사회활동도 활발해져 기존의 언어생활로서는 한계가 있었다.

구어에 가깝게 만들어 보다 폭넓은 독자층을 형성하는 노력에 다름 아니며, 이는 중국 상형문자의 사용을 폐기하고 순전히 음성학적 글쓰기 체계를 세우려는 충동에 의한 것을 의미하는 것이라 할 수 있다.[9] 그러나 이러한 급진적인 언어생활의 변화는 새로운 형태의 문제를 야기한다. 그것은 '국어'를 표출하되 '국문'만을 쓰는 국문체로 쓸 것인지, 아니면 국문과 한자를 혼용해서 쓰는 국한문체로 쓸 것인지 하는 문제였다. 이는 단순한 표현의 문제를 넘어 그 사람의 가치관이 내포된 언어이데올로기의 문제이기 때문에 다각도로 면밀하게 살펴보아야 할 것이다.

본고는 이 시기 국문과 관련된 논의들의 전개양상을 통해 국문 담론과 민족의식의 연관 관계를 살펴보고, 또한 조선 특유의 에크리튀르(언문일치)를 통해 드러난 허와 실이 무엇인지를 고구하고자 한다.

2. 국문운동의 전개 양상과 그 논리

19세기 후반까지는 자국의 문자가 국문으로 통용될 역사적 조건이 미성숙했던 바 20세기를 전후한 시점—안으로 총체적 변혁이 요망되고 밖으로 민족위기가 급박해진 상황에서 절실히 요망된 민주적·민족적·근대적인 제도 문화의 기초로서 언어 문자에 대해 새롭게 각성하기 시작한다.[10] 1894년 국문표기에 대한 공식적 표명이 있은 이후 국문운동의 전기를 마련하게 된 것은 『독립신문』의 창간이었다. 당시 많은 독자들이 이 신문에 관심을 표명했는데, 그것은 신문표기법이 '국문'이었기 때문이다. '상하귀천'을 동등하게 대우하겠다는 측면에서 한문이 아닌 '국

---

9 그렛 드 베리, 「가라타니 고진의 『일본 근대문학의 기원』」, H. D. 하루투니언·마사오 미요시 엮음, 곽동훈 외 옮김, 『포스트모더니즘과 일본』, 시각과 언어, 1996, 283쪽.

10 임형택, 「근대계몽기 국한문체(國漢文體)의 발전과 한문의 위상」, 『민족문학사연구』 제14호, 1999, 13쪽 참조.

문’을 표방한 것이다. 1896년 4월 7일 창간호 사설에서 “우리 신문이 한문은 아니 쓰고 다만 국문토로만 쓰는 거슨 상하귀천이 다 보게 홈이라 쏘 국문을 이러케 귀졀을 쎼여 쓴즉 아모라도 이 신문을 보기가 쉽고 신문 속에 잇는 말을 자세히 알어 보게 홈”(띄어쓰기 필자)[11]이라고 밝히고 있다. 일부의 지식층만이 아닌 모든 사람들이 쉽게 볼 수 있도록 배려한 흔적이 보인다. 이렇듯 국문표기는 무지한 민중에게 알 권리를 제공할 수 있는 매개체요, 그들을 계도하고 결집시킬 수 있는 하나의 방편이 된 것이다. ‘독립신문’이라는 제호에서도 알 수 있듯, 이 신문은 ‘국문표기’를 통해 일제의 간섭과 횡포에서 탈피하고자 하는 강한 ‘독립의지’를 표출하였다. 때문에 한문을 고수하려거나 선호하려는 지식인들은 비난의 대상이 될 수밖에 없게 된다.

새로 흔 학부 대신 신긔션씨가 상쇼 ᄒ엿는ᄃᆡ 머리 짝고 양복 닙는 거슨 야만이 되는 시초요 국문을 쓰고 청국 글을 폐ᄒ는 거슨 올치 안코 외국 태양력을 쓰고 청국 황뎨가 주신 정삭을 폐ᄒ는 거슨 도리가 아니요 정부에 규칙이 잇서 너각 대신이 국ᄉ를 의론ᄒ여 일을 쟉졍ᄒ는 거슨 님군의 권리를 쎼앗는 거시요 빅셩을 권리를 주는 거시니 이거슨 모도 이왕 정부에 잇던 역적들이 흔 일이라 학부 대신을 ᄒ엿스되 힝공 ᄒ기가 어려온 거시 정부 학교 학도들이 머리를 짝고 양복을 닙은 ᄯᆞᆰ이요 국문을 쓰는 일은 사름을 변ᄒ여 즘승을 ᄆᆞᆫ드는 거시요 죵ᄉ를 망ᄒ고 청국 글을 폐하는 일이니 이런 쌔에 벼슬ᄒ기가 어려오니 가라 주시기를 바란다고 말슴 ᄒ엿더라

위 인용문은 1896년 6월 4일 『독립신문』 ‘잡보’ 란에 발표된 내용으로,

---

11 『독립신문』 창간호, 1896. 4. 7.
　또한 “죠선 국문ᄒ고 한문ᄒ고 비교ᄒ여 보면 죠션국문이 한문보다 얼마가 나흔 거시 무어신고 ᄒ니 첫지는 비호기가 쉬흔이 됴흔 글이요 둘지는 이 글이 죠션글이니 죠션 인민들이 알어셔 빅ᄉᆞ을 한문 ᄃᆡ신 국문으로 써야 상하 귀천이 모도 알어 보기가 쉬흘 터이라”라고 하여 국문이 한문보다 배우기가 쉬운 문자임을 역설하고 있다.

국문사용에 대해 반대한 신기선의 상소 내용을 소상히 밝히고 있다. 당시 학부대신이던 그는 단발, 양복착용, 태양력사용, 청나라에 대한 조공 폐지 등에 반대하였고, 을미사변 이후에는 남로선유사南路宣諭使가 되어 일본과 친일개화파정권에 반대하는 의병운동을 진압하기도 한 인물이다. 이러한 전력으로 볼 때 그의 국문사용에 반대하는 것은 당연한 귀결이라 할 수 있다. 이에 대한 독립신문의 답변 내용은 대척점에 놓인다.

> 국문이란 거슨 죠션 글이요 세죠 대왕씌셔 몬드신 거시라 한문보다 빅빅가 낫고 편리 흔즉 내 나라에 죠흔게 잇스면 그 거슬 쓰는 거시 올치 이 쓰는 일은 사람을 즘승 몬드는 것과 굿다고 흐엿스니 션왕의 디졉도 아니요 죠션 사람을 위흐는 것도 아니라 쳥국 졍삭을 도로 밧들자 흐엿스니 쳥국 황뎨를 그러케 셤기고 스푼 뜻시 잇스면 쳥국으로 가셔 쳥국 신하되는 거시 맛당흐고 죠션 대군쥬 폐하의 신하 될 묘리는 업슬듯 흐더라

독립신문 측에서는 청국 글을 쓰고 싶으면 청국으로 가라고 비난한 후 국문이 한문보다 편리하고 좋은 표기법임을 재차 강조하고 있다. 국문표기의 당위성을 역설하고 있는 것이다. 나아가 그는 "이쌔를 당흐야 외국 이민 흐는 죠션 사람들은 아모쪼록 발으고 졍다운 말을 흐야 죠션이 눕의 나라와 굿치 되기를 힘쓰는 거시 맛당 흐"다고 하여 나라를 사랑하고 백성을 사랑하는 사람들에게 올바른 국문 사용을 당부하는 동시에 이 국문을 쓰는 일이 다른 나라와 동등한 위치에 놓이게 됨을 보여주고 있다. 이를 통해 우리가 알 수 있는 것은 국문표기 자체가 곧 애국하는 길이고 자주권을 확립할 수 있는 길이라는 사실이다. 여기에서 우리는 '국문'에 내포된 민족주의를 발견할 수 있다.

또한 국문운동의 한 단면을 주시경의 글에서도 발견할 수 있다. 국문운동의 대표라 할 수 있는 그는 '주상호'라는 이름으로 국문의 사용 실

태 및 국문의 문제점과 해결방안 등을 구체적으로 언급하고 있다. 먼저 그는 "우리 나라 사람은 말을 ㅎ되 분명이 긔록홀슈 업고 국문이 잇스되 젼일 ㅎ게 힝 하지 못 ㅎ야 귀즁 한줄을 모르니 가히 탄식ㅎ리로다 귀즁ㅎ게 넉이지 아니홈은 젼일 ㅎ게 힝치 못 홈이오 젼일 ㅎ게 힝치 못 홈은 어음을 분명히 긔록 홀슈 업는 연고ㅡ러라"[12]라고 하여 국문기록의 어려움을 지적하고 있다. 우리 국문은 평성만 존재하기 때문에 정확하게 기록하는 것이 쉽지 않다는 것이다. 이를 해결할 수 있는 방안으로 그는 성조를 표시할 것을 제안한다. 세종대왕이 훈민정음을 창제했을 때처럼 사성을 찍을 것을 주장하고 있는 것이다. 이러한 작업을 통해 독립의 기초를 이룰 수 있을 것이라고 그는 보고 있다.

나아가 그는 국문의 우수성을 강조한다. "죠션 글ㅈ가 헤늬쉬아에셔 문든 글ㅈ 보다 더 유쇼 ㅎ고 규모가 잇게 된 거슨 ㅈ모 음을 아조 합ㅎ야 문드럿고 단지 밧침문 임시 ㅎ야 너코 아니 너키를 음의 도라 가는ᄃᆡ로 쓰나니 헤늬쉬아 글ㅈ모양으로 ㅈ모 음을 올케 모아 쓰랴는 수고가 업고 쏘 글ㅈ의 ㅈ모 음을 합 ㅎ야 문든 거시 격식과 문리가 더 잇서 ㅂ호기가 더욱 쉬으니 우리 싱각에는 죠션 글ㅈ가 세계에 뎨일 조코 학문이 잇는 글ㅈ로 녁히노라"[13]에서 볼 수 있는 것처럼 그는 우리 글자가 세계에서 제일 우수한 문자임을 강조하고 있다. 한문보다 쉬운 국문을 널리 배워 독립에 힘쓸 것도 아울러 주장한다. 이처럼 주시경은 국문의 사용 실태 및 국문의 문제점인 어음을 분명히 기록할 수 있는 방안을 제시하고 있다는 것이다. 여기에서도 국문을 잘 쓰는 일이 독립의 기초가 되고 독립을 앞당기는 일이라는 것임을 밝혀 민족주의적 관점과 무관하지 않음을 보여주고 있다. 이밖에 신해영의 「한문자와 국문자의 손익여하」(『대조선독립협

---

12 주상호, 「국문론」, 『독립신문』, 1897. 4. 22.
13 위의 글.

회회보』, 1896. 6~7)와 논설 「국문한문론」(『황성신문』, 1898. 9. 28), 그리고 주시경의 「국어와 국문의 필요」(『서우』, 1907. 1) 등에서도 국문의 우위성을 부각시키고 있다. 상형문자인 한자보다 발음문자인 한글이 일정한 수의 음소에 바탕을 두어 인간의 음성을 표현하기 때문에 더 쉽게 배울 수 있고, 더 쉽게 사용할 수 있음을 밝히고 있다.

이처럼 19세기 말의 국문운동은 일차적으로 한자와 한문에 대한 배타의식에서 발출된 것이지만, 그 배면에는 일제의 간섭과 횡포에서 벗어나고자 하는, 독립의지가 내재해 있었던 것이다. 이 시기 국문운동은 민족주의와 아주 긴밀한 관계에 놓여있음을 간파할 수 있다.

1905년 을사늑약 이후 국문운동은 점점 더 민족의식을 고취시키는 방향으로 나아간다. 일제가 조선을 강점하려는 상황에서 지식인들이 취할 수 있는 일은 우리 민족에게 일제의 부당성을 알리고, 민족을 결집시키는 일이었을 것이다. 여기에는 국가, 특히 근대적 민족 국가는 상상에 의한 공동체이며 그 상상을 가능하게 만든 원동력이 다름 아닌 공동체 성원이 공유하는 단일한 언어[14]라는 논리가 자리한다. 당시 국문전용을 주장했던 지식인들은 국문을 중심으로 한 단일 표기 수단을 통해 자주 독립 국가의 건설이 보다 신속하고도 용이하게 이루어질 것이라는 보편적 사고를 지녔을 것으로 판단된다.

이 시기 단재 신채호는 '대한매일신보'의 주필로 활동하면서 국문과 관련된 글들을 여러 편 발표하여 국문의 중요성을 피력한다. 국문운동이 당시 거대한 타자성인 일본 제국주의에 맞설 수 있는 하나의 대응논리로 작용할 수 있음을 간파한 것이다. 1908년에 『대한매일신보』에 발표된 「국한문의 경중」을 보기로 한다.

---

14 베네딕트 앤더슨, 윤형숙 옮김, 『민족주의의 기원과 전파』, 나남, 1991, 5~6장 참조.

自國의 言語로 自國의 文字를 編成하고 自國의 文字로 自國의 歷史地誌를 纂輯하여 全國 人民이 捧讀傳誦하여야 其 固有한 國精을 保持하며 純美한 愛國心을 告發할지어늘, 今에 韓人을 觀하건대 唐堯虞舜을 檀君扶婁보다 더 信仰하며, 殷湯周武를 赫居世東明王보다 더 謳歌하며, 漢武帝唐太宗은 天下 巨英雄으로 認하되 廣開土大王太宗文武王은 偏邦 細蠻傑로 視하며…….[15]

단재는 통일신라 이후 우리나라 문학이 많이 발전했음에도 불구하고 국력이 삼국시대보다 더 떨어지게 된 데는 한문을 중시 여기고 국문을 천박한 문자로 간주했기 때문으로 보고 있다. 이러한 약해진 국력을 다시 강하게 만들기 위해서는 한문보다 국문을 더 사랑하고 이를 부각시켜야 한다는 것이다. 국문을 사용하자는 이 같은 주장은 개신유학자인 장지연이나 박은식 등에게서도 엿볼 수 있는데, 이는 국문을 사용해야 한다는 언어의식이 결국 민족의식과 맞닿아 있음을 보여주는 것이라 하겠다. 그는 국문의 우수성을 인지하면서도 국문이 난해하거나 복잡하여 민중들이 국문을 제대로 유용하게 쓰지 못하고 있음을 안타깝게 여겨 '국문연구회'에 글을 쓰기도 하였다. "……諸公은 此等 汗漫 迂怪 煩鬧 胡亂 無益의 事는 姑閣하고, 民智發達에 有益한 辭書 或 字典의 編撰에 從事하되 字樣을 簡易케 하고, 音韻을 均一케 하여 讀者로 掌을 示함과 如히 함을 望하노라"[16]라고 하여 글자의 모양을 간략하게, 음운을 균일하게 할 것을 당부하고 있다.

국문의 우수성과 필요성을 역설한 단재는 '국문의 기원'을 논의하는 데까지 나아간다. 그는 세종대왕 이전에 국문이 있었음을 언급한다. "余

15 「국한문의 경중」, 『대한매일신보』, 1908. 3, 17~19쪽. 『단재 신채호전집』 별집, 단재 신채호선생 기념사업회, 1982, 75~76쪽 재인용.
16 신채호, 「국문위원회 위원제씨에게 권고함」, 『대한매일신보』, 1908. 11. 14. 『단재 신채호전집』 별집, 80쪽 재인용.

가 일찍 事肆에 過하더니 〈眞言集〉이란 一册子가 有한데, 此를 閱한즉 乃 佛家에서 傳敎하기 爲하여 國漢字를 交用하여 著出한 者러라. 其中에 國文의 起源을 說한 一段이 有한데, 倡造한 人氏는 高僧 了義라 하였으니, 了義가 何時人인지 不知하나 世宗 以前人 됨은 無疑하더라."[17]라고 하여 세종 이전의 고승 요의了義에게서 국문의 기원을 찾고 있다.[18] 한문보다 국문의 우수성을 강조하기 위해 『진언집』이란 자료를 바탕으로 자신의 논리를 전개하고 있으며, 또한 일본의 문자보다 우리의 문자가 먼저 창제된 것임을 보여주기 위해 단군시대로 소급하고 있다. 물론 훗날 발표한 「조선 고래의 문자와 시가의 변천」(『동아일보』, 1924. 1. 1)에서 그는 '국문諺文'이 세종대왕의 저작임을 분명하게 밝히고 있지만, 당시 이 글은 피지배적인 입장에 놓인 우리 국민들에게 자긍심과 애국심을 어느 정도 느끼게 해주었다고 하겠다.

이처럼 근대계몽기 국문운동은 한자와 한문에 대한 배타의식에서 비롯된 것이지만, 그 이면에는 일제의 간섭과 횡포에서 벗어나려는 독립의지와 상상의 공동체인 민족 국가의 건설과 밀접하게 연관되어 있다고 할 수 있다.

3. 국문운동과 언문일치와의 관계

주지하다시피 근대계몽기 국문운동은 다양하게 전개되었다. 이러한 국문운동은 언문일치의 실현을 가져오게 된다. 표의문자가 아닌 음성언어가 쓰이게 된 것이다. 그리고 한문과 한자의 배척의식에서 비롯된 국

---

17 「국문의 기원」, 『대한매일신보』, 1909. 12. 29. 『단재 신채호전집』 별집, 78쪽 재인용.
18 요의설에 대해서는 김주현의 「국문 창제 요의설을 통한 『천희당시화』의 저자 규명」, 『어문학』 제87집, 한국어문학회, 2005 참조.

문운동과 언문일치의 움직임은 일제의 간섭과 횡포에 저항하고 민족을 결집시키는 민족주의와 자연스럽게 연결되었다. 그러나 국문운동과 언문일치의 움직임이 활발했음에도 불구하고 실제로는 국문체보다 국한문혼용체로 된 인쇄물, 출판물이 더 많이 쏟아져 나왔다. 이는 당시 관주도의 언어정책과 무관하지 않다고 할 수 있다. 1908년 2월 6일 『官報』(3990)에 실린 '관청사항官廳事項'의 내용을 볼 때 '국한문'의 혼용을 거의 공식화하고 있음을 확인할 수 있다.

> 從來 公文書類에 使用하는 文字를 國漢文을 交用치 아니하고 或純漢文으로 調製하며 吏讀를 混用함이 已違規例이었고 且外國人으로 本國 官吏된 者가 或其國文을 專用하며 一般 解釋上에 疑誤할 慮가 有할뿐더러 規式에 違反되겠기에 左開 條件을 設定 施行할 事로 閣議에 決定하여 內閣 總理大臣이 各部에 照會를 發함
> 一. 各官廳의 公文書類는 一切히 國漢文을 交用하고 純漢文이나 吏讀나 外國文字의 混用함을 不得함
> 一. 外國 官廳으로 接受한 公文에 關하야만 原本으로 正式 處辨을 經하되 讀本을 添附하야 存檔케 함

이는 1894년 국문사용을 공식화 한 갑오개혁의 법령과는 크게 다른 양상을 보여준다. 국문 위주의 정책에서 국한문혼용 위주의 정책으로 자리 이동한 것이다. 이러한 변화는 당시 국문운동과 언문일치에 많은 영향을 주게 된다. 이 시기 국문체를 표방한 『제국신문』과 국한문체로 나온 『황성신문』이 양립하고 있을 때 『대한매일신보』가 국한문체를 채택하여 발간된 것은 이러한 영향과 무관하지 않을 것이다. 이는 우리나라 신문의 문체를 국한문체로 기울게 한 중요한 사건이었다. 당시 국문운동이 활발히 전개되었음에도 불구하고 당시의 지식인 대다수가 국한문체를 선호했음을 보여주는 것이라 할 수 있다. 국한문체의 독자층이 국문체의 독

자층보다 더 유력했음을 드러내는 것이라 할 수 있다. 그렇다고 하여 국문체의 독자층을 무시하거나 홀대할 수 없었는데, 이는 『대한매일신보』가 1907년 5월에 국문판을 따로 낸 것에서 엿볼 수 있다. 이는 국한문체만으로는 진정한 민족지가 될 수 없음을 신문 발행자들이 깨달았다고 할 수 있다.[19]

『대한매일신보』 이전에 국한문체를 표방한 신문은 『황성신문』이었다. 창간호에서 "문법은 국한문을 교용하고 사의는 개명진보에 유조한 논설"을 표방하였는데, 이는 당시 지식인들의 국문에 대한 거부감을 일정 정도 수용한 것으로, 그리고 한문에서 국문으로의 급진적 전환에 따른 지식인의 인식적 전도가 제대로 이루어지지 못했음을 반증하는 것이라 할 수 있다.

그리고 이러한 국한문체를 보급시키는 데 커다란 역할을 한 이는 다름 아닌 유길준이었다. 그는 저서 『서유견문』 서문에서 "我文과 漢文을 混集ᄒ야 文章의 體裁를 不飾ᄒ고 俗語를 務用ᄒ고 其意를 達ᄒ기로 主ᄒ니"라고 언급하여 국한문체의 사용을 공표한다.[20]

> 一은 語意의 平順홈을 取ᄒ야 文字를 略解ᄒᄂ 者라도 易知ᄒ기를 爲홈이오, 二ᄂ 余가 書를 讀홈이 小ᄒ야 作文ᄒᄂ 法에 未熟ᄒ 故로 記寫의 便宜홈을 爲홈이오, 三은 我邦 七書諺解의 法을 大略 倣則ᄒ야 詳明홈을 爲홈이라

그는 국한문체를 쓰는 이유를 한문계층과 그에 준하는 약간 미숙한 계층을 포용하려 한 점, 한문체보다는 상대적으로 국한문체가 기록하기 용이하다는 점, 마지막으로 훈민정음 창제 이후 중국칠서의 번역방법을 선

---

19 이기문, 「개화기 국문 사용에 관한 연구」, 『한국문화』 5, 서울대학교 한국문화연구소, 1984, 68~72쪽.
20 그는 1883년에 이미 한 신문(미간)의 창간사를 국한문으로 쓴 바 있다(이광린, 『한국개화사연구』, 일조각, 1985, 51~53쪽 참조).

명하게 하기 위한 점을 들고 있다. 이 외에도 당시 독서와 작문에서도 국한문의 교육을 실시하였다. 1895년에 발간된 국어교과서에 해당하는 『국민소학독본』과 『소학독본』, 그리고 『조선역사』와 『만국약사萬國略史』 등의 교과서 또한 모두 국한문체로 쓰인 사실이 이를 반증해준다.

공문과 언론, 출판물들에 국문체보다 국한문체가 주가 된 이유를 정리해 보면, 당시 법령이나 공문서 등에서 거의 국한문체를 채택하고 있었다는 점과 국한문체의 독자층을 무시할 수 없었다는 점, 그리고 한문에서 국문으로 급진적 전환하는 과정에서 지식인의 인식적 전환이 수반되지 못한 점 등을 꼽을 수 있다. 이는 전환기의 민족 위기상황에서 역사적 관심을 환기시키고 새로운 세계로 나아가도록 하는 계몽주의를 담기에 알맞은 도구[21]라는 측면과도 일맥상통한다고 할 수 있다.

그러나 우리는 이 외에도 이 시기 국문운동과 언문일치 자체에 문제점은 없었는지에 대해서도 한번 생각해 볼 필요가 있다.

주지하다시피 근대계몽기 국문은 구어 상황과 종래의 문자 질서가 절충한 하나의 에크리튀르였다. 조선이라는 내셔널리티를 조선어의 존재를 통해 재현하려 한 하나의 움직임에서 발출된 것이다. 이러한 맥락에서 볼 때 앤더슨이 언급한 "상상의 공동체"[22]인 민족과 아주 밀접하다. '발화를 옮겨 적는 말'로서의 한문과 '발화되었을 때의 말'로서의 구어가 서로 혼종된 이질적인 배치물이었다. 이 시기 많은 국가에서 이러한 '민족'의 의미가 내포된 '국문'의 재현방식이 이루어졌다. 이렇듯 음성주의는 서양에 국한되지 않는 문제이고, 근대 네이션 문제와 떼어놓고 생각할 수 없는 문제였던 것이다. 국가의 형성에 시차는 있을지라도 전

21 임형택, 「한민족의 문자생활과 20세기 국한문체」, 『한국문학사의 논리와 체계』, 창작과비평사, 2002, 447쪽 참조.
22 베네딕트 앤더슨, 앞의 책, 21~23쪽 참조.

세계적으로 예외없이 언문일치와 비슷한 문제가 따라다니고 있었다. 그
것은 영향의 문제가 아니라 네이션의 핵심에 존재하는 문제였다고 할 수
있다.[23] 이러한 맥락에서 당시 국문운동과 언문일치에 대해 다음과 같은
문제설정이 가능하리라 본다.

먼저 국문운동과 언문일치가 '국가'와 '민족'과 결부되어 국문운동의
본래적인 의미보다는 시대적 상황논리에 치우친 감이 없지 않다는 점을
들 수 있다. 이 시기 국문운동과 언문일치에 대한 논의가 19세기 말 이전
에는 거의 이루어지지 않다가 일제가 조선의 내정을 간섭하고 조선에 대
한 강점 욕망을 드러내기 시작할 때 부각된 것을 감안할 때 일제에 대한
부정의식과 저항의식이 국문 담론을 활성화하는 데 많은 영향을 주었다
고 할 수 있다. 여기에는 국가, 특히 근대적 민족 국가는 상상에 의한 공
동체이며 그 상상을 가능하게 만든 원동력이 다름 아닌 공동체 성원이
공유하는 단일한 언어[24]라는 논리가 깔려 있다. 즉, 국문을 중심으로 한
단일 표기 수단을 통하여 조선인이라면 누구나 자유로운 의사소통을 통
해 목적의 과제로 제기되는 자주 독립국가의 건설이 보다 신속하고 용이
할 것이라는 당시 지식인들의 보편적인 사고가 내재되어 있었던 것이
다.[25] 이러한 면은 앞에서 언급한 독립신문의 사설과 주시경의 논설문
등에서도 어렵지 않게 발견할 수 있다. 국문운동과 국문담론에 대한 논
의가 기존의 한문 위주의 언어생활과 언어의식에 대한 배척의식에서 비
롯되었음을 지적하면서도 구체적으로 그 자체에 어떠한 문제점이 있는
지에 대한 심층적인 논의는 이루어지지 않았던 것이다. 때문에 이 시기

---

23 가라타니 고진, 박유하 옮김, 「언어와 정치」, 『세계의 문학』 1994년 겨울호, 108쪽.
24 베네딕트 앤더슨, 앞의 책, 5~6장 참조.
25 김석봉, 「개화기 국문 관련 담론의 전개 양상 연구」, 문학사와비평연구회, 『한국문학과 계몽담론』, 새
    미, 1999, 150쪽 참조.

국문전용을 선호하면 선하고, 한문을 선호하면 악으로 귀결되는 이분법적인 사고를 낳게 된다. 물론 당시 일제에 대한 대항담론으로 국문담론을 내세운 것 자체를 비판하려고 한 것은 아니다. 다만 당시 국문운동과 언문일치가 매우 중요한 것임에도 불구하고 '언어적 측면' 보다는 '정치적 맥락'에 경도되어 국문담론의 문제점이 제대로 규명되지 못한 점이 없지 않다는 것이다.

다음으로 국문전용과 언문일치가 한문(한자)의 억압 못지 않은 또 다른 제약으로 작용한 점을 들 수 있다. 한문과 국문을 쓰는 계층이 엄격하게 구분되던 19세기 말 이전에는 한문은 양반층의 고유한 문자였다. 때문에 한문을 숭상하고 즐겨 쓰던 양반과 국문을 쓰는 부녀자, 서민들은 각자에 맞는 언어생활을 영위하였던 것이다. 한문을 배우기 어려워하는 백성들을 위해 세종대왕이 창제한 훈민정음을 통해 서민들은 자기들만의 언어소통을 할 수 있었다. 그러나 근대 민족이 각기 고유한 언어에 기반한 문자어를 만들어내는 과정에서 형성된 국문담론과 언문일치는 한문의 변형된 형태인 한자어를 다양하게 구사함으로써 당시 사람들은 어려움에 봉착하게 된다. 한문에서 소외되고, 한문의 억압에 시달렸던 그들은 국문전용과 언문일치로 인한 또 다른 억압을 받게 된 것이다. 특히 동음이의어의 존재 때문에 적잖은 문제가 발생하였다. 순한문만으로 문자생활을 영위하거나 한문의 뜻을 새긴 이두를 보조 표기 수단으로 사용하던 시기에는 글자의 모습이 곧 그 글자의 뜻을 밝혀주는 일종의 기호 역할을 하고 있었음에 반하여 표음 문자인 국문은 다시 뜻을 새겨야만 문맥에 적합한 의미를 구축할 수 있었던 것이다.[26] 이러한 점은 불가피하게 국한문체를 쓰게 되는 계기를 마련하게 된다. 그러니까 언문일치에 의해 음성 언어가 씌어지게 된 것이 아니라, 언문일치적인 에크리튀르 (문자)가 구어를 규제하기 시작한 것이다. 음성주의의 착각이란 이러한 새로운 에크리튀르가 음성을 규제해 왔음에도 불구하고 거꾸로 음성이 충실하게 글로 씌어진 것처럼 간주하는 일이다.[27] 즉, 국문전용과 언문 일치로 인해 음성언어가 충실하게 반영된 것이 아니라 오히려 그로 인해 음성언어가 제약되고 억압되는 아이러니한 상황이 발생한 것이다. 따라 서 근대계몽기 국문전용과 언문일치는 당시 민족에게 사유의 폭과 다양 한 의사표시의 수단이 되기보다는, 그들의 인식과 사고를 단선화하고 축 소시키는 결과를 낳았던 것이다.

또한 개신유학자들이 국문을 강조했음에도 불구하고 이를 제대로 실 천하지 못한 점을 들 수 있다. 신채호를 비롯한 국문전용을 주장한 많은 지식인이 자신의 견해를 국문체로 피력하기 보다는 국한문체로 표방하 였다. 물론 이는 당시 한문(한자)을 숭상하거나 차용하여 쓰던 보수적인 지식인들을 계도하기 위한 전략일 수 있다. 그리고 보수적인 지식인들뿐 만 아니라 진보적인 지식인들이 쉽게 접할 수 있도록 배려하는 차원에서 국한문체를 쓸 수도 있다. 그러나 국문담론이 왕성하게 논의되던 시점에 서, 그리고 국문전용과 언문일치의 당위성이 배가되던 시점에서 국문체 를 사용하지 않은 점은 쉽게 이해되지 않는다. 당시 지식인들이 백성들 이 쉽게 읽고 쓰게 하는 것을 목적하였다면 그 백성에게 적합한 국문체 를 써야했던 것이 아닐까 하는 생각이 떠나지 않는다. 가라타니 고진이 『古事記』가 씌어진 시점에서 만들어진 〈한자 가나 혼합문〉은 당시의 속 어를 필사한 것이 아니라, 한문을 잘 아는 이들이 한문을 〈읽는〉 과정에 서 만들어 낸 것이고, 『원씨물어源氏物語』에서 무라사키 시키부가 의식적

---

27 가라타니 고진, 앞의 글, 116쪽.

으로 한자어를 배제한 것이 그녀가 한문을 자유로이 읽고 쓸 수가 있었기 때문이라고 언급한 바 있다.[28] 당시 선각자들 대부분이 한문에 능통했기 때문에 그들이 의도적으로 한문(한자)를 배제하고 국문전용에 전념했다면, 국문에 관련된 논의들이 좀 더 활성화되고 진전되었을 것으로 판단된다.

4. 나오며

본고는 근대계몽기 국문과 관련된 논의들을 바탕으로 그 전개양상과 의미망을 검토해 보았다. 많은 지식인들이 국문전용과 언문일치를 주장했음에도 불구하고 국한문체가 등장할 수밖에 없었던 점, 국문운동과 언문일치를 펼치는 과정에서 나타난 문제점 등을 살펴보았다.

근대계몽기 국문은 근대 네이션의 매체이자 국체의 표상으로서 발견된 것이라 할 수 있다. 조선이라는 내셔널리티를 조선어의 존재를 통해 재현한 '재현의 언어'였다. 그리고 이 언어는 구어 상황과 종래의 문자 질서·교양을 절충한 에크리튀르 간의 혼종적이고도 이질적인 배치물로 등장하게 된다. 따라서 당시의 국문은 다언어의 혼종적 배치를 통해 근대 네이션의 재현, 다언어적 배치물, 새로운 구어 환경과 외국어 환경 속에서 창안된 것이라 할 수 있다. 본고는 근대계몽기 국문이 이처럼 '국문으로서의 국문'만이 아닌 '복수적(중층적) 상황 속에서 나온 국문'이라는 시각을 가지고 접근하였다. 그 결과 국문과 관련된 논의들의 전개양상을 통해 국문 담론과 민족의식이 아주 밀접하게 연관되어 있음을 알 수 있었다.

---

28 위의 글, 116쪽 참조.

　그리고 근대계몽기 국문운동은 표의문자가 아닌 음성언어를 쓰는 언문일치의 실현을 가져오게 된다. 그리고 한문과 한자의 배척의식에서 비롯된 국문운동과 언문일치의 움직임은 일제의 간섭과 횡포에 저항하고 민족을 결집시키는 민족주의와 자연스럽게 연결된다. 그러나 그 시기 국문운동과 언문일치의 움직임이 활발했음에도 불구하고 실제로는 국문체보다 국한문혼용체로 된 인쇄물, 출판물이 더 많이 쏟아져 나오게 된다. 그것은 당시 법령이나 공문서 등에서 거의 국한문체를 채택하고 있었고, 국한문체의 독자층을 무시할 수 없었으며, 한문에서 국문으로 급진적 전환하는 과정에서 지식인의 인식적 전환이 수반되지 못했기 때문이라 할 수 있다.

　그러나 이 외에도 국문전용과 언문일치가 국한문체에 비해 부진하게 된 데는 이 시기 국문전용과 언문일치가 '국가'와 '민족'과 결부되어 국문운동의 본래적인 면보다는 당위적인 면이 부각된 점과 국문전용과 언문일치가 한문(한자)의 억압 못지않게 커다란 억압으로 작용한 점, 그리고 개신유학자들이 국문을 강조했음에도 불구하고 실제의 글에서 이를 제대로 반영하지 못한 점을 들 수 있다.

　근대계몽기 국문에 관련된 담론들을 살펴보는 과정에서 당시 국문이라는 단일 언어가 자주독립국가를 건설하는 데 보다 빠르고 용이할 것이라는 지식인들의 보편적인 사고를 발견할 수 있었다. 이에 따라 언문일치의 문제는 교육에 대한 관심과 학교교육의 성장과 함께 매우 커다란 역할을 하게 되었다. 그러나 국문운동과 언문일치에 따라 파생된 이분법적인 사고, 억압에 따른 단순화, 실천의지의 부족 등은 당시 국문을 좀 더 체계화하고 발전시켜야 하는 시점에서 아쉬운 점으로 남는다.

『어문연구』 60집(어문연구학회, 2009. 6)에 수록

근대문학사상의 형성과 효용

남기택

1. 머리말

한국 근대문학의 형성을 보는 시각은 다양하다. 그것에 대해 기왕에 있어왔던 많은 논의들과 여전한 미결정의 질은 그만큼 관련 논점이 방대하고 또한 새로운 시각이 가능하다는 사실에 대한 반증일 것이다. 따라서 근대 혹은 근대문학의 기점을 한 마디로 규정하기란 매우 어려운 일이다. 포스트모던 담론의 유행은 역설적으로 근대에 대한 진지한 성찰을 낳았고, 그렇게 되돌아 본 근대란 자신의 규범적 토대를 구축하기 위해 끊임없는 자기성찰과 혁신을 실행하는 '계몽의 변증법'을 생래적 구조로 지니고 있는 것이었다.[1] 오늘날 문학적 담론의 수위 역시 완전한 근대를 향한, 혹은 모순의 근대를 지양하기 위한 실천적 노력에 닿아 있다고 하겠다. 이러한 근대의 보편적 질에 우리 사회와 문학이라는 특수한 현

---

1 하버마스(Jürgen Habermas), 이진우 역, 『현대성의 철학적 담론』, 문예출판사, 1994, 452쪽.

상이 어우러져 한국 근대문학이라는 실체가 형성되었다고 할 때, 그것을 밝히는 작업은 다각도의 사유와 검증을 필요로 하게 될 것이다.

결국 하나의 결정적 사고로 근대문학의 형성을 이해할 수는 없다. 한 예로 개항과 더불어 근대문학이 시작되었다는 관점은, 그 역사적 사건이 지니고 있는 근대적 성격 이면의 이질적 요소들을 떠오르게 한다. 개항은 근대를 향한 자생적 동인을 압살하는 내적 기제였으며 서구화를 곧 근대화로 도식화하는, 나아가 제국주의의 식민지 수탈에 교두보 역할로 기능하게 되었다는 이면을 지니는 사건이었다. 이러한 역사적 성격의 다층성을 무시한 채로 사회사적 전환을 문학의 기점에 적용시킬 수는 없을 것이다.

그렇다면 어떤 관점으로 한국 근대문학은 온전히 설명될 수 있는가? 오히려, 포스트모더니즘의 유행으로 재조명된 근대의 실체와 현재를 통한 새로운 반추[2]가 담론의 유행으로 부각되었던바, '온전한' 설명이라는 이성적 시각 자체의 무의미함이 더욱 강조되고 있는 것은 아닐까? 이러한 난관 속에서도 근대문학은 다양한 방법론을 통해 새롭게 재조명되고 있다.

이 글의 관심은 근대문학론의 정립 과정에서 나타난 효용론적 양상의 본질과 의미에 관해서이다. 문학을 통해서 대중을 계몽하거나 근대적 가치를 설파하려는 경향은 우리 근대문학의 형성시기에 종종 발견되는 현상이다. 그런데 근대는 자아와 합리성의 시대요, 문학에 관련지어 말하자면 그것은 자율적 형식을 발견하고 주체의 내면을 표현하는 독립된 매

---

2 예컨대 가라타니 고진(柄谷行人)식의 사유를 들 수 있겠다. 그가 조명한 일본 근대문학의 본질은 민족국가 성립의 장치 혹은 내면화된 체제 긍정이었으며, 그 '되돌아봄'을 견인했던 것은 바로 지금도 되풀이되고 있는 기원의 역학이나 지적 상황에 대한 인식이었다(가라타니 고진, 박유하 옮김, 『일본 근대문학의 기원』, 민음사, 1997, 7~8쪽).

체로서 문학을 상정한다. 오늘날의 관점에서 문학은 그 안에 담은 내용이 근대적이든 혹은 전근대적인 것이든 개인적 서정과 내면이 문학 형성의 근간을 이룰 때 근대적라는 수사를 얻게 된다. 그런데 형성기 근대문학과 관련된 담론들에서는 개인의 주관과 자아에 기초하되 그것을 넘어서는 공론의 질, 문학 자체보다 그를 매개로 하는 계몽, 대의명분과 충효를 강조하는 유교적 가치관 등이 우선시되는 현상이 나타나고 있다. 이에 대한 기존의 연구들은 주로 전통과 형식의 문제에 초점을 맞춰 계승 혹은 단절론의 차원에서 논의되어온 듯하다. 이 글은 초기 근대문학과 관련된 담론들에서 나타나는 효용의 강조와 근대적 문학 형성과정이 어떠한 역학관계에 놓여져 있었는가에 대한 하나의 인식론적 접근이 될 것이다.

2. 근대문학관의 전개

우리의 근대문학은 소위 보편적 근대문학의 질과 많은 거리감을 가지며 형성되었던 것이 사실이다. 그것은 전근대적인 것이라기보다는 우리의 특수한 현상일 것이다. 이를 사상한 채 서구문학적 기준으로 근대문학을 규정하자면 우리의 근대문학 형성은 『무정』(1917)이나 『창조』(1919) 이후로 늦춰질 수밖에 없다. 실증성을 근거로 18세기설과 통칭 개화기(혹은 근대계몽기)를 부정하는 애국계몽기(1905~10)설은 민족문학적 관점에서 우리 문학의 근대적 전환을 실증하고자 한다.[3] 그럼에도 이 시기 애국계몽적 서사물들로써 문학적 근대를 실증한다는 것도 곤란한 일이

---

3 최원식, 「민족문학의 근대적 전환」, 민족문학사연구소 엮음, 『민족문학사 강좌 · 하』, 창작과비평사, 1995. 이후 최원식은 이를 발전시켜 한국의 계몽주의 문학을 맹아기(1894~1905), 애국계몽기(1905 ~10), 1910년대(1910~19) 등으로 단계화시킨다(최원식, 「한국계몽주의 문학의 세 단계」, 『근대계몽기 문예운동의 시각』, 민족문학사연구소 심포지움 자료집, 1998).

아닐 수 없다. 미학적 자율성의 차원에서 볼 때 이때의 작품들은 근대문학의 자율적 형식을 보여주고 있지 못한 것이 사실이기 때문이다.[4] 이에, 문학적인 것과 비문학적인 것의 혼효를 인정하며 문학 자체의 내재적 관점으로는 설명하기 어렵다는 주장이 제기된다.[5] 이 주장에는 문학 장르를 분리함으로써 당대의 특이성을 제대로 보지 못한다는 참신한 문제의식이 깔려있는데, 우리가 실재하는 문학장文學場[6]을 부정할 수는 없을 것이다. 문학이 비문학과 혼효되어 있는 것이지 문학 자체가 존재하지 않았던 것은 아니다. 우리 논의의 초점은 문학장을 인정하고 그 형성과 변모를 규명하는 쪽으로 방향이 설정되어야 하리라고 본다.

이러한 저간의 사정을 감안한다면 우리의 근대문학은 어느 한 작품이나 서구적 가치기준으로 규정될 대상이 아닌 듯하다. 19세기 후반부터의 내외적 충격들 속에서 우리 나름대로의 근대문학적 특성들이 발현되고 구체화되는 것일텐데, 이러한 점진적 변화의 과정을 근대문학 형성의 과정으로 이해할 수 있을 것이다.

우선 근대문학의 형성에 물리적 계기가 된 사건이었던 1894년의 갑오

---

4 김영민은 실증적 자료 제시를 강조하면서 다시 1890년대를 근대문학의 기점으로 설정한다. 특히 이 시기 서사적 논설과 논설적 서사의 현실성, 문체, 매체, 전문적 작가군과 독자 등을 그 근대적 특성으로 지적하고 있다(김영민, 「한국문학사의 근대와 근대성」, 문학과사상연구회, 『20세기 한국문학의 반성과 쟁점』, 소명출판, 1999). 그런데 이 글에서도 '전환기적 서사 양식', '전환기적 문장'이라는 용어가 계속해서 사용되고 있다. 이는 온전한 근대문학의 양식적 특질을 구현하는 문학담론으로서 이 시기 작품들을 규정하기는 어렵다는 인식의 산물일 것이다.

5 고미숙, 「근대계몽기, 그 생성과 변이의 공간에 대한 몇 가지 단상」, 『비평기계』, 소명출판, 2000, 218~224쪽.

6 이는 부르디외(Pierre Bourdieu)의 용어로서, 그가 볼 때 문학의 장은 권력의 장과 피지배적인 위치에 놓여 있으며, 하나의 문화적 생산장의 자율성의 정도는 내외적 위계화의 종속성 여부에 따라 달라진다. 결국 문학장은 그 안에 들어오는 모든 사람들에게 작용하는 힘들의 장이요, 이 힘들의 장을 보존하거나 변형하려고 하는 경쟁적 투쟁들의 장이다. 나아가 그는 이 시스템의 생성적이고 통일적인 원칙은 투쟁 그 자체라고 단언한다(피에르 부르디외, 하태환 옮김, 『예술의 규칙』, 동문선, 1999, 285~307쪽). 이러한 근대문학장의 동력은 우리 근대문학 형성의 장에 있었던 다양한 문학상들의 대립과 충돌의 본질을 설명할 수 있는 이론적 틀을 제공해 준다. 근대문학 형성기의 문학적 실천들은 자율적 문학장을 형성해나가는 하나의 과정으로 이해될 수 있다.

경장 즈음을 보자. 주지하는 바와 같이 개항과 더불어 한국 사회는 서구 근대적 문물과 제도를 수용하기 시작한다. 많은 한계를 내포하는 역사적 사건이었지만 이 시기를 전후한 사회사적 변화는 한국 사회의 근대화에 현상적 계기가 되었다는 점을 부정할 수는 없을 것이다. 이와 더불어 우리에게도 근대사회의 지표라고 할 수 있는 민족국가 형성과 계몽주의에 대한 자각이 나타나게 된다. 그런데 근대사회의 상을 제시했던 사상의 연원에는 전통적 유교사상이 자리하고 있었다.

당시 개화파를 위시한 근대사상 수용의 노력들과 유교의 한 갈래인 실학이 그 사상적 연원에서 닿아 있다는 점은 새로운 사실이 아니다. 한 예로 급진개화파를 이끈 박영효와 온건개화파의 김윤식은 박규수의 제자로서, 그는 북학파의 대표적 인물이었던 박지원의 손자였다.[7] 물론 이러한 인맥이 사상의 실체와 직접 연관되는 것은 아니지만 사제 간의 절대적 영향력이 존재했던 조선시대 학풍을 생각해볼 때, 또한 인맥과 학연의 영향이 오늘날까지 엄연하다는 사정을 전제한다면 그 영향력의 실체를 아주 부정할 수는 없을 것이다. 에두른 표현이기는 하나, 조선 후기에 유교이념이 사회적으로 확립되면서 사회의 중추적 역할을 담당했던 유학자들은 정통주의적 배척과 저항이라는 기본 태도를 지닌 채 수구적으로 또는 적극적 개화사상으로 현실에 대응해 나갔다.[8] 결국 다양한 유교사상의 한 갈래가 자생적 근대의 모색 지점과 맞닿아 있었던 것이라 할 수 있다.

문학과 관련하여 보다 구체적인 근대적 사유를 제공하는 것은 애국계몽기의 주요 이론가들이라 할 수 있다. 독립협회의 성격과 노선을 이어받은 애국계몽사상은 국권신장과 민중계몽을 목표로 교육, 산업개발, 언

---

7 한국철학사연구회, 『한국철학사상사』, 한울, 1997, 352~361쪽 참조.
8 금장태, 『한국근대의 유학사상』(증보판), 서울대출판부, 1999, 31~36쪽.

론활동 등 문화적 측면에서 근대사회로의 전이를 꾀하였다.[9] 이 중 대표적 이론가라고 할 수 있는 박은식, 신채호, 장지연 등은 근대문학사상의 형성에 직간접적인 영향을 미치고 있다. 우리의 전통적 문학관이 '재도지기載道之器'라는 효용론적 관점에 기초하고 있었다는 것은 잘 알려져 있는 사실이다. '문학(literature)'이라는 독립된 문학개념 자체가 근대의 산물이라고 할 수 있다.[10] 이러한 근대적 문학관이 애국계몽기 박은식, 신채호, 장지연 등 개신유학자들에 의해 그 단초가 발견되는 것이다. 박은식과 장지연은 전통적인 '삼재지문三才之文'의 개념으로부터 탈피, '실질지문實質之文'이 되지 못하고 '허문虛文'으로 흐르는 당대의 문학 경향을 비판하였고, 이로부터 '문무일도文武一途'의 논의로 나아가는 양상을 보여주고 있다.[11] 그런데 이러한 혁신적 문학관 속에서도 전통적 문학론의 영향이 여전히 지속되고 있음을 알 수 있다. 당시의 '문학'이라는 관념 속에는 중국식의 인식, 즉 '문장文章'의 의미에 '사상'이 접목된 것이 보편적으로 통용되고 있었다.[12] 이렇게 볼 때 당시의 문학 혁명이라는 것은 곧 사상의 혁명이라는 의미가 내포될 수밖에 없었고, 이 점은 문학에 대한 근대적 인식을 보여주는 동시에 여전한 전근대적 특성이기도 하다.

---

9 한국철학사연구회, 앞의 책, 364~369쪽 참조.
10 동양에서 'literature'와 가까운 개념은 전통적 '文'의 개념일 것이며, 이는 선진(先秦)시기 혹은 『논어』에서보다도 앞선 상·은(商·殷)조의 갑골문(甲骨文)이나 동기(銅器)에서부터 발견된다. 그 이후로 중국에 있어 문학의 개념이 다변해 왔으나 기원전 2세기 이래의 관념들에서 서양에서 'terature'로 불렸던 것들과 상사점을 발견할 수 있을 것이다(유약우(劉若愚), 이장우 역, 『중국의 문학이론』, 명문당, 1994, 29~36쪽). 근대적 문학 개념의 성립에 관해서는 권보드래, 『한국 근대소설의 기원』(소명출판, 2000) 중 제2장 「'문학' 범주 형성의 배경」, 그리고 김동식, 「한국의 근대적 문학 개념 형성과정 연구」(서울대 박사학위논문, 1999) 및 황종연, 「문학이라는 譯語」(문학사와비평연구회, 『한국문학과 계몽담론』, 새미, 1999) 등 참조.
11 홍신선, 「한국근대문학이론 형성과정에 관한 연구」, 동국대 박사학위논문, 1987, 94~102쪽.
12 김윤식, 『한국근대문학사상사』, 한길사, 1984, 28~29쪽. 그에 따르면 형성기 근대문학에 대한 인식은 몇 가지로 분류된다. 첫째, 情의 만족을 강조한 육당과 춘원의 문학관, 둘째, 문학의 자율성을 강조한 김동인과 정지용류의 문학관, 셋째, 불교적 사상성과 관련된 만해류의 문학관, 넷째, 근대문학에 대한 전면적 부정을 보이는 단재류의 문학관 등이 그것이다(같은 책, 19~23쪽).

근대적이라 함은 물론 전대의 사상과 문학에 대한 부정적 인식을 보여주고 있다는 점을 가리킨다. 이전의 사상적 전통이 새로운 가치에 의해 멸절해야 할 구사상임을 개신유학자들의 문학론은 강조하고 있다. 그러나 이들의 문학론과 실천이 애국계몽운동의 일환이었다는 점, 따라서 효용으로서의 문학을 보는 태도는 전통적 문학관의 범주에서 벗어나지 못한다.[13] 또한 이들 사상의 근대적 성격은 민족국가의 수립과 계몽주의의 강조에서 찾아볼 수 있다. 그러나, 제국주의의 침략정책에 맞서 근대적 민족 개념을 인식하고 이를 위해 계몽사상의 정론화에 부단한 노력을 했음에도 불구하고, 이들 사상에 함의된 계몽주의의 성격은 서구의 그것과는 명백히 다른 것이었다. 우리가 기억하는 서구 계몽주의는 초기 근대의 합리주의 철학을 근거로 하면서 18세기 중엽에 확산되기 시작하였다. 그것은 시민적 공공성의 확립을 통한 시민사회의 형성, 자본주의 경제의 확립, 개인의 해방, 이성의 일방적 지배, 진보에 대한 믿음 등을 통해 전통과의 단절을 보여주고 있으며, 특히 우리 시대의 제문제를 배태하고 있다는 점에서 근대성을 담보하게 된다.[14] 물론 개신유학자들의 계몽사상 속에도 근대적 시민사회 형성을 위한 노력이나 사회 진보에 대한 믿음이 주요한 내용을 이루고 있었다. 그럼에도 흔히 이들의 한계로 지적되는 부분으로서, 유교적 세계인식에 기초한 나머지 중국과 일본을 동일한 유교적 문화권으로 이해한다든지, 제국주의의 침략을 정당화시키는 사회진화론에 이론적 기반을 삼고 있었다는 점을 부정할 수 없다.

이러한 측면은 근대적 가치와는 다른, 지속되는 전근대적 특성이라고

---

13 예컨대 신채호는 박은식, 장지연, 황현 등과 함께 토착 선비류로서 중화사상에 연한 위정척사파와 같은 부류는 아니라 할지라도, 전통사상에 기반을 둔 사상가의 범주에서 벗어나지 못한다는 것이다(위의 책, 30쪽).
14 임정택, 「계몽의 현대성」, 김성기 편, 『모더니티란 무엇인가』, 민음사, 1994, 56쪽.

도 할 수 있을 것이다. 한편 그것은 우리의 근대를 견인했던 특수한 현상이 아니었을까? 골드만(L. Goldmann)의 지적처럼 서구 합리주의와 경험주의, 계몽주의의 근간에는 전통 기독교 신앙과 변증법의 역사가 있었다.[15] 서구의 계몽주의가 인간의 행위를 지배하는 초개인적인 개념과 개인적 이성의 상호 대타적 의식 속에서 성장했던 것이라면 우리의 경우 개인 이성의 대립항에는 유교가 있었던 것이다. 유교적 가치관은 조선민족의 에피스테메로서 이조 500년을 기능해 왔다. 한말 계몽주의의 충격은 유교적 가치기준을 근본적으로 뒤흔든 것이었지만 큰타자[16]로서의 유교를 발본적으로 재구성하기에는 그 충격이 자생적이지 못했던, 즉 지극히 외재적인 것이었다. 따라서 서구식 이성중심주의로의 이전은 여전히 요원한 문제였으며, 유교적 효용성을 매개하는 계몽사상은 우리 근대의 실체를 이루게되는 것이다.

근대적 문학의 개념이 보다 구체화되는 것은 이광수를 비롯한 유학세대에 이르러서이다. 백대진, 이광수, 최두선 등의 공통된 주장은 문학이 정의情意를 담고 있어야 한다는 것이었다. 이는 기존의 효용론적 문학론과는 변별되는 자율적 문학에 대한 독자적 인식이 아닐 수 없다. 기존의 문학에 대한 관념은 이광수와 최남선 등에 이르면 그 정론성을 벗고 '情'의 만족을 강조하는 근대적 문학관의 성격이 강화되는 것이다. 그러나 이 역시 문학의 자율성에 근거한 서구식 근대문학관과는 변별되는데, 그것은 바로 情을 知나 意 아래 격하시켰던 구사상에 대해 情의 독립성

---

15 L. 골드만(L. Goldmann), 문학과사회연구소 역, 『계몽주의의 철학』, 청하, 1983, 41쪽.

16 여기서 '큰타자(Other, Autre)' 란 '본질적인 교체성, 타자성(radical alterity, an other-ness)'을 가리킨다. 사실 라캉(Jacques Lacan)이 사용했던 문맥은 보다 복잡한데, 본질적 교체성(타자성)이란 언어나 법과 같은 것이므로 큰타자는 본질적 교체성이나 고유한 특성 내에서는 또다른 주체가 되는 동시에, 다른 주체와의 관계를 매개하는 상징적 질서이기도 하다(Dylan Evans, *An Introductory Dictionary of Lacanian Psychoanalysis*, Routledge, 1996, 133쪽).

과 대등성을 주장함으로써 구사상으로부터 벗어나려는 무기로서의 문학 관이라는 성격을 지닌다는 점에서 그러하다.[17] 요컨대, 유교적 효용의 관점 아래, 情으로서의 문학은 자신의 독자적인 자율성의 체계로 정립되어 나간 것이 아니라, 자율성의 형식을 빌어 상대적 독립성이라는 내용을 주제화하는 기형의 혹은 특수한 영역이 되었던 것이다.

이는 우리 근대문학의 형성의 장에서 나타나고 있는 분명한 문제적 현상이라고 할 수 있다. 이러한 현상은 대한제국 멸망 이후 문학의 자율성을 강조하는 김동인 · 정지용류의 문학관이 등장하기 전까지 지속된다. 그것은 서구적 근대와의 차이점인 동시에 우리 근대의 특수한 현상이었다.

3. 문학의 자리와 효용의 가치

실로 유교는 이조 500여 년 우리 민족의 정신적 삶을 지배해 왔던 에피스테메라고 할 수 있다. 구한말의 혼란에 이어 식민지 사회로 이르는 격동의 과정을 거쳤다고 하더라도 인식의 근원이 쉽게 뒤바뀔 수는 없었을 것이다. 더더욱 우리 근대의 특수한 성격은 유교적 가치의 잠재적 존속을 동인했다고 볼 수 있다. 무릇 근대란 민중 스스로의 변화의지에 의해 그 토대적 변모를 완성한다. 상부구조로서의 철학과 이론과 정치는 공론의 형성이라는 토대에 견인되어 서구 근대 사회의 완성을 낳게 되는데, 우리의 경우 조선 후기 민중의식의 각성이나 동학운동으로 대표되는 자생적 근대의 토대는 외세의 간섭이라는 지정학적 질서에 편승됨으로써 자생적 상부구조를 형성하는 데 실패하게 된다. 이른바 정치의 부재가 그 전형적 상황이다. 이광수의 근대적 계몽에 나타나는 유교적 효용

---

17 김윤식, 앞의 책, 19쪽.

의 양상은 이 같은 혼동의 상황을 잘 반영하고 있다.

이러한 문제는 근대문학의 형성기라 할 수 있는 근대계몽기의 시점에서 더욱 확연히 드러난다. 근대적 민족국가의 수립이라는 당면 과제를 끌어안고 각종 애국계몽운동이 성행했던 당시, 소위 신학문이란 이름으로 민족적 자아의 인식과 국학의식이 발아되는 과정에서 실학의 부활은 그 뿌리가 유교에 닿아 있다는 점을 전제할 때 근대사상의 형성과 유교의 교착점을 단적으로 보여준다.[18]

또한 신채호의 경우 후기 사상에 이르러 서구적 근대문학을 전면적으로 부정하고 있어, 또 다른 근대적 계몽의 유교적 편향을 보여주고 있다. 그의 사상이 결국 주자학적 세계관과 근사한 것이었다거나 한문의 의고체를 고수함으로써 관념의 추상성에서 벗어나고 있지 못하다는 지적[19]은 그 단적인 예라 할 수 있다.

이러한 사정은 애국계몽기 문학개혁운동을 주장한 논자들에게서 공통적으로 발견되는 특성이 아닌가 한다. 신채호는 「천희당시화天喜堂詩話」(『대한매일신보』, 1909. 11. 9~12. 4)를 통해 동국시의 혁명을 주장하는 등 문학개혁운동의 대표적 논자이다. 그의 국시 운동은 국민의 혼을 불러 일으킬 수 있는 가장 좋은 그릇이 시라고 보고 있다는 점에서 보수사림파의 문학관에서 크게 벗어나지 않는다.[20] 물론 보수사림들과는 달리 문학을 소일거리로 생각하지 않고 절대화하고 있다는 차이점이 존재하기는 하나, 이러한 문학관은 서구적 개념의 문학과는 분리된 것이요 당대의 시대적 이념을 문학에 담으려고 하는 도구적 문학관의 극단이었던 것이다.

---

18 임형택, 「20세기 초 신·구학의 교체와 실학」, 민족문학사연구소 편, 『민족문학사연구』 제9호, 창작과 비평사, 1996, 5~20쪽 참조.
19 김윤식, 앞의 책, 33~34쪽.
20 송현호, 「애국계몽기의 문학개혁운동과 문학론」, 『인문논총』 제8집, 아주대 인문과학연구소, 1997. 12, 14쪽.

근대문학을 논의하는 자리에 빠질 수 없는 이광수는 주정주의主情主義를 통해 근대적 문학관의 단초를 보이고, 나아가 중국을 타자화하며 조선의 자아를 강조함으로써 심미화된 문학과 민족적 정체성 자각이라는 전형적 근대의식을 보여주고 있다고 평가받고 있다.[21] 이처럼 그는 근대를 지향하고 유교 등 전통사상을 부정하는 의식적 경향을 보여주고 있다.

> ……從來, 朝鮮에서는 文學이라 하면 반드시 儒敎式 道德을 鼓吹하는 者, 勸善懲惡을 諷諭하는 者로만 思하여 此準繩外에 出하는 者는 唾棄하였나니, 是乃 朝鮮에 文學이 發達치 못한 最大한 原因이라.[22]

그럼에도 불구하고 그의 논의나 작품 속에는 유교적 관념이 종종 등장한다. 대표적인 예로 『무정』(1917)을 들 수 있다. 고아로 자랐다는 이광수의 전기적 사실과도 연관되면서 그의 자서전 격으로 해석되는 『무정』에는 유교적인 덕목의 하나로 꼽히는 정절 관념이 등장인물들의 관념 속에 전형적으로 나타난다.[23] 뿐만 아니라 『무정』의 정신적 심연에는 여전히 유교적 의리와 도덕 감정이 서사 진행을 통어하고 있다는 지적도 볼 수 있다.[24]

이광수의 소설 속에 유교적 관념의 편린들이 제시되고 있다는 사실은 무엇을 의미하는가? 『무정』은 문명개화라는 이광수의 초월적 목적론에 의지, 비근대적인 희생을 강요하면서도 근대를 지향한 이광수 계몽기획의 서사적 예증이었다.[25] 인식텍스트와 서사텍스트의 완벽한 합일을 추

---

21 황종연, 앞의 글, 25~26쪽.
22 이광수, 「文學이란 何오」, 『每日申報』, 1916. 11. 10~23. 권영민 편, 『한국현대문학비평사(자료Ⅰ)』, 단국대학교 출판부, 1981, 40쪽 재인용.
23 김윤식, 앞의 책, 52~59쪽.
24 송기섭, 「도덕감정의 심연과 근대적 주체」, 어문연구학회, 『어문연구』 32, 이회문화사, 1999, 359쪽.
25 나병철, 『근대성과 근대문학』, 문예출판사, 1995, 32~36쪽.

구하는 과정 속에 나타나는 이와 같은 어긋남이야말로 그 시기 근대의 특질이며 전근대의 유산이 아닐까. 거기에 바로 유교라고 하는 큰타자가 자리하고 있었던 것이다.

이광수에게 그 사상의 의식적·무의식적 편린들은 더욱 복잡한 양상으로 전개되고 있다. 이광수의 의식적 유교 부정은 그만큼의 수위로 유교적 습속을 은연중에 드러내게 된다. 그의 문학 담론에 나타나는 끊임없는 계몽의 정신, 전근대적 가치의 지향, 유교적 인간형의 인물 설정 등은 문학의 효용을 강조하는 그의 문학관과 아울러 전근대의 잔재이다. 우리는 이를 근대문학의식의 성립에 수반하는 유교의 습합, 또는 유교라는 큰타자의 억압이라 부를 수 있을 것이다.

그리하여 유교라는 사고의 틀은 문학에 있어 효용의 가치를 지속시키고 있다. 그것은 문학의 자리에 개화·계몽의 매체로 인식되던 시문학, 그리고 사실과 허구의 기본적 경계마저도 혼동되던 도구적 소설관을 낳았다. 이 효용의 가치를 전근대적인 것으로 규정하거나 소위 '개화기'라는 과도기로 상정했던 것이 그간의 문학사의 관례가 아니었나 한다. 그런데 우리 근대문학의 형성 시기를 '개화기'로 분류하여 본격 근대문학의 시기에 대한 과도기로 보는 입장은 이제 수정, 보완되고 있는 듯하다. 앞서 살펴본 바대로 최근 근대문학의 형성을 재고하는 논의들을 통해서 이러한 문제의식은 보편화되고 있다. 즉 이들 논의에 이르러 근대문학 형성 시기를 근대시와의 변별적 특징을 보이는 시기, 혹은 과도기적 시공간 속에서 전통의 존속과 지양 과정으로 보는 시각의 문제점이 공통적으로 인식되기 시작한 것이다. 개화기를 설정하는 시각에서는, 시의 경우, 개화기 시가가 근대시와 변별되는 이유로 여전히 전통적인 가창 양식에 해당된다는 점이 지적되어 왔다. 이러한 시각은 "우리 근대문학의 시발점이기도 했던 개화기 문학의 문학사적 의의를 전통의 창조적 계승과 극복이라는 관점에서"[26] 찾아보고자 하는 태도의 반영이다. 그런데 스스로 지적하고 있듯이 개화기 시가에는 당대의 다양한 계층들이 각기 다른 현실 인식을 가지고 전대와는 '전혀 다른 사상적 편린'들을 보여주거나 전통적 문학 장르가 새로운 내용과 형식을 수용하여 '변모'하거나 '쇠퇴'하고 있다.[27] 이러한 현상은 전대와는 구별되는 새로운 문학에 대한 인식이 낳은 결과가 아닐 수 없다.

개화기 시가가 근대시와 구별되는 또 하나의 주요한 이유로 가창과 음영吟詠의 차원을 들 수 있다.[28] 이중의 문자체제하에서 음영과 가창이 분리되어 향수되던 전근대 시의 구조에 비해 근대시가 한시의 전통을 따르고 있으며 개화기 시가는 국문시가의 가창의 성질을 이어받고 있다는 점을 부정할 수는 없다. 그러나 개화기 시가는 "시민사회 내의 자율적 의사소통의 한 방식"[29]이라고 하는 근대 이전의 시와 변별되는 구조 속에서 존재한다. 그야말로 사회적 자율성의 소통구조를 생성의 매커니즘으로 갖게 된 것이요 애국계몽이라는 근대적 정서를 담아내는 매체로 기능했던 것이다. 따라서 개화기 문학은 근대문학의 타자가 아니다. 그것은 내외적 충격 속에서 우리 문학의 근대적 지향을 모색한 불완전하지만 온전한 모습이었다. 효용의 가치는 상징적인 권력을 지닌 채 자율적 문학장을 향하는 생성의 공간을 주도하고 있었던 것이다.

---

26 윤여탁, 「개화기 시가를 통해 본 전통의 문제」, 『국어교육연구』, 서울대 국어교육연구소, 1997, 166쪽.
27 위의 글, 172~175쪽.
28 위의 글, 181~182쪽. 김종철, 「20세기 한국시의 서정성과 전통」, 『포에지』 2000년 여름호, 나남출판, 34~37쪽.
29 김종철, 위의 글, 37쪽.

4. '충격'의 실체

우리 근대문학사상의 성립에 작용했던 변수, 그것은 일제로 대표되는 외재적 충격과 내적 토대의 성숙 등이라 하겠다. 민족에 대한 각성과 주체의 자각이라는 자생적 토대와 함께 일본을 통한 서구적 근대의 수용은 우리의 근대 사회와 문학을 형성해 나가는 데 결정적인 작용을 하게 된다. 일제의 식민통치, 오늘날까지 이어지는 이후 근대의 상은 결국 형성기 근대가 지속된 결과라고 봤을 때, 이때 작용했던 '충격'의 실체에 대한 해명은 우리의 근대를 이해하는 중요한 열쇠이다.

역사를 볼 때 근대의 발견은 곧 민족국가의 발견과 비례한다. 외세의 영향이 국가의 존망을 위협하던 무렵, 독자적 민족단위를 구획하고 그것을 국가체제로 정비하려는 노력은 근대의 필연적 과정이었다. 그러나 일제에 의한 충격은 우리의 민족국가 성립을 강제적으로 제한했고 따라서 근대를 향하는 우리의 자생적 노력은 일단 굴절하게 된다. 이처럼 제국주의의 사상적·제도적 침략이 미친 영향은 우리 근대의 형성에 있어서 간과할 수 없는 조건이었다. 거기에, 비록 일본을 통한 간접적 수입이기는 하나, 서구의 영향은 소위 '개화'라는 슬로건 아래 우리의 정치, 경제, 문화 등 모든 분야에서 그간의 가치 기준을 근본적으로 뒤집는 사건이었던 것이다.

이 강렬한 충격은 우리 근대문학사상의 형성에 부정할 수 없는 흔적을 남겨놓는다. 문학의 상은 서구적 규범의 내용과 형식으로 전이해 갔으며, 오늘날까지 이어지는 견고하고 독립된 미적 자율성의 영역으로 점차 자리잡게 된다. 또한, 근대문학 형성의 시기를 풍미했던 애국계몽 사상의 원천, 즉 상대적 단위로서 민족의 위상과 가치를 제고하고, 그것을 문학에 담아내려고 했던 효용적 문학관들은 외재적 충격의 직접적 결과가 아닐 수 없다. 그 충격은 전지구적인 것이어서 그다지 특별한 경우가 아닌 듯도 하다. 제국주의는 그만큼 근대가 보편화되는 하나의 구조였던 것이다.[30] 요컨대 근대의 보편성을 강조하면서 더더욱 중요해지는 문제는 우리 근대의 특수한 성격이다. 비교문학적 관점에서 제3국의 특수한 근대 이행의 과정이 설명되고 그로부터 다시 걸러지는 근대의 본질적 지류는 근대를 정리하고 전망하는 남은 과제일 것이다.

한편, 우리는 중국이나 일본과는 또다른 이중의 굴절을 겪었다는 점에서 충격의 강도가 배가된다. 히야마 히사오(檜山久雄)는 동양이라는 독자적 공간에서 서양의 그것과 구별되는 근대의 창출을 인식한 인물로서 루쉰(魯迅)과 나쓰메 소세키(夏目漱石)를 주목한다. 그가 볼 때 동양의 근대화는 서양 근대의 충격을 기다려야 작동하기 시작했고, 그 조력助力은 중국이나 인도의 경우 침략의 형태를 취했으며, 일본은 모방문화라는 숙명을 안게 되었다는 것이다. 그리하여 루쉰에게는 자국의 전통에 뿌리를 둔, 소세키에게는 모방문화를 극복하고 자기본위自己本位의 독자적 근대를 창출하려는 노력이 비롯되었다.[31] 우리의 근대는 '모방문화의 숙명'을 지닌 일본에 의한 강점의 역사였으니 우리에게 있어 '동양적 근대'의 창출이란 자국의 전통을 넘어서면서도 '모방된' 서양을 극복해야 하는 이중의 과제를 안을 수밖에 없었다.

일본 제국주의와 모방된 서구라는 말로 근대의 충격을 단순화한다면, 우리에게 그 충격의 강도를 절감하게 했던 구체적 상황은 무엇이었을까. 여러 가지 조건이 있겠으나 무엇보다 정치와 경제의 식민지화를 들 수

---

30 제국주의로서 문화의 보편주의는 탈식민 시대에서도 주변 사회를 왜곡시켜 왔다. 탈식민 국가들은 전후 근대화나 개발 이데올로기에서 드러나듯 세계체제 이론에 적합해져야 했던 것이다(강상중(姜尙中), 이경덕·임성모 역, 『오리엔탈리즘을 넘어서』, 이산, 1997, 174~175쪽).

31 히야마 히사오(檜山久雄), 정선태 역, 『동양적 근대의 창출』, 소명출판, 2000, 13~45쪽 참조.

있을 것이다. 근대사회로 이행할 수 있는 물리적 조건도, 이로부터 파생되어 또다른 의미로 토대를 역규정하는 상부구조도 예속된 기형의 상황 속에서, 우리의 근대가 전대의 전범을 받아들이게 된 것은 자연스러운 선택이 아니었을까. 그것이 곧 유교일진대, 유교적 효용이 의식의 표면으로 부각되는 것은 일제에 의해 역수입된 서구적 근대사상을 받아들이는 이면의 구조였다고 볼 수 있을 것이다.

이광수의 의식적인 유교 부정은 분명 근대적 개인주의에 닿아 있었다. 그의 주정주의는 인간 내부의 자연과의 새로운 접촉을 절실한 것으로 간주했다는 점에서 낭만적인 것이며, 인간 마음에 대한 형식적 통제를 배격하고 인간 본연의 자발적 욕구를 긍정한다는 반유교적 특성을 지니고 있다.[32] 그런데 "정은 諸義務의 原動力이 되며, 各活動의 根據地니라. 人으로 하여금 自動的으로 孝하며, 悌하며, 忠하며, 信하며, 愛케 할지어다"(「금일 아한청년과 정육今日 我韓靑年과 情育」, 『대한흥학보』 10, 1910. 2)에서 볼 수 있듯이 이광수에게 정은, 루소의 도덕적 자율성의 원천과도 같이, 인간 각자의 도덕적 행동을 스스로 규율하고, 인간 사회의 윤리적 이상을 자발적으로 실현하게 만들어주는 것이다.[33] 이러한 주장의 맥락에는 이성에 의해 인공적 인간관계의 형성을 지적하는 홉스(Thomas Hobbs), 감정이 인간적 대타관계를 형성시킨다는 도덕감정이론을 주창한 스미스(Adam Smith), 하나의 인격이 정치와 경제와 윤리 등 삼중의 구조로 인격화되는 자기입법의 구조를 지닌다는 칸트(Immanuel Kant) 등 근대적 주체에 의한 시민사회의 형성과도 긴밀하게 연관되고 있다.[34] 그러나 우리가 이광수에게서 함께 보아야 하는 것은 이중의 굴절, 먼저 그

---

32 황종연, 앞의 글, 33~34쪽.
33 위의 글, 35쪽.
34 자기통제적 근대 시민사회의 성립과 성격에 대해서는 이마무라 히토시(今村仁司), 이수정 역, 『근대성의 구조』, 민음사, 1999, 145~158쪽 참조.

러한 근대적 자아관이 정치혁명이나 산업혁명으로 이어지며 자기통제의 근대 시민사회로 발전되지 못하고 있다는 구체적 현실과, 나아가 자기통제적인 근대적 시민의식이 결국 계급적 · 민족적 · 인종차별적 배제의 이데올로기 장치로 기능하게 된다[35]는 보편적 현실이다. 이광수에게서 나타나는 의식의 혼란은 정치 부재의 시대와 배제적인 근대적 자아에 대응하는 방식의 어려움을 보여주고 있다.

요컨대 「금일 아한청년과 정육」에서처럼 이광수 의식의 부면에 떠오른 '충'과 '효'의 강조는 분명한 유교의 잔상이다. 또한 유교적인 인간상, 유교적 가치 지향의 인간형은 근대적 가치의 강조와 더불어서 그의 텍스트를 구성하는 요소이다. 이는 불완전한 근대적 자아의 형상이라 할 수 있다. 우리의 자생적 토대가 외래적 충격에 닿아 맺힌 정신적 상처, 그것은 전근대의 큰타자인 유교가 근대적 문학사상의 형성에 끊임없이 접목되는 흔적이었다.

이러한 굴곡은 중국의 경우도 유사하게 나타난다. 중국 근대문학의 중요한 논자 중 양계초梁啓超와 5 · 4 계몽주의 문학가들은 문학을 구망救亡과 계몽을 위한 효과적인 수단으로 이해하였던 것이다. 그리하여 주제의식을 형상적 언어로 승화시키지 못한 채 관념적 언어를 그대로 노출시키게 되는데, 이는 문학적 사유에 기반하지 않고 문학의 유용성에 대한 환상에 기초했기 때문이다.[36] 이들의 문학적 실천이 중국의 효용론적 문학관의 전통과 매우 밀접하게 연관되어 있다는 사실은 새삼스러운 것이 아니다.

---

35 위의 책, 172~176쪽.
36 이종민, 「근대 중국의 시대인식과 문학적 사유」, 서울대 박사논문, 1998, 9쪽. 양계초의 주요한 문학적 실천 중 하나로서 전통적 문이재도(文以載道)론의 변형태인 '문이재군(文以載群)론'을 들 수 있다. 이는 문학의 힘을 빌어 중국의 현실을 개혁하려는 정치 중심의 문학적 사유로서, 이때 '군(群)'은 '천하의 공리'이자 '만물의 공성'으로, 우주 만물의 선험적 본질이자 최고 원칙이라는 의미를 지닌다. 이처럼 '군의 세계에 근본한 문학'은 양계초의 문학적 사유의 궁극적 관심이며 동시에 그의 혼란을 상징하기도 하는데, 요컨대 文以載道론에 기반한 전통문학을 같은 방식으로 비판함으로써 비근대적이고 비문학적인 한계를 지닌다는 것이다(같은 글, 114~123쪽 참조).

양계초의 사상이 우리 근대문학 형성기 개신유학자들에게 직간접적인 영향력을 지니고 있다는 점 역시 주지의 사실이다. 그가 소설의 효용적 기능을 강조한 점이라든가 동국시계혁명론으로 한시의 혁명을 주창한 것은 우리 애국계몽사상가들이 선험한 문학을 보는 새로운 태도였다.[37] 그 안에 효용론의 전통이 매개되어 있었으니, 유교적 효용의 가치는 근대문학사상의 형성에 이중 삼중의 영향력을 발휘했던 타자의 자리에 놓일 수밖에 없었던 것이다.

그것은 정신질환일까? 이에 대한 해답은 근대의 가치를 어디에 두느냐에 따라 달라질 것이다. 분명한 것은 서구의 가치기준에 대한 많은 회의가, 오늘 담론의 화두가 되고 있다는 사실이다. 또한 가치평가의 이전에 전제되어야 할 것은 우리 근대문학 형성기에 나타난 다양성의 실재이다. 유교적 효용의 강조가 근대문학사상의 한 특성인 것과 동시에 재래의 문학관을 강조하거나 서구적 자율성의 문학으로 지향하려는 다양한 현상이 하나의 일반화를 거부한 채 혼효되고 상충했던 지점이 바로 근대문학 형성의 장이었던 것이다. 이는 근대문학 형성기에 나타난 외재적 충격의 효과라고도 할 수 있을 분명한 현상이었다.

5. 맺음말

유교적 효용은 오늘날까지 우리의 정신적 삶을 지배하는 중요한 인식소이다. 우리에게 남아있는 뿌리 깊은 남성우월주의, 체면과 겉치레를 중시하는 습속, 파벌, 학연, 지연 등 굳이 설명하지 않더라도 유교적 가치의

---

37 물론 신채호의 동국시 혁명은 양계초의 그것과는 다른 내용성을 지닌다. 송현호의 지적대로 양계초의 동국시계혁명에는 한국의 한시가 포함되지 않은, 중국시의 혁명 선언과 같다. 신채호는 한문 숭상의 태도를 탈피하는 것이 진정한 혁명이라고 보고 '국자(國字)'를 다용하고 국어로 성구(成句)'하는 일이 무엇보다도 중요하다고 역설하고 있다(송현호, 앞의 글, 9~11쪽). 이러한 양계초의 사상이나 그에 대한 신채호의 수용과 그 '극복'의 이면에는 유교주의가 공통적으로 매개되어 있었음을 확인할 수 있다.

존속을 부정할 수 없는 현실이다. 물론 그것을 이야기할 때는 우리 민족적 삶의 정체성을 유지시켜주는 긍정적인 측면이 분명 포함되어야 한다.

그 막대한 영향력은 우리 근대문학사상을 성립시키는 지점에서도 발견되고 있다. 우리에게 있어 근대란 전통적 삶의 기준으로부터 새로운 세계로의 전이를 모색하는 과정이었으며, 정치의 부재와 모방된 서구를 뛰어넘어야 하는 이중의 부담을 안은 현실이었다. 이때 문학은 새로운 세계상을 모색할 수 있는 효과적 도구였다. 이 고군분투의 과정 모두에서부터, 전대의 가치기준으로서 유교적 효용의 관점은 지속적인 영향을 미치게 된다. 그것이 실재했던 시공간 속에서 근대문학의 상은 정립되어 갔다.

유교적 효용은 여전히 문제적인 삶의 가치기준으로 기능하고 있다. 문학장 내에서도 근대문학의 형성과정에 나타났던 정신적 상처는 여전히 지속되고 있다. 이는 우리들 정신적 외상의 근거가 온전한 민족국가 성립, 자율적 사회경제구조의 형성이라는 미완의 과제로 여전히 남아 있는 현실과 같다. 그리하여 유교적 효용성은 오늘날에도 문학담론의 유행주의를 낳고 보편적 인간형으로서 유교적 인간형을 그려낸다.

이를 평가하는 작업이 앞으로 중요할 터인데, 형성기 근대문학의 담론에서부터 지속되어온 효용적 사고방식을 지양해야 할 전근대의 유산으로 치부할 수 있을까? 이는 다양하게 모색되고 있는 근대적 가치의 해명 과정에서 끊임없이 고개 드는 큰타자로서의 자기 위상이 밝혀질 때 비로소 평가될 수 있을 것이다. 그와 함께 정신병을 앓고 있는 근대문학 혹은 우리의 구체적 근대는 가시화될 수 있다. 이 글이 담고 있지 못한 많은 논구의 여백들은, 그런 현재화의 노력 속에서 하나둘 해결되어야 할 과제들일 것이다.

『한국언어문학』 46집(한국언어문학회, 2001. 5) 수정, 편집

김동환과 친일문학

'힘의 논리'의 발현 양상을 중심으로

오홍진

1. 친일문학의 내적 논리

일제 말기의 '친일문학'에 대한 연구는 2000년을 전후로 하여 다양한 관점으로 확장되며 진행되고 있다. 친일문학 연구의 선도자인 임종국의 『친일문학론』[1]이 친일문인들의 행위를 '민족의 윤리'라는 외부적 기준을 설정하여 비판했다면, 1990년대 중반 이후에 본격적으로 전개되는 '친일문학'의 연구담론은 '근대적 주체의 형성과 그 파탄'이라는 전제 아래 논의가 진행되고 있다. 이러한 연구 경향을 대표하는 김철은 "'친일문학'은 한국에서의 근대적 주체가 형성되는 과정에서 나타나는 한 고유한 측면"이라는 점을 표나게 강조하고 있다. 그에 의하면, "한국에서의 근대적 주체는, 자기 자신과 사회를 '근대화'하는 동시에 그 '근대화'를 부정과 극복의 대상으로 삼아야 하는 모순에 처해 있었고, 그 모순

---

1 임종국, 『친일문학론』, 민족문제연구소, 2005(초판은 평화출판사, 1966).

을 살아냄으로써만 근대적 주체로서 자기동일성을 유지할 수 있었다. 친일문학은 그 실패의 기록이며, 근대적 주체 형성에서의 한 역상逆像"[2]이라는 것이다. 근대적 주체의 형성이라는 말에 드러나는 바, 김철은 친일문학의 길로 들어선 존재들의 내적(자발적) 논리를 파악하는 데 관심을 기울이고 있다. 강압적인 외부 상황을 친일의 계기로 합리화하거나 혹은 반민족적인 행위로 친일을 재단하는 기존의 친일문학 논의가, 근대적 주체의 내면적 논리를 파헤치는 내재적 비판의 범주로 전환되고 있는 셈이다.

제국의 담론을 모방하는 행위 속에서 체제순응(협력)과 저항의 계기를 탐색하는 근래의 '탈식민적' 친일문학 논의 역시 이러한 근대적 주체의 형성 담론을 단절적으로 계승하면서 펼쳐지고 있다. 탈식민주의 입장에서 바라볼 때, 친일문학은 제국주의의 식민담론을 전유하고 반복하는 독특한 맥락을 드러낸다. 특히 '(서구의) 근대성'을 향한 하염없는 열망(모방)으로 빚어진 한국의 근대문학사를 고려한다면, 친일문학인들이 선택한 친일의 '경로'는 근대문학의 완성에 대한 열망과 정확히 맞물려 있다. 류보선은 이런 맥락에서, 한국 근대문학이라는 장場의 구조에는 이미 친일문학으로 들어서는 논리가 내장되어 있다고 지적[3]한다. 근대문학을 향한 주체의 열망과 친일문학에 대한 주체의 욕망에는 구조적으로 동일한(외부적 이데올로기의 절대화라는) 담론적 맥락이 스며들어 있다는 것이다. 하지만 문학적 장의 구조를 절대화할 경우, 친일문학의 길을 '선택'한 주체들의 내적 논리를 정치하게 파헤치는 작업은 불가능하다. 전통을 부정하고 서구적 근대를 새로운 전통(현실)으로 창조하려 한 근

---

2 김철, 「친일문학론―근대적 주체의 형성과 관련하여」, 『민족문학사 연구』 8호, 소명, 1995, 24쪽.
3 류보선, 「친일문학의 역사철학적 맥락」, 『한국 근대문학의 정치적 (무)의식』, 소명, 2005.

대적 주체들의 문학적 행보가 친일의 정신적 계기를 형성하고 있기는 하지만, 그것은 친일문학인들의 보편적 정신세계만을 표현할 뿐, 친일문학인 스스로 친일문학을 선택하는 자발성의 논리를 설명해주지 못한다. 이러한 논의는 피식민자의 분열된 내면에 잠재된 식민주의자의 논리를 탐구한 윤대석의 연구[4]에서도 반복되어 나타난다. 그는 친일문인들의 내면에 드리워진 양가적[5]인 심리를 분석함으로써 친일문학의 연구 범위를 확장하고 있지만, 한편으로 친일문학인들의 내재적 욕망을 식민주의의 담론으로 환원하는 이론적 한계에 직면하고 있다.

근대성과 친일이라는 '이데올로기'는 한국 근대문학의 주체들에게 '숭고한 대상'[6]으로 인식되었다. 받아들일 수는 있되 비판할 수는 없는 '숭고한 대상'으로서의 이데올로기는 근대적 주체들의 내면세계를 규정하는 절대적 조건으로 나타난다. 따라서 서구의 근대성에 열광한 근대문학 1세대들이 친일문학의 광장으로 들어서는 계기를 파악하기 위해서는 무엇보다도 이러한 이데올로기의 숭고성이라는 문제를 고려할 필요가 있다. 친일문학은 서구적 근대성을 넘어서려는 당대의 '근대초극론近代超克論'과 불가분의 관계를 맺고 있다. 1930년대 후반기에 시작되는 전시戰時 체제의 암울한 상황은 당시의 문학인들에게 근대적 이성의 폐해가 현실화되는 조건으로 인식되고 있었다. 그리하여 근대적 이성이 빚은 타락한 세상을 벗어나 근대 너머의 '아름다운 세상'을 이루려는 소망이 그

---

4 윤대석, 『식민지 국민문학론』, 역락, 2006.
5 식민주체는 제국의 기호를 통해 피식민 주체들을 호명한다. 제국 속의 모든 구성원들은 평등하다는 기호가 여기에는 있는데, 그럼에도 식민주체는 항상 피식민 주체와 거리감을 유지하려고 한다. 호미 바바가 이야기한 양가성은 원래 피식민 주체들을 포섭하려는 식민주체의 이중적인 심리를 의미했다(호미 바바, 나병철 역, 『문화의 위치』, 소명출판, 2003, 4장 「모방과 인간」 참조). 하지만 최근의 연구에서 '양가성'은 피식민 주체가 식민주체의 이론을 전유하여 식민주체에 저항하는 논리로 그 개념이 확장되고 있다. 윤대석의 논문은 이 두 가지 측면을 동시에 고려하여 '양가성'의 개념을 사용하고 있다.
6 슬라보예 지젝, 이수련 역, 『이데올로기라는 숭고한 대상』, 인간사랑, 2002.

들의 내면에 서서히 싹터 가고 있었다. 근대초극론은 이러한 근대적 이성의 파탄을 '동양문명'의 힘으로 극복해 보려는 철학적(문학적) 담론으로 제기된다. 요컨대 당대의 문인(주체)들의 입장에서 '친일' 이데올로기는 근대적 주체의 미망을 벗겨내야만 이를 수 있는 '숭고한 대상'과 다르지 않았다. 친일문학인들이 근대문학의 장과 연결되면서 단절되는 지점은 바로 여기서 찾을 수 있다. 그들에게 친일(문학)은 근대성의 폐기가 아니라 근대성의 완성(초극)으로 가는 길로 비쳐졌다. 그들은 근대의 자본주의 세계를 넘어설 수 있는 논리를 친일문학의 담론 속에서 찾아내고, 그 담론을 현실화하기 위해 천황제 파시즘이라는 '광기'의 길로 들어선다. 이렇게 본다면, 근대의 민족(주의) 담론과 탈식민주의의 모방 담론(지적 허무주의에 바탕을 둔 운명론)의 논리로 친일문학을 해석하는 관점은 그 한계가 명확하게 드러날 수밖에 없을 것이다.

이 글에서는 김동환의 친일문학 담론에 나타난 근대적 주체의 내적 논리에 주목하여, 그가 친일문학의 길로 들어서는 과정을 분석해 보려고 한다. 그는 카프(KAPF)의 맹원으로 활동하며 근대문학의 세례를 받았고, 그를 통해 '애국문학'의 논리를 당대의 문학계에 제시했다. 조선 시대의 시조문학을 지배계급의 문학으로 설정하는 주장에 나타나는 바, 그가 주장한 애국문학은 지배계급의 문학에서 해방된 피지배계급의 문학을 일컫는다. "無産大衆의 손에 이루어질 ○○○○(민족해방) 운동을 愛國主義라 命名하자"[7]라는 주장으로 요약되는 애국문학의 논리는 근대(성)를 민족해방과 연관 짓는 당대 지식인들의 사유 양태를 대변한다. 전통(특히 조선 왕조의 전통)에 대한 무조건적 부정과 새로운 근대문학을 향한 갈구가 김동환의 애국문학의 논리에도 분명하게 표현되고 있다. 중

오홍진 ─ 김동환과 친일문학

---

7 김동환, 「애국문학에 대하야─국민문학의 異同과 그 임무」, 『동아일보』, 1927. 5. 12~19.

요한 것은 김동환의 애국문학이 친일문학의 논리를 낳는 내재적 원인으로 작용하고 있다는 점이다. 애국문학과 친일문학의 논리는 김동환이라는 근대주체의 현실 분석에서 생성되고 있다. 식민지 현실의 어떤 '징후'가 애국문학의 논리를 낳기도 하고, 친일문학의 논리를 낳기도 한다. 그 밑바탕에 외부 현실의 '절대화'라는 동일한 사유구조가 자리 잡고 있거니와, 그러한 사유구조는 식민지 현실을 해석하는 주체의 논리와 만나 다양한 맥락으로 뻗어나간다. 김동환의 친일문학은 애국문학의 논리를 일정 정도 반복하면서 새로운 시대의 문학담론으로 거듭난다. 애국문학의 논리가 친일문학의 논리로 확장되는 이 지점을 탐색해야 김동환의 친일문학에 나타난 주체의 논리를 제대로 파악할 수 있는 것이다.

2. '애국문학'의 논리 – 전통 부정과 힘의 시학

김동환은 1924년 『금성』에 시 「赤星을 손가락질하며」를 발표하면서 문단에 나온다. 1925년 장편 서사시 『국경의 밤』과 『승천하는 청춘』을 잇달아 발표한 그는 서정적 애조가 주류를 이루던 당대의 시단에서 남성적 힘의 세계를 굵직하게 표현한 시인으로 주목을 받는다. 장편 서사시를 통해 문명文名을 날리지만, 김동환은 또한 민요시의 형태에 민중적 삶의 애달픈 정조를 표현한 서정시의 세계에서도 나름대로의 성과를 내보이기도 한다. 서정적 어조는 사실 그의 장편 서사시들을 관류하는 특징이기도 한데, 『국경의 밤』에서 김동환은 핍박 받는 여성의 서글픈 어조를 통해 당대 피압박 민중들의 음울한 현실을 서정적으로 그려내고 있다. 특히 『국경의 밤』은 후일 그가 「愛國文學에 대하야 – 國民文學의 異同과 그 任務」에서 펼쳐내는 '애국문학'의 시학적, 논리적 단초가 마련되어 있다는 점에서 주목할 만한 가치가 있다고 하겠다.

"함경도의 변경에 뿌리운 재가승의 따님"[8](107쪽)인 순이의 비극적인 삶을 시화하고 있는 『국경의 밤』은 피지배계급으로 표상되는 '재가승(여진의 유족)'의 딸(순이)을 통해 '전통 부정'의 정당성을 노래한다. 천민의 신분인 재가승의 자녀가 인연을 맺을 수 있는 존재는 재가승의 자녀일 뿐이다. 순이는 언문을 아는 선비(소년)를 사랑하지만 '재가승의 정칙'에 얽매여 "할 수 없이 그해 겨울에 동리 尊位집에 시집"(115쪽)을 간다. 8년 후, 남편이 밀수출을 하러 간 바로 그 날, 예전의 언문 읽던 소년이 청년으로 성장하여 순이의 집을 찾아온다. 서울에서 근대문명의 세례를 받은 그는 순이를 잊지 못하고 방탕한 생활을 하다가 "옛날이 그리워 옛날이 그리워서 이렇게 찾아왔소,"(123쪽)라고 순이에게 고백한다. '옛날'은 그리운 시간(전통)이지만, 동시에 재가승의 정칙이 지배하는 전前 근대적인 시간이기도 하다. 근대적 주체가 되어 옛날의 시간(공간)을 찾아온 청년은 그래서 "타성의 도덕률"(117쪽)이 지배하는 전통의 세계를 부정한다. "「家憲」이라거나 「율법」이라거나, 모두 짓밟아라"(119쪽)라고 외치는 청년의 함성은 전통을 부정하고 근대의 세계로 나아간 김동환의 시적 외침과 닮아 있다.

그런데, 전통의 세계를 부정하는 청년의 내면에는 역설적으로 전통을 향한 순수한 열정이 담겨 있다. "검은 문명의 손"(119쪽)이 지배하는 도시의 삶에서 그는 "옛날을 복수하기에 넉넉"한 "굴강한 힘"을 얻은 존재이지만, 동시에 그는 "도회의 매연에서 사형을 받은 자"로 "인혈을, 인육을 마시는 곳에서 폐병균이 유리하는 공기 속에서 겨우 도망하여 온"(125쪽) 존재로 표현되기도 한다. 근대적 힘의 획득이 전통을 부정하는

---

8 김동환, 『국경의 밤』, 미래사, 1991(초판은 한성도서, 1925). 이하 이 책에서 인용할 때는 쪽수만 표기한다.

계기가 된다면, 도시적 삶은 전통적인 삶의 기억을 미적으로 구성하는 계기가 된다. 순이를 향한 청년의 사랑은 순이로 대변되는 전통의 세계를 모성적인 세계로 변주함으로써 더욱 강렬해진다. 김동환 시의 서정성은 이처럼 근대적 주체가 전통의 세계를 미적으로 구성하는 과정에서 산출된다. "타성의 도덕률"이 지배하는 전통은 버리되, "아름다운 옛날의 기억"은 그것대로 아름답게 기억해야 한다. 전통에 대한 부정과 미적으로 창출된 전통의 긍정 사이에 드리워진 근대적 주체의 분열은 식민지 시대 시인들의 이중적 '전통 인식'을 반영한다. 이러한 전통 인식은 시조와 민요를 국민문학의 전통으로 내세운 1920년대 국민문학론자들의 내면을 규정하는데, 기억(전통)의 미학화를 통해 근대문학의 성지聖地로 들어서려 한 근대적 주체들의 사유과정에는 전통에 대한 미적 절대화의 맥락이 고스란히 반영되어 있다고 할 수 있겠다.

김동환은 부정해야 할 전통에서 긍정해야 기억을 찾고, 그것을 보존하기 위해 근대적 힘의 논리를 수용한다. 청년은 "국가와, 예식과, 역사를 벗고 빨간 몸뚱이/ 네 품에 안기려"(128쪽) 하지만, 도시의 삶을 부정하는 순이는 청년에게 마음을 열지 않는다. 순이가 있어 청년은 옛날로 돌아왔지만, 순이는 여전히 타성의 도덕률에 갇힌 삶을 살고 있다. 어떻게 해야 하나? "이스라엘 건국하던 모세와 같이/ 인민을 잔혹한 압박에서 건져주려/ 무리의 앞에 나아가는/ 초인"(131쪽)을 청년은 상상한다. 순이 (인민)를 잔혹한 압박에서 건져내려면 근대적 의미에서의 힘이 있어야 하고, 그 힘은 초인으로서의 삶으로 구현되어야 한다. "절대한 힘"을 행사하는 초인은 타성의 도덕률에 갇힌 전통을 해방하는 근대적 주체의 다른 이름이다. 힘에 대한 김동환의 강조는 따라서 제대로 된 근대를 이루려는 주체의 열망과 다르지 않다. 「즐거운 전원」이란 시에서 이러한 열망은 일종의 '선민先民 의식'으로 변주되어 나타난다. 식민지 고대인(특히 고구려인)들의 '용감성'이 시의 전면에 표출되는 이 시에서, 시인은 고대 고구려의 숭무정신崇武精神을 당대의 상황으로 되불러낸다.

> 요동벌 국내성 서울도 좁아 압록강 건너 왕검성에 들어
> 청동 두리 기둥, 황토 기왓장으로 주작문 짓고
> 대성산 아래 구름 같은 安鶴宮闕 지어 민족의 지도자 모셔놓곤
> 압제자 한 무제의 침략군을 마침내 몰아내어
> 사백년 짓밟히던 失地 낙랑을 날 보아라 회복하던
> 이천년 전 그 용감턴 나의 先民은 지금은 어디로
>
> —「즐거운 전원」 4연[9]

　　근대 한국에서 '고대적인 것'은 자기 정체성의 새로운 구축을 위해 재생되어야 할 조선 문화의 기원으로 배치[10]된다. 조선 왕조가 부정적 가치의 표상으로 의미화된다면, 고대는 긍정적 가치의 표상이 되어 식민지인들이 본받아야 할 문화적 기원으로 격상된다. 중요한 것은 근대적 주체들이 고대적인 것에서 '힘의 논리—숭무정신'을 상상하고 있다는 점에 있다. 정종현은 신채호, 이광수, 안확, 윤치호, 최남선 등 당대의 근대적 주체들의 고대 담론에 공통적으로 나타나는 숭무정신을 분석하고 있는 바, 김동환의 위 시에도 이러한 고대적 숭무정신이 "이천년 전 그 용감턴 나의 先民"이라는 이름으로 찬양되고 있다. 선민은 포악한 침략자들과 싸워 '이기는' 존재이다. 타락한 근대도시의 삶을 경험한 주체에게 고대의 숭무정신은 근대의 정신을 강렬하게 표현하는 '미적 이념'으로 비쳐진다. 나라를 상실한 식민지 주체의 내면은 이렇듯 상실한 나라를 되찾으려는 미적 열망으로 넘쳐난다. "포학한 수양제 九軍 삼십만의 대

---

9 위의 책.
10 정종현, 『식민지 후반기(1937~1945) 한국문학에 나타난 동양론 연구』, 동국대 박사학위논문, 2005, 23쪽 참조.

병”을 격파한 “안시성의 사적”(같은 시 5연)은 얼마나 빛나는 역사인가. 김동환은 고대인의 힘을 미적으로 구성함으로써 근대적 주체의 열망을 현실 속에서 실현하려 한 셈이다.

1927년에 개진되는 ‘애국문학’의 시학은 이러한 힘의 논리를 미학적으로 사유하는 과정에서 생성된다. 「愛國文學에 대하야 – 國民文學의 異同과 그 任務」에서 김동환은 “鬪爭的 愛國文學의 必要性”을 역설한다. 특히 그는 1920년대를 풍미한 국민문학이 ‘탄식의 역사와 슬픈 현재’를 시화하고 있다고 비판한 후, “被××(압박) 民族인 우리에게는 漠然한 傳統 復仇의 國民主義보다 鬪爭的인 明日 建設的 愛國主義가 彭排하여야 하고 또 文化 抗爭의 器로 愛國文學을 鼓譟하야” 한다고 주장한다. 김동환의 이런 주장은 물론 그 나름의 현실 분석을 밑바탕에 깔고 있다. 그는 중농국인 당대의 조선이 일본 금융자본(동양척식주식회사)의 폭위에 휩싸여 지주는 소작인으로, 민중은 노동자로 전락하는 상황에 봉착해 있다고 진단한다. “八十八 파-센트의 農民은 그 生活을 土地 속에 두어” 왔는데, 이제 이 땅에는 ‘땅이 없다’는 절규만이 넘쳐난다. 땅이 없다는 절규는 “全朝鮮的으로 한 개의 共通한 부르지즘으로” 나타나는데, 이런 점에서 조선의 모든 운동은 ‘땅이 없다’는 사실에서 출발해야 한다고 김동환은 강력하게 주장한다. 땅이 없다는 민족 구성원의 공통된 상황을 민족의 구체적인 상황으로 상상하는 김동환의 논리에는 ‘민족=피지배층’이라는 전제가 스며들어 있다. 나라를 빼앗긴 사실은 땅을 빼앗긴 현실로 비유되어 식민지 민족의 비참한 상황을 상상하는 계기로 작동한다. 민족의 프롤레타리아화[11]는 그가 카프에 가맹하여 무산대중의 관점으로

---

11 박수연은 이 부분에 대해 김동환의 “민족주의적 감정이 프롤레타리아를 불러와 다시 민족으로 나아간다고 해야 할 것”이라고 해석한다(박수연, 「힘과 서정의 결합으로서의 친일문학 – 김동환의 경우」, 『한국근대문학연구』 제4권 제1호, 2003, 73쪽 참조).

문학운동을 전개하는 논리적 토대가 된다고 하겠다.

'땅에 대한 정서' 가 김동환 시의 서정적 맥락을 규정하고 있다는 점에 주목하자. 시인은 힘의 역학을 이야기하고 있지만, 그것은 빼앗긴 땅을 되찾기 위한 '힘' 이라는 점에서 피식민 민족의 열악한 상황과 자연스럽게 연결된다. 조선의 고대사에 새겨진 '상무정신' 의 상상적 동일시는 민족의 피식민 상태라는 조건 속에서 '현실' 로 호출된다. 애국문학은 근본적으로 투쟁의 문학이고, 힘의 문학이다. 민족 주권의 회복은 잃어버린 땅을 무산대중에게 되돌려주는 것을 의미한다. 그러나 김동환의 애국문학의 논리는 이 지점에서 더 이상 뻗어나가지 못한다. "民族主義 形態를 가춘 ○○○○ 運動이 이러나야" 한다고 그는 주장하지만, 거기에는 '무산대중' 이라는 추상적 존재만이 오롯하게 부각되고 있을 뿐이다. 무산대중이 '민족' 이라는 추상적 이념으로 등치될 때, 무산대중의 힘은 현실적인 파급력이 미약한 '관념' 으로 변질된다. 애국문학론이 무산대중의 사회적 실천에 주목하지 않고, '시조 배격' 과 같은 미학적 측면을 탐색하는 데 치우친 이유는 여기에 있다. 김동환은 지배계급의 문학인 시조를 배격하고, 민요를 "虐待받는 社會 民衆의 일단의 共通한 노래"[12]로 정의하면서 애국문학의 핵심적인 장르로 민요를 선택한다. 민요는 '노래' 이고, 노래는 '곡조' 가 중요하다. 「亡國的歌謠消滅策」에서 김동환은 "勇敢하고 進就性 있는 國民性을 沈鬱하고 退嬰的 敗殘的으로 만들고 國內에 가득하는 笑聲을 우름소리로 변하여 노앗다"[13]라며 '과거의 민요' 를 비판하고 있다. 학대 받는 사회민중의 무기인 현재의 민요는 이러한 패배적인 정서에서 벗어나 "메－데이 노래가치 戰鬪的 集團的 野外的 現

---

12 김동환, 「朝鮮 民謠의 特質과 其 將來」, 『조선지광』 1929년 1월호.
13 김동환, 「망국적가요소멸책」, 『조선지광』 1927년 8월호.

實的으로 線이 굵어 도끼에 벼르는 소리나게 音波의 動이 강해야” 한다. 강한 민요의 곡조가 사회민중(무산대중−민족)의 정서를 진취적, 투쟁적으로 만든다는 점을 강조하고 있는 것이다.

전통(과거의 민요)을 부정하고 새로운 전통(현재의 민요)을 갈구하는 애국문학의 논리는 그러나 계급적 관점이 소멸됨으로써 ‘무산대중’의 힘을 추상화하는 한계에 직면한다. 강렬한 곡조가 무산대중의 현실적−계급적 힘을 만드는 것은 아니다. 김동환은 강한 민족성을 소망하고 있고, 또 그런 민족성이 무산대중의 힘으로 표출되길 원하지만, ‘무산대중’이라는 계급에 내포된 현실적 의미를 분석하는 작업을 애써 외면한다. ‘땅이 없다’고 절규하는 무산대중의 비극적인(계급적인) 현실은 핍박받는 ‘민족의 표상’ 앞에서 자연스럽게 소멸된다. 땅을 빼앗긴 이유는 민족의 ‘힘’이 약하기 때문이다. 구체적인 현실 분석을 결여한 채 김동환은 ‘강한 힘’을 향한 강렬한 열망 속으로 빠져든다. “힘은 모든 것을 초월하는 무엇이다.”(「哭廢墟」, 『국경의 밤』)라고 그는 선언한다. 힘은 계급을 초월하고, 민족을 초월하며 스스로 자신을 실현하는 ‘숭고한 대상’이다. 주체는 오로지 ‘힘의 논리’를 숭상할 뿐, 힘의 논리에 내재된 ‘예외의 지점’[14]을 인식하지 못한다. 민족(무산대중)의 힘이라는 ‘환상’은 이처럼 힘에 대한 강렬한 ‘믿음’으로 변질되어 애국문학의 내재적 논리를 형성한다. 이데올로기의 환상에 빠진 주체는 어디로 가야 할까? 환상을 무너뜨릴 ‘예외의 지점−증상’을 인식하지 않는 한, 주체는 또 다른 환상에 빠져 거기에 자신의 목숨을 걸 수밖에 없다. 김동환은 친일(이

---

14 슬라보예 지젝은 “자신에 대해 내적인 부정으로서 기능하는” 장소를 ‘예외의 지점’이라고 이야기하고 있다. 그는 마르크스의 유토피아적인 사회주의 사회를 ‘증상이 없는 보편성’으로 정리하고 있는데, 이러한 주체의 믿음은 ‘예외의 지점’을 인정하지 않기 때문에 가능하다고 그는 보고 있다. 환상에 빠진 주체 역시 예외의 지점을 간과함으로써 환상을 (실현된/될) 현실로 오인한다고 봐야 할 것이다(이에 대해서는 지젝, 앞의 책, 51쪽 참조).

데올로기)이라는 환상을 수용함으로써 스스로 그 환상에 복종하는 길로 들어서는 것이다.

3. '대동아공영론'의 환상, 친일의 길

김동환은 88%의 '무산대중'을 '민족'으로 추상화하여, 민족을 해방하는 문학을 '애국문학'으로 정의한다. 명일明日의 문학은 민족해방의 길을 제시하는 문학이어야 한다는 김동환의 주장은 명일의 문학을 과거의 문학과 대립시키는 구도를 취함으로써 근대적 주체의 '민족 되찾기'라는 기획과 자연스럽게 연결된다. 하지만 무산대중의 계급적(현실적) 근거가 사상될 때, 무산대중은 주체의 이념을 실현하기 위한 '관념적 대상'으로 돌변한다. 김동환의 애국문학이 1930년대의 비평계에서 주목받지 못한 이유는 여기에 있다. 근대적 주체의 환상은 현실과 매개되지 못하고 '선언'의 차원에 그친다. 핍박 받는 무산대중은 1930년대의 조선 사회에 분명히 존재했지만, 그는 무산대중의 서글픈 삶을 전통적인 서정의 세계 안으로 가둬버렸다. 이 시기 그에게는 두 가지의 길이 가능했다. 무산대중의 현실을 직시하여 무산대중이 주인이 되는 사회를 상상하는 길이 하나라면, 피지배계급으로서의 '민족'이라는 환상을 대체할 수 있는 또 다른 환상(이데올로기)을 상상하는 길이 다른 하나이다. 김동환은 후자의 길을 선택한다. 그 선택의 길은 표면적으로는 1930년대 후반기의 민족적―세계적 상황을 성찰하는 주체의 논리를 동반하지만, 이면적으로는 김동환 스스로 주체의 논리를 포기하는 과정 속에서 완성된다.

김동환이 친일의 길로 들어서는 시점은 애국문학의 논리에서 개진된 '민족' 담론이 더 이상 담론의 기준으로 작용하지 않는 지점에서 찾을 수 있다. 무산대중을 '민족'으로 추상화하는 주체의 논리가 살아 있는

한, 그는 일본이라는 '민족－국가'와 일정 정도 거리를 둘 수 있는 시야
를 확보한다. 1935년에 발표된 「삼천리 논단」이란 글을 살펴보자. 김동
환은 '만선일여滿鮮一如'를 주창하는 조선 총독부의 정책에 이의를 제기
한다. 정확히 말하면 그는 총독부의 정책을 비판하는 것이 아니라, 만주
와 조선을 동일시하는 총독부의 인식에 불만을 품고 있다. 건국한지 4년
밖에 안 된 만주국을 수천 년의 역사를 지닌 문화민족 '조선'과 비교하
는 것 자체가 김동환은 못마땅한 것이다. 그래서 그는 "文化施策에 있어
서까지 滿洲國標準으로 朝鮮을 律하여서는 吾人은 크게 不服을 唱하는
바이다."라고 이야기한다. 애국문학의 논리에 담겨 있는 '민족 감정'이
'만선일여' 정책에 대한 부분적인 불만으로 표출되고 있거니와, 그러한
불만 속에는 여전히 '조선 민족(문화)'에 대한 추상적 인식[15]이 내재되어
있다. 하지만 김동환은 근본적으로 총독부의 식민지 정책을 수긍하고 있
다. 이 글에는 '사상범 보호관찰령' 때문에 신문사에서 파면된 공산당원
출신의 기자들을 언급하고 있는데, 그는 조선에 안주하지 못한 이들이
해외로 나가 "긴 歲月을 두고 將次鮮內의 安寧秩序를 錯亂하려는 暗行
工作에 나아갈 逆心理"를 품을 수 있다면서, 이들에게 관용을 베풀 것을
총독부에 요청한다. 전통을 부정하는 근대적 '힘의 논리'는 여기서 새로
운 질서의 '인정'이라는 또 다른 '힘의 논리'로 반복되어 나타나고 있는
셈이다.

　김동환의 친일 시점은 이런 점에서 1937년 중일전쟁(지나사변) 이후로
보는 것이 옳을 듯싶다. 새로운 '힘'에 대한 인정은 압도적인 현실을 승

---

15 김동환의 이러한 인식은 식민자의 시선을 전유한 피식민자의 시선으로 정리할 수 있다. 그는 일본과
　조선이 다르다는 인식을 하고 있지만, 동시에 조선을 일본의 자리에 놓고 일본의 다른 식민지들을 우
　월한 주체의 시선으로 바라보고 있다. 애국문학의 논리에 내재된 '힘의 논리'가 시대적 상황의 변화
　와 함께 김동환의 현실인식에 적용되고 있다고 봐야 할 것이다.

인하는 과정에서 주체의 내면으로 스며들 수 있기 때문이다. 특히 1938년 '무한 삼진'의 함락을 봉건 사회의 종말로 인식하는 당대 지식인들의 대체적인 인식 양태[16]를 고려한다면, 김동환은 중일전쟁 시기에 이르러 일본의 '절대적 힘'을 확인하고 그 '힘의 논리'에 절대적으로 복종함으로써 비로소 친일의 길로 들어선다고 판단할 수 있겠다. 이데올로기의 환상은 현실을 배제하지 않고, 현실을 새롭게 구성하면서 이루어진다. 제국들과의 전쟁에서 승승장구하는 제국 일본의 '현실'을 바라보며, 김동환은 그들이 주장하는 이데올로기(대동아공영론—천황제파시즘)를 진리로 떠받들기 시작한다. 자발적인 믿음의 상황은 이처럼 현실을 구성하는 이데올로기의 환상적 작동 속에서 펼쳐진다. 여러 친일단체에 발기인으로 참석하여 본격적인 친일 활동을 벌이는 김동환의 행보[17]는 '힘의 논리'를 거역할 수 없는 주체의 내재적 논리를 수반한다. 첫 친일 논설로 볼 수 있는 「權門勢家의 反省을 促함」에서 김동환은 "이제 帝國은 亞細亞의 繁榮과 幸福을 위하야 對支膺懲의 戰爭을 起하고 잇다"[18]라는 현실 인식 아래, 소위 권문세가(일본의 혜택을 입은 유력자들)들이 국책에 자발적으로 참여해야 한다는 주장을 펴고 있다. 권문세가가 나서면 일반 민중들은 자연스럽게 따를 것이라는 계몽적 주체의 인식체계가 이 시기 김동환의 의식세계에도 나타난다. 계몽적 주체의 목소리는 김동환이 자발적으로 친일문학의 길로 나아갔음을 알려준다. 민중이 계몽되어야 할 존재라면, 지식인은 몽매한 민중들을 진리의 길로 이끌어내야 하는 존재이다. 강력한 군사력을 기반으로 세계의 제국으로 우뚝 선 '일본제국'의

---

16 김재용, 『협력과 저항』, 소명출판, 2004, 40쪽 참조.
17 김동환은 1940년 국민총력조선연맹 문화위원으로 활동하고, 1941년에는 임전대책협의회 발기인으로 참여하여 198명에게 초청장을 발송하기도 한다. 또 문화인 성추부대의 일원으로 참여하기도 했고, 1943년에는 조선문인협회의 후신인 조선문인보국회의 상임이사로 활동하기도 하였다.
18 김동환, 「권문세가의 반성을 촉함」, 『삼천리』 1938년 5월호.

미적 형상에 김동환은 깊숙이 빠져 있거니와, 이러한 점은 꼭이 김동환
만의 문제라기보다는 당대 지식인들의 일반적인 인식체계였다고 할 수
있겠다. 요컨대 친일문인들의 비합리적 행동의 이면에는 합리적 사고로
는 도달할 수 없는 '암흑지점'이 존재하고 있었던 셈이다.

> 日本이여, 日本이여 나의祖國 日本이여
> 어머니여, 어머니여 亞細亞의 어머니 日本이여
> 주린 아이 배곱해서, 버슨아이 추워서
> 젓달라고, 옷달라고 十億의아이 우나이다, 우나이다
>
> 그네들은 당신집구들이 좁은줄아나 당신마음 넓고 큰줄 믿고서
> 지금 두손 벌려 안아달라 웨칩니다 웨칩니다
> 弱한몸에 어쩔길없서 그몸 더럽힌적있으나
> 아직도 그靈魂깨끗하고 그피 純潔하나이다
>
> 아하 늙은 亞細亞의 山川에
> 이제 젊은 生命의 소리 들닌다 씩씩하게도 들닌다.
> 오래적적하는 우리 가슴속에도
> 새世紀 동트는 나팔소리 들닌다 들닌다 우렁차게
>
>   —「銃, 一億자루 나아간다」[19] 부분

1942년에 발표된 위 시는 김동환이 '일본제국'에 열광하는 이유가 단
적으로 드러나 있다. "銃, 一億자루 나아간다/ 銃, 一億자루 나아간다"라
는 정치적 외침으로 시작하는 이 시는, 세계로 나아가는 일본제국의 미
적 형상, 다시 말해 '힘의 논리'를 찬양하고 있다. "强敵 英米의心腸 찌
르"(같은 시)는 일억 자루의 총은 김동환이 그렇게도 열망하던 힘의 논리

19 김동환, 「총, 일억자루 나아간다」, 『삼천리』 1942년 1월호.

가 현실 속에서 구현되는 순간을 표현한다. 근대적 주체의 열망은 서구의 제국들을 무너뜨리는 일본제국의 형상을 통해 구현되고, 그 과정에서 근대적 주체의 성찰적 현실의식은 완전히 소멸된다. 일본은 "나의조국"이고 일본은 또한 "아세아의 어머니 일본"이다. 일본제국을 중심으로 펼쳐지는 아시아의 흥기興起는 '어머니의 마음'으로 비유되어 "젊은 생명의 소리"가 움터나오는 이상적인 공간을 만들어낸다. 김동환은 보이는 힘의 논리를 인정함으로써 보이지 않는 이데올로기(대동아공영론)를 '숭고한 대상'으로 받아들인다. 그에게 천황제를 근간으로 한 일제의 파시즘적 행위는 '현실'이고, 그 보이는 '현실'이 이데올로기적 환상에 현실감을 부여한다. "어머니 일본"이라는 시구에는 그러므로 '민족'에 대한 사유가 끼어들 여지가 없다.

사실, 김동환의 위 시는 「戰爭과 愛國詩人」에 개진된 논리를 시로 표현한 경우에 해당된다. 그는 이 글에서 문학인들에게 "一. 大東亞戰爭讚美의 詩를 쓸 것이고 二. 內鮮一體의 崇高한 情神을 理想化하자"고 주문한다. "日本帝國에 대한 忠誠이 이러타 하는 盟誓의 뜻으로 '戰爭詩歌'와 '兩民族相和'의 노래를 한끗만히 부르자"는 것이다. 노래를 부르는 것에 그치지 않는다. "이렇게 붓을 銃으로 愛國心鼓吹하는 詩歌를 쓰기에 애쓰다가 詩歌만으로 解決되지 않을 最終의 局面에 當하면 빠이론같이 딴눈치 오가치 횟트맨같이 몸을 彈丸으로 直接戰線에 내뛰어야 할 것"[20]이라고 다짐한다. 조선의 청년들을 전쟁터로 내모는 연설을 연달아 하고, 그들을 전쟁터로 내모는 상황을 찬미하는 시들(「二十五萬의 大進軍」, 「一千兵士의 '수풀'」, 「弔李仁錫君」, 「大戰과 半島男兒」, 「勸君 '就天命'」)을 끊임없이 창작하면서, 김동환은 서서히 제국의 주체로 거듭나기

119

---

20 김동환, 「전쟁과 애국시인」, 『매일신보』, 1941. 11. 21~24.

시작한다. "황군장병 11만 명이 죽었는데 조선 사람은 겨우 세 사람이 죽었고"[21]라는 어처구니 없는 상황인식은, 이미 내면화된 황민의식(내선일체)이 아니면 설명할 수 없다. 그에게 일본제국의 승리는 서정적 아름다움을 펼치기 위해서는 꼭 이루어내야 할 현실적 필연이었다. 「南方萬里 새동무」, 「그리운 南國」, 「즐거운 우리亞細亞」 등에 표현되는, '즐거운 아세아'에 대한 상상은 김동환의 친일문학이 이른 내재적 종착지를 암시한다. 죽음도 불사하는 낭만주의적 꿈의 세계는 파시즘적 힘의 논리와 어울려 '즐거운 아세아'를 상상하는 토대로 작용한다. 그러한 상상의 토대가 있었기에 김동환은 천황을 위해 '죽어야 한다'는 파시즘적 찬가를 당당하게 시로 표현할 수 있었던 것이다.

> 각씨야 각씨야, 꽃같은 각씨야
> 「莫問生死」란 말은 마즈막 집 떠날 제 金玉均先生이 창문 우에 쓰시고 가신 말, 이 시절의 사내들 家鄕妻子에 보내는 편지에 얻지 빠질 글구오리까, 이몸 또한 오늘의 이 거름 지은 뒤에 어느 邊土에 어떻게 소리업시 죽을는지 모르지만, 그리하여 난날은 알어도 죽은날은 모르고, 그리하여 자란 구둘은 알어도 죽은 방석은 모르는 사내 되올지도 모르지만, 그러터래도 이미 깁부게 임군님께 이 목숨 바친 몸이라 머리를 부모의 거리에 둘느고 손을 그대의 가슴에 향하야 펴며 평안히흙속에 무치리다. 그러면 木碑하나 안선 이무덤을 그대야 엇지알고 차저주시랴만은 삼진날에 봄제비, 파일날에 철축꽃이 그대손길 인듯 날 차저주지 안을는가, 아하, 그리운 각씨야, 내 평안히 눈감으리니, 그대도 마음놓고 이아츰의 잠 오래오래 이으시라, 정말오래오래곱게도 이으시라. 그러면 이뒷날 因緣 있으면 또 맛나기를 즐기며 내 반가히 나라위해 이 큰 거름을 거르리다, 이 날 아츰에 아아, 나의 각씨야 이뜻 아러주실는가.
> ―「莫愁」[22] 8연

---

21 김동환, 「臨戰報國團 結成에 際하여」, 『삼천리』 1941년 11월호.
22 김동환, 「막수」, 『해당화』, 대동아사, 1942.

번듯하게 사는 길이란 —

제 목숨 나라에 바쳐, 나라가 그 생사 맡아주심일레

그러면 살 제는 후하기 따뜻하게 뜻같게 하여주시고

죽을 젠 그 자리 거룩하고 높게 꾸며주시네

지금, 조국은 전쟁하는 때

살고 죽고를 더욱더 군국君國에 바칠 때일세

이인석 군은 우리에게 보여주지 않았던가

그도 병兵 되어 생사를 나라에 바치지 않았던들

지금쯤 충청도 두메의 이름없는 농군이 되어

베옷에 조밥에 한평생 묻혀 지내었겠지

웬걸 지사, 군수가 그 무덤에 절하겠나

웬걸, 폐백과 훈장이 그 제상에 내렸겠나.

　　　　　　　　　　　　　—「勸君 ‘就天命’」[23] 부분

「新倫理의 樹立—國防國家의 立場에서」라는 글에서 김동환은 "明日에 대한 幸福을 追求하는 一念을 버리지 말고 아무리 刻薄한 現實에서라도 참아나가지는 文學"[24]을 ‘理想主義的 眞實한 文學’ 이라 명명하고 있다. ‘명일’ 과 ‘과거’ 의 대립구조는 김동환의 친일문학의 논리에도 그대로 반영된다. 명일의 근대문학이 명일의 친일문학으로 둔갑하는 자리에는 천황을 향한 열렬한 ‘믿음’ 이 가로놓여 있다. 전쟁이라는 각박한 현실을 초월하는 이 열렬한 ‘믿음’ 을 수용하며 김동환은 비합리적인 현실(그에게는 합리적인 현실)에 자발적으로 몸을 던진다. 전쟁의 상황이 주체의 ‘믿음’ 을 실현할 수 있는 도구로 인식되는 순간, 죽음은 그 믿음을 뒷받침하는 현실적 조건으로 수용된다. 죽음이 서정적으로 표현될 수 있는

23 김동환, 「권군, ‘취천명’」, 김병걸 외, 『친일문학작품선집』 1, 실천문학사, 1986.
24 『매일신보』, 1940. 11. 19.

까닭은 여기서 연유한다. "임군님"이라는 초월적(숭고한) 대상은 죽음을 찬양하는 조건이 되고, 그것은 동시에 죽음의 공간인 '전쟁터'를 삶의 즐거운 공간으로 상징화하는 바탕이 된다. 김동환의 낭만주의적 열정이 이른 길은 이렇듯 숭고한 대상을 향한 '아름다운 죽음'의 서정적 형상으로 구현된다. 숭고한 이데올로기에서 야기된 환상의 공간 속에서라면 그는 죽음의 상황에서도 행복할 수 있다고 말한다. 그래서 "충청도 두메의 이름없는 농군"에 그쳤을 이인석 군은 천황을 위해 죽음으로써 군수에게 절을 받고, 나라에서 훈장을 받는 '행복한 상황'에 이르렀다고 이야기한다. 전쟁이 말 그대로 '성전聖戰'이 될 수밖에 없는 이러한 상황은 환상의 공간을 '횡단'하지 못한 주체[25]가 도달한, 피할 수 없는 비극적 자리에 해당될 것이다.

환상의 외부를 생각하지 않는 주체는 행복하다. 그 환상을 현실 속에서 목도하는 주체는 더욱 행복하다. "전쟁이 끝난 뒤 '詩美의 世界'에 정상적으로 드러갈 수 있다"(「전쟁과 애국시인」)고 생각한 김동환에게, 전쟁의 승리는 곧 미래의 행복을 보장하는 매개항으로 인식되었다. 그는 미래의 행복을 위해 기꺼이 친일의 길을 선택했다. 친일의 길은 그에게 개인적 행복에만 이르는 길이 아니었다. 세계의 행복(즐거운 아시아에 대한 상상)에 이르는 '이타적인' 길이 친일의 길이라고 생각했기에 그는 일본제국의 신민이라는 '위치'를 자발적으로 수용할 수 있었다. 한국 근대문학의 1세대인 김동환이 이른 친일의 길은 그러므로 내적 모순에 빠

---

25 김재용은 「일제 말 문학의 양극화」(『협력과 저항』에 수록)라는 글에서 김사량의 「천마」와 이석훈의 「고요한 폭풍」을 분석하고 있다. 이를 통해 김재용은 김사량을 비협력의 길을 걸은 문인으로, 이석훈을 협력의 길을 걸은 문인으로 판단한다. '협력과 저항'의 양극화가 일제 말기의 문학 속에 드러나고 있음을 구체적으로 밝히고 있는 것이다. 김재용의 이러한 논점은 이분법적인 측면을 탈피하지 못하고 있지만, 친일문학을 평가하는 척도로서 유용한 면이 있다고 생각한다. 특히 김사량의 경우 일본 제국주의의 본질을 인식하고 그 외부로 탈출하는 모험을 감행했다는 점에서, 친일문학인들과는 분명 다른 모습을 보이고 있다.

진 근대적 주체의 문학적 예시로써 의미화될 수 있다. 외부의 '숭고한 대상'에 눈이 먼 주체의 비극은 지금 이 시대의 문학인들에게 반면교사로 펼쳐져 있다. 친일문학은 이미 지나간 과거가 아니라, 지금 우리의 마음을 지배하는 현실일 수 있다. 친일문학의 연구는 그러므로 친일문학인들을 단죄하기 위한 '보복성'의 연구가 아니다. 친일문학은 '여전히' 문학을 이야기하고 있는 지금 이곳의 문학인들에게 문학과 정치(삶)의 관계를 끊임없이 되묻게 하는 역사적인 화두로서 제시되고 있는 것이다.

4. 근대적 주체의 내적 모순과 친일문학

식민지 시대의 근대적 주체에게 '친일'은 미래의 행복을 선취하는 이념으로 비쳐졌다. 중세 사회의 억압적인 상황을 벗어나 계몽적 이성의 세계로 나아가려 한 근대적 주체의 열망은 '일본제국'의 현실적 힘을 목격하면서 천황제 파시즘이라는 비합리적인 열정으로 변주되었다. 한국 근대문학의 주체들에게는 '식민지사회'라는 모순된 현실이 계몽적 이성의 배면에 항상 자리잡고 있었다. '잃어버린 나라'를 되찾아야 한다는 '소명'은 자연스럽게 '민족'에 대한 성찰로 이어졌지만, 그것은 동시에 '근대적 힘의 논리'를 자연스럽게 추인하는 상황으로 이어졌다. 그들은 식민지 상황을 벗어나기 위해서는 '힘'을 길러야 한다고 생각했다. 그리하여 그들은 조선 사회의 문약文弱을 비판하고, 한국의 고대사에 드리워진 '힘의 논리'를 상상하는 작업을 계속적으로 수행했다.

식민지의 근대적 주체들은 자신들이 소망하는 '아름다운 세상'을 현실화하는 미적 매개항으로 '힘의 논리'를 상상했다. 침략주의자들을 물리칠 수 있는 힘에 대한 동경은 근대화의 과정을 '나라 찾기'의 과정과 연관지은 한국의 근대적 주체들에게는 피할 수 없는 '소명의식'의 발현이었다. 힘이 없는 문약의 조선을 근대적 힘의 논리로 재단하는 근대문학 1세대의 문학적 논리는 '강한 주체'를 위해 '약한 대상'을 동일화하는, 전형적인 '인정투쟁'의 방식으로 나타났다. 상대방에게 인정을 받지 못하면 완전한 주체로 설 수 없는 상황에서, 그럼에도 인정받아야 할 존재가 '너무나 강력한 힘'으로 현실화된 상황 앞에서 근대적 주체의 내적 모순은 생성되기 시작한다. 전통을 부정하기는 쉽다. 하지만 전통을 부정함으로써 그들이 받는 인정은 '죽은 자'에게 받는 인정만큼이나 의미가 없다. 살아 있는 존재, 그것도 힘이 있는 존재에게 인정을 받아야 근대적 주체가 갈망하는 힘이 생길 수 있고, 그 힘이 있어야 잃어버린 '민족—국가'를 되찾을 수 있다. 일본(민족—제국)에 대한 '적대성'에 기반하여 상상된 민족의 담론은 '조선심'—'조선혼'(민족주의자)이나 '무산대중'(사회주의자)으로 이론화되지만, 실제 '조선심'과 '무산대중'은 근대적 주체의 적대적 상상 속에서만 존재하는, 이데올로기적 환상으로 귀결되었다.

환상에 빠진 주체들은 환상 속에서 '자발적으로' 친일을 선택한다. 근대성을 수용하는 과정과 친일을 수용하는 과정에는 구조적으로 동일한 과정이 개입하고 있다. 힘 있는 주체(주인)로 인정받고 싶은 욕망이 근대/친일의 담론적 밑바탕에는 깔려 있다. 따라서 근대적 주체의 '친일'은 근대의 완성(초극)으로 나아가기 위한 일종의 담론적 실천으로 자리매김될 수 있다. 파시즘적 세계가 현실화되는 시대적 조건 속에서 이데올로기적 환상의 공간을 '횡단'하지 못하는 근대적 주체의 비극은 친일문학의 담론에 이미 내재해 있다. 그렇다고 해서 한국 근대문학의 장場이라는 운명론적 구조를 상정하여 근대적 주체의 선택을, 타락한 구조에 의해 빚어진 불가피한 선택으로 해석하기는 어렵다. 김동환의 경우에 드러나는 대로 근대적 주체들은 스스로의 내재적 논리로 근대문학의 담론적 장을 형성했고, 그러한 장 속에서 심도 있는 문학 행위를 펼쳐나갔기 때문이다. 애국문학의 '민족' 담론과 친일문학의 '애국' 담론에 공존하는 '애국의 논리'는 힘 있는 국가를 향한 김동환의 근대적 열망이 아니면 설명할 수 없는 부분이다. 근대의 초극을 주장하면서도, '일본'이라는 중심을 명확하게 세우려는 식민지인의 인식구조는 '근대의 초극' 담론이 결국은 근대적 힘의 논리를 '동양의 승리'라는 동일자의 논리로 반복하고 있음을 보여준다고 하겠다.

내선일체론에서 시작해 대동아공영론(근대초극론)으로 이어지는 일본 파시즘의 담론구조는 이처럼 세계의 중심이 되려는 일본제국의 강렬한 열망을 담고 있다. 김동환은 민족을 동양으로 환치하고, 조선을 일본으로 환치하는 사유의 모험을 감행함으로써 상상 속의 힘의 논리를 현실화한다. 근대문학(애국문학)에서 친일문학으로 나아가는 김동환의 문학적 역정에는 힘 있는 '주인'으로 인정받으려는 근대적 주체들의 욕망이 면면이 흐르고 있다. 민족국가(nation-state)의 부재를 경험한 그에게, 그리고 그 부재의 원인을 '약한 힘'에서 찾은 그에게, 일본제국의 강력한 힘은 '주인'이 되기 위해서는 본받아야 할 문학적 논리(이데올로기)로 인식되었다. 천황제 파시즘의 '미학'은 이렇게 '힘의 부재'를 인식한 근대적 주체의 내면을 압도할만한 '강력한 힘'의 세계였고, 김동환은 그 힘의 세계를 인정함으로써 친일문학이라는 '행복한 환상'의 공간으로 스스로 빠져 들어간 셈이다.

박영희 문학론 연구

'생활' 개념을 중심으로

오홍진

1. 들어가는 글

회월懷月 박영희朴英熙(1901~?)의 문학론[1]은 한국 근대문학이 걸어온 길을 압축적으로 제시한다. 식민지 사회라는 시대적 조건 속에서 박영희는 정치와 예술의 관계를 끊임없이 천착했고, 그것은 그대로 한국 근대문학사의 한 줄기로 이어져 내려오고 있다. 〈백조파〉의 유미주의에 탐닉했던 그가 계급문학을 수용하는 과정에는, 또 계급문학을 포기하고 전향(친일)문학으로 전환하는 과정에는, 근대문학의 주체들을 강렬하게 사로잡았던 이데올로기의 담론적 흔적이 가로놓여 있다. 폐쇄된 사회, 3·1운동의 실패에서 오는 좌절감, 동경유학에서 이미 알아버린 지식, 한국 사회의 인습 등의 압력[2]에 짓눌린 근대문학 1세대들에게 사회주의 담론

---

1 이 글에서는 『박영희 전집』 I~IV(노상래·이동희 편, 영남대학교 출판부, 1997)와 『카프비평자료총서』 I~VIII(임규찬·한기형 편, 태학사, 1990)을 텍스트로 사용한다. 이하 이 책들에서 인용할 때는 『박영희 전집』의 경우 『전집』과 번호를, 『카프비평자료총서』의 경우 『총서』와 번호를 병기한다.

을 비롯한 서구의 다양한 담론들은 부정적인 현실을 돌파하는 이념적 해방구로 비쳐졌던 셈이다.

유미주의에서 계급주의로의 급진적인 전환을 감행한 박영희가, 계급주의에서 반계급주의-친일문학으로 급속하게 경도된 이유는 여기에 있다. 박영희는 유미주의-계급주의-반계급주의-친일문학의 담론을 자신이 처한 현실을 극복하기 위한 이데올로기적 방편으로 인식하고 있었을 뿐, 그러한 담론들에 새겨진 차이에 대해서는 전혀 주목하지 않았다. 이를테면, 박영희의 유미주의 문학론은 생生에 대한 비관적 인식을 바탕으로 부정적인 현실과 대립되는 장소에 낭만적인 죽음의식을 배치하고 있다. 구조적인 면에서 볼 때, 무산자의 생활의식을 계급의식의 차원으로 재구성한 계급주의 문학론 역시 유미주의 문학론의 이론구조를 그대로 반복하고 있다(서양과 동양을 대립적으로 설정한 친일문학 역시 마찬가지다). 박영희라는 한 작가의 문학적 여정 속에서 동시에 나타나는 상반된 문학관의 공존은 근대문학 1세대의 '근대' 인식이 그만큼 조선의 현실과는 거리가 먼 '관념'에 근거하고 있음을 지시한다 하겠다.

사회주의 담론의 계급성-보편성(프롤레타리아 국제주의)과 식민지 현실에 근거한 민족담론의 특수성 사이의 갈등은 이러한 관념 우위의 시대적 상황과 무관하지 않다. 계급과 민족이라는 당위적 언어들은 식민지 지식인들의 시선을 '객관적 현실'과는 유리된 이상적인 현실로 향하게 했다. 한국 근대문학사를 수놓은 수많은 문학논쟁들은 문학의 이상을 실현하려는 문학 주체들의 뜨거운 열망을 대변한다. 중간계급 출신이 주도한 초창기 한국 근대문학의 현실을 감안한다면, 또 그들 대부분이 동경 유학을 통해 서구의 근대지식을 섭렵한 상황을 고려한다면, 초창기 근대

---

2 김윤식, 『박영희 연구』, 열음사, 1989, 46쪽.

문학사의 흐름은 당연히 이데올로기적 담론에 근거하여 전개될 수밖에 없었다. 식민지의 현실적 조건에서 움트지 않은 사상을 맹목적으로 수용함으로써 식민지의 문학주체들은 자의식 과잉이라는 병증病症에 시달리게 된다. 전통에 대한 무조건적 부정과 서구의 근대를 향한 하염없는 열망의 대립구조는 자의식의 과잉이 아니면 설명할 수 없을 것이다.

사회주의 담론의 수용을 통해 본격적으로 시작된 한국의 근대문학(론)은 이데올로기라는 거대한 자장 속에서 식민지 현실을 넘어설 수 있는 새로운 대안을 모색했다. 잘 알려져 있는 것처럼, 사회주의는 무엇보다도 식민지 현실을 극복할 수 있는 이념적 수단, 곧 민족해방의 담론으로 식민지 지식인들에게 수용되었다. 그들의 앞에는 식민지 현실이라는 부정적인 조건과 '계급의식'이라는 추상적인 용어가 놓여 있었다. 사회주의 담론은 이론과 현실의 관계를 바탕으로 새로운 현실을 창출하는 실천의 담론이라 할 수 있다. 그러므로 당대의 문학인(지식인)들은 사회주의 담론의 추상성을 극복하기 위해서라도 '식민지 현실'이라는 구체적인 상황을 사유의 대상으로 삼아야 했다. 식민지 계급문학의 1세대인 박영희의 문학론에 '생활'이라는 용어가 다양한 맥락으로 사용되는 이유는 여기서 연유한다. 사회주의 문학담론에서 '생활'은 이데올로기의 관념성-급진성을 사회적·역사적 현실과 만나게 하는 매개항으로 작용하였다.[3] 지식인의 소시민적 삶과 대비되는 무산자의 생활이 호명되는 순간, 식민지 계급문학(론)의 새로운 역사가 시작된 셈이다.

하지만 당대의 계급문학(론)에서 제기된 '생활' 개념은 시대적 상황에 따라, 혹은 담론의 문맥에 따라 다양하게 의미화되었다. 박영희 문학론

---

3 이철호는 김기진의 평론을 분석하면서 "김기진의 평론에서 생활이라는 어휘는 경제적, 정치적 삶을 뜻하는 물질생활과 심미적, 윤리적 삶을 의미하는 정신생활 모두를 포괄하는 맥락에서 매우 모호하게 사용되었다."(「신경향파 비평의 낭만주의적 기원」, 『민족문학사 연구』 38호, 2008, 240쪽)고 이야기하고 있다. 박영희 문학론에 나타나는 '생활' 개념 역시 이 두 가지 맥락을 포괄하여 사용되고 있다.

에 나타나는 '생활'의 개념 역시 '생활의 주체'가 처한 상황에 따라 그 의미가 다양하게 변주되고 있다. 지식인의 소시민적 생활, 무산자의 혁명적 생활의식, 전시기戰時期 규율화된 국민의 생활 등으로 뻗어나가는 생활의 의미는, 박영희의 문학론이 그만큼 당대의 시대적 상황에 민감하게 반응하고 있었음을 방증한다. 박영희는 이러한 '생활' 개념을 그의 글 곳곳에 담론적으로 배치함으로써 세 번의 문학적 방향전환을 감행한다. 이 글은 박영희의 문학적 방향전환에 새겨진 근대문학사적 의미를 '생활' 개념을 중심으로 살펴보려고 한다. 문학과 정치의 경계에서 끊임없이 고민했던 박영희의 문학적 여정은 초창기 한국 근대문학의 주체들이라면 경험해야 했던 전형적인 상황을 반영한다. 문학을 통해 문학의 외부(정치)로 나아가려 했던 식민지 시대 지식인들의 문학적 초상이 박영희의 문학론에도 그대로 스며들어 있는 것이다.

2. 낭만적 '생生'의 비애와 '생활'의 발견

1920년대 초반의 한국 사회는 다양한 사상들이 경쟁적으로 소개되는 담론[4]의 장場이었다. 사회주의 담론의 본격적인 소개는 부르주아적 계몽주의와 유미주의가 주류를 이루었던 당대의 문학장文學場을 논쟁적으로 뒤흔들기 충분했고, 기존의 민족주의 문학담론은 문화주의(개조주의)와 결합하여 사회주의의 계급문학과 대비되는 국민문학론의 장을 본격적으로 열었다.[5] 박영희는 이러한 사상의 조류 속에서 문학을 선택했지만,

---

4 이 글에서는 글쓴이의 '입장'이 뚜렷하게 나타난 글을 '담론'으로 규정한다. 담론은 개인적인 차원을 넘어서 항상 사회적인 문맥을 형성한다. 요컨대 박영희 문학론은 식민지 시대라는 역사적 공간과 한국 문학이라는 문학장(文學場) 속에서 그 의미가 부여될 수 있는 것이다.

5 이에 대해서는 김현주의 「민족과 국가 그리고 '문화'」(『상허학보』 6집, 2000)와 전승주의 「1920년대 민족주의문학과 민족 담론」(『민족문학사 연구』 24집, 2004)을 참조.

초창기 그의 문학론은 다분히 서구의 유미주의적 문학에 심취하는 경향을 보였다. 「나의 문학청년시대」라는 글에서 박영희는 "문학은 영혼과 같이 나를 홀"렸으며, "법열을 느꼈다"고 고백[6]하고 있다. "세상의 모든 것이 범속하기 짝이 없으며 생활의 고뇌가 이 어린 시인의 마음을 안타까웁게 하였다"[7]는 구절에 드러나는 바, 박영희는 세상의 범속함과 대비되는 문학적 공간을 상상했고 그곳에서 생활의 고뇌를 뛰어넘는 문학적 희열을 느꼈다고 볼 수 있겠다.

박영희의 초기시에 주로 등장하는 허무ㅡ허화虛華, 유령, 눈물 등의 낭만주의적 시어들은 1920년대 초반의 박영희가 상상했던 문학의 현황을 예시한다. "微笑의 虛華市"(「미소의 허화시」)와 "幽靈의 나라"(「유령의 나라」)를 향한 낭만적 동경의 미학은 부정적인 현실과 단절하려는 시인의 간절한 열망을 보여준다. 낭만적 영혼을 지향하는 시인에게, 식민지 상황은 그 자체로 부정적인 현실로 비쳐질 수밖에 없었다. 달빛으로 자신만의 병실을 짜는 낭만적 영혼(「月光으로 짠 病室」)은 병실이라는 상상의 공간에서만 삶의 위안을 얻을 수 있었다. 따라서 병든 세상이 하나의 현실로 객관화되어 시적 주체를 압박할 때 "월광으로 짠 병실"은 쉽게 허물어지지 않을 수 없다. 현실과 단절된 낭만적 영혼의 담론은 낭만적 주체의 관념적인 사유 이상으로 나아가지 못했던 것이다.

박영희가 유미주의 담론을 벗어나게 되는 직접적인 계기는 이곳에서 찾을 수 있다. 그는 시대의 사조에 민감하게 반응한 문학인[8]이었다. 그리하여 계급(사회주의), 개조(민족주의)와 같은 근대사상의 용어들이 난무하는 시기에, 부르주아 문학(유미주의)과 새로운 경향의 문학 사이에

---

6 박영희, 「나의 문학청년시대」, 『전집』 III, 116쪽.
7 위의 글, 116쪽.
8 김윤식은 박영희의 '독서편력'을 시대적 민감함의 이유로 제시하고 있다(김윤식, 앞의 책, 27쪽).

서 선택의 상황[9]에 봉착한 박영희는 유미주의의 길을 과감하게 포기하고 사회주의 문학을 수용하게 된다. 부르주아 문학에 드리워진 낭만적 영혼의 세계는 사회주의의 문학적 경향과는 대치되는 지점에 놓여 있었다. 지식인 작가의 낭만적 환상을 표현하는 데 집중한 유미주의와는 달리 사회주의 문학은 당대 민중들의 빈곤한 현실에 주목하였던 것이다. 사회주의 문학의 이러한 특징은 박영희가 자신의 미적 취향을 점검하는 계기로 작용하였다. 유미주의 미학에서는 배제된 '생활'의 문제는 바로 이 지점에서 박영희 문학론의 중심에 등장하게 되는 셈이다.

생활에 대한 박영희의 문학적 성찰은 무엇보다도 유미주의의 낭만적 삶을 비판적으로 바라보는 데서 시작한다. 유미주의적 삶의 밑바탕에는 개인의 낭만적 세계관에 기반한 허무주의적 현실관이 새겨져 있기 때문이다. 김기진과의 본격적인 교류를 통해 '사회주의 문학'에 대한 인식이 싹트면서, 박영희는 민족 구성원들이 처한 실제의 삶에 관심을 기울이게 된다. 계급문학적 관점이라고는 볼 수 없지만, 낭만적 의식에서 벗어나려는 '생활의식'의 단초가 비로소 나타나고 있는 것이다. 소설 「生」과 수필 「생의 비애」(두 편 모두 『백조』 1923년 9월호에 수록)에서 박영희는 인간의 삶에 운명적으로 드리워져 있는 생의 고통을 이야기하고 있다. 「생」이 빈곤한 생활에 직면한 주체의 절박함을 묘사하고 있다면, 「생의 비애」는 그러한 삶의 절박함에 대응하는 다양한 행동양태들을 서구의 문학작품에 등장하는 인물들을 통해 보여주고 있다. 그에 의하면, 생의 고통은 "유한한 물질을 가지고 무한의 위안을 동경하는"[10] 현대인의 비극적 정황에서 뻗어나온다. '무한'이라는 말에 나타나거니와, 박영희는

---

9 박현수는 "1923년 초 박영희는 그때까지 지녀왔던 문학관과 새로운 경향의 문학 사이에서 갈등하고 있었다."고 지적한다(「박영희의 초기 행적과 문학 활동」, 『상허학보』 24집, 2008, 161쪽).
10 박영희, 「생의 비애」, 『전집』 Ⅰ, 38쪽.

여전히 낭만주의적 감성을 바탕으로 세상을 인식하고 있다. 부정적인 현실을 넘어설 수 있는 대안을 현실 너머의 공간에서 찾으려 하는 사고 자체가 낭만주의의 인식론에 근거하고 있기 때문이다.

박영희는 이처럼 육체에 얽매인 '물질적 조건'과 무한을 지향하는 '심리적 조건'의 거리를 인간의 삶에 드리워진 비극적 삶의 원천으로 기록하고 있다. "모든 선행, 모든 악행, 모든 향락, 모든 노동, 모든 철학, 모든 종교"[11]를 통해 '생의 비애'를 넘어서려는 박영희의 '노력'이 관념적으로 비치는 이유는 여기에 있다. 박영희는 「생의 비애」에서 절망적 상황 속에서도 생을 긍정하는 파우스트의 삶의 방식에 주목[12]하고 있지만, 그것을 자신의 실제적인 삶과 연결시키지는 못하고 있다. 「생의 비애」의 이곳저곳에 나타나는 낭만적 죽음의식은 생에 대한 박영희의 긍정이 그만큼 낭만적(관념적)인 차원에 머물러 있음을 보여준다. 그럼에도 이 시기 박영희의 고민은 분명 "불안해가는 조선현실"로 시나브로 옮겨지고[13] 있었다. 특히 「생」에 표현되는 바, 가난과 실업의 '조선현실'은 중간계급으로 태어나 지식인으로 살아가는 박영희의 생활과 밀접한 연관을 맺고 있는 문제였다. 박영희가 계급의식에 눈뜨는 계기는 실상 이러한 불안한 조선의 현실을 온몸으로 체험하는 과정에서 이루어졌다고 볼 수 있을 것이다.

하지만 그는 당시 계급의식을 "민족의식의 새로운 형태"[14]로 인식하고

---

11 위의 책, 42쪽.

12 이철호, 앞의 글, 256쪽.

13 박영희는 「백조, 그 화려했던 시절」에서 "조선사람의 중산계급은 날마다 가난하게 되며, 직업 없는 지식인의 무리는 거리에서 헤매고 있으며, 한편으로 사상운동은 걷잡을 수 없이 일어나 경찰서와 감옥이 넘치도록 잡아갔으며 독립단원은 국경에서 일본경찰과 싸우며 국내에서도 폭탄을 던지고 권총을 쏘는 등 극도로 불안해가는 조선현실 속에서, 우리는 아름다운 꿈의 문학만으로는 만족할 수 없었다." 라고 적고 있다.

14 박영희, 「초창기의 문단측면사」, 『현대문학』 56호(1959)~65호(1960) 연재(『총서』 I , 351쪽).

있었다. 민족의식의 관점에서 보면 "조선민족은 무산계급"[15]에 속했다. 식민지 현실을 무산계급의 고통스런 현실과 일치시킨 결과, 박영희는 민족과 계급의 개념을 당대의 '민족주의문학'과 구분해야 할 필요성에 직면하게 되었다. 이러한 상황에서 당시 '민족개조론'을 주장한 이광수와 작가의 개성을 문학의 자율적인 조건으로 인식한 염상섭이 민족주의문학을 대표하는 논자들로 부각되었다. 박영희는 그들의 문학에 나타난 소시민적 특성을 비판함으로써 계급문학의 길로 본격적으로 들어서는 계기를 마련한다. 이광수 소설에 대한 다음과 같은 언급에는 민족주의문학과 대별되는 지점에서 무산계급의 문학을 사유하려 한 박영희의 관점이 뚜렷하게 드러나 있다.

> 보아라. 『무정』속에서 나타나는 '리형식'이나 '김선형'이는 두 사람이 다 실제생활에 색채가 농후하지는 못하다. 한바탕 사랑이라는 신괴물에 걸리어 놀다가 끝으로는 비로소 외국유학을 가는 것이다. 물론 내가 말하는 실제생활이라는 것은 유학을 갔다가 온 사람을 말함이며 호주戶主가 된 후의 비로소 가정이라는 데서 생기는 인간미를 말함이다. 또한 『개척자』에서 보면 성재性哉와 성순性淳과 민閔과 변卞이 다각각 연애의 공상적 오락에 취하다가 죽고 말았고 그들이 유학까지 하고 와서 신조선을 위해서는 다만 자유연애의 고창자高唱者이였고 여자해방의 찬송자이었다. 성재는 신인新人이다. 그러나 성순의 자유를 속박해서 마지막은 성순이는 자살하고 말았다. 이 의미에서 보면 그들의 조선에 대한 사업이라고는 하나도 없었다.[16]

이광수의 『무정』과 『개척자』에 나타나는 인물들의 삶을 박영희는 지식인의 소시민적 삶이라는 관점에서 비판하고 있다. 위 글에서 지식인의 삶은 "조선에 대한 사업"이라는 말과 긴밀하게 연관되어 있다. 요컨대

박영희는 지식인이 조선현실을 무시하고 "연애의 공상적 오락에 취하"는 것을 극도로 경계하고 있다. 그는 이광수의 등장인물에 나타나는 공상성을 소시민적 삶의 범례로 규정하고, 그 범례에 따라 자신의 유미주의적 문학관을 비판하는 전거를 마련한다. 이광수의 문학은 이처럼 박영희의 내면에 내재된 부르주아적 근성을 뿌리뽑는 데 유용한 타자로써 이용되고 있다. 이광수에 대한 비판은 「'문예쇄담文藝瑣談'을 읽고서」(『개벽』 65호, 1926. 1)라는 글에서도 재차 이루어지는 바, 박영희에게 이광수라는 존재는 그만큼 계급문학으로 나아가기 위해서는 넘어서야 할 '거대한 타자'로 인정되고 있었던 셈이다.

「문학상으로 본 이광수」를 발표할 당시만 해도 박영희는, 조선 문단의 최근 경향을 무산자의 생활(의식)과는 다른 맥락에서 이해하고 있었다. "적극적으로 인생을 긍정하고 생명을 사랑하고 노력을 힘쓰는" 신이상주의 문학을 그는 "조선문단의 최근경향"[17]으로 꼽고 있었다. "조선 전민족의 생활"이라는 말에 드러나는 바, 박영희는 계급의 특수한 생활보다는 민족의 보편적 생활을 긍정적으로 담아내는 문학을 선호했다. "우리의 현대 상태는 문예가 우리의 생활을 창조한다는 것보다도 우리의 생활이 우리의 문예를 창조한다는 것"[18]이라는 박영희의 생활 우위론은 민족주의문학을 주장하면서도 개인주의적 취향(연애심리)에 빠져든 이광수의 소설을 비판하는 중요한 틀이 되었다. 문예에 대한 생활의 우위를 주장한 박영희가 작가의 태도를 중시하는 '신이상주의'의 미학에 빠져든 이유는 여기에 있다. 그는 조선민족의 생활이라는 추상적 문제의식을 지니고 있었는 바, 그러한 문제의식의 추상성이 종국적으로 '진보적 민

---

17 박영희, 「자연주의에서 신이상주의로 기울어지는 조선문단의 최근경향」, 『개벽』 44호, 1924. 2(위의 책, 282쪽).
20 위의 책, 282쪽.

족주의'[19]라는 추상적 담론을 이끌어냈다고 봐야 할 것이다. 박영희가 무산자의 생활을 수용하는 과정은 그러므로 지식인의 소시민적 삶을 민족의 보편적 삶으로 환치시키는 과정과 더불어 진행되었다. 하지만 식민지 민족의 상황을 무산계급의 억압적인 상황과 등치시킨 박영희의 '진보적 민족주의'는 민족의 추상성으로 계급의 특수성을 은폐하는 치명적인 문제점을 지니고 있었다. 민족의 관점을 취하고 있을 때는 보이지 않던 계급적 차이가 계급의 관점에서는 뚜렷하게 보이기 시작한다. 계급의 차이는 정서의 차이를 낳고, 그것은 다시 생활의식의 차이로 이어진다. 지식인의 삶을 벗어나 무산자의 삶을 수용하는 과정은 바로 이 지점에서 박영희가 문학적으로 풀어내야 할 핵심적인 문제로 제기된다. 카프 결성을 전후하여 끊이지 않고 벌어진 문학 논쟁의 역사는 지식인의 이러한 위상을 고려해야만 제대로 이해될 수 있다 하겠다.

3. 무산자의 생활의식과 계급문학의 역학

계급문학론은 무산자의 생활을 지식인의 소시민적 생활보다 우위에 두고 있다. 계급문학(론)을 지향하는 지식인은 반드시 무산자의 삶을 치밀하게 사유하는 과정을 거쳐야 했고, 이를 통해 무산자의 세계관으로 철저하게 무장해야 했다. 새로운 세계를 건설하는 조건은 무산자의 세계관을 마음 깊이 수용하는 문제와 연관되어 있는 바, 세계관과 관련된 사상논쟁은 실상 지식인이 주도하는 계급문학의 역학에서 보면 피할 수 없는 현상이라 하겠다. 박영희는 계급문학의 활성화를 위해 민족주의문학

---

19 이상갑은 "사실 박영희는 『백조』에서 프로문학으로 옮겨가는 과정에서 시종일관 '진보적 민족주의'(반제국주의)의 입장을 취한다"고 서술한다(「'전향'과 '친일'의 한 좌표」, 『현대문학이론연구』 21집, 2004, 225쪽).

론자들과 치열한 사상논쟁을 벌인다. 1920년대 초중반의 사상계를 이끈 잡지(『개벽』)의 편집장으로 「계급문학시비론」(『개벽』 56호, 1925. 2)을 마련한 그는, 이 기획을 계기로 무산계급의 생활에 바탕을 둔 혁명적인 문학을 당대의 사회가 지향해야 할 필연적인 문학으로 정립한다. 무산계급의 문학을 중심에 두고 민족주의문학을 주변에 배치하는 '배제의 역학'은 이 시기 박영희 문학론을 구성하는 핵심적인 전략으로 나타난다. '무산자의 생활을 위한 문학'이라는 계급문학의 중요한 특성은 부르주아 문학을 배격함으로써 그 주된 맥락이 설정되고 있는 셈이다.

　박영희는 당대의 부르주아 문학에서는 볼 수 없는 새로운 문학의 현상을 '신경향파'라는 용어로 정리하고 있다. 생활에 대한 적극적인 고민을 강조한 「고민문학의 필연성」(『개벽』 61호, 1925. 7)을 거쳐 「신경향파 문학과 그 문단적 지위」(『개벽』 64호, 1925. 12)에서 구체적으로 개진되는 신경향파의 '생활문학론'은 민중의 생활을 문학 속에 반영해야 한다는 내용으로 요약될 수 있다. 박영희는 민중의 생활을 직접적으로 반영하는 문학을 '신경향파'라는 용어로 명명함으로써 민족주의문학론과는 대별되는 계급문학의 독자성을 강조한다. 부르주아 문학은 무산자의 생활을 결코 담아낼 수 없지만, 계급문학은 그러한 무산자의 생활을 중점적으로 묘사한다는 점에서 부르주아문학과는 다른 독자성을 지닌다. "기형적으로 발달한 부분적 생활을 마취시키는 문학은 말고 생활의 수평적 향상을 위한 민중적 문학을 건설할 때가 이르렀다"[20]는 박영희의 주장은 계급문학의 이러한 정황을 대변한다. 그런데, "생활의 수평적 향상"은 '부르주아의 몰락'을 필연적으로 동반한다. 계급문학의 주장 속에는 이미 민족 구성원 사이의 계급투쟁이라는 갈등 요소가 잠재되어 있었던 것이다.

---

20 박영희, 「신경향파 문학과 그 문단적 지위」, 『총서』 II, 405쪽.

얼른 말하면 지금까지의 문단은 부르조아의 문단이었다. 그러나 프로레타리아의 생활이 해방되려는 이 때에, 부르조아의 몰락이 불원不遠한 이 때에, 위에 말한 신경향파는 더 심각한 각오를 가지고 무산계급에 유용한 문학을 건설하기에 힘쓸 것이다.

그것은 무산계급에 있어서 문학을 향락하는 것이 아니라 무산계급운동의 필연적 조건으로서의 문예운동이 되어야 할 것이다. 따라서 그 지위는 전문단적으로 건설되어 가지고 부르조아 문단의 몰락을 최촉催促하게 하는 것이며 한편으로 우리의 문단을 형성하는 것이다.[21]

박영희는 '프로레타리아(무산자) 문학'이 '부르조아 문단'의 몰락을 최촉하는 문예운동으로 거듭나야 한다고 주장한다. "심각한 각오"라는 말에 나타나거니와, 문예운동으로서의 계급문학은 문학주체의 이념을 무엇보다도 중시한다. '신경향파新傾向派 문학'의 새로운 경향은 기존의 부르주아 문학에서는 드러나지 않았던 '무산자'의 생활정서를 문학적으로 표현하는 과정에서 나타난다. 박영희는 "인생생존의 적극적 과정에서 인생이 마땅히 갖지 않으면 안될 생활의 연장적 표상"[22]을 신경향파 문학의 특성으로 이야기하고 있다. '생활의 표상'은 무산자의 생활을 미적인 차원에서 재구성한 것을 의미한다. 그것은 "프로레타리아의 생활에서 창조"되는 문학적 표상이기에 부르주아 문학의 관념성을 넘어선다는 것이다.

이처럼 박영희는 부르주아 문학을 비판하는 유용한 틀로 '생활'의 개념을 이용하고 있다. 문제는 이러한 생활 개념이 박영희 문학론에서는 '생활이 직접적으로 예술을 결정짓는다는 소박한 결정론'[23]의 차원으로

---

21 위의 책, 407쪽.
22 박영희, 「신흥예술의 이론적 근거를 논하여 염상섭군의 무지를 駁(박)함」, 『조선일보』, 1926. 2. 3~19(위의 책, 447쪽).
23 박영희, 역사문제연구소 문학사연구모임, 『카프문학운동연구』, 역사비평사, 1989, 20쪽.

전락하고 있다는 점에 있다. 박영희의 '신경향파 문학'에서 생활은 조선의 사회현실, 특히 무산자가 처한 '현실생활'인 빈곤을 의미했다. 무산자의 생활에 대한 과도한 의미 부여는 조선의 해방을 무산자의 해방과 동일시하는 박영희의 현실인식에서 비롯된다. 실제로 그는 조선의 현실을 자본주의 사회로 인식하고, 조선의 문학에 노동자(무산자)의 혁명적 열정을 불어넣으려고 했다. "반항의 문학", "혁명의 문학", "자유의 문학"(이상 「계급문학시비론」)이라는, 계급문학을 표현하는 또 다른 어사語辭들은 박영희의 이러한 인식구조를 분명하게 드러낸다. 당시의 조선 사회가 과연 자본주의 사회체제였는가는 중요하지 않을 수도 있다. 박영희의 현실인식이 계급문학의 정체성을 결정짓는 틀로 작용하고 있다는 점이 더욱 중요하기 때문이다. 박영희의 현실인식이 실제의 조선현실과 어긋날수록, 그래서 무산자의 생활의식이 박영희의 현실인식과 일치하지 않을수록, 박영희의 현실인식은 더욱더 관념화되는 악순환이 이로써 벌어지게 되는 것이다.

카프의 동료인 김기진과의 내용·형식 논쟁에서 박영희는 "작가가 계급의식을 초월할 수 없는 것과 같이 역시 문예비평가도 계급을 초월할 수 없다"[24]고 주장한다. 이를 바탕으로 그는 우선 김기진의 '소설건축설'을 부르주아 문예비평의 전범으로 정립한다. "부르조아 문예비평가는 작품의 구조에 중요한 착점을" 두기 때문이다. 형식을 이야기하는 것 자체가 부르주아 문예비평가의 반증이라는 박영희의 주장은 담론을 이분화하는 전략을 철저하게 따르고 있다. 요컨대 내용—형식 문제는 '프로레타리아—부르조아'의 세계관 대립으로 확장되고, 그것은 다시 집단과 개인의 대비로 이어진다. 여기서 내용—프롤레타리아 세계관—집단

---

24 박영희, 「투쟁기에 있는 문예비평가의 태도」, 『조선지광』 63호, 1927. 1(『총서』, Ⅲ, 33쪽).

의 개념어들을 하나로 묶는 핵심적인 용어가 바로 '계급의식'이다. 계급이 사회변혁의 동력으로 작용하기 위해서는 계급 '의식'이라는 추상적이고 개인적인 관념에 의지할 수밖에 없다.[25] 무산자(프롤레타리아)라는 자본주의 사회체제의 피억압계급을 문학의 주체로 자리매김한 박영희에게 '계급의식'은 무산자의 생활을 사회 속으로 파급하는 보편적인 매개항으로 인식되었다. 내용·형식 논쟁에서 박영희가 정치 우위의 문학담론을 '선택'한 이유는 여기에 있다. 계급의식은 문학의 내용으로 전화되어 그것을 읽는(듣는) 무산자의 생활의식을 계급투쟁의 전선으로 이끌어낸다. "프로레타리아 작품은 …… 큰 기계의 한 치륜齒輪"[26]이라는 박영희의 주장은 이렇게 본다면, 계급투쟁의 맥락에서 문학을 사유하는 주체가 이를 수밖에 없는 지점을 예시적으로 보여준다고 하겠다.

박영희의 문학론에 제시된 '생활'의 개념에는 이렇듯 비평가의 가치판단이 뚜렷하게 스며들어 있다. 무산자의 생활의식은 박영희라는 지식인 작가가 혁명의 길로 들어서는 데 필수적인 요소로 작용하고 있기 때문이다. 이런 점에서 박영희의 문학론은 문예비평가의 태도를 확립하는 문제로 집중될 수밖에 없었다. 계급문학에 대한 '태도'가 명확할수록 박영희 문학론에 나타나는 생활의 개념은 그만큼 관념성을 더하게 되었다. 박영희가 주도한 카프의 제1차 방향전환이 '목적의식성'을 강조한 이유는 여기서 찾을 수 있다. 구체적인 생활을 통괄하는 기준으로 박영희는 문예비평가의 과학적 태도를 제시한다. 과학적 태도는 유물변증법적 관점으로 세상을 인식하는 태도를 일컫는다. 그리하여 내용·형식 논쟁과 아나키즘 논쟁을 겪은 카프의 지도부는 부르주아 문학이론과의 철저한

25 박헌호, 「'계급' 개념의 근대 지식적 역학」, 『상허학보』 22집, 2008, 22쪽.
26 박영희, 앞의 글, 35쪽.

단절을 선언한다. 이와 관련하여 이 시기 박영희의 문학론에는 또 다른 이분법적 쌍이 나타나기 시작한다. '부르조아 문학―프로레타리아 문학'의 이중구도가 '신경향파 문학―무산파의 문학'이라는 이중구도로 변용되고 있는 것이다. 물론 박영희는 부르주아 문학에 대한 부정적인 평가와는 달리 신경향파 문학의 역사적 의의를 인정한다. 하지만 그는 신경향파 문학이 무산자의 생활을 묘사하면서도, 무산자의 생활'의식'을 부정적으로 표현했다는 점(살인·방화로 결론을 맺은 것)을 날카롭게 비판하고 있다. "문학상 신경향파는 진정한 신흥문학을 건설함에 한 준비적 과정"[27]이라고 박영희는 말하고 있거니와, 신경향파 문학에 대한 이러한 위상 정립은 제1차 방향전환론의 목적의식적 성격을 반영하는 담론적 기획으로 의미화할 수 있을 것이다.

① 원래 계급문학은 그 기능을 다하기 위해서 늘 새로운 과정을 지나가게 되는 것이다. 계급의식을 고양하는 계급문학은 경제투쟁에서 목적의식적으로 (정치적 의미에서) 이르게 되는 것이다. 조선에 있어서는 자연생장적 문학에서 목적의식적 문학으로 과정한다는 것이 지금 필연한 현실이다.[28]

② 방향전환이 시작되는 문예운동의 진출은 전무산계급운동과 동일한 것은 아니다. 문예는 문예의 특수성―이것은 장래 상론하려니와―으로써 문예는 그 자체와 분리할 수 없는 특수한 형태를 가지고―이 특수한 형태는 완전하면 할수록―문예운동의 효과를 고양케 하는 것이다. 그러므로 문예운동과 무산계급운동은 동일한 양개兩個가 아니라 통일될 수 있는―통일되는―전선적인 일익인 것을 생각해야 한다. 우리는 문예운동과 계급운동을 분열적으로 생각하여 2개의 동일한 것으로 보는―비변증법적―관찰을 배격한다.[29]

---

27 박영희, 「신경향파 문학과 무산파의 문학」, 『조선지광』 64호, 1927. 2(위의 책, 77쪽).
28 박영희, 「문예운동의 방향전환」, 『조선지광』 66호, 1927. 4(위의 책, 129쪽).
29 박영희, 「문예운동의 목적의식론」, 위의 책, 160~161쪽.

인용문 ①이 계급문학의 목적의식성을 강조하고 있다면, 인용문 ②는 계급문학운동의 한계지점을 이야기하고 있다. 문예운동과 계급운동을 분리해서 보는 시각은 당대의 카프가 처했던 시대적 상황을 고려한다면, 심각한 논란을 야기할 수 있는 문제였다. 실제로 이북만은 박영희의 방향전환론을 "조직을 무시하고 대중을 도외시"[30]하는 기계적 방향전환론이라 비판하고 있다. 이북만의 비판은 카프의 조직과는 상관없이 '문예의 특수성'을 주창한 박영희의 비조직적 행동을 특히 문제삼고 있다. 경제투쟁에서 정치투쟁으로의 전환기에 조직은 개인들의 행동을 응집하는 장소로 기능한다. 박영희는 문예운동과 계급운동의 동일화를 비변증법적 사고방식이라 하여 비판하고 있지만, 조직의 입장에서 그의 그러한 주장은 무산계급운동의 대열을 교란할 수 있는 분파적 행동으로 비쳐졌다. 이에 박영희는 「무산계급 예술운동의 정치적 역할」이라는 글에서 문예의 특수성과 관련된 자신의 입장을 철회한다.[31] 이 글에서 박영희는 "무산계급은 운동으로써의 문예만을 용인하게 되며 이 운동자는 투사의 한 사람"[32]이라고 언급한다. "정치투쟁을 위한 문예"의 중요성이 '문예의 특수성'을 넘어 재삼 강조되고 있는 것이다.

무산자의 생활을 표현하는 문학에서 계급문학의 지향점을 발견한 박영희는 정치투쟁을 강조한 목적의식기에는 무산계급의 생활과 유리된 문학론을 주장하기에 이른다. 문예의 특수성과 문예운동의 계급성 사이에서 박영희는 그 둘을 연결하는 매개항을 찾지 못한 것이다. 카프의 제2

---

30 이북만, 「예술운동의 방향전환은 과연 진정한 방향전환론이었는가」, 『예술운동』 창간호, 1927. 11(위의 책, 369쪽).

31 김영민은 이에 대해 "박영희의 방향전환 이론은 문예의 정치투쟁 역학이라는 측면에서 본다면 가장 소극적인 측면에서 가장 적극적인 측면(투사)으로의 전환을 보이는 셈"이라고 말하고 있다(김영민, 『한국문학비평논쟁사』, 한길사, 1995, 158쪽).

32 박영희, 「무산계급 예술운동의 정치적 역할」, 『예술운동』 창간호, 1927. 1(『총서』 III, 353쪽).

차 방향전환을 전후하여 문예 대중화 논쟁이 일어나기도 했지만, 이 논쟁은 지식인과 무산자의 계급적 위상 차이를 확인하는 차원에서 끝을 맺었다. 계급적 내용을 쉬운 언어로 표현하는 문학이란 결국 지식인 문학의 한계를 벗어나지 못한 논의에 불과했기 때문이다. 식민지 시대의 계급문학은 이처럼 무산자의 생활을 지향하면서도, 지식인의 태생적 한계를 끝내 뛰어넘지 못하는 지점에서 종결되었다. "1929년 이후부터 카프라는 조직에 회의를 느끼기 시작했다"[33]는 박영희의 고백은 이러한 지식인의 한계를 인식하는 과정과 맞물려 있다. 무산자의 생활을 중시하면서도, 결코 무산자의 생활은 할 수 없는 지식인의 관념적 한계가, 박영희의 전향문학(론)을 산출한 근본적인 조건으로 작동한 셈이다.

4. 생활의식의 심미화와 친일문학의 길

박영희의 계급주의 비판은 카프 소장파(임화, 김두용, 윤기정 등)의 볼세비키화론과 그 조직론을 향하고 있다. 1929년부터 카프에 회의를 느꼈음을 박영희는 고백하고 있거니와, 1929년은 소장파에 의해 카프의 제2차 방향전환이 이루어진 시기였다. 카프의 조직을 문예조직에서 정치조직으로 전환하는 것을 핵심논제로 하는 제2차 방향전환의 시기에, 그는 문예운동과 정치운동의 경계에서 갈등하고 있었다. 문예운동의 특수성을 주장하다가 그것을 곧바로 철회하는 박영희의 행동에는 무엇보다도 카프의 정치투쟁론에 대한 박영희의 이중적인 태도가 잠재되어 있다. 문학과 정치의 이중구조적 관계가 사회운동의 형태로 나타날 때, 문학은 정치투쟁의 장으로 흡수될 수밖에 없다. 문학의 특수성을 주장한 박영희

---

33 박영희, 「최근 문예이론의 신전개와 그 경향」, 『동아일보』, 1934. 1. 2~10(『총서』 V, 162쪽).

가 정치운동의 우위성을 부정하지 못한 이유도 정치투쟁의 세계에서 문학은 언제나 '정치'를 통해 그 역량을 얻기 때문이다. 식민지 시대 계급문학의 조직체였던 카프의 방향전환(볼세비키화)은 이로써 문학적 관점과는 상관없이 박영희를 정치운동의 영역으로 이끌어들인 셈이다.

박영희는 1934년 1월 2일자 『동아일보』에 「최근 문예이론의 신전개와 그 경향」이란 제목의 전향선언서를 발표한다. 1933년 10월 7일 카프에 탈퇴서를 제출한 후 3개월 만의 일이다. 하지만 이 글을 통해 박영희가 계급문학에 반대하는 길로 들어섰다고 단정할 수는 없다. 박영희는 카프 소장파의 정치주의(극좌 모험주의)를 중요한 비판의 대상으로 삼고 있기 때문이다.[34] 문예운동과 정치운동, 작가와 정치투사를 동일시한 소장파의 정치주의는 카프를 문예조직에서 정치조직으로 변모시켰다. 박영희는 바로 조직 중심의 극좌적 정치론을 계급주의 비판의 핵심으로 삼고 있는바, 그것은 "다만 얻은 것은 이데올로기며 상실한 것은 예술자신"[35]이라는 감상적인 형식의 언어들로 표현되었다. 이데올로기(계급)와 예술은 카프에 몸담던 시절의 박영희의 문학론을 대표하는 두 용어들이라고 일컬을 수 있다. 무산자의 생활의식을 근간으로 한 계급문학의 이데올로기는 말 그대로 이데올로기 중심의 계급미학을 낳았다. 문제는 카프의 이러한 미학이 정치운동의 도구로서 그 자율성을 상실할 때 발생한다. 문학과 선전포스터를 동일시하는 사고의 밑바탕에는 계급미학의 자율성에 대한 심각한 오해가 내재되어 있다. 요컨대 무산자의 생활의식은 형식이

---

34 카프의 초기적 형태가 "결코 문학의 영역을 벗어나지 아니하였었다"고 주장한 박영희는, 「문제상이점의 재음미」(『동아일보』, 1934. 2. 9)에서 "예술의 상식이라는 말은 (…중략…) 이 xx(권위)의 문학의 테제를 고수하고 있는 카프의 그 조직을 공격하는 것"(『총서』 V, 226쪽)이라고 분명하게 밝히고 있다. 그러면서 "나는 직접적으로 광활한 현실 사회에서 생생한 계급관계를 주목하고, 이 관계 속에서 노동자의 생활을 관찰하려 한다"(『총서』 V, 229쪽)고 주장하고 있다.

35 위의 책, 168쪽.

라는 매개를 통해 문학작품으로 표현된다. 따라서 형식의 매개를 거치지 않는 선전포스터는 엄밀한 의미에서 문학이라고 말할 수 없는 것이다.

그런데, 박영희는 계급주의를 비판하는 과정에서 문학과 정치의 이러한 관계를 외면하고 계급문학 시절의 이분법적 구조를 '전도된 방식으로' 반복한다. 이데올로기와 예술을 이분법적 구조로 갈라놓는다면, 이데올로기와 예술의 관계는 단선적으로 사유될 수밖에 없다. 카프 내부의 권력투쟁에서 밀려난 박영희의 상황을 감안하더라도, 계급주의에 대한 박영희의 비판은 지극히 관념적인 수준에서 이루어지고 있다. "그의 전향선언문은 무엇보다도 정치와 예술의 관계를 몰각"[36]했다는 이상갑의 지적은 이 시기 박영희 문학론의 문제점이 정치와 예술에 대한 관념적 이해에서 비롯되고 있음을 시사한다. 박영희는 계급주의에 대한 비판을 바탕으로 심미적 활동으로서의 예술에 대한 이론을 정립하는 과정으로 나아간다. 「심미적 활동의 가치 규정」(『동아일보』, 1934. 4. 12~20), 「문학 영역에서 보는 생활의 창조와 인식」(『신동아』, 1934. 10), 「창작방법과 작가의 시야」(『중앙』 6호, 1934. 4) 등의 글을 통해 박영희는 문학의 입장에서 심미적 활동(생활)의 의미를 파헤치려고 한다. 예술사회학적 입장을 따르고 있는 세 편의 글에서 박영희는 생활을 '살아 있는 유기체'로 바라보는 '생물학적 관점'을 끌어들이고 있다. 다음의 인용문에 드러나거니와, 예술의 항구성을 사유하는 생물학적 관점은 근본적으로 계급주의 예술의 사회학적 관점과는 대립되는 영역에 속해 있다.

> 희랍신화가 지금 그 예술적 가치를 받으니 설명하기에 곤란하다는 「맑스」의 말도 역시 희랍신화가 지금도 쾌감을 주는 까닭이다. 이 이유를 사회학적으로 설명하기는 곤란하다. 그러므로 역시 생물학적으로 그 불충분한 설명을

---

36 이상갑, 앞의 글, 226쪽.

보충하려는 것이다. 그것은 예술이란 것은 역사가 아니며 과학이 아닌 까닭이다. 예술의 출생지는 정력의 소비에서 즉 정서적 활동에서 생기는 것이며 또한 귀착점도 이 정서세계이니 다만 그 내용을 구성한 것은 그들의 각시대적 재현, 반영인 것이니 한 예술품의 내용이 어느 사회, 시대, 계급의 것인가를 탐구할 때에는 사회학적으로 탐구할지라도 이 예술품이 얼마나한 쾌락이 잇는 것은 측정할 때에는 생물학적 구조와 사람의 본능에 대조하는 것이 타당하다.[37]

이 글에는 '예술의 항구성에 관한 일분석'이라는 부제가 붙어 있다. 인용문에 나타나듯 박영희는 '희랍신화'의 예술적 가치를 '예술의 항구성'으로 풀어내고 있다. 러시아(구 소련)의 문학비평가인 플레하노프의 이론을 참조틀로 하여 개진되는 예술의 항구성 이론은 미적인 것과 사회적인 것의 분리를 그 전제로 깔고 있다. 희랍신화의 예술적 가치를 "사회적으로 설명하기는 곤란하다"는 견해를 밝힌 박영희는 사회학적 방법의 대용으로 생물학적 방법을 제시한다. "정서적 활동"이라는 말에 나타나는 바, 박영희가 말하는 생물학적 방법은 예술작품의 정서적 기능, 곧 '쾌감'의 기능과 긴밀하게 연결되어 있다. 박영희를 따르면, 예술적 쾌감은 생활에서 축적된 에너지를 합리적으로 소비하는 것이다. 인간의 "유희본능"으로까지 이어지는 예술적 쾌감의 담론은 박영희의 문학관이 계급의식의 목적의식성과 완전히 결별하고 있음을 보여준다.

그러나 박영희의 이러한 문학관에는 문학과 정치를 매개적으로 사유하는 과정이 배제되어 있다. 「문학 영역에서 보는 생활의 창조와 인식」에서 박영희는 '생활창조'와 '생활인식'이라는 용어를 대조적으로 사용하며 문학과 생활의 관계를 파악하고 있다. '생활창조'가 세계를 바라보는 작가의 주관성과 가깝다면, '생활인식'은 세계를 객관적으로 인식하

---

37 박영희, 「심미적 활동의 가치 규정」, 『전집』 Ⅳ, 38쪽.

는 것을 의미한다. "어느 때나 생활을 인식한 후에 창조하는 것이다. 이 곳에 문학의 한계가 있는 것"[38]이라는 언급에도 나타나듯, 박영희는 생활의 객관적 인식을 문학의 한계지점으로 인식하고 있다. 계급문학의 이데올로기적 속성을 다분히 겨냥하고 있는 이러한 주장은 "작가 생활 이상의 생활을 창조할 수 없는 것"[39]이라는 작가 중심의 논의로 이어진다. 따라서 작가는 제재와 상관없이 세계를 객관적으로 관찰할 수 있는 힘을 길러야 한다는 논의가 자연스럽게 따른다.[40] 생활창조보다는 생활인식에 우위를 두는 박영희의 문학관은 이 지점에서 '발자크의 리얼리즘'[41]을 수용하는 단계로 나아간다. "거대한 작가는 제재가 좋고 나쁘고 그 관찰력은 강하다"[42]라고 박영희는 이야기한다. 왕당파의 보수적인 세계관을 지녔음에도 불구하고 당대 부르주아 사회의 몰락과 시민계급의 상승을 핍진하게 그려낸 '발자크의 리얼리즘'은 카프가 해체된 1930년대 후반에, 계급문학의 목적의식성을 반성하는 차원에서 많은 문학이론가들의 관심을 끌었다. 하지만 '발자크의 리얼리즘'에서 중시되는 전형성을 박영희는 "작가의 세계관"으로 환원해버리는 인식론적 오류를 범하고 있다. 당대의 전형적 상황과 전형적 인물을 묻지 않는 세계관 논의는 작가의 주관성이라는 거대한 함정 속으로 함몰될 수밖에 없다. 전형성이라는 매개항이 배제된 이러한 리얼리즘 논의가 박영희의 이후 행적(친일문학론)을 예시한다고 봐도 좋을 것이다.

전형성은 작가의 세계관에 기반하지만 작가의 세계관으로 환원되지

38 박영희, 「문학 영역에서 보는 생활의 창조와 인식」, 위의 책, 97쪽.
39 위의 글, 96쪽.
40 박영희, 「창작방법과 작가의 시야」, 위의 책, 193쪽.
41 발자크는 왕당파라는 보수적 세계관을 지녔음에도 불구하고, 시민사회의 승리를 소설로 표현했다. 엥겔스는 발자크의 이러한 경향을 '리얼리즘의 승리'라는 말로 표현하고 있는데, 이 글에서는 '발자크의 리얼리즘'이란 말을 이와 같은 맥락에서 사용한다.
42 박영희, 「창작방법과 작가의 시야」, 위의 책, 193쪽.

않는 특성을 지니고 있다. 전형적인 인간을 전형적인 상황 속에서 구체적으로 그려내는 리얼리즘의 창작방법론은 이러한 전형성의 문제를 어떻게 해석하느냐에 따라 다양하게 논의될 수 있다. 반계급주의에 함몰되어 작가의 세계관을 리얼리즘의 확고한 근간으로 삼은 박영희 문학론의 문제점은 전형성에 대한 비논리적 해석에서 뻗어나온다. 1937년에 발표된 「조선문학의 현단계─혼란과 회의와 불안의 시대」(『조선일보』, 1937. 10. 1~6)에서 박영희는 계급문학에 드리워진 "기계적 유물론"의 폐해를 여전히 지적하고 있다. "신시대를 대표하는 작가는 그 빈난의 생활 상태만을 취급하는 것으로 유일의 길을 삼으며 평가는 그것이 사실주의 작품이라고 명명하며 그 사실주의라는 말을 최대의 영예로 작가들은 생각"[43]하고 있다는 것이다. "조잡한 낭만주의"[44]라는 냉소적인 어구에 표현되는 바, 박영희는 작품에 반영되는 작가들의 과도한 세계관을 계급문학의 심각한 문제로 제기하고 있는 셈이다.

문제는 박영희의 이러한 비판이 계급주의를 비판하는 단계에서 한 치도 벗어나지 못하고 있다는 점이다. 그는 '발자크의 리얼리즘'을 이야기하며 '생활'을 객관적으로 인식하는 작가의 태도를 강조하고 있지만, 그것은 '현실을 있는 그대로 묘사하자'는 일면성의 틀에 머물러 있다. 계급문학의 이데올로기는 문학의 현실성을 사유하는 과정에서는 필수적으로 탐색해야 할 논제라 할 수 있다. 식민지 시대의 계급문학이 이데올로기의 우월성에 빠져 문학의 특수성을 간과한 오류를 범한 것은 분명하지만, 그러한 점이 문학의 이데올로기적 측면을 '부정'하는 절대적인 근거가 될 수는 없다. 생활인식과 생활창조의 변증법을 주장한 박영희가 '작

---

43 박영희, 「조선문학의 현 단계」, 위의 책, 284쪽.
44 위의 글, 285쪽.

가의 세계관'을 중시한 이유는 이곳에 있다. 박영희는 외부(조직으로서의 공산당)에서 강압되는 세계관(당파성)은 부정했지만, 문학의 생활창조적 기능, 곧 문학의 세계관적 측면을 부정하지는 않았다. 작가의 세계관적 자율성은 그러므로 계급문학의 당파성에 대한 박영희 나름의 이론적 대응방식이라 할 수 있다. 그러나 작가의 세계관이 강조되면서 '생활인식'의 문제는 다시 작가의 주관성으로 함몰되는 악순환이 발생한다. 계급문학(이데올로기)에 대한 부정과 (작가의) 세계관에 대한 긍정 사이에서 박영희 문학론은 사상적 혼란에 빠져들고 있는 것이다.

> ① 그러나 이제 우리가 당면한 신단계의 문학운동인, 전쟁문학은, 결코 그러한 불순한 내용(당 정책의 문학화, 예술화 – 인용자)을 갖는 것이 아니다. 이것은 위정자의 독특한 선전술도 결코 아니다. 위정자나 국민이나 일치단결된 대중적 한 과정이다. 그것은 정책의 예술화가 아니라, 일본정신의 예술화와 문학화인 것이다.[45]

> ② 쉽게 말하면 개성의 잡다한 각개각색의 소진지를 구축하는 것이 아니라 각개성을 한군데로 모의고 집중되여서 일대 진지를 구축하는 까닭이다. 작가들은 이 일대 진지공사에 참가하겟는가 아니하겟는가 하는 문제는 작가들을 번뇌케 하는 한 가지 원인일는 지도 모른다. 적은 개성을 큰 개성으로 희생하는 그 도중에서 작가들은 다소 생각하게 되는 것이다. 다시 말하면 자기를 표준한 개성은 사회적 단위의 개성, 국가적 단위의 개성으로 만들어야 하는 것이다.[46]

인용문 ①에서 박영희는 "정책의 예술화"와 "일본정신의 예술화"를 구분하고 있다. 정책의 예술화는 당의 정책을 그대로 문학 속에 반영하

---

45 박영희, 「전쟁과 조선문학」, 『인문평론』, 1939. 10(위의 책, 375~376쪽).
46 박영희, 「포연 속의 문학」, 『매일신보』, 1940. 8. 15~20(위의 책, 416~417쪽).

는 것이다. 박영희는 이러한 경향을 도덕성에 대한 방기로 비판(「조선문학의 현 단계」)한 적이 있는데, "일본정신의 예술화"는 역설적으로 "도덕과 정의감"[47]의 용어들로 옹호하고 있다. 한 작가의 내면에 공존하는 이러한 역설을 광포한 시대의 압력 탓으로만 돌릴 수는 없을 것이다. 인용문 ②에 나타나거니와, 박영희는 "사회적 단위의 개성, 국가적 단위의 개성을" 작가가 수용해야 할 "표준한 개성"으로 이야기하고 있기 때문이다. 박영희는 이처럼 계급주의의 정치주의만 문제삼고 신체제의 정치주의는 괄호로 처리[48]해버린다. 전시기戰時期 문학의 임무는 총후銃後에서 사상전을 수행하는 것이다. 따라서 "총후의 국민들의 생활도 이 兵隊들의 생활과 동일하야 모든 생활 속에는 질서정연한 규율과 통제의 법규 미테서 또한 개성의 소아적 발휘는 그림자를 감추고 이곳에는 생활의 새로운 예식과 집단적 개성의 새 경지가 나타나"[49]야 한다. 전시기의 국민은 이제 국가의 큰 개성으로 편입되어 전방에서 싸우는 군인들의 총후에서 국가를 위한 삶을 살아야 한다는 것이다. "일본정신"이라는 거대한 사상의 굴레 아래 펼쳐지는 박영희의 친일문학론은, 식민지 시대의 친일 작가들의 내면에 스며든 환상의 구조를 복합적으로 반영한다 하겠다.

박영희의 문학론은 근본적으로 정치와 문학의 연관구조를 정치하게 밝혀내지 못하고 있다. 1930년대의 임화나 안함광, 김남천 등의 문학론이 정치와 문학의 관계를 '생활'의 범위에서 경쟁적으로 논의[50]하고 있었다면, 계급문학의 이데올로기 비판에 지나치게 치중한 박영희의 문학

47 박영희, 「전쟁과 조선문학」, 376쪽.
48 이상갑, 앞의 글, 238쪽.
49 박영희, 「포연 속의 문학」, 417쪽.
50 임화와 안함광이 '생활'과 정치의 관계를 고민함으로써 리얼리즘의 길로 나아갔다면, 김남천은 소시민적 생활을 고발하는 고발문학론을 통해 리얼리즘론으로 나아갔다. 그들은 무엇보다도 자신들이 처한 '현실'을 '생활' 속에서 구체화하려는 문학적 시도를 하였다는 점에서 철저하게 관념적이었던 박영희와는 구분된다.

론은 논의의 수준을 스스로 깎아내리는 자가당착의 상황으로 빠져버렸다. 계급문학의 당파성과 대별되는 자리에 작가의 세계관을 놓고, 그를 통해 새로운 리얼리즘의 길을 열려 했던 박영희의 문학론은 결국 친일문학이라는 또 다른 이데올로기적 환상의 구조로 흡수되고 말았다. 조선문인협회의 1주년을 기념하는 글인 「신체제를 맞는 문학-문협 일주년에 제하여」(『매일신보』, 1940. 11. 7)에서 박영희는 "신체제 미테 국민의 정신과 물질 생활의 방향과 목적은 전부 국가를 위하는 대로 집중하는 것"이라고 역설한다. 시대적 상황에 대한 비판의식이 사라진 장소에서 제대로 된 "작가의 세계관"이 나올 가능성은 전혀 없다고 봐야 한다. 국가를 위한 국민생활의 정치적 미학화, 곧 파시즘적 정치미학이 문학과 정치(이데올로기)의 관계를 치밀하게 사유하지 못한 박영희 문학론의 종착지였던 셈이다.

5. 나가는 글

박영희는 식민지 시대라는 억압된 조건 속에서 문학을 선택했다. 유미주의 미학을 통해 '지금 이곳'의 현실과는 다른 낭만적 삶을 꿈꾸었던 그는, 그러한 낭만적 삶의 현실화를 위해 계급문학의 세계로 나아갔다. 낭만적 삶이 현실을 관념화하는 방법적 삶이었듯, 계급적 삶 역시 관념화된 사유의 영역에서 벗어나지 못했다. 현실을 극복하기 위한 방법으로서의 문학은 '현실'에 대한 주체의 인식이 변화됨에 따라 그 의미와 맥락이 달라질 수밖에 없다. 유미주의에서 계급주의로의 전환은 이러한 현실인식의 변화를 박영희가 수용함으로써 이루어진다. 거기에는 유미주의의 소시민적 생활에 대한 박영희 나름의 비판의식이 개재되어 있는바, 사회주의 담론이 본격적으로 수용된 1920년대 초기의 사상적 정황도 박영희의 인식 변화를 이끌어낸 중요한 요소라고 볼 수 있겠다.

무산자의 생활의식을 바탕으로 계급문학의 시대적 필연성을 주장한 박영희는 그러나 계급문학에서 반계급주의 문학으로의 전환이라는, 또 한 번의 급진적인 사상전환을 감행한다. 1929년에 싹이 트고, 1934년에 개진된 박영희의 사상전환은 카프 소장파의 '계급주의'를 '좌익 모험주의'로 비판하면서 시작되었다. 무산자의 생활의식을 '작가의 세계관'으로 대체한 이 시기 박영희의 문학론은, '발자크의 리얼리즘'을 문학론의 중심에 배치함으로써 심각한 모순에 빠지게 된다. 박영희는 세계관의 중요성을 여전히 인식하고 있었지만, 계급주의에 대한 적대의식에서는 헤어나오지 못한 상태였다. 그는 계급주의적 세계관의 자리에 '작가의 세계관'을 배치하여 이러한 모순에서 탈피하려고 했다. "작가 생활 이상의 생활을 창조할 수 없는 것"이라는 박영희의 인식은 이 시기 그의 문학론이 이른 지점을 정확하게 지시한다. 그는 '발자크의 리얼리즘'에 근거하여 작가의 관찰력을 중점적으로 탐색했지만, 그것은 작가의 세계관으로 쉽게 전이되는 한계를 내포하고 있었다. 황국신민의 생활과 성전聖戰을 수행하는 병사의 생활을 일치시키는 박영희의 '친일문학론'은, 이렇게 본다면 정치와 문학의 경계를 제대로 탐색하지 못한 존재가 도달할 수밖에 없는 필연적인 종착점에 해당될 수 있을 것이다.

박영희는 문학과 정치(현실/생활)의 경계에서 문학의 의미를 꾸준하게 사유한 문학인이었다. 식민지 시대의 지식인으로서, 민족해방에 복무한다는 신념으로 이데올로기를 받아들인 그가, 민족해방을 위해 이데올로기를 전환하는 과정은 당대 지식인들의 정신세계가 그만큼 시대적 상황에 민감하게 반응하고 있었음을 시사한다. 유미주의-계급주의-반계급주의-친일문학론이라는, 사상전환의 엄청난 진폭은 무엇보다도 식민지 시대의 억압적 상황에서 그 원인을 찾을 수 있을 것이다. 하지만 박영희에 한정해 본다면, 그는 문학과 정치의 관계를 치밀하게 사유하지 못한 근본적인 한계를 지니고 있었다. 구체적인 생활의식에 근거하지 않고, '작가의 세계관'과 같은 관념에 치중함으로써 박영희는 식민지 사회의 모순을 문학적으로 수용하는 결과를 빚게 된다. 박영희 문학론의 근대문학적 의의는 바로 이 지점에서 생성될 수 있다. '이데올로기'로 점철된 한국 근대문학사는 역설적으로 문학과 이데올로기(정치)의 관계를 제대로 성찰하지 못한 문학사로 기록되고 있다. 그 관계를 치밀하게 사유하지 못할 때, 문학은 정치의 시녀로 전락할 수밖에 없다는 점을 한국의 근대문학사는 증명한다. 박영희의 문학론은 이런 점에서, 한국의 현대문학이 지향해야 할 과제를 하나의 반면교사로서 보여주고 있다고 하겠다.

제2부

문학의 힘, 실천의 윤리학

청소년소설에 나타난 성장 서사

여성 인물이 주인공인 작품을 중심으로

김화선

1. 청소년문학과 성장의 관계

일반적으로 청소년기는 신체적 · 인지적 · 사회적 변화를 거치며 아동기에서 성인기로 전이되어 가는 시기로,[1] 통념상 사춘기가 시작되는 13 · 14세부터 고등학교를 졸업하기 전인 18 · 19세까지를 지칭한다. 흔히 1318로 일컬어지는 청소년기는 대체로 중 · 고등학생을 가리키는 것이 일반적인데, 이 시기의 청소년은 정서적 불안이나 정체성의 혼란, 이성에 대한 호기심의 증가, 기성세대에 대한 반항과 그로 인한 갈등과 방황 등을 경험한다. 어른으로 '되어가는' 과정에서 이들 청소년들이 체험하는 내면적 갈등과 정신적 성장은 온전한 주체의 정립을 목적으로 하는 것이다. 개인을 둘러싼 세계와의 관계 속에서 주체는 인식의 지평을 넓혀나가고 성숙에 이르는데, 이런 의미에서 청소년들의 경험이나 생활을

---

1 권일남 · 정철상 · 김진호, 『청소년 활동지도론』, 학지사, 2003, 13쪽.

형상화하는 청소년문학은 성장 서사와 분리될 수 없는 관계에 있다고 할
수 있다.

청소년소설을 포함한 청소년문학은 일반적으로 전문 창작자(청소년
문학가)가 청소년을 독자로 의식하고, 그들에게 읽혀질 것을 염두에 두
고 창작한 작품을 말한다.[2] 특히 청소년 주인공이 사춘기 때 겪는 갈등
과 시련을 중심으로 내면적으로 성장해가는 과정을 표현하고 있기 때문
에 청소년문학은 주제적 측면에서 성장소설과 유사하다.[3] 주지하듯 성
장소설은 소년이 성인이 되어가면서 겪게 되는 내면적 갈등과 정신적 성
장, 그리고 세계의 주체로서 정립되는 각성의 과정을 주로 담고 있는 작
품들[4]을 지칭한다. 미성숙한 주인공의 각성과 성숙을 다룬다는 점에서
성장소설과 청소년문학은 상당 부분 유사점을 지닌다. 요컨대 사춘기의
청소년을 주인공으로 한다는 점과 그들이 자아발견에 이르는 과정을 서
사화한다는 점에서 성장소설은 청소년문학과 공통점을 갖는다. 그러나
바로 이러한 사실은 청소년문학이 곧 성장소설이라는 오해를 불러일으
키기도 하였다.

그러나 성장소설이 모두 청소년문학이 될 수 없는 것처럼 청소년문학
역시 성장소설의 범주와 반드시 일치하지는 않는다. 물론 지금까지 발표
된 많은 청소년소설은 성장에 대한 강박관념을 가지고 있다고 할 정도로
성장의 문제에서 자유롭지 못했다. 2008년 3월 출간된 이후 20만부 이상
판매된 김려령의 『완득이』(창비, 2008)는 열일곱 살의 사춘기 소년 완득
이가 담임교사 '똥주'의 도움으로 자신의 꿈을 찾아가는 과정을 그린 전
형적인 성장소설이고, 제도 교육과의 마찰과 그로 인한 갈등을 다룬 이

---

2 이보영, 「청소년문학을 이용한 소설교육방법」, 성신여대 교육대학원 석사학위논문, 2003, 10쪽.
3 김은정, 「청소년문학의 이론과 실제」, 서울시립대 석사학위논문, 2006, 28~29쪽 참고.
4 한용환, 『소설학 사전』, 고려원, 1992, 241쪽.

현의 『우리들의 스캔들』이나 김해원의 『열일곱 살의 털』, 배유정의 『스프링 벅』, 이옥수의 『킬리만자로에서, 안녕』 등도 성장의 과정에서 겪는 성장통들을 형상화한 작품들이다. 청소년 주인공들은 자살이나 성추행, 임신과 낙태, 학교생활에서의 갈등을 겪으며 자아와 마주하고 삶의 의미를 깨달아간다. 이와 같이 실제로 청소년문학이 취하고 있는 서사구조는 큰 틀에서 성장의 서사라 이름붙일 만한 것이다.

그렇지만 성장 서사를 완성하려는 작가들의 강박적 태도는 결과적으로 청소년문학의 계몽성만 강화하는 태도를 불러일으킨다. 아동문학과 더불어 청소년문학이 지니는 한계이기도 한 이러한 계몽적 태도는 성장소설이라는 장르 자체가 갖는 속성과 맞물려 청소년문학과 성장소설의 일치성을 배가시켜온 것이 사실이다. 성장소설이 서구의 근대화 과정 속에서 자아의 정체성을 정립하려는 근대적 주체의 욕망으로부터 비롯된 소설 유형[5]이며, 청소년문학이 성인 작가가 청소년 독자를 대상으로 성장의 과정 중에 있는 청소년들의 정체성을 다룬 문학이라는 사실은 청소년문학과 성장소설의 상관성을 암시하고도 남음이 있다.

청소년문학과 성장소설의 관계에 대한 연구는 주로 문학교육적 관점에서 진행되어 오거나, 아동청소년문학 잡지를 중심으로 한 개별 텍스트 분석이 주를 이루었다. 청소년문학이 성장소설의 요소를 가지고 있음을 증명한 윤진아[6], 서현주[7], 김은정[8]의 연구가 전자에 해당한다. 김은정의 「청소년문학의 이론과 실제─성장소설의 유형을 중심으로」는 청소년문학에 관한 이론적 접근을 시도하면서 구체적인 청소년문학 작품을 분석

---

5 최현주, 『한국 현대 성장소설의 세계』, 박이정, 2002, 36쪽.
6 윤진아, 「청소년 문학의 정체성과 교육적 의미」, 한국교원대 석사학위논문, 2008.
7 서현주, 「청소년문학 연구」, 창원대 교육대학원 석사학위논문, 2008.
8 김은정, 앞의 논문.

하고 청소년문학에 나타난 성장 요소를 교육적 효과와 결부시키고 있다. 청소년문학의 개념 정립을 시도하고 있는 의미 있는 논문이지만, 문학 독서 교육의 맥락에서 교육적 의의를 찾으려는 관점은 청소년문학이 안고 있는 태생적 한계를 벗어나지 못하고 있다.

한편 후자에 해당하는 논의로는 오세란의 「청소년문학과 청소년문학이 아닌 것」,[9] 윤소희의 「'성장' 강조하는 청소년소설의 성장 가능성」[10] 등을 들 수 있는데 최근에 발표된 청소년문학 작품들을 대상으로 청소년문학과 성장의 관계를 밝히고 있다. 특히 오세란은 성장소설과 청소년소설이라는 용어를 구분 없이 사용하는 것의 문제점을 지적하면서 성장의 과제가 청소년기에 중요하다 할지라도 청소년소설을 곧 성장소설이라고 칭할 수는 없다고 말한다. 이러한 논의는 "청소년문학이 모두 성장소설이라고 할 수는 없으며, 따라서 청소년문학의 일부가 성장소설이 될 수 있고, 그 외에 청소년들의 삶의 여러 가지 문제를 다양하게 제시하는 것도 청소년문학에 포함될 수 있다"[11]는 김은정의 논의와 일맥상통한다.

따라서 청소년문학과 성장소설과의 관계를 규명하는 작업은 청소년문학의 본질을 밝히는 일이 될 것이다. 각종 청소년문학상이 제정되고, 1318문고 시리즈가 출판시장에서 상당한 구매력을 발휘함에 따라 청소년소설은 문학장場에서 그 영향력을 점차 넓혀가고 있다. 김려령, 김혜정, 박상률, 이경혜, 전아리 등의 청소년소설 작가들은 물론 공선옥이나 김종광, 성석제, 이명랑 등 기성 작가들까지 청소년소설을 발표하면서 청소년소설은 이제 하나의 장르로 정착되고 있는 실정이다.

그리하여 본고는 청소년문학에 나타난 성장의 문제를 규명하는 데 그

---

9 오세란, 「청소년문학과 청소년문학이 아닌 것」, 『창비어린이』 2009년 봄호.
10 윤소희, 「'성장' 강조하는 청소년소설의 성장 가능성」, 『어린이책 이야기』, 2009년 봄호.
11 김은정, 앞의 논문, 29쪽.

목표를 둔다. 특히 여성 인물의 성장을 다룬 청소년문학 작품을 대상으로 사춘기 여성 인물이 성적 정체성의 확립을 포함하여 자아 정체성을 확인하고 성장해가는 과정을 살펴보고자 한다. 여성 주인공이 자아 각성에 이르는 과정과 그 계기, 여성 인물이 지향하는 삶의 가치를 살펴보기 위해 제2회 세계청소년문학상 수상작인『직녀의 일기장』과 제1회 블루픽션상 수상작인『하이킹 걸즈』를 대상 작품으로 선정하였다. 이들 텍스트는 우선 사춘기 여성 인물이 주인공이며, 자아를 발견하고 성장해가는 과정을 다루고 있다는 점에서 청소년문학에 나타난 여성 성장 서사의 의의를 밝혀줄 것으로 기대되기 때문이다.

2. 유체이탈과 일기장의 기록 사이,
직녀식 성장 서사의 의미

2.1. 직녀의 자아 찾기, 성숙에 이르는 길

전아리의『직녀의 일기장』은 친구 연주와 함께 음악 선생의 가방을 훔치고 정학까지 받은 문제아 직녀가 스스로 꿈을 찾아 대학에 입학하기까지의 과정을 다룬 장편소설이다. 직녀는 "오빠의 광팬이자 나의 안티"인 엄마와 "결혼을 했음에도 불구하고 늘 낭만적인 사랑을 꿈"꾸는 아빠, 그리고 한 살 위의 오빠와 함께 살고 있는 고등학교 2학년 여학생이다. 자신이 "계속 사고를 치는 이유"가 "나름대로 살아남기 위한 영역 표시의 의미"라고 당당히 말하는 직녀는 자신만의 방식으로 세상을 살아가는 법을 이미 터득한 조숙한 십대라고 할 수 있다. 직녀는 "진정한 문제아"로서 자신의 이미지를 관리하고 자신의 영역을 지키기 위해 어떻게 행동해야 하는지를 잘 알고 있다. 주임 선생의 호출에도 결코 동요하지 않고 "눈물은커녕 표정의 변화도 일어나지 않도록 주의"하여 "혼나는 동안 카리스마를 유지할 수 있는" 고수로서의 면모까지 보인다. 문제아와 왕따가 "종이 한 장 차이"라는 사실을 익히 알고 있는 직녀는 '쿨한 십대'의 전형적인 모습을 보여준다.

『직녀의 일기장』은 이처럼 문제아로 낙인찍힌 직녀가 인생의 의미를 깨닫고 성장해가면서 자신의 꿈을 찾아 새로운 비상을 꿈꾸는 성장 서사로 이루어져 있다. 주인공 직녀는 비록 모범생은 아니지만 인생을 살아가는 자세만은 누구보다 진지하다고 할 수 있다. 삶을 살아가는 자세가 진지하다기보다는 스스로를 성장 주체로 인식하고 타인과의 소통을 통해 삶의 의미를 깨닫는 데 적극적인 인물이 바로 직녀이다. 이처럼 성장 서사의 주인공으로 적합한 성격을 지닌 직녀는 가족과 친구 연주와 민정, 주변 이웃, 과외교사 박봉구, 댄스 교실에서 만난 초등학생 등과의 만남 속에서 삶의 의미를 깨달아간다. 직녀가 경험하는 소소한 일상의 사건들은 모자이크 퍼즐이 되어 그녀의 삶을 완성해가고 그것은 곧 『직녀의 일기장』의 성장 서사를 구성한다. 낯선 세계에서 맛보는 충격적 각성이나 그로 인한 자아와의 대면 대신 갖가지 일상의 사건들이 직녀의 성장 과정을 이끄는 서사를 구축하는 것이다.

이를 구체적으로 살펴보면, 『직녀의 일기장』은 "부윰한 남빛 밤하늘을 가로지른" "온갖 종류의 새 떼"들로 이루어진 "끝이 보이지 않는" 다리를 가까이 보려다 "창문 너머로 고꾸라져 추락하는" 직녀의 꿈에서 시작하여 다시 똑같은 꿈을 꾸는 결말 사이에서 직녀의 성장 과정을 이야기하는 서사 구조로 이루어져있음을 알 수 있다.

> 그날 밤 꿈을 꾸었다. 나는 까치와 비둘기, 참새와 타조, 닭과 오리들이 만든 새 다리의 한쪽 끝에 서 있었다. 달빛이 내 동그란 이마를 환하게 밝혀 주었다. 새들의 날갯짓으로 출렁이는 긴 다리는 반대쪽 끝이 보이지 않았다. 조심스럽게 한 발짝을 내디뎠다. 내발 밑에 있는 새들은 나에게 확신을 주려는

듯 더욱 단단하게 등에 힘을 주고 부지런히 날갯짓을 해 댔다. 나는 숨을 크게 들이마시고는 천천히 앞으로 나아가기 시작했다. 다리의 끝이 어디를 향해 있는 것인지, 끝에 맞닿았을 때 무엇이 나를 기다리고 있을지는 알 수 없다. 하지만 그런 것쯤은, 아무래도 좋았다.[12]

소설의 초반부와 결말에서 직녀는 똑같은 꿈을 꾼다. 새들의 날개짓으로 만들어진 다리 앞에서 두려움을 떨던 직녀는 스스로 두려움을 극복하고 미래를 향해 당당하게 걸음을 옮긴다. 이는 직녀가 보여준 내면의 변화로써, 불안한 미래를 담담히 받아들이며 성숙한 주체로 거듭나는 각성의 순간을 기록한 것이라 할 수 있다.

사실 직녀가 이렇게 자신감을 가질 수 있었던 까닭은 자신이 원하는 꿈을 찾았기 때문이다. 꿈이 무엇인지 물어보는 아빠의 질문에 "내 꿈은 전국 방방곡곡에 수백 대의 음료수 자판기를 세우"고 "차례로 도시를 순회하며, 자판기에 쌓인 돈을 회수하러 다니"는 것이라고 당돌하게 대답하던 직녀가 "며칠간의 생각 끝에 간호사가 되겠다고 마음먹"으며 자신의 진정한 꿈을 찾기까지가 『직녀의 일기장』의 주요 서사축을 형성한다. 꿈이라는 것이 반드시 진지해야 할 필요가 있을까 되묻는 듯한 직녀의 태도는 그녀만의 방식대로 '가볍게' 스스로의 꿈을 찾음으로써 허위의식으로 가득 찬 어른들의 세계를 비꼬고 있다. 표면적으로는 진지함이 결여되어 있으나 그 기저에는 기성 사회에 대한 부정과 비판의식이 자리하고 있는 것이다.

이와 같이 꿈을 찾아 성장해가는 십대 청소년을 주인공으로 한 『직녀의 일기장』의 성장 서사는 이웃집 할머니의 죽음을 목격한 직녀가 깨달은 삶의 진실대로 "우리더러 삶을 좀 더 쉽게 받아들"일 것을 권유한다.

---

12 전아리, 『직녀의 일기장』, 현문미디어, 2008, 258~259쪽. 앞으로 작품의 인용은 쪽수만 밝힘.

"끝은 이렇게 간단하고 순식간이야. 그런데도 너 계속 그렇게 미적거리며 우울하게 살래?"라고 물어보며 "되도록 가볍게" 살 것을 전하는 메시지가 『직녀의 일기장』에 나타난 성장의 의미라고 할 수 있다. 요컨대 『직녀의 일기장』은 자신의 꿈을 찾되, "물에 빠져도 동동 떠다닐 수 있을 정도로 가볍게 살"겠다는 다짐대로 직녀다운 꿈을 찾으며 서사를 종결한다. 거기에는 상징계적 현실이 요구하는 계몽적 의도는 찾아볼 수 없다. 어른들의 눈에는 문제아였지만 처음부터 어른스러웠던 직녀가 삶을 살아가는 방식에서 중요한 것은 자신만의 방식으로 세상과 당당하게 맞서는 것이었다. 그렇게 본다면 직녀의 성장 과정은 스스로의 욕망에 충실하게 사는 법을 터득하는 것이 된다. 자판기를 설치하는 대신 환자들 앞에 당당할 수 있는 간호사가 되기로 결정한 직녀의 성장담은 그녀가 입문한 어른들의 세계가 아니라 성장하기 위해 몸부림치는 주체에 초점이 맞춰져 있다는 점에서 그 의의를 지닌다고 할 수 있다. 이는 또한 기존의 성장소설과는 다른 청소년문학의 성장 서사가 지니는 특징이기도 하다.

2.2. '가볍고 단순하게' 여자로 성장하는 법

『직녀의 일기장』의 매력은 직녀 주변의 어른들이 오히려 미성숙한 존재들이라는 사실에서 찾을 수 있다. 아들만을 일방적으로 편애하다 아들에게 실망하고 다시 직녀에게 잘해주는 어머니나 젊은 여직원과 연애를 즐기며 살아가는 아버지, 학력을 위조한 채 과외를 하던 박봉구, 미국에 살고 있는 "60대 초반의 멋쟁이 싱글" 고모, 문제아 딸을 둔 주임 선생 등은 모두 약점을 지닌 어른 인물들이다. 만약 『직녀의 일기장』의 작중 인물들을 어른과 청소년으로 나누어 본다면 어른스러운 쪽은 오히려 청소년 인물이라고 할 수 있다. 직녀의 냉철한 친구 민정이나 세상 물정을 너무 일찍 알아버린 가난한 초등학생은 직녀와 더불어 상당히 조숙한 인물로 제시된다.

특히 『직녀의 일기장』에서 주목할 만한 어른 인물은 고모와 과외 교사 박봉구라고 할 수 있다. 먼저 직녀의 고모는 결혼한 적이 없는 독신 여성으로, 고가의 브랜드로 치장하고 나이에 비해 젊어 보이는 외모를 지닌 인물이다. 직녀를 유독 아끼는 고모의 방문은 직녀에게 있어 "생활수준이 번데기의 허물을 벗고 나비로 진화했다는 것을 뜻"하기도 한다. 경제적으로 풍족할 뿐 아니라 삶의 여유를 즐기며 살고 있는 고모는 직녀에게는 일종의 우상과 같은 존재이다. 게다가 직녀에게 미국 유학의 기회를 제시하고 지금까지와는 다른 삶을 살 수 있는 기회를 줄 수 있는 능력이 고모에게는 있다.

그러나 직녀는 "여장부 같은 고모에게서 보여서는 안 될 듯한, 애처로움과 비굴함을 느"낀다. 고모를 향한 직녀의 시선이 갑작스럽게 변한 까닭은 고모를 모시고 간 결혼식장에서 고모를 평가하는 낯선 시선을 발견하면서부터이다. 직녀 또래의 여자애들이 "가면을 쓴 거 같"다고 말하자 직녀는 "완벽한 대칭으로 그려 넣은 눈썹과 꼼꼼하게 칠한 붉은 입술이 어쩐지 고모를 더 늙고 지쳐 보이게 하는 것 같다"고 느낀다. "나이가 들고 있는 고모는, 더 이상 응석을 부리며 매달려 지낼 수 있는 튼튼하고 든든한 고모가 아니었"던 것이다.

무엇보다 "직녀도 빨리 시집가야지", "너는 졸업하자마자 시집가서 자식 많이 낳아라"는 고모의 말은 독신 노인인 고모의 삶을 부정적으로 인식하게 만든다. 이는 성공적인 여성의 삶이란 결혼과 자식을 기준으로 평가될 수밖에 없다는 기존의 가치관을 강하게 드러내는 대목으로 제도적 성장의 중요성을 언급하는 것에 다름 아니다. 『직녀의 일기장』에 나타난 여성 주체의 성장 과정이 기존의 계몽적인 성장의 문법에서 벗어나 있는 듯하지만 여전히 한계를 지니고 있음을 여실히 보여주는 부분이라 아니할 수 없다. 왜냐하면 여성 주체의 성공적인 입문은 결혼이라는 제도를 통과하여 아내와 어머니라는 자리에 도달할 때 비로소 이루어지는 것이라는 메시지가 녹아있기 때문이다. "그와 같은 사실이 어쩐지 슬프면서도, 불안"한 직녀의 내면은 고모를 통해 여성의 삶이 감추고 있는 이중성을 간파하게 된다. 그러나 작가는 그 이중성을 파헤치기보다 고모를 부정적인 인물로 그리면서 여성으로서 안정된 삶을 살기 위해서는 기존의 제도에 편입해야 한다고 말하고 있다.

따라서 주체적 성장의 측면에서는 박봉구가 직녀에게는 더 긍정적인 영향을 미친 것으로 보인다. "참 파란만장한 신파극"과 같은 인생을 살고 있는 박봉구는 돈을 벌기 위해 명문대 학생으로 학력을 위장하지만 자신의 꿈을 포기하지 않는 인물이다. 직녀는 박봉구를 통해 현실이 누추하고 보잘 것 없어도 결코 꿈을 포기하지 않고 살아가야 한다는 것을 깨닫는다. "사람에겐 두 손이 있"어 "한 손으로는 현실을 붙잡고, 다른 한 손으로는 꿈을 잡으면" 된다는 봉구의 말은 미래에 대해 아무런 꿈도, 희망도 없었던 직녀에게는 죽비소리처럼 다가온다.

직녀는 이처럼 고모와 박봉구 등 주변의 인물들과 부딪치고 소소한 일상의 사건들을 경험하면서 세상의 이치를 깨닫고 자신의 미래를 꿈꾸게 된다. 또한 냉철하면서도 지적인 친구 민정이의 조언은 직녀가 어른으로서 자신의 감정을 통제하고 스스로가 원하는 삶을 살아갈 수 있는 중요한 계기를 제공한다. 민정이가 '유체이탈'이라고 명명한 감정 통제의 방식은 자기 자신을 대상화하고 자신이 진정 욕망하는 것을 찾는 전략으로 기능한다. 작가는 유체이탈을 시도하는 직녀와 친구 민정이를 통해 청소년 주인공이 대면하는 현실 세계보다 성장 주체에 집중할 수 있는 근거를 마련하고 있다.

　"왜, 감정이 이성보다 먼저 튀어나와서 미친 말처럼 나를 끌고 다닐 때가 있거든. 얼핏 보기에는 내 기분 내키는 대로 하니까, 다 내가 원하는 방향으로 가고 있다고 생각하게 되거든? 근데 뒤에 보면 그게 아니야. 정신 차리고 보면 오히려 내가 원하는 것으로부터 너무 멀리 와 있기 일쑤란 말이지. 그래서 난 감정이 날뛰려고 할 때면 일단 유체이탈을 시작해." (…중략…) "혼을 육체에서 분리해 빠져나오게 해서, 마치 다른 사람을 보듯이 내 몸을 냉정하게 바라보는 거야. 그리고 재판관 같은 목소리로 묻는 거지. 지금 네가 진짜로 원하는 게 무어냐? 하고."(111~112쪽)

　"자기를 바라보는 사람을 향해 거울을 들이미는 듯한 눈빛을 하고 있"는 친구 민정에게서 유체이탈을 배운 직녀는 자신이 진정 원하는 것을 알고자 끊임없이 내면의 소리에 귀기울인다. 유체이탈은 성숙한 주체가 되려는 청소년 주인공들의 욕망을 보여주는 상징적 장치이다. 이와 같이 『직녀의 일기장』의 성장 서사는 자신의 정체성을 발견하려고 시도하는 청소년 주인공의 일상을 보여주면서 주체의 욕망을 좇아간다.

　그리고 유체이탈과 더불어 주체의 내면에 대한 관심은 한 줄 일기장이라는 서사적 장치를 통해 구체화된다. 직녀가 선택한 내면의 기록 방식은 "남에게 읽혀도 사생활이 노출될 우려가 없"는 한 줄 일기장이다. 물론 『직녀의 일기장』이라는 텍스트 자체가 고등학생 직녀의 삶을 기록한 하나의 일기장과 같다고 할 수 있다. 1인칭으로 서술되는 『직녀의 일기장』은 성장의 주체인 직녀의 내면을 고스란히 전달하면서 독자로 하여금 그녀의 성장의 추이를 살펴볼 수 있도록 한다.

　그러나 한 줄 일기장은 직녀의 삶을 기록하되, 구체적 내면은 읽어낼 수 없다는 특징이 있다. 직녀 스스로 말하고 있듯 사생활은 드러내지 않으면서 "기록할 만한 사건" 등은 남길 수 있는 장점이 있으나 직녀의 일상을 전체적으로 조망하지 못하고 파편화시키고 있다는 점에서 한 줄 일기장은 최대한 가볍게 살아가려는 직녀의 삶의 방식을 그대로 보여주고 있다. 그리하여 2000년대를 살아가는 청춘들이 택한 전략적 방식이 '가볍고 단순하게'라는 사실을 『직녀의 일기장』은 서사 구조를 통해 확인시키고 있는 것이다.

직녀는 아버지가 회사를 그만두게 될 것 같다는 말에도 무덤덤하고 번지점프를 하는 아버지의 내면을 헤아릴 생각도 하지 않는다. 일상에서 일어나는 사건들, 이를 테면 이웃집 할머니의 죽음이나 이웃집의 심각한 부부싸움이나 아버지의 실직도 전혀 심각하게 인식하지 않는다. 어쩌면 그런 것이 우리 삶의 일부라는 사실을 이미 깨달았기 때문일지 모르지만 직녀의 유체이탈은 지나치게 방관자적인 자세를 취한다. 『직녀의 일기장』에서 보여주는 직녀의 성장 서사는 "내가 정말 자라고 있긴 한 걸까? 내가 소리 없이 크고 있는 동안, 다른 사람들 또한 모두들 변해 가고 있는 것일까?"라는 질문을 던지며 스스로의 성장에 의미부여를 하고 있지만 현실적인 문제에 대해서는 진지한 고민을 생략한 채 자기만의 세계에 빠져드는 경향이 있다. 상징계를 내면화하지만 직녀의 성장은 "예속과 이탈의 양가성으로 분열"[13]되어 있는 것이다.

3. 문제아의 자아 발견과 실크로드 여행 서사의 의미

3.1. 오아시스와 신기루 사이, '나'와 만나는 실크로드 여행

김혜정의 『하이킹 걸즈』는 "한번 때리기 시작하면 귀신에라도 홀리는지 경찰이 와서 말려도 절대 멈추지 않"는 문제아 이은성이 실크로드라는 낯선 세계에서 자신을 발견하는 과정을 서사화한 전형적인 성장소설이다. 주요 인물 이은성, 보라, 미주 언니 세 사람은 모두 치명적인 약점

---

13 나병철, 「환상소설의 전개와 성장소설의 새로운 양상」, 『현대소설연구』 31호, 2006, 292쪽.

을 지니고 있는 존재들이다. 작중인물 이은성은 "'개은성' 혹은 '미친 주먹'으로 통"하며 폭력을 일삼는 비행청소년이고, 얌전한 학생처럼 보이지만 알고 보면 보라 역시 상습 절도범이며 성숙한 어른인 줄 알았던 인솔자 미주 언니도 "매일 사고만치는 날라리"였다. 소설은 이 세 사람이 우루무치에서 둔황까지 1200킬로미터에 이르는 비단길을 걷는 것에서 시작한다. "소년원에 들어가 처벌받는 대신, 실크로드 도보 여행을" 선택한 은성과 보라는 일종의 청소년 재활 프로그램에 참여한 셈이다. 그들의 "여행 일정은 총 70일로, 6월 22일부터 8월 30일까지 실크로드를 여행하기로 되어 있었다." 『하이킹 걸즈』의 서사는 이들의 여행 일정을 따라 진행된다.

따라서 『하이킹 걸즈』는 미성숙한 주인공이 낯선 세계와 만나 각성을 하고 성숙에 이른다는 전통적인 성장 서사의 문법을 철저히 따르고 있다. 이미 심각한 문제아로 폭력과 절도를 일삼았던 두 인물들은 계몽되어야 할 대상임이 분명하다. 그러므로 그들의 실크로드 도보 여행은 은성과 보라의 자아발견의 여정과 정확히 일치하는 일종의 통과제의라 할 수 있다. 그들의 여정은 온갖 시련을 극복하고 목표를 달성해야만 하는 일종의 극기 훈련이자 시련을 극복하고 인생의 의미를 깨닫는 성장의 장으로 기능한다. 특히 작중인물들이 자발적으로 여행을 선택하지 않았다는 전제부터 이미 이들 작중인물들이 감당해야 할 수련의 몫은 정해져 있었던 것이다. 이러한 상황에서 『하이킹 걸즈』가 문제아 여고생의 자아찾기 서사로서 성공하기 위해서는 서사 과정에서 작중인물들이 보여주는 태도가 진지하고 치열해야 하며 여행의 과정에서 벌어지는 소소한 사건들이 사실적일 필요가 있다. 또한 실크로드라는 낯선 세계에서의 경험이 그들이 깨닫게 될 삶의 진실과 치밀하게 관련되어야 할 것이다. 그런 점에서 『하이킹 걸즈』는 성공적이라 할 수 있다. 작중인물 은성이 여행

의 과정에서 겪게 된 일련의 사건들―낯선 중국의 문화를 체험하고 육체
적 고통을 감내하는 것은 물론이고 배낭을 잃어버리거나 시장에서 길을
잃고 헤맸던 일, 여행에서 만난 일본인 여학생들과의 집단 싸움에 휘말
리고, 친구들로부터 왕따를 당한 아픈 기억을 지닌 보라와 갈등을 겪게
되는 등―은 서로 긴밀하게 연관되어 있으면서도 상당히 사실적인 여행
담을 완성하고 있기 때문이다. 어쩔 수 없이 실크로드 도보여행에 참여
한 은성은 자신의 삶에 만족할 수 없는 상황이다. 미혼모의 딸이라는 사
실은 긍정적인 자아정체성을 형성하는 데 결정적인 방해요소로 작용하
며, 할머니의 죽음에 결정적인 원인을 제공했다는 자책감은 은성에게는
감당할 수 없는 고통을 안겨준다. 따지고 보면 이 여행에 참여할 수밖에
없었던 이유도 미혼모의 딸이라는 사실에서 비롯되었다. "결혼도 안 하
고 애를 낳"아서 "애가 저 모양이"라며, "그 엄마에 그 딸이라"는 모욕적
인 언사를 한 유지연을 폭행하였고 그 죄로 인하여 은성은 실크로드에
오게 되었던 것이다.

　하지만 여행을 시작하면서 은성은 자기 자신이 어떤 사람인지, 앞으로
자신이 살아갈 삶이 어떠해야 하는지 서서히 고민하기 시작한다. 도보로
실크로드를 여행하면서 느끼는 육체적 피로는 누적되지만 인터넷도 전
화도 음악도 없는 사막 한 가운데서 비로소 은성은 자신의 과거를 반추
하며 자신과 자신의 삶을 사유한다.

　　난 꼭 고장 난 자동차 같다. 오른쪽으로 핸들을 돌리면 바퀴는 왼쪽으로 가
다가 결국 펑 하고 터져 버린다. 언제쯤 내 삶을 능숙하게 운전할 수 있을까?
'어른'이라는 자격증을 따고 나면 조금 나을까? 그건 도대체 언제쯤 딸 수 있
는 거지?
　　???
　　물음표가 머릿속을 점령해 버렸다. 오늘밤도 물음표를 세며 잠을 청해야 할

듯하다.[14]

　마치 "고장 난 자동차"처럼 자신이 원하는 삶을 살아갈 수 없었던 은성은 자신의 삶을 "능숙하게 운전"하기를 소망하고, 어른이 되면 성숙한 삶을 살아갈 수 있을지 고민한다. 하루 종일 여덟 시간 이상을 걸어야만 하는 고된 일정을 참고 견디면서 은성은 자신이 앞으로 살아갈 삶이 한낱 신기루일까 봐 걱정을 한다. "한국에 돌아가면 어떨까? 내가 원하는 것을 찾을 수 있을까? 전처럼 우왕좌왕하면 어쩌지? 오아시스인 줄 알고 열심히 갔는데 신기루이면 어떻게 하지?"(280쪽) 자문하는 은성의 모습에서 반성적 사유를 하고 자신의 삶에 책임을 지려는 어른스러운 태도가 엿보인다. "1,200킬로미터를 걸었지만, 여전히 내 삶은 물음표투성이"라는 사실을 인정하면서 은성은 자기 자신을 믿고 삶에 대한 희망을 갖기 시작한다.

　　나도 모르게 배시시 웃음이 흘러나왔다. 설령 내가 믿고 있는 것이 신기루일지라도 상관없다. 걷다 보면 언젠가는 오아시스가 나올 것이다. 사막에는 반드시 오아시스가 숨어 있으니까.
　　달랑거리는 방울 소리는 멈출 줄 몰랐고, 그 소리에 맞추어 가슴이 콩닥콩닥 뛰기 시작했다.
　　내일부터 새로운 하이킹이 시작될 것이다.(281쪽)

　예문은 소설의 결말 부분이다. 본래 삶이라는 것이 물음표투성이라는 본질은 변하지 않았지만 그 삶을 살아갈 은성이의 생각이 변화했음을 여실히 보여준다. "사막에는 반드시 오아시스가 숨어 있"다는 진리를 믿게 되었고, 그 오아시스를 찾기 위해 결코 걸음을 멈추지 않을 것이라는 오

14　김혜정, 『하이킹 걸즈』, 비룡소, 2008, 141~142쪽. 앞으로 이 작품의 인용은 페이지만 밝힘.

기도 생겼다. 고된 실크로드 여행이 끝이 아니라 시작이며, 몸은 비록 힘들고 고통스러워도 자신의 삶을 기쁘게 걸어갈 용기를 얻게 된 것이다. 『직녀의 일기장』과 마찬가지로 『하이킹 걸즈』역시 열린 결말 구조를 취함으로써 자아를 발견하고 인생의 의미를 깨달으려는 성장 주체에 무게 중심을 두고 있다.

요컨대 은성은 실크로드의 종착지인 둔황까지 걸어와 "산의 모습이 매일 달라진"다는 명사산에 오르면서 자신도 명사산처럼 조금씩 달라지고 있는 중이라는 사실을 깨닫는다. 미주 언니의 충고대로 십대의 열정, 힘, 에너지를 온전히 자기 자신과 자신의 삶에 긍정적으로 쏟아내야 한다는 것을 알게 된 은성은 폭력을 일삼던 자신이 "다른 새들의 깃털을 모두 주워 자기 몸에 꽂았던 까마귀"였음을 고백한다. "깃털이 가짜인 것이 밝혀질 까 봐" 두려움에 떨던 자신의 내면을 발견하게 된 실크로드 여정은 곧 자아찾기의 여정이었던 것이다.

3.2. 모성의 확인을 통한 자아정체성 찾기의 여정

『하이킹 걸즈』의 특징 중 하나는 남성 인물들이 부재한다는 사실이다. 그 대신 은성과 어머니, 그리고 할머니에 이르는 여성 3대의 삶이 생생하게 담겨져 있다. 끝없이 이어지는 실크로드를 횡단하면서 은성이는 자신이 지금껏 살아온 삶을 반추하는데, 그녀가 떠올린 기억들은 어머니가 놀이공원에서 자신을 버렸던 일과 미혼모의 딸이라는 이유로 친구들로부터 놀림을 받았던 일, 엄마와 말다툼 끝에 집을 뛰쳐나간 자신의 뒤를 쫓아오던 할머니가 교통사고를 당해 돌아가신 일 등 아픈 추억이 대부분이다. 은성이 삐딱한 문제아로 살아갈 수밖에 없었던 결정적 이유는 미혼모의 딸이라는 사실 때문이지만, 보다 근본적인 원인은 이로 인해 은성이 항상 비정상적인 존재로 타자화되었다는 것에서 찾아야 할 것이다.

　　평범하지 않은 엄마가 싫었다. 그래서 좋지 않은 일이 생기면 모두 엄마 탓이라고 생각했다. 아빠도 없이 나를 낳은 엄마가, 다른 엄마들처럼 나를 따뜻하게 안아 주지 않는 엄마가 너무 미웠다. 엄마가 없어지기를 수백 번 기도했다. 반쪽만 있을 바에는 차라리 아예 없는 게 나을 거라고 생각했다. 그래서 엄마에게 따져 물었다. 그때 할머니 대신 엄마가 죽었어야 한 거 아니냐고. 아니, 진짜로 묻고 싶은 건 그게 아니었다. 할머니가 아니라 내가 죽기를 바란 거 아니냐고 묻고 싶었다. 나는 엄마의 혹이니까. (268쪽)

　　은성의 엄마가 남들과 다른 점은 은성이 나이에 은성이를 낳은 미혼모라는 사실이다. 아빠가 없다는 것만으로 자신을 불행하게 보는 편견에 가득 찬 세상에 맞서 은성이 택한 삶의 방식은 비록 문제아로 낙인찍히더라도 받은 대로 갚아주는 것이다. 그래서 주먹을 휘둘러 세상으로부터 자신을 보호하며 살아왔지만 폭력의 근저에는 자신이 "엄마의 혹"이라는 두려움이 자리하고 있다. 예문에 제시된 바와 같이 은성이가 엄마에게 따지고 싶었던 것은 자신이 죽기를 바랐던 것이 아니냐는 것인데, 이는 자신의 존재를 부정하는 가장 극단적인 표현에 다름 아니다.

　　그러나 실크로드를 온몸으로 횡단하는 동안 은성이는 낙타 등에 숨은 혹의 비밀을 알게 된다. "혹으로 보이는 낙타의 봉에는 사실 낙타를 살아가게 하는 힘이 들어 있"다는 "낙타 봉 속에 담긴 비밀"의 수수께끼를 푼 것이다. "한국에 돌아가서 엄마와 잘 지낼 수 있을지" 자신은 없었지만, 자신이 "엄마에게 있어 혹이 아니라 봉이"라는 것, "그리고 엄마도 나에게 있어 마찬가지"라는 것을 깨달으며 은성은 엄마와 화해하고 자아정체성을 회복한다. 비단길이라는 아름다운 이름의 길 위에서 발견한 이 진실은 십대 소녀 은성이가 한 사람의 어른으로 성장하는 데 가장 중요한 전제로 작용한다. 미혼모의 딸이라는 사실은 변함이 없지만 그런 자신을 바라보는 스스로의 시선을 바꾸고 자신에게 주어진 삶을 사랑하기 위한 첫 걸음을 옮기게 된 것이다. 결국 어머니의 모성이 승인되는 과정이 은성이의 자아발견의 시초가 된다. 가도 가도 끝없이 펼쳐진 낯설기만한 실크로드 한 가운데서 은성은 자신과 만나고 자신을 사랑하는 엄마를 그리워한다.

요컨대『하이킹 걸즈』의 성장 서사는 문제아 은성이 엄마의 모성을 확인하고 엄마의 입장을 이해하는 것에 중심이 있다고 할 수 있다. 자신의 아빠는 누구일까를 상상하며 "아빠 상상 놀이"를 하던 은성에게 아빠의 부재는 세상의 편견을 감내해야 하는 고통의 시작이었다. 다시 돌아오지 않는 십대의 소중한 시간을 무엇에 낭비하고 있는지 되새기면서 은성은 자신이 엄마의 혹이 아니라 엄마의 삶을 지탱시켜온 에너지였다는 사실을 비로소 깨닫는다. 작가는 은성이 엄마와 화해하고 있는 그대로의 자신을 받아들이게 되는 과정을 실크로드 도보 여행을 통해 보여주고 있다. 할머니와 어머니, 그리고 자신으로 이어지는 끈끈한 모성의 연대를 인정하면서 은성은 "천천히 어른이" 되는 법을 배운 것이다.

『하이킹 걸즈』는 이처럼 문제아들이 시련을 극복하고 성장해가는 과정을 여성 인물들을 통해 형상화하고 있다. 은성에게 이런 소중한 가르침을 전해준 인물은 그녀와 함께 도보 여행을 하고 그녀와 유사한 과거를 지닌 미주 언니와 친구들의 폭력과 왕따에 시달리다 물건을 훔치기 시작한 보라라는 여성 인물들이다. 상처 입은 존재라는 공통점을 지니고 있는 이들 여성 인물들은 서로를 이해하고 자매애를 발휘하며 실크로드 횡단을 끝마친다. "사는 게 쉽지 않아서" 만들어진 삶의 방식이 "정답을 가장한 채, 진짜인 척하고 있"다는 것을 간파한 은성에게 세상은 이제 한 번 살아볼 만한 것이 된다. 그녀 옆에는 그녀를 사랑하고 여행에서 돌아오기를 간절히 기다리고 있는 엄마가 있기 때문이다.

『하이킹 걸즈』의 경우, 성장의 주체로서 은성이 보여주는 자아발견의 방식은 모성의 확인이라고 명명할 수 있으나 그것은 또한 성장 주체의 인식의 한계를 도정하는 것이기도 하다. 자신의 정체성 찾기가 결국 개인과 가족의 문제로만 환원되기 때문이다. 정체성 발견을 중요한 화두로 설정하고 있는 『하이킹 걸즈』와 『직녀의 일기장』은 공통적으로 작중인물의 정체성이 사회적 자아로 확산되기보다 가족과 개인의 문제로 축소되는 경향을 보이는데 이는 곧 이들 여성 인물의 성장담이 갖는 한계로도 작용한다.

그러나 『하이킹 걸즈』와 『직녀의 일기장』은 모두 1인칭 시점을 채택하여 여성 인물들의 내면의 변화를 설득력 있게 전달하고 있다. 1인칭 시점은 작중인물이 스스로의 내면을 적극적으로 고백하도록 이끄는 데 효과적이다. 따라서 반성적 사유에 바탕한 대부분의 성장소설이 고백의 담론 방식을[15] 택하고 있지만, 청소년소설에 나타난 고백의 담론은 서술의 시간과 사건 발생의 시간이 일치하고 있다는 점에서 기존의 성장소설과 차이를 보인다. 일반적인 성장소설이 과거의 상황에 초점을 두고 회고와 고백의 담론을 구사하고 있는 것과 달리 『하이킹 걸즈』는 과거를 불러들이되, 그 과거를 현재화하는 방식을 택한다. 『하이킹 걸즈』가 여행을 하는 현재에서 과거를 기억하는 까닭은 현재의 맥락에서 그것을 재구성하기 위해서이다. 현재화된 과거는 미래의 삶을 담보로 할 때 가치를 지니는 법이다. 『하이킹 걸즈』가 보여주는 과거의 삶은 작중인물 은성이 살아나갈 미래의 삶을 전제로 의미를 획득한다. 그러므로 『하이킹 걸즈』의 서사는 비단길을 횡단하는 고통스러운 현재가 과거를 치유하고 성장에 이르는 과정을 보여준다고 할 수 있다. 그런 의미에서 기존의 성장소설이 "과거지향성"[16]을 갖는다면 청소년문학은 미래를 견인하는 현재지향

15 최현주, 「한국 현대 성장소설의 담론 특성 Ⅰ」, 『한국언어문학』 제44호, 2000, 497쪽.
16 최현주, 「한국 현대 성장소설에 드러난 '성장'의 함의와 문화적 양면성」, 『현대소설연구』 13호, 2000, 353쪽.

성을 갖는다고 말할 수 있을 것이다. 이것은 곧 성장소설과 청소년문학의 차이를 대변하는 특성에 다름 아니다.

4. 결론

이 글은 두 편의 청소년소설을 중심으로 여성 인물이 자아정체성을 확인하고 성장해가는 과정을 분석하여 여성 성장 서사의 함의를 밝혀내고자 하였다. 사춘기 여성 인물이 상징계적 현실을 수용하면서 자아정체성을 확립해가는 과정을 서사화한 『직녀의 일기장』과 『하이킹 걸즈』는 1인칭 시점으로 성장통을 겪고 있는 십대 여성 인물들의 솔직한 내면을 그려내고 있다는 공통점을 지닌다.

남성 인물의 성장 서사와 달리 여성 성장 서사는 자아정체성 확립과 성적 정체성 확립이라는 이중의 책무를 지닌다. 여성 인물이 정체성을 형성하는 방식에 있어 『직녀의 일기장』은 결혼이라는 제도로의 편입과 모성을 궁극적으로 지향하고 있으며, 『하이킹 걸즈』는 통과제의를 거치고 모성의 의미를 깨닫게 되는 과정을 서사화하고 있다. 결국 두 편의 소설에서 여성 인물이 정체성을 찾아가는 과정은 모성의 회복과 병행된다. 성장 주체가 이전 세계와 결별하고 새로운 앎의 차원으로 나아가는 데 있어 모성이 중요한 역할을 담당하고 있는데, 그것은 역설적으로 두 작품이 갖는 한계로도 지적할 수 있다. 다시 말해 『직녀의 일기장』은 직녀가 스스로의 꿈을 찾고 성장해가는 데 있어 결혼이라는 제도와 모성에 의해 부여된 보수적인 여성성의 의미를 수용할 것을 은연중에 강조하고 있고, 『하이킹 걸즈』는 모성의 회복을 통해 자아발견에 이르는 여정을 보여주지만 그것이 지극히 개인적 차원과 가족적 차원에만 머물고 있기 때문이다.

　여성 인물이 성장하는 과정을 서사화한 이들 텍스트들은 열린 결말을 보여줌으로써 성장이라는 것이 완성이 아니라 살아가는 동안 점진적으로 이루어지는 것임을 말하고 있다. 이는 여성 인물들이 내면화해야 할 상징계적 현실이 아니라 성장 주체의 내면에 비중을 두는 서사 방식과도 연관이 된다. 『직녀의 일기장』과 『하이킹 걸즈』는 이상적인 어른 인물이 성장을 주도적으로 이끌어가는 방식 대신 조숙한 십대를 성장의 주체로 내세우고 그들이 경험한 일상의 사건들을 모자이크처럼 결합시키는 것으로 새로운 유형의 성장 서사를 완성하고 있다. 이것이야말로 당대적 현실을 살아가고 있는 청소년들의 삶을 충실히 재현하는 청소년문학에 나타난 여성 성장 서사의 의의라고 평가할 수 있을 것이다.

『국어교육연구』 45집(국어교육학회, 2009. 12)에 수록

✠ 한국문학의 이념과 환경

가난한 사람들의 유랑과 가족의 해체

공선옥의 『유랑가족』을 중심으로

서혜지

1. 서론

현대인의 삶은 소비의 삶이며 자본의 질서에 부합된다. 자본주의 사회에서 돈은 살아남기 위한 욕망을 현실화하는 수단이기 때문에 돈을 지닌 자들만이 세상의 중심에 설 수 있다. 이처럼 자본에 의해 질서 있게 움직이는 사회 속에서 가난한 자들은 언제나 소수자로서 중심으로부터 나와 바깥에 의해서 바깥을 통해서 사유[1]할 수 밖에 없다. 본고에서 다루고 있는 작품의 인물들도 가난하고 소외된 이들이기에 사회의 중심에 있지 못하고 바깥에서 사유하고 생활한다.

가난한 사람들의 이야기에 꾸준하게 주목했던 공선옥은 1991년 『창작과 비평』 겨울호에 중편 「씨앗불」을 발표하며 작품활동을 시작했다. 첫 소설집 『피어라 수선화』(창작과비평사, 1994)를 출간한 이후로 많은 작

---

1 김석수, 「포스트 시대의 바깥과 가난의 길」, 『사회철학』 제12호, 2006, 49쪽.

품[2]을 내놓았는데, 그 중에서『피어라 수선화』를 포함하여『내 생의 알리바이』(창작과비평사, 1998),『멋진 한세상』(창작과비평사, 2002),『유랑가족』(실천문학사, 2005)[3]은 소외된 가난한 사람들의 이야기를 다루고 있다. 공선옥은 이러한 작품들을 통해 가난의 문제를 여성적 소외와 결부시킴으로써 빈곤의 여성화 양상에 지속적으로 주목해 왔고 기존의 연구들도 그런 측면에 초점이 맞추어졌다.[4] 그러나『유랑가족』에서는 가난을 여성과 결부시켜 바라본 기존의 소설들과는 달리 가난은 성별, 지역, 국경을 막론하고 무한히 확장되는 하층계급의 보편적인 현실[5]임을 드러내고 있다.

　『유랑가족』은 다큐멘터리 사진작가 '한'의 시선을 통해 가난하기 때문에 가족이 해체되거나 정착하지 못하고 유랑하는 자들의 자취를 뒤쫓는다. "가난은 죄가 아니다. 그러나 가난한 사람은 이 땅 어디에도 삶의 터전을 마련하지 못하고 떠도는 유랑민"[6]이라는 작가의 말처럼 산업화로 인한 저개발지의 개발로 인해 바깥으로 몰릴 수밖에 없는 인물들을 통해 자본주의 시대의 현실을 보여준다. 레비나스는 "거주는 세계의 위

2　공선옥이 내놓은 작품은 첫 소설집『피어라 수선화』(창작과비평사, 1994) 이후『내 생의 알리바이』(창작과비평사, 1998),『멋진 한세상』(창작과비평사, 2002) 등 중·단편만도 30편이 넘고, 장편으로『오지리에 두고 온 서른살』(삼신각, 1993),『시절들』(문예마당, 1996),『수수밭으로 오세요』(여성신문사, 2001),『붉은 포대기』(삼신각, 2003)가 산문집으로『자운영 꽃밭에서 나는 울었네』(창작과비평사, 2000),『마흔에 길을 나서다』(월간말, 2003) 등이 있다.

3　『유랑가족』은『실천문학』2002년도 봄호부터 2003년도 봄호까지 연재되었다. 본고에서 인용하는 작품은 실천문학사에서 2005년도에 내놓은 출판본을 텍스트로 삼는다. 앞으로 인용문은 작품명과 쪽수만 표기하기로 한다.

4　이런 시선으로 공선옥을 분석한 최근의 논의를 정리해 보면 윤선옥,「공선옥 소설연구-여성, 약자, 자연을 중심으로」,『한민족문화연구』제13집, 2003 ; 김은하,「풍찬노숙의 사회와 돌봄의 마음」,『실천문학』, 2005년 여름호 ; 박정애,「강경애와 공선옥 소설에 나타난 '동정자'와 '동정의 윤리학' 비교 연구」,『여성문학연구』18호, 2007 ; 이대영,「공선옥 소설의 '타자성' 연구」,『비평문학』, 2006 ; 이명원,「야성적 생명력과 인간 생태학의 너머」,『문화과학』, 문화과학사, 2008년 봄호 등이 있다.

5　김은하, 위의 논문, 368쪽.

6　공선옥,『유랑가족』, 실천문학사, 2005, 267쪽.

협을 벗어나 자신을 보호하는 수단이자 거주를 통해 인간은 집안의 친밀성과 따뜻함을 경험한다. 거주, 노동, 소유가 자신의 주체를 성립"시킨다고 하면서 "노동과 소유를 가능케 하는 것은 거주"[7]라 한다. 인간이 살아가는 데 있어서 집은 없어서는 안 될 최소한의 도구라는 사실을 강조하는 것이다. 하지만 가난한 자들에게는 그런 최소한의 것도 지켜지지 못하고 언제 어디서나 자본주의적 폭력에 직접적으로 노출되어 있다[8]는 점을『유랑가족』을 통해 살펴볼 수 있다. 모든 것이 돈에 의해 평가되는 세상에서 그들의 삶은 제각각 다르지만 현재의 상황을 벗어날 수 있는 것은 '돈' 뿐이라는 사실을 이 작품은 다양한 방식으로 보여주고 있다.

이에 본고에서는 가난 때문에 국경과 가족의 경계를 넘어선 여성들과 이로 인한 가족의 해체, 가난의 굴레에서 벗어나지 못하여 정착하지 못하고 유랑해야만 하는 인물들을 통해 이 시대에 가난이 갖는 의미에 대해 살펴보고자 한다. 이와 동시에 작가는 타인의 고통[9]에 무관심하고 가난한 자들은 주변부로 밀려나는 것이 당연시되는 세상에서도 이들에게 희망이 있음을 제시하고 있기도 하다. 그럼에 작가가 제시하고 있는 긍정성도 함께 분석해보고자 하는 것이 본고의 목적이다.

2. 경계를 넘는 여성과 해체되는 가족

『유랑가족』에서는 자본주의 시대에 가족을 위태롭게 만드는 원인중의 하나로 여성의 역할을 살펴보고 있는데 가난을 피하고 싶은 욕구, 직업

---

7 강영안, 『레비나스의 철학−타인의 얼굴』, 문학과지성사, 2005, 140~141쪽 참조.
8 홍철기, 「'가난한 사람'들의 혁명적인 유물론을 위하여」, 『월간말』, 2004. 7, 232쪽.
9 수전 손택은 "특권을 누리는 우리와 고통을 받는 그들이 똑같은 지도상에 존재하고 있으며 우리의 특권이 그들의 고통과 연결되어 있을 지도 모른다는 사실을 숙고해보아야 한다."고 주장한다(수전 손택, 이재원 역, 『타인의 고통』, 이후, 2007, 154쪽).

을 갖고 경제력을 갖추고 싶은 욕망을 지닌 여성들과 가난에서 탈출하고 자 국경을 넘은 결혼이주[10]의 여성들의 삶도 함께 살펴보고 있다. 돈이 최고 가치가 된 세상에서 살아남기 위해 여성들은 처음에는 자신들이 직접 돈을 벌어 가족들과 잘 살겠다는 의지로 집을 나가지만 결국은 집에 다시 돌아오지 못한다. 고향으로 다시 돌아와 가난한 생활을 해야 한다 는 두려움도 있지만 교육의 혜택을 받지 못한 그녀들은 제대로 된 직업 을 가질 수 없고 그럼에 많은 돈을 벌지 못해 집으로 가져갈 돈이 없기 때문이다.

「겨울의 정취」, 「가리봉 연가」에서는 중국에서 결혼이주를 한 인물을 통해 잘 사는 나라의 남성과의 결혼이 안락하고 낭만적인 결혼생활이 될 것이라는 기대로 시작되기도 하지만, 보다 현실적인 동기는 경제적인 이 유라는 사실을 보여준다. 이러한 현실 때문에 이들이 가난을 피해 불법 노동시장으로 유입되고 이들이 속했던 가족은 해체된다는 사실을 이야 기 한다. 이렇게 돈에 의해 맺어진 관계가 가족을 해체시키는 경우는 경 제력이 저급한 나라에서 결혼이주를 한 여성에게만 국한되는 것이 아니 라 가난한 생활에 지친 우리나라 여성에게도 벌어지는 일이라는 것을 '신리' 라는 농촌마을을 통해 보여준다. 가난으로 인하여 해체된 가족과 부모 없이 살아가는 아이들, 떠도는 삶만이 자리 잡을 뿐인 이들의 일상 은 점점 더 수렁으로 빠져들 뿐이다.

중국에서 온 명화는 중국에 남편과 아이가 있지만 그 사실을 숨기고 한국으로 결혼하여 이주해 온 인물이다. 명화가 한국 사람과 결혼을 한 이유는 무엇보다도 중국에 있는 가족에게 경제적 보탬을 주고자 하는 가 족 전략의 의미와 '일을 하고 싶다' 는 경제적 활동의 욕구[11]에 있다고 할

---

10 이재경, 「사랑과 경제의 관계를 통해 본 이주결혼」, 『여성학논집』 제26집 제1호, 2009, 197쪽.
11 이재경, 위의 논문, 197쪽.

수 있다. 명화처럼 중국에 있는 가족들을 먹여 살리기 위해 한국으로 이주해온 여성들은 가난을 피해 떠나왔지만 그들이 떠나온 나라의 현실도 만만치 않다는 사실을 얼마 지나지 않아 깨닫게 된다. 이렇듯 명화는 자신이 정착한 곳이 생각한 것과 다르게 돈은 벌지 못하고 농촌에서 일만 해야 하자 결혼생활을 버리는 선택을 하게 된다. 사랑으로 이루어진 관계가 아닌 돈으로 이루어진 계약관계에 돈이 없으니 계약은 깨질 수밖에 없는 것이다. 이런 관계는 중국에서 이주해온 여성들에게만 국한되는 것이 아니다. 돈이 없으니 결혼생활을 더 이상 유지할 수 없다고 생각하는 것은 한국 여성들도 마찬가지다. 사랑이 없는 가족관계에서 돈은 살아남기 위한 방책이면서 가족을 지킬 수 있는 힘이 되는 것이기 때문이다. 그런 이유로 한국 여성인 용자도 "남편도 자식도 다 필요 없이 그저 믿을 것은 돈밖에 없다고 생각"하고 중국에서 온 명화도 "돈 없는 데서 살기 싫은 건 중국이나 한국이나 다 한 가지"라는 공통적인 생각을 하는 것이다.

자본주의 사회에 노출되어 어떤 것보다도 돈이 중요한 가치가 되어 버린 이들은 '물질적으로 안정된 생활'을 찾아 나서고 용자와 명화 모두 돈을 벌기 위해 가족을 버리고 밤거리를 헤맨다. 이들이 집을 나가자 이들의 남편인 달곤과 기석은 아내를 찾으러 간다는 이유를 명목 삼아 가족을 방치한다. 그럼에 아이들은 부모가 없어지고 가족이 해체되는 결과를 낳게 되는 것이다. 특히 명화는 가난 때문에 자신의 가족을 버리고 한국으로 와서 기석과 결혼했지만 그 가난 때문에 한국에서도 마찬가지로 가족을 해체시킨다.

무엇보다도 간암에 걸린 오빠를 치료하기 위해서는 가족 중에 누군가는 어디로든 가서 돈을 벌어야 했던 것인데 그때 마침 한국으로 올 기회가 생겼던 것이다. (…중략…) 맞선 자리에서 기석의 어눌한 태도를 명화가 맘에 안 들어

하자 중매를 선 단체 사람이 명화가 결혼만 해준다면 처갓집 식구들까지 다 한국으로 불러들일 수 있고 오빠 병까지 치료해준다는 말을 했다.

—「가리봉 연가」, 61쪽

그런 명화는 국경을 넘어 결혼을 하면 돈을 많이 벌어 가난에서 탈출할 수 있다는 꿈이 있었지만 중국에서와 똑같은 가난 때문에 안정된 생활을 할 수 없게 되고 가족을 유지하지 못하는 것이다. 용자와 명화에게 만약 물질적으로 안정된 생활이라는 조건이 충족되었다면 이들은 늦은 밤거리를[12] 헤매며 허우적거리지 않았을 지도 모른다.

작가는 여성들뿐만 아니라 남성에 관해서도 주목하는데 기석과 달곤이 처한 가난은 노래방에서 전전하고 있는 아내를 찾더라도 데려올 용기를 갖지 못하게 한다.

김달곤은 그날, 크리스마스 날 아침 신림동에서 아내 서용자를 만났다고 했다. 그러나 달곤은 끝내 제 아내를 데려오지 못했다. 달곤은 자신이 아내를 고향에 데려오지 못한 것은 순전히 제 탓이라고 말하며 눈물을 흘렸다.

—「겨울의 정취」, 53쪽

기석이 명화를 찾아나서지 않는 진짜 이유는 사실 따로 있었다. 그 이유라는 게 한 가지가 아니라 몇 가지는 되었다. 첫째로, 마누라를 찾아 나서려고 돈이 없었다. 둘째, 그 마누라 찾아온다 해도 자기에게 돈이 없다면 다시 도망가지 못하게 할 자신이 없었다.

—「가리봉 연가」, 75쪽

하던 농사일을 접고 도회지로 나가 노동일을 하기도 하지만 이 노동일 또한 이들에게는 녹록치 않다. 또한 용자나 명화와 마찬가지로 제대로

185

❀ 서혜지 — 가난한 사람들의 유랑과 가족의 해체

12 윤광옥, 「공선옥 소설 연구」, 『한민족문화연구』 제13집, 한민족문화학회, 2003. 12, 96쪽.

된 교육과 전문적인 기술을 배운 적이 없는 이들에게는 임금이 많지 않을뿐더러, 타지에서 자기 몸 건사하기만도 어렵고 IMF 때 진 빚을 갚는 것만으로도 벅차다. 농사를 그만 두고 아내를 찾아 나선 이들에게 세상은 가난한 자들에게는 만만치 않다는 사실만 일깨워 줄 뿐이다. 그럼에 가난한 자들은 현실이 주는 적대적 공포속에서[13] 살아가고 있는 것이다.

모든 사람들처럼 존재하는 욕망, 남들이 바라보는 시선의 무게, 경제로 만들어진 올가미와 환상, 소비사회에 대한 유혹, 점점 더 우리에게서 멀어져 가는 현실과 미래에 대한 불안감[14] 때문에 가족에게서 벗어난 이들은 결국 '자본주의 내부의 망명자'[15]가 되어 가족 내로 영영 돌아오지 못한다. 그러곤 "돈 없으면 인간 대접 못 받는 건 당연한" 세상에서 노래방을 전전하던 명화는 돈을 노리는 칼에 찔려 죽는다. 돈을 많이 벌겠다는 희망을 가지고 다른 나라까지 온 명화는 결국은 그 돈이라는 칼에 죽는 셈이다.

「겨울의 정취」와 「가리봉 연가」의 인물들을 통해서 작가는 가족 붕괴의 원인은 용자와 명화의 가출에 있는 듯 보이지만, 정작 그녀들의 가출을 부추긴 것은 IMF 이후 어려워진 농촌경제[16]와 그로 인해 빚더미에 오른 농촌의 실상이라는 것을 이야기하고 있다. 가난 때문에 가족 간의 윤리 혹은 사람과 사람사이의 윤리를 깨뜨리고 가족에게서 벗어나게 되는 것이라는 것을 보여주고 있다.

---

13 마지드 라흐네마, 이혜정 옮김, 『버리지 못한 가난』, 책씨, 2004, 141쪽.
14 위의 책, 86쪽.
15 홍철기, 앞의 논문, 232쪽.
16 김은하, 앞의 논문, 370쪽.

3. 살아남기 위한 선택, 유랑

위의 단락에서 가난이 여성을 가출하게 만드는 원인이 되며 이로 인한 가족의 해체는 결혼이라는 것이 정서적 요인보다 경제적 합리성이 더 중요시되었기 때문에 생겨나는 것이라는 사실을 살펴보았다. 작가는 가난 때문에 해체된 가족과 그 가난은 국가의 경계를 넘어서는 일이기도 하다는 사실을 다루고 있다.

그러면서 가난으로 인하여 유랑하는 이들, 한 식구의 관계를 잃어버리고 삶의 근거지로부터 뿌리가 뽑혀서 각지에 흩어져 살아갈 수밖에 없는 사람들의 모습으로 구성되는 한국판 가난의 형상[17]도 보여주고 있다. 정착할 곳이 없거나 정착한 곳이 불안한 이들은 「겨울의 정취」, 「가리봉 연가」의 인물들처럼 자신들이 스스로 저개발의 공간을 떠나는가 하면, 「그대의 웃음소리」, 「먼 바다」의 저개발의 공간에 사는 인물들은 개발의 힘에 못 견뎌 어디론가 쫓겨나지만 갈 곳이 없다. 가난한 현실은 저개발의 공간에 살 수밖에 없게 하고 사회적 현실은 이 가난한 이들을 '사회적 해충'[18]취급하듯이 내쫓기에 급급하다. 정해진 곳 없이 쫓겨만 다녔던 이들은 또 쫓겨나면 다시 저개발의 공간으로 스며드는 방법 이외에는 다른 방도가 없이 또 언제든지 나와야 할 운명이기 때문에 정착할 수 없다. 이와 같은 현실 때문에 이들은 유랑할 수밖에 없는 처지가 되는 것이다.

> 다들 어디선가 떠나온 사람들이었다. 그 곳이 어디인가는 묻지 않아도 다 아는 도시의 달동네들이었다. (…중략…) 이제 이곳에서도 그들은 떠나야 한

---

17 방민호, 「가난에 대한 천착과 그 의미」, 『유랑가족』 발문, 2005, 262쪽.
18 가난한 자들이 한 곳에 머물러 있지 않고 전국을 돌아다닌다는 사실은 그들로선 더욱더 두려운 것이었다. 그들이 보기엔 이 부랑자들은 도시로 모여들어 공공질서를 깨뜨리고 마차를 에워싸며 교회와 주택의 문 앞에서 큰 소리로 구걸하는 사회적 해충이었다(이진경, 『자본을 넘어선 자본』, 그린비, 2004, 290쪽 참조).

다. 어디로 떠날 것인가, 그것은 떠나야 할 그들도, 그들을 떠나도록 한 사람
들도 모르는 일이었다. (…중략…) 이곳에 사람들이 살았다는 사실조차도 까
맣게 잊어버릴 것이다.

—「그들의 웃음소리」, 116쪽

이처럼 자신들이 살던 터가 조만간 도로에 편입될 운명에 처한 이들은
"돈도 없고 갈데도 없다." 심지어 다른 도시의 달동네를 떠나 다시 부대
동으로 흘러들어온 이들에게 다시 정착할 곳을 찾는다는 것은 쉬운 일이
아니다. 도로공사 측에서 보상금으로 이사 비용을 내놓았지만 제 각각의
사정으로 떠나기란 쉽지 않다. 「그대의 웃음소리」에서 인숙은 방 한 칸
을 얻어 이혼한 남편에게서 아들을 데리고 와서 살고 싶지만 보상으로
받은 돈으로는 이미 값이 오를 대로 오른 방을 구하기란 쉬운 일이 아니
다. 그리고 아비 모르는 자식을 낳아 기르고 있다가 감옥 갔던 남편이 행
사하는 폭력에 하루도 편할 날이 없는 연순은 감옥 나온 아비가 무서워
엄마의 이사비용이 들어있는 지갑을 딸이 통째로 들고 나갔다. '돈도 없
고' 그래서 '세상 천지에 갈 데'도 없는 이들은 막다른 골목으로 내쳐질
뿐이다. 이처럼 유랑은 파행적 개발이 드리운 차별과 소외지자 거덜 나
고 훼손된 삶의 표상일 뿐[19]이라는 것을 작가는 나타내고 있는 것이다.

「먼 바다」의 등장인물들 또한 수몰예정지에서 살고 있거나 예정지를
떠날 수 없고 이들이 수몰예정지를 떠나지 못하는 이유도 「그들의 웃음
소리」와 마찬가지로 돈 때문이다.

다방의 빚을 갚아주고 데려온 덕만의 아내 영녀는 덕만의 보상금만을
믿고 살기로 결정했으나 덕만이 남은 돈을 농협의 빚을 갚는 데 써버리

---

19 김은하, 앞의 논문, 369쪽.

자 결혼생활을 유지하고 싶어 하지 않는다. 그러곤 영녀는 보상금을 새로 받은 덕만의 친구 노덕필과 그곳에서 떠나고 자신에게 남은 희망은 아내뿐이라고 생각했던 덕만은 자살을 하고 만다. 자식들이 자신이 받은 수몰 보상금을 나눠가지고 연락조차 없는 덕남 노인 또한 당장 돌아오는 설은 오라는 자식 하나 없어 혼자 보내야 할 지경이다.[20] 어쩔 수 없이 유랑을 선택해야 하는 이들에게 희망이란 없어 보인다.

정착할 곳이 한 곳도 없는 이들에게 세상은 가난한 자들을 타락하고 낙오된 존재로 취급하며 이들을 자신들의 세상과는 완전 다른 곳으로 가기를 바란다. 자신들의 아이와 가족을 위해 이들의 아이와 가족은 사회적으로 불필요하다는 인식을 가지고 있는 셈이다.

> "군부대가 이사해 가고 도로도 이미 나 있는데 도로 입구에 있는 부대동 잔여 세대의 철거는 왜 그렇게 늦어지는지 모르겠어요."
> "맞아요. 포장만 하면 도로는 완성이 될 텐데, 만약 포장이 된다 하더라도 도로 입구의 잔여 세대를 철거하지 않으면 도로를 이용하는 데 상당한 애로사항이 있다는 것은 불을 보듯 뻔한 것 아니겠습니까?"
> ―「그들의 웃음 소리」, 128쪽

자신들이 사는 곳에 도로가 생기고 소각장이 생겨 당장 갈 곳이 없어 쫓겨나야 하는 이들이 있는가 하면, 철거가 되기만을 기다리는 이들도 있다는 사실을 작가는 철거예정지에 살고 있는 사람들과 아파트 주민들

---

20 종만은 수몰 보상금을 받자마자 읍내 다방으로 달려와 영녀의 빚을 갚아 주었다. (…중략…) 종만이 그녀를 행복하게 해주는 게 아니라 그 돈이 그렇게 해주리라는 생각 때문에. 그러나 이제 와서 영녀는 박종만과의 결혼에 회의감이 몰려오고 있는 중이었다. (…중략…) 돈이 없는 결혼 생활은 재미없었다(「먼 바다」, 209쪽).
자식들이 있어도 보상금으로 받은 돈 그 자식들한테 다 뺏기다시피 다 내주고 지금 그 할멈은 오갈 데 없이 동네에 물 들어오는 날 까지는 버티고 살 수 밖에 없는 처지다(「먼 바다」, 210쪽).

의 대비를 통해 보여주고 있다. 또한 작가는 「먼바다」의 수몰예정지구에 사는 수몰민이 마지막 설 준비를 하는 모습을 촬영하러 온 방송국 사람들의 모습을 보여주며 타인의 고통에 무관심한 현실을 적나라하게 보여주고 있다. 촬영 온 이들은 무슨 구경거리나 되듯 사진을 찍고, 덕남 노인의 오래된 물건들을 기념 삼아 가져가지만, 그 물건들에는 수몰이 되어 사라지는 자신의 시부모와 남편의 무덤을 두고 가야 하는 덕남의 아픔이 스며있는 물건들이다. 그러나 덕남 노인의 아픈 사정은 생각조차도 해보지 않고 타인의 일에는 구경꾼에 불과한 우리의 현실을 비판한다. 또한 "할머니 표정 끝내주네요"라는 방송국 처자의 말은 타인의 고통이 일종의 스펙터클한 구경거리가 되어버린 오늘의 세태를 함축적으로 말해준다.[21] "세상은 늘 동시적이지만 비동시적이다. 동시대 속에서 빈자와 부자는 다른 시대를 살아가는 것이다."[22]라는 작가의 말처럼 열등한 사회적 범주로서 가난은 빈민과 빈민이 아닌 사람이 함께하는 공존하는 것이 어려움을 드러낸다. 그래서 가난한 이들은 계속 내몰리기만 하며 갈수록 갈 곳을 잃게 될 수밖에 없는 것이다.

하지만 이런 곳에도 희망을 찾아 들어온 이들이 있다. 수몰예정지구에 있는 만수는 이 마을이 철거가 되기 전에 돈 될 것은 뜯어 모아 희망을 찾아 다른 곳으로 떠나기 위해 친구 대석[23]을 부른다. 만수는 대석이 오기도 전에 들떠 대석과 그의 아들에게 줄 음식을 만들기도 한다. 그리고 이들은 돈이 될 만한 것을 찾기 위해 간 빈집에서 "아내와 아이가 기름이 없어 냉골에서 떨고 있다"는 칠환을 만나 칠환이 짐승몰이를 하는 것을

---

21 박정애, 앞의 논문, 333쪽.
22 공선옥, 「약장수 지복덕 할매의 겨우살이」, 『마흔에 길을 나서다』, 월간말, 2003, 15~16쪽.
23 「그들의 웃음소리」에서 철거 예정지인 부대동으로 흘러들어온 '양대석'은 부대동이 철거날짜가 확정되자 친구가 있는 남도의 수몰지구로 옮긴다.

돕기도 한다. 특히 만수와 대석은 돈이 될 만한 것을 건지지는 못했지만 새로운 가족을 구성한 이들은 떠나는 것이 무섭지만은 않다.

희망이란 찾아볼 수 없고 남의 일이라면 쳐다보지도 않는 삭막한 곳에서 유랑하는 이들끼리의 연대는 희망을 보여주는 것이다.

4. 희망의 가능성 '유랑가족'

위에서 살펴본 것처럼 가난한 이들의 현실은 가난에 찌든 곳에서 탈출하기 위해 집을 나가거나 개발 때문에 내몰려 정착하지 못하는 것이었다. 또 이들에게는 함께 잘 살 생각은 해보지도 않고, 자신들만 잘 살면 된다는 타인들의 인식도 적이 된다는 사실을 살펴보았다. 새로 길이 나게 되면 반드시 삶의 터전을 잃어버리는 사람이 생기고, 새로운 댐이 생겨나면 마을을 잃어버리는 사람들이 생겨난다[24]는 인식이 없는 것이다. 저개발의 공간을 개발한다는 명목 아래 더 많은 가난한 자들을 만들어낸다고 할 수 있다.

하지만 이들에게 어두운 현실만 존재하는 것은 아니다. 희망이 있을 수 없는 현실에서도 작가는 이들에게 어느 정도의 희망이 있음을 '공감'과 '연대'로서 제시한다.

작가는 『유랑가족』의 화자라 할 수 있는 사진작가 한의 목소리를 빌려 이들의 슬픔과 어려움을 공감하고 있다. 한은 직업적으로는 중간계층에 속하지만 자신도 몰락의 공포로부터 자유롭지 않은 잠재적 빈곤계층이다.[25] 하지만 고아소녀가 눈에 밟혀 떠나지를 못하고 자신보다 어려운 이가 곤란한 일에 처하게 되면 쉽게 지나치지를 못한다.

---

24 방민호, 앞의 글, 264쪽.
25 김은하, 앞의 논문, 373쪽.

자신이 생계를 잇고 있는 사보의 팀장이 '가난은 너무 상투적인 이야
기'라며 퉁박을 주지만 한은 「먼 바다」의 방송국 사람들처럼 이들의 이
야기를 자신의 돈벌이를 위해 '예쁜' 사진만을 찍을 수는 없다. 그것이
야 말로 그들의 삶이 투영되어 있지 않은 속이 빈 '상투적'인 사진이기
때문이다. 이렇듯 자신이 취재 나가는 곳의 가난한 사람들의 삶들을 한
은 모른 체 할 수 없다. 아내가 집을 나갔지만 돈이 없어 데리고 오지 못
한다는 「겨울의 정취」의 달곤과 함께 술을 마시며 고민을 나누고, 가난
에 엄마를 잃은 아이들에게는 자신의 라면을 끓여주기도 한다. 그 중에
서 한은 취재를 하면서 알게 된 경상도 봉화에 할머니와 단 둘이 살던 영
주가 할머니가 죽고, 고아가 될 처지가 되자 영주를 그곳에 그냥 두고 오
지 못한다.

아내의 반대에 부딪쳐 영주를 집으로 데려가지는 못하지만 한은 자신
의 아이가 아프다는 말도 흘리고 주소도 모르는 영주의 친척집을 찾아
나선다. "내가 낳은 자식이 아니고, 그래서 남이면 그들이 어찌 살든, 어

찌 죽든, 내 알바가 아닌" 살벌해진 세상에도 한처럼 공감하고 보살피려는 자가 있음은 이 세상에도 어느 정도의 긍정성이 있다는 것을 증명하는 것이다. 또한 작가는 여기서 한 걸음 더 나아가 남편이 '생판 남인' 영주를 데려오는 것을 반대 했던 아내 영숙의 의식이 변화됨을 보여준다. 영숙은 자신의 동네 주변에 소각장이 생겨 아파트 값이 떨어지는 것을 우려하여 피켓을 들고 시위하러 나가기도 하는 자기중심적인 인물이다. 이런 인물이 결국은 "영주를 두고 오면 자신의 마음도 불편할 것 같다"며 데리고 오기를 원한다. 아파트 융자금도 어떻게 갚아야 할지 모르는 자신도 살기 퍽퍽한 것이 이 부부의 현실이지만 이 사회는 아직은 변할 수 있는 힘이 있다는 것을 영숙을 통해 보여주는 것이다.

한과 그의 아내 영숙이 설 수 있는 공간이 없는 이들을 이해하여 공감하려 했다면 「그들의 웃음소리」와 「먼 바다」에서는 가난한 이들끼리의 연대를 보여준다. 유랑을 선택할 수밖에 없는 이들이 새로운 가족을 구성하여 힘을 보태는 것이다. '돈 때문이든, 외로움 때문이든, 사람들이 함께 산다는 것은 좋은 일'이라는 것을 알고 있었지만 많은 이들이 돈이 없어서 함께 살지 못한다. 하지만 「그들의 웃음소리」에서 인숙과 숙자는 돈이 없어도 같이 살기로 결정한다. 남편의 폭력을 견디지 못하고 죽은 연순의 아이를 업고 철거 예정지를 떠나는 인순과 숙자는 그들끼리 새로운 합류적 공동체[26]를 구성한 것이다.

---

26 "혈연도 없고, 섹스도 없고, 그래서 서로가 서로에게 아무런 억압도 되지 않는" 연대의 속성을 포괄하는 동시에 앤서니 기든스의 '합류적 사랑'을 주요 속성으로 하는 공동체의 의미를 지닌다(김형중, 「성(性)을 사유하는 윤리적 방식」, 『창작과 비평』 2006년 여름호).
'합류적 사랑'이란 두 사람의 정체성의 과거에는 각기 달랐음을 인정하고 다가오는 미래를 향해 사랑의 유대를 고유하고 새로운 정체성을 협상해 가는 사랑을 말한다(앤서니 기든스, 배은경·황정미 역, 『현대사회의 성·사랑·에로티시즘』, 새물결, 2003, 116∼118쪽 참조).

초점을 잃고 끼득거리는 인숙의 등에서 연순의 아기 윤경은 하염없이 방실 거린다. 그들은 그들이 예전에 살던 뚝방 동네를 뒤로하고 집이 있는 쪽으로 걸어갔다. 차도를 지나고 공터를 지나고 고물상을 지나고 개천을 지나고 논둑을 지나서 그들은 갔다.

— 「그들의 웃음소리」, 153쪽

특히 "사기를 치든 배신을 때리든 자신이 받은 대로 갚아 주고 살겠다던" 숙자의 등에 연순의 아기가 업혀 있다는 것은 「남쪽 바다, 푸른 나라」의 영숙처럼 의식이 변화되었음을 의미한다. 연순이 죽기 전에는 이름조차 없었던 아기에게 '윤경'이라는 이름을 부여해 준 것을 통해 자신들이 살 집이 생기자 존재의 익명성으로부터 벗어나 자기성, 자립성 혹은 주체성을 확립[27]해 나갔다는 사실을 드러낸다. 혼자서는 자신의 주체를 찾아가며 살 수 있는 역량이 부족했지만 새로운 공동체를 구성하면서 얻게 된 것들이다.

「그들의 웃음소리」와 마찬가지로 「먼 바다」의 만수, 대석, 칠환도 그들끼리 새로운 합류적 공동체를 구성할 기미를 보인다. 만수와 대석은 빈집을 털러 갔다가 만난 칠환의 어려운 이야기를 듣자마자 경계를 풀고 그를 도와 짐승몰이에 나선다. 서로 더 갖기 위해 싸우는[28] 현실과는 달리 자신들의 것을 접고 더 어려운 이를 돕는 것이다. 또 같이 짐승몰이를 하다가 자신의 유일한 희망이었던 도망간 아내 때문에 악에 받힌 종만에게 칠환이 위험에 처하자 대석은 칠환을 돕는다. "외지인이 타지에 와서

---

27 강영안, 앞의 책, 146쪽.
28 지금 갈산리 사람들은 한때는 몸과 마음 정갈히 하여 번갈아가며 제주를 맡아서 당제를 지냈던 당산나무에 대한 몇 푼의 보상금을 가지고 수치심 따위는 버려둔 채 설왕설래 다투고들 있는 것이다(「먼 바다」, 223쪽). 이처럼 마을의 공동재산에 대한 보상금이 나오자 차등을 두어 나눠야 하며 누가 나눌 것이냐를 두고 싸움이 벌어진다.

싸움에 끼어들면 안 된다”는 만수의 신념이 “이따금 끼어들 필요가 있을 때는 사사로운 감정이 아니라 정의감이 불타오를 때, 그때 끼어”들어도 된다는 신념으로 바뀌는 순간이었다. 대석이 칠환을 돕는 행동은 닫혀 있었던 이들끼리의 소통가능성을 열어두는 것이라 할 수 있다.

작가는 참혹한 가난에 지친 인물들 속에서 의식이 변화한 인물들을 보여줌으로써 가난한 자는 점점 더 무시당하고 개발만을 중요시하는 자본주의 사회에서 결국은 갈 곳이 없는 이들이 사회에서 살아남을 긍정적인 대안책을 제시하는 것이다. 이들이 살아남을 길은 자본에 포획되어 싸우지 말고 같이 살아 나갈 길을 찾아야 한다는 것을 보여주고 있다. 그래야만 언제나 외부로부터 억압과 구속이 덮치면 즉시 박차고 일어날 수 있는 주체들[29]이 될 수 있기 때문이다.

5. 결론

이상의 논의에서 본고는 가난한 자들의 가족이 가난 때문에 해체되는 과정과 이들은 사회에 소속되지 못하고 주변부로 밀려나기만 한다는 사실을 살펴보았다. 하지만 이들에게도 희망이 있을 수 있다는 작가가 제시한 긍정성은 가난한 자들이 자신들을 이겨내고 지켜낼 수 있는 것으로 이들끼리 연대를 이루어 함께 사는 것과 타인들의 공감이라는 사실을 알 수 있었다.

가난한 이들은 자본의 폭력성 앞에 무기력하며 새로운 경제는 이들의 노동력을 저하시키고 사회적으로 불필요하다는 인식을 부각시킬 뿐이다. 그러기에 가난한 이들은 사회의 중심부에서 주변부로 쫓겨 다니지만

---

29 김석수, 앞의 책, 50쪽.

다시 중심부로 들어오기 위해서는 돈이 필요하다는 사실만 뼈저리게 깨닫는다. 공선옥은 『유랑가족』에서 돈 때문에 거주할 곳이 없어서 정착할 수 없고 그러기에 중심부에 있지 못하고 바깥에만 머무는 이들이 속한 위태로운 가족들을 다루고 있다.

이에 본고에서는 먼저 가난 때문에 집을 나가서 유랑하고 있는 인물들을 살펴보았다. 가난을 극복하기 위해 자신의 나라를 떠나왔거나, 가난 때문에 결혼생활을 포기하는 여성들은 가난을 견디지 못해 스스로 돈을 벌 궁리를 한다. 하지만 이들은 불법노동 시장으로 흘러들어 갈 수밖에 없는 것이 현실이고, 결국은 집에 돌아오지 못한다. 이 여성들을 찾아나선 남성들 또한 가난에서 쉽게 벗어날 수 없고 이들이 속한 가족은 해체될 위험에 처해 있다는 것이 보여진다.

다음으로 산업화 시대에 개발로 인해 저개발지에서 쫓겨나야만 하는 인물들이 살아남기 위해 할 수 있는 선택은 유랑뿐이라는 사실을 살펴보았다. 개발이 되는 곳에서 다시 저개발 지역으로 떠나야 하는 것은 이들의 어쩔 수 없는 선택임을 알 수 있었다. 계속 쫓겨 다녀야 하기에 이들은 유랑해야 하는 것이다. 하지만 작중인물들의 열린 생각과 타인을 돌아보는 행동을 통해 이들에게도 가능성이 있다는 것을 볼 수 있었다.

마지막으로 작가는 희망이란 전혀 없어 보이는 이들에게 부여하고 있는 희망과 긍정적인 시선을 분석해 보았다. 먼저 사진작가 한의 시선을 통해 보여지는 가난한 자들의 어려움을 공감하고 도우려 하는 한과 이들끼리의 연대를 통해 자신들이 직접 희망을 찾아나서는 모습을 풀어나갔다. 타인의 고통에 무관심하고 오히려 구경거리로 생각하는 사회의 시선을 극복해내고 유랑하는 자들만이 만드는 가족은 작가가 제시하는 긍정적인 대안책이라 할 수 있다. 빈자들을 중심부에 있는 사람들과 다른 부류로 해석하는 이들에게 이기는 방법은 빈자들끼리의 결합과 사랑으로 새로운 정체성을 구성해 나가는 것이다.

　본고에서는 가난한 사람들의 실상과 가난은 다양한 형태로 사람들의 삶을 무너뜨린다는 사실을 살펴보았다. 소유한 것이 없는 이들의 삶은 모든 사람이 공통적으로 참여하는 사회에 들어설 수 없고, 사회적으로 발전하는 과정에서 쫓겨난 이들이 선택해야 하는 것은 유랑이었다. 하지만 작가가 나타낸 타인을 돌보는 행동과 가난한 자들 사이의 연대는 이들에게도 힘이 있다는 사실을 보여준 것이다.

『비평문학』 34호(한국비평문학회, 2009. 12)에 수록

다원적 소통을 향한 디아스포라적 상상력

황석영의 『바리데기』를 중심으로

유경수

1. 서언

우리나라에는 현재 많은 수의 외국인 노동자가 들어와 있는데 이들은 1980년대 이후 꾸준히 증가하고 있는 추세이다. 비단 노동자가 아니더라도 베트남, 중국, 우즈베키스탄 등의 나라에서 한국으로 시집온 사람들은 결혼 이주의 형태로 우리나라에 자리잡고 있다. 이는 우리나라에만 국한된 현상은 아니며, 세계 어느 곳에서든 나타나고 있는 현상이다. 가까운 이웃 나라인 중국에는 외국인 노동자 이외에 탈북자들도 많다. 이렇듯 이주가 현실에서 자주 나타나면서 한국문학에도 이주가 재현된 작품이 등장하고 있는데 그 중의 하나가 바로 황석영의 『바리데기』[1]이다.

한 작품에는 알게 모르게 작가의 삶이나 의식이 투영되어 있다. 북한을 방문한 사실 때문에 한국에 들어오지 못하고 오랫동안 국외를 떠도는

---

1 황석영, 『바리데기』, 창작과비평사, 2007.

삶을 살았던 작가 황석영의 일대기를 볼 때 그의 작품에 디아스포라적 요소가 드러나는 것은 당연한 일인지도 모른다. 그는 1993년 감옥에 수감되었다가 1998년 출옥하는데 출옥 이후 『오래된 정원』(2000)을 통해 21세기에 바라보는 80년대의 모습을 풀어낸다. 많은 작가들이 90년대에 풀어낸 80년대적 이야기를, 그는 자신만의 시각으로 새롭게 재구성한다. 『오래된 정원』에는 그간의 작품에서 보여주던 리얼리즘적 요소가 다분히 드러나 있다. 그러나 그 이후의 작품인 『손님』(2001), 『심청』(2003), 『바리데기』(2007) 등은 그러한 리얼리즘적 관점에 환상적인 요소가 가미되어 있다. 『바리데기』에서는 무속시가의 주인공인 '바리데기'를 이민과 이주가 빈번한 오늘날의 현실을 대변하는 인물로 변모[2]시켰다. 『바리데기』는 2007년 작품으로 출판된 지 얼마 되지 않았기 때문에 논의가 많이 되지는 않았다. 그럼 그간의 연구에 대해 간략하게 살펴보도록 하겠다.

권성우는 『바리데기』를 중심으로 황석영이 구사하는 새로운 서사적 실험을 리얼리즘 및 환상과의 연관성 혹은 길항관계라는 맥락에서 연구[3]하였다. 그는 근간의 한국문학에 드러나는 환상적인 요소에 집중적으로 관심을 가지고 그 관점에서 논의를 전개하였다. 심진경은 황석영과의 대화에서 『바리데기』에는 황석영의 해외체류 경험이 녹아 있다고 보고 처음에는 유랑생활이 어쩔 수 없이 시작되었다면 지금은 오히려 자발적으로 디아스포라를 실천하는 것이 아니냐[4]는 질문을 던진다. 심진경의 이러한 논의는 작가 황석영도 어느 정도는 인정하는 부분으로 보인다. 그의 삶이 디아스포라적이었고 그것이 작품에 녹아들어간 부분이 일정 부

---

2 이는 탈북과 난민의 현실을 보여주는 인물이면서도 신화적 캐릭터에서 완전히 벗어나지 못했기 때문에 현실의 문제가 추상화된 것이 아니냐는 지적을 받기도 한다.
3 권성우, 「서사의 창조적 갱신과 리얼리즘의 퇴행 사이─황석영의 『바리데기』론」, 『한민족문화연구』 제24집, 2008.
4 심진경·황석영, 「한국문학은 살아있다」, 『창작과 비평』 137호, 창작과비평사, 2007.

분 있기 때문이다. 김은하는 35년에 이르는 창작 생활 동안, 황석영은 자발적 혹은 비자발적 이주자가 되어 끊임없이 지역의 경계를 넘나들며 현대적 삶의 심층을 탐색해 왔는데『바리데기』는 그러한 도정의 결산이자 새로운 글쓰기의 시작[5]이라고 말한다.

양진오는『바리데기』는 내용적 차원에서 일국의 논리를 극복하는 경계 확산의 노력과 동시에 세계독자들의 관심을 집중시키는 전지구적인 현안인 이주와 21세기의 갈등과 분열을 이야기하는 소설[6]이라고 말하며『바리데기』를 한국문학의 위상과 전망을 보여주는 세계문학적 작품이라는 논지에서 풀어나간다. 황석영은 심진경과의 대담에서 "서사의 내용도 그렇지만 서사의 형식, 그것을 엮어내는 방법론, 이런 걸 잘 형성해내면 내 문학이 또다른 하나의 세계를 이룰 수 있지 않을까 생각한다"[7]고 말했다.『바리데기』에 대해 사회주의권의 붕괴와 전지구적 자본주의화로 인해 이주와 탈주가 빈번해진 21세기를 '바리'라는 탈북여성을 통해 그려내면서도 고난의 강도가 생각만큼 세지 않은 것 같다는 논의가 있다. 또한 탈북 이후 중국을 거쳐 영국까지 온 바리는 파키스탄 출신 영국인과 결혼하면서 나름대로 정착하는데 '바리'가 생각보다 쉽게 선진 유럽에 정착한 것 아닌가[8] 하는 비판도 제기된다.

그간의 논의는 황석영 문학의 세계문학적 가능성과 고전인 바리데기 설화를 현대적으로 차용한 부분에 의미를 두고 있는 것이 많다. 이에 본고에서는 이 작품에 전체적으로 나타나 있는 디아스포라와 함께 소통의 공간에 대한 연구, 그리고 치유자로서의 바리에 대한 인물적인 연구를

한국문학의 이념과 영성

---

5 김은하,「연민과 용서의 해원굿」,『플랫폼』제5호, 인천문화재단, 2007.
6 양진오,「세계문학으로서의 한국문학, 그 위상과 전망」,『한민족어문학』, 한민족어문학회, 2007.
7 심진경·황석영, 앞의 글, 248쪽 참고.
8 위의 글, 260쪽 참고.

병행하고자 한다. 본고에서는 먼저 전지구적 자본주의의 흐름 속에서 보편화 · 일상화되고 있는 이주에 대해 논의한 다음『바리데기』에 나타난 디아스포라적 특징에 대해 분석하고자 한다. 그런 후에 바리가 탈북을 해서 정체된 삶으로부터 벗어난 것에 대해 살피고 다음으로 영국으로 이주한 것을 통해 새로운 정착을 하는 모습에 대해 연구할 것이다. 바리가 정착해서 살게 된 공간을 희망의 연대를 형성하는 소통의 공간으로 보고 논의를 전개할 것이고 마지막으로 정신적 상처를 치유하며 삶의 완성을 위한 화합을 하는 과정을 통해 바리가 지닌 다원적 조화의 가능성에 대해서 알아보도록 하겠다. 또한 이 작품에 구현된 디아스포라가 어떻게 긍정적인 힘으로 작용하는지에 대해 깊이 있게 연구하도록 하겠다.

2. 새로운 삶을 찾는 디아스포라

전지구적 자본주의의 흐름 속에서 초국가적 이산이나 이주는 보편적으로 이루어지는 일상화된 현상 중의 하나가 되었다. 세계는 더 이상 단일한 구성체로 존재하지 않으며 한 사회는 여러 민족의 이주와 이산을 통해 다원화된 사회로 변화하고 있다. 이는 유럽이나 미국 등지의 나라에서는 오래 전부터 나타났던 현상이나 우리나라에서는 최근의 한 경향이다. 우리 사회는 더 이상 단일 민족임을 자랑으로 내세울 수 없는 상황이 되었고 초국가적 이산이나 이주를 수용해야 할 때가 온 것이다.

디아스포라는 그리스어에서 온 말로, 분산 또는 이산이라는 의미를 갖고 있다. 원래의 의미는 유대인의 역사 위에 놓여 있고, 팔레스타인 외역에 살면서 유대적 종교 규범과 생활 관습을 유지하던 유대인 및 그들의 거주지를 가리키는 말이다. 곧 '이산 유대인' 이나 '유대인 이산의 땅' 으로 풀이하는 것이 정확한 풀이[9]이다. 그러나 1990년대 이후 디아스포라 논의가 활발해지면서 유대인의 경험뿐 아니라 다른 민족들의 국제 이주, 망명, 난민, 이주노동자, 민족공동체, 문화적 차이, 정체성 등을 아우르는 포괄적인 개념[10]으로 쓰이고 있다. 현대에 있어 디아스포라는 보편적으로 이주, 이산이라는 의미를 지닌 용어로 쓰이고 있다. 본고에서 논의하고자 하는 디아스포라도 이주와 이산이라는 개념으로 전개하도록 하겠다.

바리는 북한에서 중국으로 그리고 다시 영국으로 이주를 하게 되는데 이는 자발적인 것도 있고 외부에 의해서인 것도 있다. 바리의 원래 고향은 북한인데 이 작품에는 북한의 궁핍한 현실이 다소 적나라하게 제시되고 있다. 가난하지만 알뜰하게 생계를 잘 꾸려가고 있던 바리의 가족은 북한 사회의 경제적인 문제 때문에 결국 이산을 경험하게 된다. 작품에 구현된 이러한 사회적인 모순은 현재 북한이 직면하고 있지만 해결할 수 없는 문제이기도 하다.

> 그로부터 내가 무산 지경으로 돌아갈 때까지 주위의 산들은 사나흘 동안이나 연기를 올리며 타올랐다. 나중에 연길에 가서야 나는 조선의 산불에 대한 얘기를 자세히 들었다. 그해에 지구 도처에서 산불이 많이 났다고 한다. 조선에서는 산천이 메말라서 자연스럽게 불이 나기도 했지만 백성들이 불을 질렀다는 것이었다. 기근이 휩쓸고 굶어 죽는 사람들이 늘어가자 산에 불을 놓는 것을 아무도 말릴 수가 없었다.[11]

세계의 최빈국 중 하나인 북한은 인민들에게 제대로 배급을 줄 수 없을 정도로 어려운 상황이지만 이를 타개할 대안을 마련하지 못하고 있

9 김종회, 「남북한 문학과 해외 동포문학의 디아스포라적 문화 통합」, 『한국현대문학연구』 제25집, 한국현대문학회, 2008, 489쪽 참고.
10 윤인진, 『코리안 디아스포라』, 고려대학교 출판부, 2004, 5쪽.
11 황석영, 앞의 책, 127쪽. 이후부터는 쪽수만 표기.

다. 그런 현실 속에서 흩어진 가족과 재회하지 못하고 할머니가 죽자 바리는 정체된 삶과 현실로부터 벗어나야겠다고 결심하게 된다. 바리는 어린 소녀였으므로 현실을 바꿀 수 있는 힘은 없었지만 자신의 인생을 개척해야겠다는 생각을 한 것만으로도 인생의 전환을 향한 걸음을 내딛은 것이라 할 수 있다. 결국 바리는 북한에서 탈출해서 중국으로 넘어간다. 북한에서 강을 건너서 중국으로 가는 것은 목숨을 건 모험이었으나 이를 기꺼이 감수하고 탈출을 감행한 바리는 자신의 삶을 개척하기 위해서 최선을 선택을 한다. 바리는 북에서 탈출을 하면서 스스로 난민의 삶으로 몸을 던지는데 이는 자발적으로 난민이 되는 것을 선택한 것이라 할 수 있다. 정체되어 있는 삶이기는 하지만 익숙한 북한의 삶에서 벗어나 낯선 곳에서 다른 사람이 되어 살아가는 것을 선택하는 것이 쉬운 일은 아니었을 것이다. 바리는 북한의 국경을 넘으면서 새로운 세계로의 도약을 시도한다. 이는 곧 세계를 떠도는 것으로 이어지고 바리의 고난에 찬 이주의 여정이 시작되는데, 『바리데기』에서는 다양한 난민의 삶[12]이 그려진다.

북한은 대표적으로 가난에 시달리는 국가이다. 이미 탈북자 문제는 위험 수위를 넘어서고 있고 이들은 국제적인 난민이 되고 있음에도 불구하고 마땅한 해결책은 마련되지 않고 있다. 이에 탈북자들은 중국으로 스며들거나 남한으로 들어온다. 그러나 어느 곳에도 이들의 온전한 땅은 존재하지 않는다. 그들은 단순한 이주민이 아니라 '탈북'이라는 특정한

---

12 가난에 시달리는 나라에서 난민 문제는 장기화되고 있고, 이 중 극소수만이 서구 국가로 망명을 할 수 있다. 난민 문제의 세계화에 대해 각 나라들은 자국의 문을 봉쇄하고 통행 감시를 강화한다. 삶이 점점 더 비참해지기에 입국 수법 또한 대담해지는 난민들의 유입을 막기 위해서 소위 선진국에서는 파일화 작업이나 신원 확인 절차에 점점 더 고도의 기술을 동원한다. 이제 그들은 '이주민'이 아니라 '불특정 상황'에 놓인 사람들로 불린다. 그들에게 박탈된 것들은 명확하게 드러난다. 그들은 갈 곳이 없고, 고정된 거주지가 없으며, 신원을 확인할 수 있는 서류도 없다. 이것은 정체성이 온전히 결여됨을 뜻한다(니콜 라피에르, 이세진 옮김, 『다른 곳을 사유하자』, 푸른숲, 2004, 93쪽 참고).

상황에 처한 사람들이다. 이들은 자칫 경계인[13]으로 분류되기도 하나 이는 정확한 표현이 아니다. 어쩌면 바리는 황석영의 분신으로 생각될 수도 있다. 그러나 황석영과는 달리 바리는 경계인이라기보다는 '탈북'이라는 상황에 놓인 사람, 그 자체로 보아야 한다.

북한에서 탈출한 바리는 우여곡절 끝에 중국에 도착하게 되고 샹 언니와 그녀의 남편 쩌우에게 발마사지를 배운다. 북한에서는 부모님의 보호 아래에서 살면 되었지만 중국에서의 삶은 치열한 생존 투쟁이었다. 살기 위해 돈을 벌어야 하고 돈을 벌기 위해 잔심부름을 하며 틈틈이 기술을 익히는 바리는 자신의 삶을 스스로 책임져야 하는 상황에 직면하게 된 것이다. 물론 중국에서 바리는 중요한 인물이 되지도 못하고 중심적인 역할을 하지도 못한다. 단지 중국에 스며들어와 숨죽이며 살아가고 있는 탈북자에 다름 아니다. 그러나 바리는 샹 언니처럼 하루하루를 살아가는 것에만 매달리는 것이 아니라 더 나은 삶으로 나아가려 노력한다. 이것이 바로 바리가 이주를 통해 새로운 자아를 완성해가는 과정이라 할 수 있다.

디아스포라 과정을 통하여 지속적으로 진행되는 것은 떠나온 고향과 거주하는 타향 사이에 존재하는 문화적 차이를 사이에 두고 일어나는 문화의 접속과 교섭, 적응과 갈등, 수용과 배제의 역학이다. 이는 결과적으로 이주민의 정체성을 형성하거나 변형하면서 다양한 주체를 만들어 가는데 탈식민주의 페미니즘 이론에 의하면 이주여성의 경우에 있어서 특히 하위주체적 지위가 크게 달라지지 않는 상황에서 문화혼성성을 경험

---

13 황석영은 늘 바깥에 있고, 바깥에 있으면서 안을 그리워하고, 늘 소속되지 않은 자의 자유와 억압에 대한 긴장감이 있는 자신을 자칭 경계인이라고 한다. 그는 어느 국가나 사회에 소속되어 있지도 않고 결정된 망명자도 아닌 상태로, 지명수배 기간을 베를린과 뉴욕에서 5년 가까이 보내게 되는데 '나는 남도 북도 아니고 국가의 구성원도 아니다. 국가로부터 따돌림당했다'는 생각을 했다고 한다(심진경·황석영, 앞의 글, 242~243쪽 참고).

하게 된다. 디아스포라는 기본적으로 탈영토화한 상태를 전체로 하고 단일한 민족국가의 본질적 토양이 아니라 이질성과 다양성의 자기화 과정을 수반[14]한다. 바리는 중국에 있을 때는 중국의 문화를 거스르지 않으면서 그 안에서 자신의 모습을 견지해 나갔고 영국에 있을 때는 영국의 삶이 포섭되면서도 자신의 자리를 잃지 않으려 애를 썼다. 바리는 세계 어느 곳에 있든 단순한 탈북자로서의 삶에 안주하는 것이 아니라 자신을 갈고 닦아서 더 나은 삶으로 나아가려 노력하는 모습을 보인다. 결국 정체된 삶에서의 끊임없이 벗어나려는 노력을 통해 자신의 삶을 새로운 방향으로 나아가게 하려는 바리의 태도는 그를 단순한 여성 이주노동자에서 삶의 주체로 거듭나게 한다.

> 영국까지는 한 달이 걸린다. 도착해서 마지막 열흘만 견디면 새로운 땅에서 맘껏 돈벌며 살 수 있다. 샤먼에 도착하기 직전에 행동요령을 가르쳐줄 것이다.(127쪽)

중국에서 영국으로 가는 배 안에서의 생활이 그리 쉽지는 않았다. 바리는 '배를 타고 여러 겹의 저승을 통과해' 영국에 도착했다. 바리가 영국행 배에서 겪은 고난은 아프리카의 흑인이 강제로 이주될 때와 비슷하다. 바리가 처음 배에 탄 것이 자발적인 것은 아니었지만 배에 탄 된 후에는 나름대로 이주에 대해 긍정적 인식을 갖게 된다. 그러나 그렇다고 해서 짐짝 취급을 받는 배에서의 생활이 편했다는 것은 아니다. 배를 타고 가다가 죽으면 바다에 죽은 사람의 시체를 던지고 가기도 하고 단지 그 배에 타고 있다는 이유만으로 강간을 당하는 등의 고난은 견디기 힘든 것이었다. 그러나 바리는 몽환적인 상태로 그 상황을 버텨낸다.

---

14 이수자, 「이주여성 디아스포라」, 『한국사회학』 제38호, 한국사회학회, 2004, 198쪽.

중국이나 영국에서의 바리는 이방인[15]이 분명하고 낯선 이방인에게 주어진 현실은 희망에 찬 것이기보다는 절망에 찬 것에 가까울 것이다. 샹과 바리가 영국에 도착한 것은 바리가 열여섯 살 때였는데 샹은 사창가로 팔려가고 바리는 식당의 접시닦이로 팔려간다. 이들을 고용한 사장은 노임을 채권자들에게 지불했으므로 샹과 바리는 열심히 일을 해서 사장에게 빚을 갚아야 했다. 그런 밑바닥의 삶에 놓여서도 바리는 자신의 삶에 대한 의지를 포기하지 않고 노력하는 모습을 보인다.

난민이 된 상황에서 여성에게 주어지는 삶[16]은 선택의 폭이 좁다. 런던에 도착한 바리는 "비자도 없고 노동허가증도 없"는 상태에서 지구화된 노동조건 속에서 이주노동자가 겪게 되는 보편적인 인권차별에 직면하게 된다. 그런데 이것은 바리의 특수한 상황이라기보다는 지구화된 신자유주의가 구조화하고 있는 일반화된 노동 조건[17]이기도 하다. 이주노동자가 타지역에 정착했을 때 그곳에서 자신의 존재 가치를 인정받는 것은 쉽지 않다. 그러나 바리는 '낯선 타관을 흘러다니며 좋은 상대방에게서 도움을 받으려면 정직하게 말해야 신뢰를 얻을 수 있다는 걸 배워'(195쪽)서 거짓 없이 주위의 사람들에게 자신의 모습을 보여준다. 어디에서나 진심은 통하는 법이고 그런 진심을 통해 신뢰를 얻은 바리는 여러 사람의 도움으로 자신의 현실을 개척해 나간다.

---

15 슈츠는 짐멜과 특히 베를린에서 짐멜에게 수학했던 로버트 E. 파크를 중심으로 한 시카고학팜 사회학자들의 작업을 참조하여 이방인에 대해 일반적인 정의를 내렸다. "우리 시대와 문명에 사는 성인으로서 그가 접근하는 집단에 항구적으로 받아들여지거나 적어도 용인되기라도 바라는 사람"이 그 정의다. 그가 말하는 이방인은 "새로 온 사람, 즉 고국을 떠나 최근 이민을 온 사람으로서 장차 문화적 잡종이나 주변인으로 계속 남을지 아니면 자신의 특성과 이방인의 어려움을 다 떨치고 완전히 동화될지 아직 결정하지 못한 사람"이다(니콜 라피에르, 이세진 옮김, 『다른 곳을 사유하자』, 푸른숲, 2004, 78~79쪽).

16 바리가 중국과 영국에서의 삶을 개척해 나가는 동안 두만강을 건너자마자 인신매매단에게 잡혀서 한족 사내에게 팔려간 미이 언니는 아기를 낳은 후 도망을 간다. 미이 언니의 선택 역시 자신의 삶을 위한 선택이었을 것이다.

17 이명원, 「약속 없는 시대의 최저낙원」, 『문화과학』 2007년 겨울호, 문화과학사, 311쪽.

사실상 바리가 떠도는 이주노동자에서 영국에 정착하게 된 노동자가 된 계기는 결혼이다. 바리는 영국 국적을 가진 알리와의 결혼으로 인해 제대로 체류비자를 받을 수 있는 여건이 마련된다. 물론 이를 위해서는 영국 비자를 받아 거주하다가 최근에 죽은 중국 여자의 여권을 구해서 결혼 신고를 해야 하는 번거로움이 있기는 하지만 그렇게 되면 노동허가증을 정식으로 발급받을 수 있으므로 새로운 희망이 생긴다. 이로 인해 단순한 여성 이주노동자에서 삶의 주체로 거듭날 수 있는 계기가 마련된 것이다.

우리가 살고 있는 세계는 "아직도 세상 도처에서 많은 사람들이 죽어가고 있으며 하루라도 맘 편히 먹고 살아남기 위해서 사람들은 끊임없이 국경을 넘고 있"(217쪽)는 세계이다. 디아스포라적 이산이 가속화되는 이유는 바로 이것 때문이다. 바리는 어차피 새로운 곳에 정착해서 살아야 하는 것이라면 좀더 적극적으로 자신의 삶을 받아들일 필요가 있다는 것을 알고 있다. 그래서 발마사지를 하면서 다른 사람들의 병을 알아내고 치유하는 능력을 보여주고 이를 통해 자신의 자리를 만들어가는 것이다.

3. 희망의 연대를 생성하는 소통의 공간

소설 속의 바리는 넓게 보면 난민적 상황에 봉착해 있는 지구화된 노동의 전형적 표상인 이주노동자[18]다. 특히 이주노동자 중에도 여성의 젠더를 지닌 존재이다. 여성으로서의 이주노동자에 대한 연구[19]에서 나타

---

18 이명원, 앞의 글, 306쪽.
19 이주여성이 처한 상황은 디아스포라 현상 속에서 필연적으로 발생하는 문화의 혼성성 속에서 지속적인 타자로서의 적응과 교섭, 그리고 배제의 역학이라는 스팩트럼 위에 놓여진 것으로 파악할 수 있다. 이러한 문화의 혼성성은 디아스포라 과정에서 나타나는 필연적 현상이지만 이주여성의 경우에 있어서 이주한 사회의 문화와의 교섭 과정에서 타자성을 지속시키느냐, 적극적으로 수용되느냐를 결정하는 변수로 섹슈얼리티가 작용한다는 점이 남성 이주민들과 비교했을 때 결정적으로 차이를 보이는 점이다(이수자, 앞의 글, 190쪽).

나는 것처럼 바리는 영국에서 문화적인 혼성성에 놓이게 되었을 때 자신의 타자성을 잃지 않으면서도 그 문화에 흡수된다. 또한 바리는 중국에서나 영국에서 이주지의 언어를 배우는 데 열심이고 알리와의 사랑을 키워나가기도 한다. 국경은 사람들이 땅 위의 점유지를 구분짓는 기준이 된다. 그러나 이 국경은 땅 위를 나누는 것뿐이지 사람들을 나눌 수는 없다. 따라서 사람들은 같은 공간에서 살아가면서 자연스럽게 혼성성을 경험하게 된다. 이 작품에서 이러한 혼성성이 존재하는 공간으로는 엘리펀트 앤 캐슬 지역과 바리의 연립주택 그리고 바리와 알리의 신혼집을 들 수 있다.

엘리펀트 앤 캐슬 지역은 색색의 사람들이 섞여서 지나다니는 공간이다. '노란 얼굴이나 회색 얼굴, 검은 얼굴, 그리고 가끔씩 하얀 얼굴들도 보였지만 그들은 거의가 영국 사람들이 아니었다'(149쪽)는 것에서 알 수 있듯이 이들은 영국에서 일을 하고 있는 이주노동자들이다. 그러나 엘리펀트 앤 캐슬 지역은 단순히 이주노동자들이 점유하고 있는 공간만은 아니다. 이곳은 영국에서 일하고 있는 각국의 이주노동자들의 꿈과 희망이 함께 존재하는 곳이다. 이들 노동자들은 엘리펀트 앤 캐슬 지역에서 여러 곳의 문화를 이곳에서 동시에 경험할 수 있다. 바리는 이곳에서 안정을 얻게 되는데 그것은 유색인종이 많다는 이유 때문만은 아니다. 이곳은 갖가지 문화가 뒤섞여 있고 다양한 사람들이 섞여 있지만 각자 다른 문화를 인정하고 자신의 문화를 지켜나가는 곳이다. 그래서 자연스럽게 혼성성을 경험할 수 있는 공간이 되는 것이다.

다음으로 바리의 연립주택에 대해 살펴보도록 하겠다. 바리의 연립주택에는 나이지리아에서 온 흑인 부부, 중국인 요리사와 필리핀 청소부, 스리랑카인 가족, 폴란드인 가족, 태국 학생 부부, 불가리아인 노부부 등이 살고 있다. 모두 사회의 하층계층으로 블루 칼라의 일꾼들이다. 이 연립주택을 관리하는 압둘 할아버지는 파키스탄에서 온 사람으로 이슬람을 믿는다. 바리는 이곳을 '우리집과 나의 세계'라고 부르며 자랑스러워한다. 이곳은 작은 지구촌이다. 다국적 공간이고 혼성성이 존재하는 곳이면서도 나름의 질서를 깨뜨리지 않고 공존하는 공간이다. 바리는 이들과 잘 어울리며 살아가게 된다.

> 루나 언니가 사는 곳은 램버스 구역의 연립주택이 줄지어 늘어선 골목에 있었는데 가난하기는 마찬가지였지만 그래도 제법 조용하고 안전한 곳이었다. 언제 지었는지도 모르게 오래된 벽돌 건물에 흰 칠을 해서 겉모양은 깨끗했다.(152쪽)

> 건물 안에 여러 나라 사람들이 살고 있어서 휴일 저녁때가 되면 갖가지 음식냄새가 나게 마련이었는데 아무도 불평하는 사람은 없었다.(159쪽)

여기에서 알 수 있는 것처럼 이들은 서로의 영역을 침범하지 않으면서 자신들의 공간을 지켜나간다. 이 연립주택이야말로 포섭과 포용이 공존하는 공간이라 할 수 있다. 바바를 차용하여 말하자면 문화적 차이는 기본적으로 '사이에 낀' 공간에서 형성되는 새로운 정체성 형성을 위한 필수 조건이 된다. 민족성이나 공동체적 이해, 문화적 가치라는 상호주관적이고 집단적인 경험이 교섭되는 것은 틈새들―차이의 영역들의 중첩과 치환―이 발생하는 곳인데, 차이의 사회적 분절은 역사적 변화의 계기들에서 나타나는 문화혼성성들을 인정하려는 복합적이고 진행적인 교섭[20]이라는 것이다. 바리와 이주노동자들이 거주하는 이 연립주택은 바로 이런 틈새의 공간이다. 이곳에 있는 사람들 자체가 문화적 혼성성을

---

20 이수자, 앞의 글, 198쪽.

받아들이는 것에 포용력이 있는 인물들이다.

> 통킹 쌀롱의 탄 아저씨는 불교를 믿었고 루 아저씨는 요리를 끝내고 쉴 때
> 면 뭔가 주문 비슷한 기도를 끝없이 외우곤 했는데 차이나타운의 많은 사람들
> 이 도교 사원에 나가 향불을 피우고 기원을 올렸다. 루나 언니와 사라 아줌마
> 는 방글라데시와 스리랑카 사람이었지만 영국에서 태어나 교회를 다니고 예
> 수를 믿었다. 그래도 이들은 서로의 풍습에 따라서 예법과 격식 사이를 자유
> 롭게 넘나들었다.(225쪽)

바리를 포함한 이주노동자들이 거주하는 이 연립주택이야말로 지구화된 노동조건과 그 조건 아래 살아가는 이주노동자들의 새로운 구성적 커뮤니티로 적극적으로 환기시키는 '표상공간'이다. 그곳에서는 바리를 포함한 거주자들의 국적이나 국경의 원심력이 해소된다. 국경의 원심력이 해소되면서, 그 자리를 차지하는 것은 인종과 국적, 젠더를 뛰어넘은 약소자들의 연대, 그들의 상호의존과 협동, 자치의 표상적 의미가 적극적으로 재구성되는 셈[21]이다.

마지막으로 바리와 알리의 집은 인종과 사고를 넘어서서 사랑으로 결합된 두 사람만의 공간이다. 이 공간은 열린 공간이고, 이들의 결합은 모든 새로운 결합을 가능하게 한다. 즉 열린 공간, 점유되지는 않지만 거주자는 있는 이 공간은 역사와 언어의 가장자리, 인종과 부류의 경계에 있는 통행과 혼합의 장소다. 이 공간은 탈민족주의적 조건 혹은 바바가 데리다의 '산종' 개념에서 영감을 받아 이론화한 '민족 산종'의 공간[22]이다.

---

21 이명원, 앞의 글, 313쪽.
22 이 공간을 관통하는 존재는 '정주하지 않는 자'이다. 이 개념을 '집 없는 자'와 혼동해서는 안 된다. 왜냐하면 나라없는 사람들, 국경을 넘은 사람들이 모두 다 거처가 없는 사람은 아니기 때문이다. 정주하지 않는 자들의 자취에 탈식민주의 이민의 역사, 문화적, 정치적 디아스포라 이야기, 농민과 토착민 공동체의 대대적인 사회 이동, 망명의 '새로운 국제성'이 윤곽을 드러낸다(니콜 라피에르, 앞의 책, 234~235쪽 참고).

바리와 알리의 새로운 공간은 혼성성을 지니고 있으면서도 연대로 만들어진 공간이다. 이러한 공간들이 현실에 많이 만들어질수록 희망의 연대를 형성하는 소통의 공간이 생기는 것이다. 바리는 이 집에서 자기의 아이인 홀리야 순이를 잃게 되지만 알리를 기다리면서 이를 용서하고 포용할 수 있게 된다. 이 공간이야말로 돌아온 알리와 함께 새롭게 아이를 낳아 기르면서 살 수 있는 가능성이 있는 공간이다. 손종업은 탈북 처녀 '바리'와 무슬림인 '알리'의 결합은 작가의 지향점이 민족을 넘어서 제3세계적인 연대를 통한 평화세계의 구축에 이르러 있음을 상징한다[23]고 말한다.

바리와 알리의 결합은 이들의 삶의 완성을 위한 화합의 과정이고 이것은 이들의 집을 안락의 공간으로 만들면서 가능하게 된다. '우리 옷과 음식이 서로 조금씩 다르듯이 그건 살아온 방식이 다를 뿐'(226쪽)이라며 웃음 짓는 압둘 할아버지의 말처럼 바리와 알리는 서로의 방식의 차이를 인정하고 적극적인 모습으로 소통을 시도한다. 이를 통해 다원적 소통이 가능하게 되고 희망의 연대를 생성할 수 있게 되는 것이다.

4. 다원적 조화의 가능성을 지닌 치유자로서의 바리

태어나면서부터 어머니가 숲에 내다버려서 이름을 '바리'라는 이름을 얻게 된 바리는 북한에서 중국 그리고 영국으로 떠돌면서 온갖 고생을 겪다가 자신의 이름에 담긴 뜻을 스스로 깨우치게 된다. 바리라는 이름은 단순히 버려진 아이의 이름이 아니라 다른 사람들의 다친 마음을 포용할 수 있는 이름이라는 것을 말이다. 바리는 다른 사람들이 듣지 못하

---

23 손종업, 「바리의 귀환」, 『실천문학』 2007년 겨울호, 실천문학사, 334쪽.

는 소리를 들을 수 있는 능력을 지니고 있는데 이는 그를 다른 세상과 소통하게 한다. 강아지 칠성이나 벙어리인 숙이 언니의 마음 속의 목소리를 들을 수 있는 것은 그의 비범한 능력이다. 약한 자의 편에 서서 그들의 목소리에 귀를 기울일 줄 아는 바리는 북한에서 중국 그리고 영국을 넘나드는 동안 안마사를 하면서 약한 사람들을 지켜주는 역할을 한다.

> 어려서부터 그랬지만 나는 참 이상한 아이다. 손님의 발을 안마해주기 시작한 초창기부터 나는 상대의 얼굴을 한번 살피고 발을 보면 그의 몸 어디가 안 좋은지를 금방 알아보았다.(109쪽)

바리의 능력은 단순히 혈을 잘 짚어내느냐 그렇지 않느냐의 것이 아니다. 바리는 마사지를 통해 사람들의 몸이 하는 이야기를 듣고 이를 풀어주는 소통자의 역할을 담당한다. 바리가 북한에서 탈출해서 중국으로 가게 된 것이 필연적인 것이었다면 중국에서 배를 타고 영국으로 가게 된 것은 우연이라고 볼 수 있다. 바리가 영국으로 이주한 것은 물론 자발적 이주는 아니었으나 영국으로 향하는 배 안에서 새로운 삶에 대한 희망을 품은 것은 분명하다. 바리는 '먼바다를 건너 영국으로 흘러가게 된 것은 이제 와서 생각해보면 내 이름 탓인지도 모른다'고 말하는데 이는 바리 공주가 서천으로 생명수를 찾으러 떠나는 것이 비길 수 있다. 바리는 영국으로 가는 배에서 시련을 겪기도 하지만 영국에 도착해서는 상처 치유자의 역할을 담당하게 된다.

> 나는 사라 아줌마가 우리 같은 사람들과 거리가 그리 멀지 않다는 걸 발을 쥐고 만지면서 느낌으로 알고 있었다.
> 그녀는 특히 루나 언니와 사이가 좋지 않았다. 루나 언니는 같은 유색인인 사라 아줌마가 눈을 내리깔고 자신을 여종처럼 대한다고 아니꼬워했기 때문이다. 그렇지만 나는 공손하게 사라 아줌마의 발을 씻겨 주고 발톱 손질을 해

주었고 군살 박인 뒤꿈치도 말끔하게 벗겨주었다.(166쪽)

바리에게 마사지를 받으러 오는 사라 아줌마는 겉으로는 부유한 계층처럼 보이지만 과거에 고생을 많이 한 사람이다. 루나 언니는 같은 유색인종인 사라 아줌마에 대한 배척 의식이 있지만 바리는 치유자로서의 역할에만 충실할 뿐이다. 바리의 이러한 의식은 모든 사람은 평등하다는 생각에서 비롯된 것이다. 자신에게 치료를 받으러 오는 사람들은 모두 내적으로든 외적으로든 상처를 지닌 사람이고 바리는 이를 치유해 주면서 자신의 자리를 지켜나가는 것 뿐이다. 바리는 에밀리 부인을 만나서도 사라 아줌마에게 하는 것과 같은 방식으로 대하고 더 높은 대접을 하지는 않는다. 대신 에밀리 부인이나 사라 아줌마와 대화를 하면서 그들의 내면의 상처를 풀어주는 역할을 한다. 덕분에 에밀리 부인은 남편의 정부가 낳은 아들 토니를 받아들이며 새로운 인생을 맞이하게 된다. 전에는 아시아 여자만 봐도 천하게 생각하며 미워하던 에밀리 부인은 토니를 키우면서 토니 엄마에 대한 미움까지 지운다. 증오와 울분으로 가득 찬 내면의 상처가 사랑으로 치유되기까지 바리의 영향이 지대했다. 바리는 이들의 상처를 자연스럽게 치유하면서 그들의 세계를 바꾸어 놓았다.

이주민들은 대개 그들이 거주하는 사회에서 '외부자', '틈입자'로 치부됨으로써 단일한 지배체제에 균열을 일으키는 곤란한 존재로 인식된다.[24] 따라서 이들은 제거되어야 할 존재에 다름 아니다.

너 들었니? 아마 이번 주에 단속이 시작될 것 같다.
무슨 단속이요?

---

24 정은경, 「추방된 자, 어떻게 자신의 운명의 주인이 되는가」, 『실천문학』 제83호, 실천문학사, 2006, 422쪽.

년 비자도 없고 노동 허가증도 없지 않니.

나는 탄 아저씨의 말에 고개를 숙였다. 처음부터 상하이 반점의 루 아저씨가 나에 대하여 대강의 얘기는 했을 터였다.

걱정 마라, 내가 널 해고하려는 건 아니니까. 단속에 걸리면 나야 이천 파운드의 벌금을 내고 영업허가까지 취소될지도 모르지만 너는 감옥에 갔다가 추방되는 거야.

베트남인 빈 언니가 구청에서 지원하는 고층 아파트에 사는데 어제 저녁 경찰과 이민국 합동단속반이 갑자기 밴을 여러 대 몰고 나타나 아파트의 출입구를 막고 집집마다 뒤져서 불법체류자를 십여 명이나 잡아갔다는 것이다.(189~190쪽)

이들 이주민들이 사회에 해악을 끼치는 것은 아니지만 국가에서는 이들을 규제한다. 바리는 '이 집처럼 모두 사이좋게 살면 안 되는 걸까' 하고 생각하지만 압둘 할아버지는 세상 이치는 어디나 다 같은 것이라며 힘센 부자는 그걸 누리기가 아주 힘들다고 말한다. 압둘 할아버지는 '이 집에 사는 그 누구도 잡혀가거나 추방당하기를 원치 않'는 사람이다. 포용력이 있고 다른 사람을 배려할 줄 아는 할아버지는 '사람들은 왜 국경 같은 걸 만들었을까'를 궁금해 하는 바리를 바른 길로 이끌어주는 인물이다. 압둘 할아버지가 지도자적 역할을 한다면 알리는 바리와의 연대감을 생성하게 하는 존재이다. 바리의 할머니가 말하는 것처럼 "말 다르구, 생김새 다르구, 사는 데가 다른데두"(204쪽) "세상이나 한 사람이나 다 같다"(204쪽)는 것을 바리는 스스로 깨닫는다. 우리는 이 작품에서 다원적 조화의 가능성을 발견하게 된다.

그들과 가족이 된 뒤에도 몇 년이 지나도록 나는 이슬람 교리를 절반도 이해하지 못했고 알리 조상들의 고향에 대한 이야기는 더욱 알아들을 수가 없었다. 나도 고향에서 자랄 때에 남선과 북선이 서로 사는 것도 다르고 생각도 달라서 언제나 개와 고양이처럼 싸웠다고 얘기를 들었고 어른들은 그게 코쟁이

미국 때문이라고 했다. 알리네 가족 어른들도 이슬람교와 힌두교를 믿는 사람들이 파키스탄과 인도로 갈라져 오랫동안 싸워왔고 인도가 점령한 잠무카슈미르에서는 지금도 죄없는 사람들을 잡아가두고 죽인다면서 이렇게 된 것이 원래 영국놈들 때문이라고 원망했다. (209쪽)

바리는 알리와 한 가정을 형성해서 살아가는 동안에도 이슬람이나 알리 조상들에 대해서 모두 파악하지는 못한다. 타문화에 대한 이해는 문화적 상대주의를 감안한다 하더라도 쉽게 받아들일 수 있는 것이 아니다. 남한과 북한, 그리고 파키스탄과 인도는 공통적으로 자신들이 화합할 수 없는 이유를 외부에서 찾고 있다. 그러나 이는 외부적 요인만은 아닐 것이다. 이를 알고 있는 바리는 알리와의 생활을 통해서 많은 것을 포용하고 극복하려 애쓴다. 바리는 무슬림에 대해서 거의 몰랐지만 알리와 가족들의 풍습에 대해서 불편해하지 않는다. '아가야, 우리 옷과 음식이 서로 조금씩 다르듯이 그건 살아온 방식이 다를 뿐이다. 우주의 섭리는 하나로 모인단다' (226쪽)라고 말하는 압둘 할아버지의 말이 아니어도 바리는 다름을 인정하고 차이를 받아들인다.

그러나 바리의 이러한 의식은 샹 언니 때문에 홀리야 순이가 죽게 되었을 때 심하게 흔들리게 된다. 딸의 죽음에 직면한 어머니로서의 바리는 세상에 대해서 원망을 품게 된다. 그러나 자기 안에 있는 미움들과 싸우다가 문득 깨달은 바가 있어서 이를 극복하게 된다.

희망을 버리면 살아 있어도 죽은 거나 다름없지. 네가 바라는 생명수가 어떤 것인지 모르겠다만, 사람은 스스로를 구원하기 위해서도 남을 위해 눈물을 흘려야 한다. 어떤 지독한 일을 겪을지라도 타인과 세상에 대한 희망을 버려서는 안 된다. (286쪽)

마침내 샹에 대한 연민 의식이 생기면서 순이의 죽음을 받아들이고 샹에 대한 미움에서 벗어나게 된 바리는 "우리가 약하고 가진 것도 없지만 저들을 도와줄 수 있다는 믿음을 가져야 한다"(290쪽)며 세상은 좀더 나아질 것이라고 생각한다. 죽을 뻔한 일을 겪고 돌아온 알리와 바리는 새로 아기를 갖고 새로운 삶을 시작한다. 어려움이 닥쳐도 이를 계속 극복하는 사람에게는 이것은 단지 지나가는 시련의 과정일 뿐이다. 바리는 다원적 조화의 가능성을 지닌 치유자로서의 자신의 모습을 견지해 나가며 포용의 힘을 보여준다.

5. 결언

디아스포라는 그리스어에서 온 말로, 분산 또는 이산이라는 의미를 갖고 있다. 그러나 1990년대 이후 디아스포라 논의가 활발해지면서 유대인의 경험뿐 아니라 다른 민족들의 국제 이주, 망명, 난민, 이주노동자, 민족공동체, 문화적 차이, 정체성 등을 아우르는 포괄적인 개념으로 쓰이고 있다. 전지구적 자본주의의 흐름 속에서 이제 다른 국가로의 이산이나 이주는 보편적으로 이루어지는 일상화된 현상 중의 하나가 되었다. 이에 본고에서는 현대소설에 나타난 디아스포라적 상상력에 대하여 논의하고자 한 것이다.

본고는 황석영의 장편소설 『바리데기』의 디아스포라와 공간 그리고 인물에 대한 연구이다. 소설 『바리데기』는 탈북자인 바리가 중국 국경 마을에서 삶을 영위하다가 배를 타고 영국으로 이주해서 삶을 개척해 가는 과정을 그리고 있다. 이 작품에는 바리의 삶 자체가 디아스포라로 형상화되어 있다. 작가의 개인적 경험이 작품이 투영된 것도 있겠지만 이 소설에는 특히 디아스포라적 요소가 두드러지게 나타난다. 본고에서는 바리가 단순히 다른 곳으로 떠나는 것에 초점을 맞추는 것이 아니라, 새로운 장소를 찾아 떠나서 자신을 더 높은 존재로 바꾸는 것에 중점을 두고 작품을 분석하였다.

그간의 논의는 황석영 문학의 세계문학적 가능성과 고전인 바리데기 설화를 현대적으로 차용한 부분에 의미를 두고 있는 것이 많았는데 이에 본고에서는 이 작품에 전체적으로 나타나 있는 디아스포라와 함께 소통의 공간에 대한 연구, 그리고 치유자로서의 바리에 대한 인물적인 연구를 병행한 점이 새로운 성과라 할 수 있다. 이를 위해 본고에서는 먼저 전지구적 자본주의의 흐름 속에서 보편화 일상화되고 있는 이주에 대해 논의한 다음 『바리데기』에 나타난 디아스포라적 특징에 대해 분석하였고 바리의 영국 이주를 통해 새로운 정착을 하는 모습에 대해 연구하였다. 바리가 정착해서 살게 된 공간을 희망의 연대를 형성하는 소통의 공간으로 보고 논의를 전개하였으며 마지막으로 정신적 상처를 치유하며 삶의 완성을 위한 화합을 하는 과정을 통해 바리가 지닌 다원적 조화의 가능성에 대해서 알아보았다. 바리의 이주는 다른 세계로의 소통을 가능하게 하고 디아스포라적 상상력을 가능하게 만든다.

바리는 이주가 보편화된 시대의 이주민이다. 9·11테러 이후 미국을 중심으로 한 세계는 세계화를 주장하며 세계를 하나의 체제로 재편하려던 기존의 방식에서, 오히려 양극화를 심화하는 방향으로 변했다. 소위 미국의 '적'인 나라들에 대한 적대는 강화되었고 현재 미국으로의 이주는 여러 어려움이 따른다. 이미 전지구적 자본주의의 영향으로 이주는 활발하게 이루어지고 있는데 이주를 하고 있는 이주노동자의 현실은 그다지 희망적이지 않다. 바리는 혼성적인 공간의 틈새로 스며들어 가면서도 자신의 주체성을 잃지 않는 인물이다. 바리는 현실의 고통을 치유하는 능력을 가진 인물로 정신적인 외상을 치유하며 타인과의 연대를 생성해내는 인물이며 바리를 통해 우리는 다원적 조화의 가능성을 엿볼 수 있다.

황석영의 소설 『바리데기』는 고전 설화 바리데기의 틀에 21세기 이주
노동자의 현실이라는 것을 엮어서 다른 하나의 세계를 만들어가는 과정
을 보여주고 있다. 한국의 고전적인 소재에 현대적인 시각을 투영함으로
써 그 범위를 세계로 넓히고 있는 이 작품은 이주노동자의 현실을 보여
주면서도 이를 통해 다원적 소통을 향한 디아스포라적 상상력을 보여주
고 있다. 현재 많은 논의를 제공할 만한 이주노동자 문제를 다루면서도
세계사적인 시각에서 풀어가고 있는 것이 이 작품의 문학사적 의의라 하
겠다.

『Comparative Korean Studies』, Vol. 17 No. 1(국제비교한국학회, April 2009)에 수록

사유와 실천의 윤리학

이청준의 『신화를 삼킨 섬』을 중심으로

홍웅기

1. 들어가며

우리는 삶에서 중요한 요소의 한 가지로 "실천實踐"을 제시할 수 있다. 우리에게 지적인 앎이 풍성함이 중요한 것이 아니라, 그 앎을 어떠한 방식으로 실천에 옮기느냐가 중요한 문제로 언급된다. 하지만, 그 "안다는 것"을 어떻게 볼 것인가에 대한 고민은 부족한 것 같다. 하이데거는 "인간의 이성, 즉 라치오(ratio)는 사유함 속에서 전개됨"[1]을 주장한다. 실천이라는 구체적 행위보다 그 실천의 원동력이 무엇인가의 문제일 것이다. 그리고 그 원동력은 하이데거의 진술처럼, 사유함 속에 그 근원을 형성하고 있다. 그렇다면, 사유한다는 것은 무엇인가? 하이데거는 "인간이 사유하기를 원하는 것은 너무나 많은 것을 바라는 것이고 그래서 인간은 너무 적게 사유할 수밖에 없음"[2]을 지적한다. 우리는 삶에 있어 사유하

---

1 마르틴 하이데거, 이기상 외 옮김, 『강연과 논문』, 이학사, 2008, 161쪽.

기보다 실천을 강조한다. 물론 이론적 논쟁의 행위가 실천이라는 행위보다 결코 우월함을 주장하고자 하는 것은 아니다. 우리의 행위에 있어, 우리가 욕망하는 것에 비해 우리는 너무 적은 사유를 하고 있다는 사실을 전제하고자 하는 것이다. 그렇다면, 실천과 사유함의 관계를 어떻게 바라봐야 할 것인가?

이청준 문학을 바라보는 가치로서 실천의 문제 혹은 행위의 문제는 작가의 문학적 세계를 가늠해 볼 수 있는 중요한 척도로 작용할 수 있을 것이다. 이청준 소설을 통해 확인할 수 있는 일련의 탐색의 방식은 그러한 과정을 통해 무엇을 확인하고자 하는 과정이라기보다 있는 그대로의 대상을 우리가 어떻게 수용해야 하는가의 문제이다. 다시 말해 대상을 사유하는 방식에 대한 고민이며, 이러한 자성의 과정을 통해 그 근원을 형성하고자 하는 것, 보다 근본적인 것의 실체에 접근해 나가고자 하는 것들이 작가가 도달하고자 하는 문학적 성취의 중요한 부분이라 생각한다. 대상에 대한 해석의 행위는 적극적인 의지의 행사이며 실천이지만, 역설적으로 해석은 약한 사고에서 나온다. 약한 사고는 해석자의 위치와 태도를 약하게 설정하는 하나의 사건이다. 거기서 하나의 존재는 하나의 사건으로 일어난다. 즉 존재는 한 상황 또는 역사에 처하는 것이다. 그것이 존재의 공간성이다. 단 그 공간성은 사건으로 일어나기 때문에 부드럽고 유연하며 약한 존재를 가능하게 한다. 그리고 그 유연함이 존재를 끝없는 해석[3]가능한 것으로 만든다. 이청준 소설의 주체는 더 이상 나누어질 수 없는 개인으로 존재한다. 하지만 개인의 존재는 결코 개인에 머무르지 않는다. 개인과 타자들 또는 개인과 사회와의 관계를 설정하고

---

2 위의 책, 161~162쪽.
3 박상진, 「공간의 기억」, 『공간과 도시의 의미들』, 소명출판, 2004, 24~25쪽.

그 변화를 모색하는 방식을 통해 존재의 본질을 파악하는 과정을 보여준다. 하지만 이러한 사유의 과정은 우리에게 혼란스러움을 안겨준다. 물론 그 혼돈이 젊음의 속성이 되며, 그러한 상태의 진행 과정을 표현함으로써 이청준은 우리에게 젊음에 대한, 나아가서 생성을 향한 인간 존재에 대한 인식의 길을 열어놓는[4] 과정을 보여준다. 이를 통해 형성되는 다양한 문학적 세계들[5]은 비극적 현실과 그 현실을 통한 인간 존재의 확인이라는 명제를 추론해 볼 수 있다. 여기에 근거해 이청준 소설에 숨겨진 인간 존재에 대한 인식의 방식에 대해 논의하고자 한다.

2. 삶의 종결과 연속의 사유방식

발터 벤야민은 삶의 의미를 소설이 그 주변을 영원히 맴돌고 있는 중심점으로 규정한다. 소설은 결국 우리의 삶이 갖고 있는 의미에 대해 재해석의 과정으로 볼 수 있을 것이다. 이청준의 작품들은 서사문학의 주요 모티프인 행위(doing) · 소유(having) · 존재(being) 중 존재 문제에 집중되어 있으며, 따라서 담론의 짙은 추상성과 관념성[6]을 보여준다. 다시 말해 그의 소설은 자유의 질서를 소설적으로 구축하는 과정이다. 이 때 자유의 질서란 주체의 내면적 질서, 개개의 진실들이 만나서 얽힌 관계적 구조[7]로 파악할 수 있다. 존재적 문제에서 본다면 실존적 차원에서의 존재 문제에 당면하게 된다. 50년대 후반 한국문학에서 실존의 문제는

---

4 송기섭, 「「병신과 머저리」의 내면성과 아이러니」, 『현대소설연구』 41, 한국현대소설학회, 2009, 41쪽.
5 전영태, 「이청준 기획대담—나의 문학 · 나의 소설기법」, 『현대문학』 제349호, 1984, 249쪽.
　 소재와 주제의 측면에서 다양한 양상이기도 하지만, 이들을 통해 이야기하는 방식에 있어 변화를 추구함으로써 이청준 소설의 다양한 문학적 세계를 보여주고 있다.
6 김봉군, 「이청준 소설에서의 본질과 현상」, 『국어교육』 제118호, 한국어교육학회(구 한국국어교육학회), 2005, 395쪽.
7 박은태, 「이청준의 1960년대 소설연구」, 『현대문학연구』 28, 2006, 263쪽.

서구적 실존의 문제와는 그 방식이 상이하다.[8] 서구에서 실존주의의 문제가 반근대에 대한 모색이었다면 50년대 한국사회에서의 실존주의적 문제는 근대적 논리를 보다 견고하게 만드는 담론으로서 작용하는 것이다. 김건우가 지적하듯, 한국적 실존주의는 개별적 특성을 내재하고 있으며, 실존의 문제에 대한 사유의 방식을 구분할 수 있다. 이러한 50년대 한국에서의 실존주의는 실존주의라기보다는 휴머니즘의 맥락에서 이해하는 것이 일견 타당할 수 있다. 50년대의 한국의 왜곡된 실존주의적 양상은 그 이후에도 지속된다. 하지만 60년대 문학에서 실존주의는 50년대와는 다른 서구적 맥락의 실존주의적 양상을 보여주지만, 50년대적 실존주의의 양상은 여전히 유효하게 작용한다.

이청준의 『신화를 삼킨 섬』은 작가가 추구하고자 하는 존재에 대한 보다 근원적인 물음을 던지고 있다. 물론 이청준의 문학적 세계를 규정함에 있어 근본적으로 내재한 '존재'에 대한 물음을 포기한 적은 없다. 다만 존재에 대한 혹은 주체에 대한 다양한 접근 방식이 있었을 뿐이다. 그가 보여주는 탐색의 과정은 주체를 인식해나가는 과정, 인물들의 행위의 과정을 통해 보다 구체화된다. 60년대 문학이 공론의 영역에서 지식인 담론들이 소통할 수 있는 장이 원활하게 기능하지 못했다면, 그 소통의 장을 보다 원활하게 지속하기 위한 방법을 소설을 통해 모색하고 있는 것이다. 그의 '의뭉한 글버릇'에 기인하는 근원에 대한 모색은 그렇기에 끈질긴 사유의 지혜가 동반[9]되어야 할 것이다. 예술가란 항상 새로운 세계를 꿈꾸고 그것을 자신의 질서로 표현해야 하지만, 그 세계가 실현화되었을 때는 다시 새로운 세계를 꿈꾸[10]는 존재들이다. 그의 '의뭉한'

225
❋
홍용기 — 사유와 실천의 윤리학

---

8 김건우, 『사상계와 1950년대 문학』, 소명출판, 2003, 210~214쪽.
9 송기섭, 앞의 논문.
10 김현, 「對立的 世界認識의 힘―李淸俊論」, 『李淸俊』, 은애, 27쪽.

글버릇처럼, 그가 꿈꾸는 세계는 하나의 완결된 공간으로 창조되는 순간 다시금 새로운 모습을 보여준다. 그가 추구했던 섬의 본질이 그러했던 것처럼 말이다.

『신화를 삼킨 섬』은 맺힌 넋을 씻기고 풀고 다시 태어나는 넋을 위한 간구로 살아가는 샤먼의 존재방식을 통해서 작가는 현실의 말짓풀이꾼인 이야기꾼의 존재 방식을 직관하고 있다. 현실에서 절망과 유배 의식 속에서도 다시 태어나는 넋을 위한 해방의 말짓풀이와 몸짓풀이를 행하는 샤먼의 몸과 넋은 등가적 모순의 존재[11]이며, 작가 이청준이 문학을 통해 구하고자 한, 혹은 모색하고자 한 삶에 대한 본질인 것이다.

> 심방은 대개 제 본정신을 지닌 중간자적 사제로서 생자나 망자의 편에서 신령의 뜻을 청해 빌고, 그 신령의 뜻을 망자나 유족에게 대신 전할 뿐이었다. 그러니 그 신령들과 심방과 제주들은 여타의 고등종교처럼 수직적 종속관계로서가 아니라 수평적 시해관계 속에 함께 주고받으며 어울리는 식이었다. 그 결과 내세와 현세, 이승과 저승 간에도 시공의 단절이 사라진 동시적 공간 속에 신령들과 인간들이 함께 어우러져 웃고 울고 춤을 추고 성내며 심지어는 서로 다투기도 하였다.
>
> —『신화를 삼킨 섬』 1, 67쪽

이청준은 "지적이면서도 관념에 빠져들지 않으며, 현실세계의 부조리와 불합리를 냉정하게 포착하여 그 자신의 독특한 소설적 구도 속에 담아 놓"[12]는 방식으로 삶의 근원에 대해 접근한다. 그렇기에 그의 존재는 작품 속에서 객관적 관찰자의 입지를 견지할 수 있는 것이다. 하지만 그

---

11 우찬제, 「풀이의 황홀경과 다시 태어나는 넋—이청준의 《신화를 삼킨 섬》읽기」, 『신화를 삼킨 섬』 2, 열림원, 2003, 223쪽.
12 권영민, 『한국 현대문학사』, 민음사, 1999, 289쪽.

것은 대상과의 거리를 두지 않는 '신령들과 인간들이 함께 어우러져 웃고 울고 춤을 추고 성내며 심지어는 서로 다투' 는 것과 같은 거리를 형성할 수 있는 것이다. 자신의 원체험을 통해 구성한 자기만의 의식 또는 관념의 틀이 바로 현재를 규정하고 재현[13]하는 근간이며, 그렇기에 글을 쓴다는 행위 자체는 자신의 추억·여행·애상哀傷·꿈·환상 등을 이야기[14]하는 방식으로 자신의 존재를 자리매길 할 수 있다. 이런 측면에서 작품 속의 제주도는 다양한 의미를 내재한다.

정요선 일행이 제주도로 들어가는 것은 그들의 의지라기보다는 국가로부터의 호명 때문이다. 정통성이 부재한 신군부는 그들이 욕망하는 정권의 새로운 명분을 창출하기 위해 이른바 "역사 씻기기"사업을 시작한다. 국가가 인지하는 역사적 상황은 분명하다. 사무친 원한을 신원하고 국토를 새로 씻겨 세상을 맑고 밝고 평화롭게 하자는 명분, 그리고 그 명분을 파고들어 소설적 진실을 탐문하는 것이 소설의 핵심[15]임을 우찬제는 지적한다. 하지만 국가의 이러한 호명은 신군부가 갖고 있는 역사에 대한 인식 혹은 그들이 욕망하는 새로운 명분이 갖는 허구성을 구체화시키는 요소로 작용한다.

제주도가 새 계엄지역으로 추가 선포되고 보면 그것은 섬 자체의 무서운 재앙일 뿐 아니라, 전국 계엄의 빌미를 제공해 주는 또 한번의 제물 역할을 맡게 되는 것이었다. 이 섬 출신으로서 이과장은 다소간 다른 내도인들과 입장이나 생각이 다를 수밖에 없었고, 이 기이한 섬의 운명에 나름대로 가슴이 아프기

---

13 프랭크 렌트리키아·토마스 맥로프린, 정정호 외 역, 『문학 연구를 위한 비평용어』, 한신문화사, 1996, 4쪽.
 "재현에 대한 어떤 분석에도 그 구성요소가 되는 하나의 결정적인 고려사항은 재현물과 그것이 재현하는 대상과의 관계"임은 이청준의 작품에서 재현되는 공간들이 작가의 특정한 의식을 드러내기 위한 장치로 사용됨의 근거로 작용된다.
14 질 들뢰즈, 김현수 옮김, 『비평과 진단』, 인간사랑, 2000, 18쪽.
15 우찬제, 앞의 글, 215쪽.

도 하였다. 그래 진작부터 육지부 정국의 흐름과 계엄 상황의 추이를 지켜보며, 무엇보다 그 남행 횃불 행렬의 동정을 유다른 긴장감 속에 주시해 왔고, 이번만은 그런 비운과 비극이 이 섬을 피해주기를 은근히 바라왔다.

— 『신화를 삼킨 섬』 2, 117쪽

제주도를 통해 드러나는 시대적 아이러니는 그의 초기 문학을 통해 확인할 수 있었던 것을 다시금 고민하게 한다. 4·19가 제시한 이념적 질서를 드러내고자 하는 작가의 욕구는 시민적 자유와 민주주의의 본질에 대한 성찰이며, 근대화와 개발 독재의 과정에서 억압되고 배제된 시민적 자유의 다양성과 다층성을 복원[16]하고자 하는 노력이었다. 하지만 우리는 여전히 시민적 자유의 다양성과 다층성이라는 것이 부재한 시대를 살아가고 있다. 시민적 자유와 민주주의에 대한 본질이 아직도 탐색되어야 하는 시대에 『신화를 삼킨 섬』의 시대적 상황은 여전히 유효하다. 우리가 추구하는 진실이라는 것은 결국 진실화 과정 속에 있을 뿐이다. 진실 속에서 인간은 살 수가 없다. 인간은 그것을 실현하려는 의지 속에서 산다. 이청준의 소설에 진실하게 살려는 의지를 가진 인물들이 많이 나오는 것이나, 진실이 무엇인가 계속 반성하는 대목이 많이 나오는 것은 그런 관점에서 이해[17]되어야 할 것이다. 그렇기에 요선이 도달하는 삶의 진실이라는 것은 또는 도달하고자 하는 삶의 진실이라는 것은 작가에 의해 규정되는 것이 아니라 우리들이 그러한 과정을 통해 무엇을 읽을 것인가를 무언중에 요구하는 것이다. 이는 종민에게서 유사한 방식으로, 하지만 전혀 다른 것처럼 드러난다. 마치 "김통정과 김방경의 대립 갈등상 속에 투영된 이 섬사람들의 의식은 표면적으로는 두

---

16 박은태, 앞의 논문, 263~264쪽.
17 김현, 「對立的 世界認識의 힘―李淸俊論」, 『李淸俊』, 은애, 28쪽.

경향으로 이분되어 있는 듯 보이지만, 근본적으로는 두 인물을 모두 부인하는 전면적 부정의 정서가 깔려 있는 것"(『신화를 삼킨 섬』1, 197쪽)처럼 요선과 종민을 통해 투영되는 현재적 갈등의 양상은 다른 것이면서 같은 것이며, 같은 것이며 다른 것이다. 그리고 그들의 존재하지만, 그 근원이 존재하지 않는 결여된 인간으로서 자신들의 존재에 대한 성찰의 과정을 보여준다.

비운과 비극이 피해가주기를 바라는 이과장의 욕망이 실현될 수 없는 것처럼, 샤먼의 존재를 통해 구현되는 씻김의 과정도 유사한 맥락에서 이해되어야 한다. 샤먼을 통해 해원의 과정에서 김통정과 김방경의 존재가 부인되듯, 섬에는 뭍사람들에 대한 막연한 거부가 전제되어 있다. 섬에서 좌우익의 성격을 대변하는 청죽회와 한얼회의 충돌의 과정을 통해서 확인할 수 있다. 즉 청죽회와 한얼회가 보여주는 이념적인 충돌은 80년대 한국사회의 한 단면을 상징적으로 보여주는 듯 하지만, 그들이 벌이는 이념적 갈등의 본질은 뭍사람으로 대변되는 타자들에 대한 막연한 거부감에 기인하는 것이다. 가짜 구세주 김통정에게 속아 흘린 피땀들처럼, 섬사람들은 뭍사람들에게 그들의 피땀을 흘려야 했고, 치유되지 못한 상처를 남겨야 했다. 시민적 자유의 다층성과 다양성이 구현되어야 하지만 그것이 당면한 과제라 할지라도 그것은 우리가 아닌 누군가에 의해 이끌어질 수 없는 문제인 것이다. 그렇기에 추심방은 자신을 찾아온 요선에게 "이 섬으로 말하면 씻겨도 넘쳐나는 게 원귀들 천지인 판에, 게다가 내가 저승 천도할 원귀들은 첨서부터 댁네들하고는 몫이 다를 테니 상관할 일이 없을 것"이라 단언하는 것이다. 요선은 결국 섬사람들이 지니는 자생적 한계를 내재하고 있는 인물이지만, 섬사람들에게 그는 여전히 타인으로 존재한다. 그렇기에 '씻김의 과정'이 보다 중요한 문제로 대두될 수 있는 것이다. 그리고 이 자생적 운명의 한계라는 것은 더 이상 제주도에 국한된 사안이 아니라 "이 나라"로 통칭되는 지역으로 확장된다. 제주도로 대변되는 '섬'에 국한되어 나타났던 좌절과 아픔의 기억들을 신군부하에서 "이 나라"가 경험해야하는, 경험하고 있는 좌절과 아픔으로 전이된다.

> 이것이 한국 굿이구나! 죽은 사람은 죽어서나마 이승의 한을 풀고, 산 사람은 산 사람대로 그 가슴 아픈 망자의 짐을 벗고 다시 제 고난스런 삶의 자리를 찾아 돌아가는 재이별의 자리, 그 서럽고도 아름다운 영별의식, 그것이 한국 굿이구나. 그래서 한국 사람들은 그 굿을 하며 살아왔고, 굿이 있어 그 삶이 다시 일어서 이어질 수가 있었구나…….
>
> —『신화를 삼킨 섬』 2, 15쪽

> "사실을 말하면 저도 처음엔 왜 하필 구렁이 당신인가. 징그럽고 끔찍했지요. 하지만 이제 이 섬과 섬사람들의 혹독한 역사나 황폐한 삶, 그 남루하도록 사무친 삶의 소망을 알고부터는 그런 한스런 당신의 내력을 이해할 수 있었지요. 그 구렁이 원신만 아니라 이 섬 모든 당신들의 처지를 말예요."
>
> —『신화를 삼킨 섬』 1, 174~175쪽

씻김의 과정이 이루어지는 굿판은 사자死者와 생자生者가 교감하고 교류하는 만남의 장임과 동시에 사자와 산 자의 시간들을 한 시공간에 응축시켜 풀어내는 과정이다. 결국 샤먼은 "생명의 근원적 시원지始原地이자 귀속지인 저승과 이승 사이의 '길 내기'와 통교"[18]를 통해 두 세계를 소통시키는 존재이며, 이 소통의 과정을 통해 생자生者와 사자死者는 그들의 상처를 극복할 수 있는 장을 마련하는 것이다. 샤먼이라는 전달자가 재현하는 것은 사자死者만의 아픔만이 아니다. 섬에 존재하는 당신堂

---

18 김열규, 『동북아시아 샤머니즘과 신화론』, 아카넷, 2003, 209쪽.

神들의 존재들도 샤먼들의 해원의 과정을 통해 그들의 아픔을 재현하고, 소통한다. 당신들의 존재는 뭍에서 유배된 존재들이다. 재현된 당신堂神과 사자死者의 원혼冤魂은 샤먼이라는 해원자를 통해 그들의 한을 풀어낸다. 그럼으로써 "망자亡者들은 망자의 길을 가고, 이승에 살아남은 사람은 이승 살 길"을 갈 수 있는 것이다. 결국 굿이라는 것은 당신堂神과 사자死者와 생자生者가 대면하는 소통의 장이며, 현재적 삶의 고통을 극복할 장을 형성하는 것이다. 결국 죽음은 소멸이 아니라 실존적 차원의 (대부분 일시적인) 변화이며, 다른 종류의 삶[19]으로 규정할 수 있다.

3. 삶에 대한 가치와 윤리

운명의 일부로써 삶을 살아가는 것이 아닌 삶의 일부로 운명을 받아들이는 금옥과 만우를 통해, 섬이 지니는 자생적 한계성을 극복의 가능성을 확인할 수 있다. 그러나 이러한 자생적 한계성을 보다 명확하게 확인할 수 있는 것이 샤먼들을 통한 씻김의 과정이다. 섬이 내재하고 있는 신화적 한계는 섬이 지니고 있는 한계성으로 대체된다. 신화를 통해 표출되는 섬의 한계성은 인간의 존재에 국한된 문제가 아니다. 그것은 신화라 불리는 인간 이상의 존재들의 이야기이다. 인간의 존재가 종결되는 죽음을 통해, 해결되지 못한 섬의 고통과 한은 샤먼이라는 중개자를 통해 씻겨지고 구원된다. 그 구원의 과정을 통해, 섬의 한계성으로 표출되는 섬사람들의 태생적 한계성은 극복된다. 씻김 혹은 해원의 과정을 통해, 섬이 갖고 있는 한은 섬이라는 공간을 통해 제시되는 무수한 고통과 고난을 생명의 근원으로 씻어가는 것이다. 그러나 이러한 씻김의 과정은

---

19 엘리아데, 이은봉 역, 『종교형태론』, 한길사, 1996, 246쪽.

완전한 해소 혹은 해결의 과정이 아니다. 이들이 해소하는 것은 섬이 지니는 자생적 한계의 일부일 뿐이거나, 혹은 그것의 형식적 행위로 치부되어야 한다.

> 이제 더 이상 이승의 삶을 구원할 저 아기 장수의 꿈마저도 믿을 수가 없으므로, 더 이상 가짜 구세주를 기다리며 비참하게 속을 수 없으므로, 이 섬마다에서 만날 수 있는 당신들마저 차라리 가엾은 유배자로 거두어 긴 세월을 함께 해 왔듯이. 유배자로 떠도는 그 걸신들을 마을을 지키는 당신으로 맞아들여 이승의 삶을 근근히 함께 해 왔듯이, 용두 마을의 추심방네가 오로지 그들만을 씻겨 왔듯이
>
> —『신화를 삼킨 섬』1, 148쪽

섬을 통해 끊임없이 재현되는 아기장수의 신화는 섬사람의 희망이지만, 고난과 고통으로부터 민중들을 구해야할 아기장수의 신화는 절망의 또 다른 이름이다. 이제 더 이상, 삶으로부터 피안의 희망을 제공해주지 못하는 것이다. 아기장수의 꿈이 그렇게 무너졌듯이, 섬사람들을 구원해줄 당신들의 존재는 당당한 신으로서의 모습이기보다는, '유배자로서 떠도는 걸신'으로 치부된다. 섬사람들의 운명은 당신들의 모습을 통해, 다시 한 번 구체화된다. 신과 인간들의 유배지로 제주도가 제시되었다면, 소록도는 저주받은 유배지로 위치한다. 그 섬사람의 운명을 내재한 요선이 섬사람들의 운명적 한계성을 탐색하는 과정은 좌절된 아기장수의 또 다른 모습으로 다가온다. 만령당 원혼들의 피를 이어받은 요선이 섬사람의 운명을 타자의 관점에서 탐색하는 것은 자생적 운명의 한계성을 제공하기 위한 일종의 수단이다. 섬사람의 운명에서 벗어나지 못하는 금옥을 안쓰럽게 바라볼 수 있는 것은, 요선 자신이 섬사람의 운명과는 다른 존재로 자신을 자각하고 있기 때문에, 금옥을 저주받은 섬의 운명으로부터 구원해 줄 수 있는 구원자로 자리메김하게 된다. 그러나 요선

에게는 섬사람으로서 운명이 내재해 있기에, 금옥을 섬의 자생적 한계로부터 구원할 수 없는 것이고, 이를 통해 절망이라는 아기장수의 재현된 이미지를 부여받을 수 있는 것이다. 거짓 구원자로 규정될 수 있는 요선은 김통정 장군과 같이 섬의 구원자로서 위치할 수 있었지만, 그 안에 내재한 한계성을 통해 자기 자신의 '자생적 운명의 존재방식을 탐구'라는 문제의식을 보여주고 있다.

"귀신들을 온통 다 씻길 각오로 건너온 이번 길"의 유정남에게도, 떼귀신들의 음기는 쉽게 이겨낼 수 없을 정도로 많은 것은, 그 섬의 자생적인 특성이 아닌 육지 사람들의 권력에 대한 욕구의 희생양이 되어야 했던 섬사람들의 역사를 반복하는 것이고, "너무나도 끔찍하고 무서운 역사의 땅"임을 다시금 확인하는 과정이다. 세상을 구원해 줄 "아기장수"의 비극적 최후는 세상을 구원해 줄 수 있다고 생각하는 희망이 소멸됨을 의미한다. 새로운 구원의 대상을 재창조해야 하는 이들에게 더이상의 구원의 대상을 기다리는 것은 현대 사회의 권력으로부터 소외된 다수의 사람들이 갖는 '상실된 희망의 서사'로서 기능한다. "아기장수"의 신화는 희망이 단절된 시대에 그 희망이 존재해야 할 이유이자, 삶에 대해 욕망해야 하는 이유이다. 뭍사람들에 대한 이유 없는 경계와 동경은 신화를 통해 체현되는 '희망'이라는 것의 또 다른 실체이다. 그 실체는 끔찍한 비극의 땅에서 그것의 진정한 가치를 보여주는 역설의 방식으로 존재한다. 구체화되지 못한 희망은, 그 실체를 구성하지 못한 희망은 단순한 동경의 대상에 불과하며, 그들이 경계해야 할 새로운 무엇으로 자리매김할 수 밖에 없다. 그것이 섬사람들의 운명으로 대변되는 이들이 갖고 있는 희망이라는 것의 실체이며, 그것은 섬사람들의 의지가 아닌 뭍사람들의 의지를 통해 구현되어야 하는 역설의 대상이다.

"네가 그 섬을 찾아갈 줄은 알았다. 하지만 그 섬에 대해 더 이상 너무 많은 것을 알려 자지 말고 그 쯤 돌아오도록 해라. 그 섬에 바치고 잃은 것은 내 한 삶만으로도 이미 충분할거다. 그것이 비록 그 섬사람들의 원죄일진 모르겠다만, 그 땅으로 하여 내 자신의 삶까지 무너뜨리고 싶지 않구나."

—『신화를 삼킨 섬』 1, 135쪽

민속학자 종민은 재일교포이다. 제주도에서 벌어지는 이른바 "역사 씻기기"사업을 통해 제주도의 민속에 대한 연구를 목적으로 제주도를 방문했다. 하지만 그의 진정한 목적은 그의 뿌리에 대한 탐색이며, 현재의 자신에 대한 정체성에 대한 탐색의 과정이다. 학자라는 지식인의 위치에서, 보다 객관적인 시선에서 자신의 실체에 대한 접근의 방식을 통해 그는 자신의 '원죄'를 발견한다. 그것은 종민 아버지의 기억을 통해 아직도 유효한 무엇이다. 그의 아버지가 제주도라는 역설의 공간을 통해, 잃어버린 것과 간직하고 있는 것들을 규명해 나가는 과정에서 발견하는 종민의 원죄는 섬사람들을 통해 제시되는 인간 존재의 한계성의 또 다른 이름이다. 종민의 아버지를 통해 확인할 수 있는 절망과 원한이라 하는 것은 그것을 부정하는 방식조차 절망과 원한의 구체화시키고 있다. "의미 탐색에 나선 사람들은 편안하게 일상인의 삶을 살 수도 없으며 이 세상 밖의 어떤 것에 신비롭게 자신을 내맡기지 못한다. 어떤 의미에서 몸을 맡길 때, 그 의미는 살아있는 의미로 작용하기를 그치고 관습과 억압이 되어버리기 때문"[20]인 것처럼, 아버지가 숨기는 그 실체에 접근하면 할수록 종민은 섬이 지니고 있는 섬의 운명적 한계를 그 스스로 확인하고, 자신이 그 한계의 일부임을 확인해 나가게 된다. 그가 확인하게 되는 것은 샤먼들의 존재를 통해 표출되는 섬사람들의 실체이며, 종민에게

---

20 김현, 「떠남과 되돌아옴」, 『분석과 해석』, 문학과지성사, 1988, 159쪽.

태생적으로 내재하고 있는 삶이 지향하고 있는 순간이며, 섬사람들이 스스로를 규정하는 방식이다. "끔찍하고 무서운 역사의 땅"에서 "사람의 이름으론 차마 헤아릴 수 없을 만큼 아프고 저주스런" 섬의 운명에 대한 접근과 자각은 종민의 현재의 삶에 투영되는 순간 이미 과거 한 순간의 사건이 아닌 현재까지 지속되는 현실임이 자명해 진다.

> 이 섬 처자들은 늘상 제 섬을 떠나고 싶어 육지부를 그리워하다 누구든 섬에서 데리고 나가주기만 하면 앞뒷일 가리지 않고 덥석 배를 따라 타고 나선다는 말 그대로, 어딘지 모르게 그를 부러워하는 눈치가 엿보이는 어조였다. 새초롬한 말투 속에 그의 대답을 재촉하듯 말끔히 쳐다보는 눈길하며 도톰하면서 야무져 보이는 입술들이 그리 싫은 얼굴상이 아니었다. 요선은 그 계집아이의 말투에 새삼 어떤 도발기 같은 걸 느끼며 그도 선뜻 농담투로 받았다.
> "왜, 아가씨도 섬을 나가고 싶어서? 그럼 내가 섬을 나갈 때 함께 데리고 나가줄까?"
> 그런데 알고 보니 계집아인 엉뚱하게도 요선에게 바로 그런 대답을 기다린 모양이었다.
> "정말요? 나를 정말 뭍으로 데려가 주겠어요? 난 댁이 알고 있는대로 이 동네 신당 집 자식인데도요? 게다가 우리 엄닌 다른 심방들까지 꺼리는 뱀신을 조상으로 모시는 처지구 말예요."
>
> ——『신화를 삼킨 섬』 1, 35쪽

'상처 입은 치유자治癒者(wounded healer)'는 남의 '한풀이꾼'이 되는 것이지만, 이 경우 '한풀이'란 말은 한의 해소 및 한의 서사체의 서술이라는 두 가지 의미를 동시에 갖는데, 이로써 무당은 스스로 '해한解恨한 한의 풀이꾼'[21]으로 규정할 수 있다. 섬을 통해 드러나는 신들은 결코 절대적 힘을 지닌 존재들이 아니다. 다만, 신들은 스스로 지닌 운명의 한계를 드러

---

21 김열규, 앞의 책, 302쪽.

넘을 통해 추앙받는 존재들이다. 당신堂神으로 호명되는 이들이 지니고 있
는 운명적 한계는 섬사람과 공유할 수 있는 연대를 형성하게 된다. 그 연
대의식을 통해 당신堂神들은 섬사람들에게 추앙받는, 섬사람들의 삶의 어
려움을 상징하는 존재들로 위치할 수 있는 것이다. 하지만, 그들은 "거지
귀신들"로 치부되는 존재들이며, "다른 세상에서는 원래 부러운 것 없는
귀한 신령들"과는 달리 뭍에서 "이런저런 허물을 짓고 이 섬으로 쫓겨 들
어와 이곳 심방들에게 의탁해 동네 당제나 받아먹고 살아가는 거지 귀신
신세들"인 존재들이다. 샤먼의 존재가 '한풀이꾼'이라면, 당신堂神을 모
시고 있는 심방들은 "거지 당신을 끼고 사는" 거지 귀신과 다르지 않다.

　해정리 당신이나, 중문고을 예송리 본향당신을 통해 혹은 김통정 장군
과 김방경 장군의 설화를 통해 확인할 수 있는 것은 섬에서 추앙받는 당
신堂神들 존재자체가 귀한 영적 존재로서 신령의 모습이 아닌, '거지 귀
신 신세'일 뿐이거나, 뭍으로부터 유배된 존재들이라는 것이다. 섬사람
들이 경험해야 했던 수많은 고통과 고난으로부터 그들을 구원해주는 절
대적 존재로서의 희망이 아닌, 아기장수의 신화처럼 그들 역시 섬사람들
이 지니고 있는 삶의 한계를 섬사람들보다 절실하게 경험한 섬사람들의
한계성을 대변하는 존재들인 것이다. 그렇기에 심방들은 당신堂神들과의
소통의 과정을 통해 그들이 갖고 있는 아픔의 기억들을 풀어내는 방식으
로 상처를 치유하고 봉합하는 존재들로 자리할 수 있는 것이다. 심방들
의 존재는 그들 자신의 상처뿐만 아니라 그들이 모시는 신들의 상처까지
치유하는 치유자로서 역할을 수행할 수 있는 것이다.

4. 신화의 현대적 변용과 윤리적 가치

　지젝은, "대타자는 사회적 실체를 지칭하는 이름이다. 이러한 사회적
실체 때문에 주체는 결코 자신의 행동을 완전히 지배하지 못하며, 그가

행동한 최종적인 결과는 언제나 그가 목표했던 것과는 다른 무엇이"[22] 됨을 진술한다. 하나의 개별 텍스트를 통해 구현되는 문제의식이 무엇인가에 대한 의문을 제기할 때, 우리는 이 문제에 대한 진지한 성찰이 필요할 것이다. 그런 의미에서 이청준의 소설이 시사해 주는 바는 분명하다. 이청준이 소설을 통해 제기하는 것은 답이 아니라 질문이다. 무엇을 어떻게 해야 할 것인가에 대한 해법이 아니라, 인간 삶의 과정을 통해 제기할 수 있는 문제가 무엇인가에 대한 질문, 이러한 질문을 통해 분명해지는 것은 이청준의 글쓰기가 바로 이 '어떻게'에 대한 진지한 모색에서 비롯된다는[23] 점이다. 과연 어떠한 방식으로 허구적 세계를 구성했을 때, 그 허구를 통해서 현실을 어떻게 인식할 수 있을 것인가에 대한 문제의식이 바로 이청준이 보여주는 의뭉한 글버릇의 실체일 것이다.

발레리는 놀이에 관한 한 어떠한 의혹도 불가능하며, 그 규칙이 근거하고 있는 토대는 확고하게 주어진 것이기 때문임을 표명했다. 사실상 놀이의 규칙이 위반되는 그 순간 놀이의 세계는 무너진다. 그리고 놀이는 다 망쳐지게 된다. 심판의 호각 소리는 놀이의 마력을 깨뜨리고 단 한 순간에 "일상적인 세계"를 다시 진행시킬[24] 수 있다. 우리에게 신화라는 것은 바로 놀이와 성격과 그 맥락을 같이한다. 일상적인 삶에서 신화가 의미를 지닐 수 있는 것은 신화의 존재자체가 놀이의 성격과 유사하기 때문이다. 그렇기에 우리는 "지금까지 다른 방식으로 생각하고, 살고, 실험하고 투쟁하"는 삶의 태도를 요구한다. 그러한 삶의 실천을 통해 인간은 인간의 가치를 스스로 규정할 수 있기 때문이다. 다시 말해 "모든

22 슬라보예 지젝, 이운경 역, 「〈매트릭스〉, 가해자의 히스테리 또는 새도매저키즘의 증후」, 『매트릭스로 철학하기』, 한문화, 2003, 289쪽.
23 권오룡, 「어둠 속에서의 글쓰기」, 『소문의 벽』, 열림원, 2002, 389쪽.
24 J. 호이징하, 김윤수 역, 『호모 루덴스』, 까치, 2003, 24쪽.

인간 활동은 스스로 자연의 반복적 순환운동에 구속되"는데, "그 자체는 시작도 끝도 없"다.[25] 섬사람들에게 확인할 수 있는 그들의 자생적 한계점들은 그들 스스로에 의해 규정된다. 그들의 삶에 대한 의미 부여는 뭍사람들이 아닌 그들 스스로 기획하고 실천하는 과정을 통해 드러난다. 이런 맥락에서 기억이란 현재를 통제하는 가장 효율적 기제이다. 과거의 사실들은 기억의 차원에서 현실에 적용된다. 종민과 요선의 시선을 통해 추구되는 진실이라는 것의 실체는 섬사람들의 기억이다. 일련의 사실들이 어떠한 방식으로 현실에 재현되는가의 문제는 과거에 대한 기억의 존재 방식이고, 현실을 탐색하고 규정하는 주요한 방식이다.

신화란 하나의 기억이다. 그리고 기억은 과거가 아니다. "과거의 내용은 그 자체로 기억을 통해 재현되는 것이 아니라 과거에 대해 만들어진 표상들을 통해서, 즉 기억행위에 의해서 구성"[26]되는 것이다. 과거의 사건들은 이러한 방식을 통해 현재까지 여전히 유효한 영향력을 보여준다. 이청준이 신화를 통해 탐구하고자 하는 것은 현재만의 문제는 아니다. 그것은 과거의 특정한 사건으로부터 시작된, 그리고 현재라는 시간의 변화에도 불구하고 여전히 유효한 방식과 가치로 우리에게 존재하는 것이다. 그리고 그것이 유효할 수 있는 이유는 그 속에 담고 있는 인간적 가치에 대한 고민과 모색으로 볼 수 있다. 우리가 살아가는 현실 속에서 우리의 실체에 대한 모색의 과정을 더 효과적으로 드러내기 위해서는 신화라는 공동의 기억 혹은 공동의 가치를 통해 그것이 구성될 때 그것은 조금 더 유의미한 무엇으로 변화될 수 있는 것이다. 신화 속에 내재한 그 가치들이 구현하고자 하는 것들은 바로 우리들 자신에 대한 질문들과 그 질문들에 대한 답이다. 그 신화 속에 존재하는 가치에 대한 문제를 우리

25 한나아렌트, 이진우·태정호 옮김, 『인간의 조건』, 한길사, 2007, 153쪽.
26 조경식, 「망각의 담론, 기능 그리고 역사」, 『기억과 망각』, 책세상, 2003, 271쪽.

는 윤리라는 일반적 담론으로 환원할 수 있을 것이다. 인간에게 윤리란 무엇인가의 문제, 그것은 신화라는 대상을 통해 구현되고, 신화가 추구하는 대상에 대한 진지한 성찰을 통해 확인할 수 있는 가치들이다. 인간의 내면에는 당사자들이 인식하지 못하는 가운데 작용하는 '의도'가 존재하며 정신생활은 '서로 대립되는 두 의도가 공존하는 가운데 투쟁하는 장소'라는 프로이트의 사고를 빌린다면, 인간의 정신생활은 '교란시키는 의도'와 '교란당하는 의도'의 대립구조[27]로 파악할 수 있다. 이청준이『신화를 삼킨 섬』을 비롯한 일련의 소설에서 제공하는 섬사람으로 명명될 수 있는 이들이 내재한 갈등 혹은 섬사람들과 뭍사람들과의 갈등의 문제에 보다 명확하게 다가설 수 있는 여지를 제공한다. 이청준의 문학에서 "공간은 주어지는 것이 아니라, 공간에 대해 계속 질문을 던지고 거기에 대답하면서 구성해나가야 어떤 것"[28]처럼 기능한다. 섬이라는 제한된 공간을 통해서 인간의 실체에 대한, 그리고 그가 살아간 시대에 대해 모색할 수 있는, 아니 모색해야 하는 대상으로서 치환시킨다.

이청준이 보여주는 삶의 문제는 소설이 단지 허구가 아닌, 현실에 근거한 현실적 주체들의 존재방식에 대한 진지한 성찰의 과정을 보여준다. 서사물에서 주체들이 경험하고 기억하는 일련의 것들은 우리가 현실을 어떻게 인식해야 할 것인가에 대한 본질적 물음을 던져준다. 허구라는 방식을 통해 이청준은 현실에 대해 관망하는 것이다. 그렇기에 이청준에게 소설을 쓴다는 행위는 "의미를 대상으로 한 탐색의 과정"[29]으로 규정될 수 있는 것이다. 여기서 탐색의 대상이란 인간이 근본적으로 욕망하는 주체에 대한 모색이다. 인간의 욕망하는 것들에 대한 윤리적 고민과

---

27 김현진, 「기억의 허구성과 서사적 진실」, 최문규, 『기억과 망각』, 책세상, 2003, 210쪽.
28 박상진, 「공간의 기억」, 철학 아카테미, 『공간과 도시의 의미들』, 소명출판, 2004, 26쪽.
29 페터지마, 정수철 역, 『문학의 사회비평론』, 태학사, 1996, 136쪽.

반성의 사유를 통해, 쉼없이 미끄러져야 하는, 결코 고정되지 않는 대상으로서 인간인 것이다. 현실을 보다 분명하게 인식하기 위해 허구를 상정하듯, 소설이라는 허구의 시공간을 통해 우리는 우리가 살아가는 현재에 대한 가치판단을 시도한다. 소설이라는 방식은 다른 서사물들의 방식에 비해 인간들의 삶과 유사함을 통해 존재한다. 이 유사함이라는 방식을 통해 소설은 작가가 지니고 있는 세계에 대한 인식을 단적으로 제시한다. 그렇기에 재현된 허구적 세계라는 것은 작가가 인식하고 있는 실제의 현실보다 더 실제적 현실로 작용할 수 있는 것이다. 서사물에 재현되거나 반영된 작가의 의식을 통해 우리는 그 서사물이 재현하는 현실에 대한 해석을 시도한다. 현실 재현의 문제는 현실 자체의 문제로 귀착되는 것이다. 이러한 현실을 향유하는 존재의 본질이라는 것은 허구를 통해 인간의 존재 혹은 주체의 존재에 대한 문제로 연결된다. 이청준이 소설을 통해 보여주는 일련의 문제는 우리가 살아가는 현실에 대한 반성과 고민이며, 그 반성과 고민 속에는 인간이 인간다울 수 있는 혹은 인간을 인간답게 규정할 수 있는 근거가 무엇인지에 대한 성찰의 문제가 내재해 있다. 즉 우리가 살아가는 현실 속에서 우리들의 실체에 대한 모색의 과정인 것이다.

5. 결론을 대신하여

사르트르는 실존주의는 인간의 운명이 인간 자신에게 있음을, 실존주의는 인간 자신의 행동 속에만 희망이 있다고 말하며, 인간으로 하여금 살아가도록 하는 유일한 것이 행위[30]임을 역설한다. 이러한 논의를 문학의 장 안에서 논의하고, 고민하고, 반성해야 하는 것이 문학이 당면과제

---

30 사르트르, 박정태 역, 『실존주의는 휴머니즘이다.』, 이학사, 2009, 63쪽.

일 것이다. 이청준은 등단 초기부터 인간의 삶에 대한 모색과 성찰을 보여준 작가이다. 그의 마지막 장편소설 『신화를 삼킨 섬』은 그의 문학적 성과들을 집약적으로 보여주는 일례라 생각한다. 샤먼으로 지칭되는 이들이 상처 입은 치유자治癒者(wounded healer)로서 상처의 실체를 파악하고 치유하는 일련의 과정은 소설가들에게도 적용될 수 있다. 소설은 허구를 통해 현실을 인식하고, 현실을 극복하고자 하는 노력을 보여준다. 그렇기에 소설은 단순한 허구가 아닌 인간 존재들에 대한 성찰이 이루어질 수 있는 것이다. 그 과정에서 신화를 통한 성찰은 어쩌면 이청준에게는 당연한 방법이었을 것이다. 신화는 죽어버린 이야기가 아닌 현재의 삶 속에서 여전히 유효함을 지닌 이야기이기 때문이다.

『신화를 삼킨 섬』의 요선과 종민이라는 두 인물을 통해서, 섬사람들에게 부여된 운명적 한계라는 것이 끊임없이 확장될 수 있음을 보여준다. 섬사람들의 운명은 그들만의 운명이 아닌 이미 뭍으로 전이된 운명임을 우리는 확인할 수 있다. 혹자는 망각을 기억에 대한 심리적 거부로 설명한다. 우리가 잊고자 하는 것들의 실체는 그것을 기억하고자 하는 주체들의 거부라는 것이다. 이는 우리가 인식하든 인식하지 못하든 우리의 내면에서 이루어지는 것들이다. 이청준이 등단 이후에 보여준 작품들에 내재한 인간에 대한 고민과 사유의 과정은 작가가 살아온 시대에 사유할 수 없었던 것들에 대한 성찰의 방식이다. 이청준은 여전히 그의 작품을 통해 우리에게 질문을 남기고 있다. 인간이 인간다울 수 있는 이유는 무엇이며, 인간들의 존재는 과연 무엇인가에 대한 성찰의 문제를 말이다. 그렇기에 이청준의 문학은 여전히 유효한 가치를 지니고 있는 것이며, 여전히 새로운 의미를 생성해 낼 수 있는 실체 없는 진실을 지니고 있는 것이다. 이것이 바로 이청준 문학의 실체일 것이다.

『비평문학』 36호(한국비평문학회, 2010. 6) 내용을 수정, 보완함

자유의 새로운 공간 찾기

조선희 작품론

홍웅기

1. 욕망과 실천의 대상 : 공간

현재 우리에게 문학이란 무엇인가? 문학은, 특히 소설은 우리의 삶을 투영하는 적절한 수단이다. 소설에서 반영하는 현실은 단순히 허구적으로 구성된 현실이 아닌, 현실을 위한, 현실에 의한 문제들이며, 이는 서사물(특히 소설)의 형식을 통해 구성되는 현실적 삶의 문제들로 귀결된다. 허구적인 서사물에 재현되는 현실을 통해서 작가는 또 다른 현실을 창조하는 것이다. 이렇게 창조된 현실은 허구를 통해 현실보다 더 현실적인 허구의 창조를 유도하고 있는 것이다. 그렇기에 '소설이란 의미를 대상으로 하는 탐색의 과정'[1]이다. 여기서 탐색의 대상이란 인간의 근본적으로 욕망하는 주체에 대한 탐색이다. 이 주체에서 욕망의 대상들은 끊임없이 미끄러지는, 고정되지 않은 대상들이다. 여기서 욕망의 주체와

---

1 페터지마, 정수철 역, 『문학의 사회비평론』, 태학사, 1996, 136쪽.

대상의 미끄러짐의 상관관계를 통해 주체를 규정할 수 있다. 그렇다면, 우리들의 현재 삶을 통해 확인할 수 있는 주체란 무엇일까? 삶권력 (biopower)에 대한 투쟁을 통해 확인할 수 있는 것이 삶능력(biopower)의 형태[2]라고 하지만, 현실적으로 삶권력에 투쟁하는 과정조차도 우리가 경계하는 자본적 질서의 틀 안에서 구성되는 것은 아닐지 반문하게 된다.

아렌트는 "활동적인 삶(vita activa)이란 용어를 통해 인간의 근본활동을 노동, 작업, 행위의 세 가지로 파악한다. 이때 노동이란 인간신체의 생물학적 과정에 상응하는 활동이며, 노동이 이루어질 수 있는 근본조건은 삶 자체로 규정"[3]한다. 다시 말해 노동이라는 것은 인간의 삶의 규정할 수 있는 근본 조건이다. 아렌트가 활동적인 삶을 통해 인간의 근본적 활동들은 다시 공론영역과 사적영역에서 다시금 논의된다. 이를 통해 한 개인의 삶뿐만이 아니라, 인류의 삶이 거기에 따라서 이루어지는 지[4] 구명할 수 있는 가능성을 모색하고 있기 때문이다. 보다 구체적으로 활동적인 삶은 전통이라는 짐을 지고 있다. 이는 특정한 역사적 상황으로부터 성장한 것이며, 철학자와 폴리스 간의 갈등에서 연유한다. 아렌트적 관점에서 인간은 노동의 과정을 통해 스스로의 지위를 확인하고, 사회의 전체적 테두리 안에서 자신을 배치한다. 이는 자본적 질서와 흐름에 의해서 구성되는 것이 아닌 인간 주체들의 인식의 변화를 통해 형성되어야 한다. 이제 "지금까지 다른 방식으로 생각하고, 살고, 실험하고, 투쟁하라. 바로 이것이, 이미 더 이상 자신을 "자족적"인 계급으로 생각할 수 없으며 사회적 중심성이라는 자신의 오만한 신화들과 인연을 끊음으로써 잃을 것이라고는 아무 것도 없고 얻을 것이 있을 뿐인 노동계급의 좌

---

2 마이클 하트, 자율평론 번역모임 옮김, 「정동적 노동」, 갈무리, 『비물질노동과 다중』, 2005, 155쪽.
3 한나 아렌트, 이진우·태정호 역, 『인간의 조건』, 한길사, 2007, 55쪽.
4 이은선, 「한나 아렌트의 '인간의 조건'과 '공공성' 에로의 교육」, 『敎育哲學』 제29호, 2003, 47쪽.

우명"[5]은 현대인들의 좌우명이 되어야 한다. 결국 "지금까지 다른 방식으로 생각하고, 살고, 실험하고, 투쟁하"는 삶을 통해 인간의 가치를 형성해 갈 수 있기 때문이다. 결국 "모든 인간 활동은 스스로 자연의 반복적 순환운동에 구속되며, 정확히 말하자면 그 자체는 시작도 끝도 없다. 노동은 언제나 똑같은 순환 속에서 움직이며 이 순환은 생명유기체의 생물학적 과정에 의해서 규정된다. 그리고 노동의 '노고와 고통'은 유기체가 죽어야만 끝"[6]나는 일일지도 모른다. 그렇다면, 결국 우리는 "노동의 '노고와 고통'"을 보다 유의미하게 만들기 위해서는 나름의 의미를 부여하는 과정으로 파악할 수 있다.

바로 조선희의 텍스트는 이러한 논의의 선상에 올릴 수 있을 것이다. 작가의 작품들을 통해 나타나는 일련의 과정들은 바로 노동의 의미가 무엇인가에 대한 진지한 성찰을 보여준다. 다중에 의한 변화, 산노동의 가치를 존중받고 삶능력(biopower)이 발현되는 지점에 작가는 위치한다. 작가의 소설을 통해 드러나는 억압에서 벗어나 자유에 이르는 도정은 정치 개혁이 아니라 바로 대중들의 성격(mass character)을 바꿈으로 가능[7]한 사건이다. 대중이 아닌 다중의 역능, 그 가능성을 모색하는 지점에 그들 스스로를 배치하게 되는 것이다. 작가가 기억하는 80년대의 현재화된 기억들은 80년대가 추구했던 가치들에 대한 탐색이 아직도 지속되고 있음을 상기시켜준다. 기억이란 현재를 통제하는 가장 효율적 기제이다. 과거의 사실들은 기억의 차원에서 현재에 재현된다. 일련의 사실들을 어떻게 현재의 순간에 재현하는가의 문제는 과거에 대한 기억이고 현실을 탐색하고 규정하는 가장 중요한 방식이다.

---

5 안또니오 네그리·펠릭스 가타리, 조정환 편역, 『자유의 새로운 공간』, 갈무리, 2007, 150쪽.
6 한나 아렌트, 앞의 책, 153쪽.
7 앤서니 기든스, 배은경·황정미 역, 『현대 사회의 성, 사랑, 에로티시즘』, 새물결, 2003, 242쪽.

2. 허구적 현실과 현실적 허구의 재현

아렌트에 따르면 근대에 와서 "사적인 영역도 공적인 영역도 아닌 사회적(social) 영역의 출현"으로 상황은 근본적으로 변하였으며, '사회'란 "경제적으로 조직되어 하나의 거대한 인간가족의 복제물이 된 가족집합체"를 말하는 것이며, 근대적 민족국가란 그 사회가 정치적으로 조직된 것으로 볼 수 있[8]음을 지적한다. 새로운 가치와 체제를 지향한다는 것은 이미 현실을 통해 문제를 극복할 가능성을 모색할 수 없기 때문이다. 우리에게 인식되는 현실이 이미 새로운 체재를 모색할 수 있는 가능성이 거세되었다면, 과거의 사건을 통해 새로운 모색을 하는 것이 당연한 행동일 것이다. 80년대적 가치들이 새로운 현실을 창출하는 실천적 방향을 제시하지 못하는 것은 80년대적 가치를 내세우는 그들 스스로 그들이 비판했던 '현실'을 자신들의 삶의 일부로 받아들였기 때문일 것이다. 그렇기에 90년대 이후 반복되는 80년대적인 가치들의 회상은 여전히 유효한 듯 보인다.

> 자본주의의 쓰나미가 사소한 저항들을 이미 삼켜버린 건 우리 사회도 마찬가지다. 본게마인샤프트 역시 큰 파도를 타고 대양으로 밀려가는 한 뼘 널빤지 위에서 부르는 종달새의 노래였다. 또는 68혁명이라는 열정의 소나기가 내린 뒤에 뜬 무지개라고 할까. 그 판타지 속에서 사람들은 중년이 되었고 아이가 커갔고 아마 점점 현실세계의 유혹이 판타지를 뚫고 들어와 눈앞에 어른거렸을 것이다. 가족의 울타리, 그 속에서 안전해지고 싶었을 테지. 욕망은 논리로 재단될 수 있는 게 아니다. 본게마인샤프트라는 것도 논리로 설계한 이상의 공간이었다.

—「햇빛 찬란한 나날」, 89쪽[9]

---

8 이은선, 앞의 논문, 50쪽.

9 조선희, 『햇빛 찬란한 나날』, 실천문학사, 2007. 이하 소설집에서 인용은 작품명과 페이지만 밝히도록 하겠다.

욕망은 논리로 재단될 수 없음에도 불구하고, 논리에 의해 재단되는 것이 현실이다. 논리에 의해 창조된 세계는, 현실적으로 존재할 수 없는 그러나 분명히 존재하는 주거공동체. 이것은 사람들의 욕망이 창출해낸, 사람들의 논리에 의해 생성된 역설적 공간이다. '본게마인샤프트'는 현실적으로 존재하는 공간이다. 이러한 상상적 공동체에 대한 작가의 환상은 그녀의 작품 전반을 통해 확인할 수 있다.『열정과 불안』을 통해 눌리치타에 대한 환상을 제공한다. 인호는 그러한 환상을 현실에 재현하고자 한다. 하지만, 인호의 행위는 처음부터 그 한계를 내재하고 있다. 결국 "이탈리아어로 '눌라(nulla)'는 '아무것도 아님(nothing)'을 뜻하고 '치타(citta)'는 '도시, 마을(city)'이라는 뜻이니 '눌라치타'는 결국 '아무 곳에도 없는 마을'이라는 뜻"(267쪽)인 것처럼, 그들이 창출해낸 새로운 공동체 역시 현실에 존재할 수 없는 하나의 환상일 뿐이다.

우리들은 무엇인가를 욕망한다. 그리고 욕망의 대상은 끝없이 미끄러지고, 고정될 수 없음을 내재하고 있다. 영준의 "이해관계를 떠나 인간적인 유대로 뭉친 게마인샤프트, 그런 공동체로서의 회사라는 건, 글쎄? 그저 자본주의사회의 담장 위를 걷는 사람이 기웃거린 에덴동산의 풍경이 있는지도. 나도 에덴동산이 있을 수 있다고 생각하지 않았는지 모른다. 하지만 그런 공상조차 없다면 사는게 너무 무료"(259~260쪽)했다는 진술처럼, 그 욕망은 실현될 수 없는 대상일 뿐이다. 게마인샤프트(Gemeinschaft)는 애정을 전제로 한 비타산적 공동체이다. 하지만 회사는 게젤샤프트(gesell schaft)적 가치관의 산물이다. 집단의 이익을 위한 사회적 장치가 비타산적 공동체를 표방한다는 사실 자체가 하나의 모순일 수밖에 없다. 결국 눌라치타처럼, 그들이 욕망하고 실천하고자 하는 것은 하나의 허상인 것이다.

"사실 우리 회사 말이야. 공동체도 좋지만 이런 시스템으론 경쟁력 없어. 너 예전에 이탈리아에 있는 눌리치타 마을공동체 애길 했었지? 꿈 깨! 거기도 벌써 옛날에 망했을 껄?"

"눌리스타가 아니고 눌리치타야. 그리고 그렇게 얘기하면 우리 회사가 다른 기업체하고 다른 점이 뭐야? 남들하고 똑같이 할 거면 우리가 미쳤다고 고생해가면서 회사 만들었나?"

30분 넘게 계속된 언쟁은 내가 결정적인 한마디를 내지르면서 일단락됐다.

"나는 사장은 니한테 양보해도 원칙은 양보 못해"

—『열정과 불안』 1, 16쪽[10]

우리가 공동출자해서 회사를 만들고 가까스로 어떤 특별한 기업문화를 그려냈다 해도 사장이 자꾸 이상하게 몰고 나가면 대책이 없는 거다.

—『열정과 불안』 1, 48쪽

영준은 그들의 가치에 부합하는 회사를 창조한다. 보다 활동적인 삶을 살아가기 위해 그들이 선택한 최선의 방법이었다. 그리고 그러한 시도는 '노동'에 대한 새로운 가치를 부여하는 듯 보인다. 눌라치타가 하나의 허구이었던 것처럼, 그들이 현실적 실천이 창출한 새로운 '노동' 역시 허구였을 뿐이다. 네그리는 잠재적인 것과 현실적인 것의 이중운동 속에서 '가능적인 것의 구성'에 관심을 보인다. 그리고 가능성의 장을 경유하는 잠재적인 것에서 현실적인 것으로 이해와 규명[11]을 시도했던 것처럼, 눌라치타라는 이상적 공동체의 실현 가능성은 인호의 선택을 통해 실천된 것이다. 그것이 그들의 원칙이었고, 그들이 스스로 존재할 수 있는 하나의 원동력이었다. 실천적 공동체를 통한 그들의 노동은 아렌트의

---

10 조선희, 『열정과 불안』, 생각의나무, 2002. 이하 소설집에서 인용은 권호와 페이지만 밝히도록 하겠다.
11 조정환, 「들뢰즈의 소수정치와 네그리의 삶정치」, 『한국비평이론학회 2005년 정기 학술대회 발표집 – 들뢰즈와 그 적들』, 한국비평이론학회, 2005, 52쪽.

지적처럼 노동의 과정을 통해 스스로의 지위를 확인하고, 사회의 전체적 테두리 안에서 자신을 배치하는 방법이다. 앞서 언급한 것처럼, "지금까지 다른 방식으로 생각하고, 살고, 실험하고, 투쟁하"는 삶을 통해 인간의 가치를 형성하고자 하는 것이 바로 작가의 작품 속에 등장하는 인물들이다. 하지만, 그러한 가치추구가 얼마나 유효한 것일까?

> 무엇보다도 충격적이었던 것은 '본게마인샤프트'라는 주거공동체였다.
> 학교 주변에도 본게마인샤프트가 여러 군데 있었다. 처음에 그는 별세계를 구형하는 기분으로 그곳을 찾아갔었다. 3층짜리 독일식 전통가옥에서 열댓 명의 남녀가 생활하고 있었다. 학생들이 대부분이었지만 나이 든 커플들도 있었다. 아이를 데리고 들어오기도 했고 이곳에서 아기가 태어나기도 했다. 여기선 모든 것이 공동이었다. 밥 짓고 빨래하고 아이 키우는 것, 그리고 섹스도 예외가 아니었다. 아니, 오히려 섹스가 그 모든 공유의 근원이자 핵심이었다. 자본주의는 사유재산에서 나왔고 사유재산은 가족제도에서 나왔고 가족은 섹스와 불가분의 관계! 따라서 섹스를 해방하지 않고는 제도를 이길 수 없다는 것이다.
> 그러나 이것이 흔히 본게마인샤프트가 무너지는 이유가 되기도 했다.
>
> —「햇빛 찬란한 나날」, 70쪽

특별한 문화, 특별한 공동체의 시작은 그 가능성을 보여준다. 하지만 그 가능성 속에는 그 한계를 보다 분명히 제공한다. 최근 우리는 국민들이 가지고 있는 하나의 가능성을 엿보았다. 하지만, 그 가능성 속에는 분명한 한계를 내재하고 있었음을 확인할 수 있었다. 우리는 대중으로 호명되는 주체들이 지닌 새로운 가능성에 대한 모색을 가능하게 하는 일련의 사건들을 목격했다. 심형래 감독의 〈디워〉(미국명 dragon Wars)논쟁과 미국산 소고기 수입과 관련된 일련의 논쟁들이 바로 그것이다. 대중들은 이제 우중이 아닌, 실천적 주체로서 존재하는 다중적인 모습을 확인했다. 실천적 주체로서 다중들은 그들의 욕망을 실천하는 장으로, 그들이 욕망하는 것을 표현하는 방식으로 가능성을 보여준 것이다.

눌라치타와 본게마인샤프트는 자율적 욕망을 실천하는 하나의 장이었지만, 그것은 이제 존재했던 실천의 장이다. 「햇빛 찬란한 나날」의 그가 기억하는 본게마인샤프트는 새로운 자율의 공간이다. 75년 한국의 정치적 현실을 떠나 그에게 독일의 기억은 새로운 가치를 추구할 수 있었던 색다른 기억이었을 것이다. 그리고 그러한 기억 속에서 다시 본게마인샤프트로 돌아가고자 하는 것은 당연한 귀결일지 모른다. 현실적으로 실패한 삶의 방식(?)이지만, 결코 포기할 수 없는 대상인 것이다. 현실적 억압을 극복하는 것은 정치개혁이 아니라 대중들의 성격(mass character)을 바꿈으로 가능[12]한 일이다. 「햇빛 찬란한 나날」의 그 또는 『열정과 불안』의 영준이 모색하는 대상들은 그것을 구성하는 체제가 아니라, 그 체제 속에서 존재하는 주체들의 인식의 변화를 통해서 실현될 수 있는 구성체일 것이다.

> 나는 그걸 오늘 알았다. 내가 아내에게 바라는 게 무엇이었는지를. 고인 정액을 배출하는 건 자위로도 할 수 있고 여자를 사서라도 할 수 있다. 하지만 내가 원하는 건 단순한 섹스는 아니었다. 이 사회 속에서 내 존재가 보잘 것 없고 사는 게 허무하다고 느껴질수록 나는 아내를 품고 싶다는 욕망에 시달렸다. 이 세상이 낯설고 혼자라고 느껴질 때 내가 아직 누군가와 물질적, 생물학적 유대를 갖고 있다는 걸 확인하고 싶었는지 모른다.
>
> ─『열정과 불안』1, 188쪽

영준이 아내를 품고 싶다고 욕망하는 것은 섹스 자체에 대한 욕망이 아니었다. 그것은 영준이라는 개인이 자신의 존재를 확인하는 하나의 수단이었던 것이다. 본게마인샤프트가 이상적 공동체임에도 불구하고 실패한 것은 섹스의 해방을 통해 자본주의적 가치제제를 부정하고 보다 인간적인 공동체를 형성할 수 있을 것이라는 허상에 근거한다. 가족이라는

---

12 앤서니 기든스, 앞의 책, 242쪽.

체제는 자본주의적 질서 체제의 결과물이 아니다. 우리가 가족이라는 구성체를 통해 확인할 수 있는 현실은 보다 복잡하다. 새로운 삶의 구성체를 형성하기 위한 선택은 삶의 진실을 향해 나가는 우회로일 뿐이다.

3. '존재하지 않음'에 대한 향수

예전에 다녔던 신문사의 초창기 한때가 생각났다. 가장 민주적인, 너무나 인간적인 시스템을 만들어내겠다고 갖가지 위원회를 만들었고 시시콜콜한 문제들을 둘러싸고 한도 끝도 없이 토론을 해댔다.(…중략…) 그 모든 것이 토론의 주제였다. 악재들에 둘러싸여 있었고 미래는 불투명했지만 모두들 터무니없이 생기발랄했다.

—「햇빛 찬란한 나날」, 92~93쪽

회사에서 윗사람은 모두 형이나 선배라고 부르고 아랫사람은 00씨라 하거나 이름을 부른다. 직제는 아주 단순하다. 이사, 팀장, 나머지는 다 사원들이다. 출퇴근도 비교적 자유롭고 외부 미팅만 아니면 편안한 복장이다. 사장실도 따로 안 만들고 모두 칸막이를 사이에 두고 있다. 중요한 사안에 대해서는 사원 3명만 발의하면 사원총회를 소집할 수 있으니 직접민주주의를 실천하고 있다고 볼 수 있다.

—『열정과 불안』1, 48쪽

우리는 새로운 무엇을 희망한다. 하지만, 과연 그것이 얼마나 유효한 것인가는 다시 고민해야 할 것이다. 작가가 현재화하는 기억의 방식, 즉 현실의 존재방식 속에는 "현실 자체가 현실의 효과가 아니고, 그 자체의 하나의 허구인 또 다른 외양에 의해 지탱"[13]된다. 서사물의 주체들이 욕망과 실천의 과정을 통해, 현재적 삶의 가치에 대한 모색을 보여주고 있

---

13 미란 보조비치, 이성민 역, 『암흑지점』, 도서출판b, 2003, 170쪽.

다. 우리들이 살아가는 현재적 삶이 만족스럽지 못하다면, 그리고 현재적 삶을 통해 새로운 삶의 가치를 모색할 수 없다면, 우리가 선택할 수 있는 결론은 보다 분명해진다. 가장 만족스러운 삶에 대한 회귀가 바로 그것이다. "미래는 불투명했지만 모두들 터무니없이 생기발랄"할 수 있었던 것은 무엇인가 자신들이 그것을 실천하고 있다는, 자신들이 생각하는 최우선의 가치를 그들의 삶 속에서 실천하고 있다는 만족감에서 비롯될 것이다. 그것은 사회적 가치와는 무관하게, 그들이 형성하는 공동체적 질서 안에서 일정한 규칙을 통해 구현되는 세계이다. 호이징하는 놀이를 '질서를 창조하며, 질서 그 자체' 로 규정한다. 프로이트도 이와 유사한 맥락에서 놀이는 현실의 불완전한 세계 속으로 혼돈된 삶 속에서 일시적이고, 제한된 완벽성을 가져다 주는 것으로 파악한다. 조선희의 작품들을 통해 구현되는 세계들은 이러한 놀이의 개념을 통해 보다 명확해 진다. 그들 스스로의 필요에 의해 구성된 자율적 공동체는 그 구성원들에 의해 공동의 규칙이 생성된다. 하지만, 그 규칙은 그들 스스로에 의해 부정됨으로 그들의 공동체는 부정될 수밖에 없다.

본게마인샤프트의 해체가 그 구성원들 내의 욕망의 문제였다면, 영준의 회사는 게젤샤프트적 속성을 지니고 있음에도 불구하고, 그 속정을 부정함으로 자생적 문제를 내재한다. 영준은 자신이 자본주의적 질서에서 자유로운 것처럼 행동하지만, 그 역시 자본주의적 질서 내에서 존재한다. 영준은 갈등하며, 스스로에게 반문한다.

"나는 내 주식 나부랭이를 정 사장한테 팔아서 열두 배로 돈을 받고 나가떨어지는 게 자존심 상해서 싫다. 나 회사 차리면서 대출 받은 돈 아직 다 못 갚았다. 자본금 삼억 원에 내 돈 육천만 원이 들어가 있다. 나는 딱 그 돈만 돌려받고 싶다. 이자는 생각할 필요 없다. 육천만 원만 주면 된다. 민혁이한테 부탁이 있다고 한 거는 그 돈을 현금으로 달라는 거다. 이 달 안에 처리해줬으면

좋겠다. 실업자가 은행이자 갚는 거 괴로운 일이다."

—『열정과 불안』1, 169쪽

영준은 "민혁에게 주식을 거져 넘긴 것이 후회"한다. 그러한 행동이 "뒤통수를 친 친구에게 멋지게 한 방 먹이는 길이라고 생각"했지만, 그것은 착각일 뿐이다. 그것은 자만일 뿐이다. 영준은 그가 만든 세계에서 아직 놀이에 빠져 있을 뿐이다. 그리고 그 놀이가 종료되면서 영준은 겨우 현실을 인식하게 된다. 발레리는 "놀이에 관한 한 어떤 의혹도 불가능하다. 그 규칙이 근거하고 있는 토대는 확고하게 주어진 것이기 때문"임을 역설한다. 놀이란 그 규칙이 부정되는 순간 종료된다. 더 이상의 이하의 이유도 불필요하다. 그의 놀이 속에서 자본주의는 그리 중요한 것이 아니었는지 몰라도, 현실의 영준에게 자본주의는 그의 삶의 결정하는 가장 중요한 규칙이 되었다. 결국 영준은 "아내가 방을 나간 뒤 나는 핸드폰을 꺼낸다. 114안내로 노동부 전화번호를 확인"(『열정과 불안』1, 191쪽)할 수밖에 없다.

자본을 떠난 삶이 과연 가능할 것인가? 작가가 추구하는 이상적 세계에서는 이러한 삶이 가능할 것이다. 그리고 앞으로 우리가 추구해야 할 사회에서는 가능해야 할 것이다. 노동이라는 가치를 어떠한 방식으로 규정하는가에 따라, 논의의 방향을 달라질 것이다. 하지만, 이 변화의 방향에 있어 중요한 것은 우리의 열정이다. 열정이 남아 있다는 것은 아직 무엇인가에 대한 희망이 남아 있다는 것이다. 그렇기에 삶이라는 것이 유효한 가치를 지니고 있는 무엇으로 규정될 수 있다. 아무리 절망적 상황일지라도 우리에게 희망이 존재할 수 있는 이유이다.

　　처음엔 내가 기대했던 눌라치타가 완전히 딴판이 돼 있는데 실망도 했어.
그런데 이젠 담담하고 어찌보면 그게 당연한 귀결이라는 생각도 들어. 실패란
불완전한 인간에게 어울리는 결과야. 예정된 결과야. 우리가 불완전하니까 완
전한 어떤 걸 꿈꾸고. 그러니 도전하고, 도전하는데서 즐거움을 느끼고, 그런
것 아니겠냐?

— 『열정과 불안』 2, 220~221쪽

　　영준에게 눌라치타는 그가 꿈꾸는 모든 것이었지만, 그 꿈이 일종의
허구였음을 인식한다. 인간이 불완전의 존재로 규정한다면, 이는 당연한
귀결이 될 수 있을 것이다. 하지만, 불완전하기에 실패할 수밖에 없다면,
우리의 삶이 너무 비참할 것이다. 무엇인가를 꿈꾸고 도전하는 것은 그
것이 실패 할 수밖에 없기 때문이 아니라, 도전의 과정을 통해서 생성되
는 새로운 가치들이 있기 때문이다. 68혁명의 결과 생성된 자율적 공동
체들은 그 한계와 함께 그러한 공동체들의 가능성을 보여주었다. 그것은
실패했지만 역설적으로 실패하지 않는 움직임이다. 자본주의적 가치체
제 안에서 우리의 삶의 지탱되고 있다. 이러한 사회 체제를 부정하고 새
로운 체제를 만드는 것은 불가능 할 것이다. 이제는 혁명을 꿈꾸는 시대
는 지났다. 그러나 새로운 긍정의 변화를 추구할 수 있을 것이다. 아렌트
가 인간의 활동적인 삶을 통해서 부여한 노동의 진정한 의미를 통해, 인
간 주체들의 인식의 과정을 통해 이루어지는 노동의 가치창출을 통해,
보다 긍정적 인간상을 생성해 낼 수 있을 것이며, 이는 우리 스스로를 대
중적 성격으로 볼 것인가, 혹은 다중적 성격으로 바라 볼 것인가의 문제
일 것이다.

　　우리들의 삶을 규정해야 한다면, 우리는 어떠한 방식으로 삶의 규정
할 것인가? 80년대적 가치들에 대한 재현이 단순히 80년대의 회상이라
한다면 너무나 우울할 것이다. 하지만, 80년대의 순수한 열정이 아직 살

아 있음을 확인할 수 있다. 당대의 순수함을 통해 장사를 하는 사람들이 있지만, 아직 그러한 이들보다 80년대의 순수함을 간직한 채 새로운 변화를 실천하는 이들이 보다 많을 것이라 믿는다.

『작가마당』 14(2009. 상반기)에 수록

제3부

지역, 일상, 환상

구경꾼과 광증 발현자의 거리

최인석 소설을 중심으로

고영진

1. 인물에 관한 작가 영역의 문제

소설 속 인물[1]의 역할은 무엇보다도 "형상화"에 있다. 때문에 목적을 위하여 작가에 의해 고안된 개체(individual)[2]인 인물에 대해 반복되는 난제는 인물이 어느 정도는 실재하는 인간의 재현 내지 모방인 동시에 다양한 언어적 수단들로 구성되는 가공의 존재라는 이중적 특성을 갖는다는 데 기인한다. 즉, 애초 작가의 의도대로 설정했던 인물도, 일단 그려 놓으면 살아있는 유기체적인 기호와 같다는 것이다. 얼마 전, 『황진이』(대훈닷컴, 2004)로 만해 문학상을 탄 북한의 소설가 홍석중은 "내 소설

---

1 소설의 인물이란 "실제 인간의 허구적 재현"이다. 이런 정의를 통해 두 가지 핵심적인 문제가 제기될 수 있다. 그 첫 번째는 '재현'이라는 말이 암시하듯이 허구적 인물이 과연 어느만큼 실제 인간의 모방일 수 있는가라는 문제이고, 두 번째로는 인물을 존립케 하는 언어적 기법이나 허구화의 요소들이 무엇인가 하는 문제이다(이호, 「인물 및 인물 형상화에 대한 이론적 개관」, 한국소설학회, 『현대소설 인물의 시학』, 태학사, 2000, 7쪽).

2 송기섭, 「작중인물의 서사적 지위」, 『한국언어문학』 제36집, 1996, 202쪽.

의 남자 주인공인 '놈이'는 처음에는 그렇게 비중이 큰 인물이 되리라고 생각 못했는데, 진이가 기생이 된 뒤에 갑자기 커졌다. 나도 어쩔 수 없이, 놈이는 놈이대로 진이는 진이대로 달려가더라"라고 밝혀 소설의 인물에 관한 작가의 영역에 대해 언급했다.

　물론 인물과 플롯의 문제는 늘 종속과 독립의 선후를 풀어가는 과정에서 발전하고, 인물이 다각도의 측면에서 드러내는 행위가 도덕적인 기질과 동기, 성격 등 여러 요소들로 형성되는 것을 부인할 수 없다는 점에서는 공통적인 의견의 일치를 보이는 실정이다. 사실, 인물의 성격이 인간성의 보편적 차원에서 윤리적 목적과 선택에 연관된 특정 행위와 일치해야 한다는 것은, 결국 성격이 "행위의 모방"보다 엄밀히 말해 "행위의 필연적 인과적 배열"인 플롯과 불가분의 관계에 있는 동시에 그것에 종속된다는 것을 의미한다. 하지만, 20세기 중반 모리악과 사르트르가 등장인물의 자유선언을 한 것을 굳이 거론하지 않아도, 근대로 오면서 인물의 자율성은 점점 부각되어 갔다. 과거 로망과 같은 서사 문학이 성격 창조보다 플롯의 기발함에 더욱 초점을 두는 경향과는 달리 근대 소설은 사람의 성찰이란 명제에 보다 치우쳐 있었고, 그런 까닭으로 작중 인물의 행위와 사고에서 기인하는 성격의 창조를 매우 중요시한다. 헤겔의 세계사적 개인, 루카치의 문제적 개인, 지라르의 우상숭배적 개인과 같은 이론적 성과물은 작중인물을 통해 언어라는 질료로써 소설이 구축하는 성채의 견고함[3]을 증명한다. 인물의 개성과 입체성은 사실상 20세기 소설에서 인물의 내면적 사고에 대한 관심이 증대한 결과이다. 특히, 우리의 문학적 관심은 인물에 집중되어 있었으며, 그것은 글을 쓰는 사람과 읽는 사람 모두에게 적용되어 왔다. 우리 고전들의 제목들만 일별해

---

3 김종회, 「소설의 조직성과 해체의 구조」, 『한국문학이론과 비평』 제18집, 2003. 3, 10쪽.

보아도 우리의 소설적 관심의 한가운데 인물이 있음을 쉽게 알 수 있다. 또한 문학의 실험 정신보다는 심리주의나 이념적인 리얼리즘에 더 경도되어 있던 우리나라 풍토에 있어 인물은 모든 소설적 요소들의 구심점이 되어 왔다. 그렇게 다듬어진 인물에 대한 고민은 현대로 오면서 자율성의 문제로까지 확대된다.

인물의 자율성을 논의하는 데 빼 놓을 수 없는 작가가 최인석[4]이다. 문단 경력으로는 25년이 지났고, 소설 경력만으로도 벌써 20년이 다된 작가인데도 그의 소설에 대한 본격적 연구는 찾아보기 어렵다. 그의 세계가 보여주는 복합성 때문이다. 20년여에 걸쳐 출판된 그의 열권이 넘는 책이 모두 서로 다른 출판사에서 나왔듯이, 각각의 작품들이 보여주는 세계는 난마亂麻처럼 갈피를 잡을 수 없이 다양[5]하다. 현실의 모순이나 소시민성에 대한 풍자와 야유, 지식인의 허위의식에 대한 비판이 있는가 하면, 범과 나비가 화촉을 맺는 아름다운 나라에서 간첩이 파견되거나, 절망 끝에서 낙원을 찾는 비극적 신화의 세계가 현실의 모습을 하고 천연덕스럽게 등장하기도 한다. 공간도 낯설고, 인물들도 기괴하다. 게다가 이는 새로운 작품들을 통해 매번 업그레이드된다.

하지만 그의 작품들이 보여주는 공간과 인물 설정, 주제의식 등의 다양함은 외견에 불과한 것일 수도 있다. 최인석의 작품들이 독자들에게 안겨주는 당혹감의 처소는 좀 더 깊은 곳에 존재할 수도 있다는 것이다.

---

4 1953년생, 1980년 6월 희곡 「벽과 창」이 한국문학 신인상을 받음으로써 문단에 발을 들여놓았고, 1986년 장편 『구경꾼』이 소설문학사 주관의 제6회 소설문학상에 당선됨으로써 소설가로 입신했다. 장편으로는 『구경꾼』(소설문학사, 1986), 『잠과 늪』(실천문학사, 1987), 『새떼』(현암사, 1988), 『내 마음에는 악어가 산다』(살림, 1990), 『이상한 나라에서 온 스파이』(창작과비평사, 2003) 등과 연작 장편 『안에서 바깥에서』(푸른나무, 1992)가 있고, 소설집으로는 『인형 만들기』(한길사, 1991), 『내 영혼의 우물』(고려원, 1995), 『혼돈을 향하여 한걸음』(창작과비평사, 1997), 『나를 사랑한 폐인』(문학동네, 1998), 『아름다운 나의 귀신』(문학동네, 1999), 『구렁이들의 집』(창작과비평사, 2001) 등이 있다.
5 서영채, 「알레고리에서 심연으로」, 『문학의 윤리』, 문학동네, 2005 참조.

그의 소설은 기형과 불구, 정신강박에 시달리는 음울하고 악마적인 분위기[6]를 가진 그로테스크한 인물들을 통해 부조리한 현실의 모습을 보여준다. 최인석의 소설이 보여주는 지옥 같은 삶은 인간성이 상실된 차가운 현대일상에 대한 은유이다. 더불어, 폐쇄된 배경공간과 인물들의 불안정한 상태로 과장된 성격, 환각으로 표현되는 극적인 구성은 희곡창작을 겸하는 작가의 특징[7]에서 비롯된 것이기도 하다.

2. 구경꾼과 광증발현자 간의 폭력적 거리

최인석이 소설가로서 처음 자리매김했던 작품 『구경꾼』은 그의 두 번째 데뷔작이자, 첫 번째 소설이다. 먼저 이 작품에서 눈길을 끄는 것은 주요 인물들이 그리고 있는 구도이다. 일인칭으로 등장하는 화자는 삼류대학 영문과 3학년에 재학 중인 대학생으로 특별히 하고자 하는 바도 없이, 무엇이든 "적당히" 하는, 좋아하는 것이 있다면 기꺼이 걸음을 멈춰 열중하는 싸움 구경 정도인 평범한 학생이다. 따라서 그는 작품 속에서 어떤 적극적이거나 문제적인 행동도 감행하지 않는다. 애인을 임신시키고도 중절수술비 마련에 더 쩔쩔매는 한심스러운 인간형이다. 소설 속의 주요 인물들은 이런 모습의 화자를 중심으로 하여 종횡으로 펼쳐져 있는데, 이들의 정연한 대칭의 구조가 도식적인 매력을 가지고 있다.

---

6 우리 소설이 근대부터 인물화의 기법으로서 환상을 발견한 데 이어 주제적 국면에서 환상을 축조하고 이용하는 단계를 거쳐 이른바 동시서술의 방법으로 현실의 재현 가능성에 도전하는 환상성을 창조하는 작품의 단계로 이어지는 연속적인 전개과정을 거친 것으로 파악된다(김경수, 「현대소설의 전개와 환상성」, 『국어국문학』 제137권, 2004. 9, 228쪽).

7 비평가들은 이러한 최인석 소설의 개성적 면모를 두고 "마술적 리얼리즘(장경렬)" 혹은 "비루한 것의 카니발(황종연)", "집요한 비관주의(서영인)", "심연의 힘(서영채)"이라고 해석한 바 있다. 사실 최인석에 대한 기존의 연구도 같은 맥락으로 이해될 수 있다. 주로 비평의 형식을 통해 진행된 기존의 연구는 그의 소설의 난맥을 인정하는 선에서 그가 가지는 수사의 힘을 사회적 의미로 해석하는 데 동의하고 있다.

주인공 양 옆에는 두 명의 친구가 있다. 왼편에는 도시락에 찬 없는 밥만 싸올 정도로 가난한 가운데 야학 선생을 하는 왕빈대라는 별명을 가진 운동권 학생이 있고, 그 반대편에는 도살업자 출신의 부동산 재벌을 아버지로 두고, 45평 아파트에 포르노테이프를 모아 도서관을 꾸미고, 포커판을 벌여 친구들의 호주머니를 털어가는 호화 대학생이 있다. 화자를 중심으로 한 또 다른 축에는 아버지와 동생이 있다. 아버지는 고리대금업자 출신으로 교활하고, 비인간적이며, 노조를 탄압하는 전형적인 악덕기업주이고, 고3학생으로 굉장한 독서체험을 바탕으로, 아버지의 삶을 비판적인 시선으로 바라보고, 학교를 때려치운 뒤, 결국에는 아버지 공장에 위장취업하여 방화까지 저지르는 동생은, 정확하게 아버지의 반대편에 서 있다. 요컨대, 제목 그대로 모든 일에 있어서 "특별한 관찰자"인 구경꾼 노릇만 하는 화자가 중앙에 있고, 한편에는 긍정적인 가치를 향해 나아가는 진지한 인물들이, 다른 편에는 그 반대에 속하는 인물들이 정확하게 대칭적인 모습으로 자리하고 있는 것이다. 주요 인물들의 짜임새가 저렇듯 선명하게 위계화되어 있다면, 이 소설을 지탱하고 있는 가장 중요한 골간은 서영채가 지적한 바대로 알레고리적 구성력[8]이라 해도 좋을 것이다. 이를테면 폭력적 권력을 휘두르는 사람과 그 폭압을 견뎌내는 사람이 반대항으로 설정되는 것이 아니라, 그들의 열정적인 행동력에 지극히 정적인 구경꾼의 시선이 설정되는 것이다. 그리고 작가가 『구경꾼』의 당선 소감에 밝힌 "세계의 핵심에 이르는 글"이라는 구절과 연관지어 생각한다면 이러한 냉정하리만큼 분리된 구경꾼의 시선은 그

---

8 물론 우리가 여기에서 사용하는 알레고리라는 개념은 단순한 수사학이나 서사적 기법으로서의 우화가 아니라, 서사를 구성해내는 힘 혹은 사고의 패턴을 지칭하는 넓은 테두리를 가진 것이다. 이러한 의미의 알레고리적 구성력은 현실과 반영태를 전제로 하는 재현의 패러다임과도 유사하다. 재현의 패러다임이 현실의 어느 한 부분에 접근하는 방식이라면, 알레고리적 구성력은 세계 전체를 포착하고 파악하여 재구성하는 방식이라는 것이다(서영채, 앞의 글 참조).

뒤를 잇는 작품에 기초를 제공한 것으로 보인다.

주목해야 할 것은 바로 이러한 구경꾼의 시선에 있다. 미친 듯이 세상과 온 몸으로 부딪쳐 싸우는 사람들—그들이 자신의 동생이고 자신의 친구일지라도—또는 미친 듯이 세상과 사람을 기만하고, 이용하는 사람들—역시 그들이 자신의 아버지이고, 또 다른 친구일지라도—사이에서 구경꾼은 선을 넘지 않는다. 구경꾼은 구경만을 주로 한다. 때론 싸움을 말리는 사람들에 눈살을 찌푸리기도 하지만, 그 역시 참견하지 않는다. 무기력할 만큼의 객관적인 시선은 더럽거나, 뜨겁거나, 어리석거나 하는 주위 인물들 사이에 동화되지 않는다. 철저하게 구경꾼의 자리에 충실하고 동시에 만족한다. 그 객관적인 시선이 주는 거리감은 여타의 감정이 삭제된 건조한 상태이지만, 이 작품이 재미를 잃지 않는 이유는 작가 특유의 빈정거리지만 밉지 않은 입담으로 주인공 동규가 다분히 희화화되어 있기 때문이다.

> 나로서는 상희에 대하여 속수무책이었다고 나는 생각한다. 나로서는 상희에 대해서 어떤 책임도 느낄 필요가 없다고 어머니도 말한다.(…중략…)아버지가 할머니와 동숙이 누나와 동철이에 대해서 속수무책일 수밖에 없었던 것처럼, 어머니가 동철이에 대해서 속수무책일 수밖에 없었던 것처럼 나 역시 상희에 대해서 속수무책일 수밖에 없었다고 나는 어느 누구에게라도 자신있게 말할 수 있다.
>
> —『구경꾼』, 313쪽

임신시킨 여자친구가 중절 수술을 하고 돌아오던 길에 사라졌다는 이야기를 듣고 주인공 동규가 자위하는 이 "속수무책"이라는 말이야 말로 구경꾼의 시선을 그대로 상징화한다. 이러한 구경꾼은 그 게임에 내재된 조작을 직시하는데 무능력하고, 다만 이긴 팀과 자기를 동일시하는 근본적인 한계[9]를 지닌다. 그럼에도 불구하고 이 구경꾼의 자리가 언제 어디서나 가장 편안하고 안전하기 때문에, 이러한 한계로부터 벗어나는 것은 쉽지 않다. 말하자면 작가는 대립구조의 한쪽의 시선에서 바라볼 때는 볼 수 없는, 구경꾼의 눈으로 바라본 세계와 더불어, 그 구경꾼의 시선의 한계까지 동시에 그리는 효과를 노리고 있다.

『구경꾼』과 『잠과 늪』, 그리고 그 다음 작인 『새떼』에서도 구경꾼이 바라보는 세상은 "일반적"이라 할 수 있다. 비열하고 오만하고, 많이 배우고, 더러운 인물군이 소박하고, 가난하고, 못 배우고, 어리석은 인물군들을 제압하고 괴롭혀도 이는 지극히 일상적인 것으로만 비춰진다. 하지만 1995년의 『내 영혼의 우물』에 와서 최인석의 인물들은 본격적으로 춤을 추기 시작한다. 지금까지도 "최인석적인"이라고 불리는 어둡고, 비천한 인물들의 광기가 드러나기 시작했기 때문이다. 이와 같은 양상은 『내 영혼의 우물』[10]의 표제작이나 『혼돈을 향하여 한걸음』에 수록된 「노래에 관하여」에 이르면 좀 더 격렬해진다.

「내 영혼의 우물」의 배경은 감옥이다. 여기에 강도 강간범 방장, 기독교에 귀의한 사기꾼, 신경증 증세를 보이는 자동차 정비공 출신의 절도범과 개 훈련소를 운영했던 살인범이 있다. 절도범은 결백을 주장하며 혼자 중얼거리다 훌쩍거리고, 살인범은 실어증에 걸린 듯 말이 없다가 이따금씩 개 울음소리를 낸다.

> "인간은 2만 헤르츠 이상의 소리는 듣지 못한다. 개는 12만 헤르츠의 소리
> 까지 들을 수 있다. 인간의 영혼이 울 때, 아파할 때, 슬퍼할 때나 기뻐할 때도

---

9 손정수, 「체험의 육체성으로 이룬 의식의 사회사」, 『작가세계』 2000년 봄호, 93~94쪽.
10 방민호는 최인석의 「내 영혼의 우물」을 현실적 압력으로부터의 '탈주'로서의 환상으로 분류하였다. 그리고 종합적으로 그가 환상을 미학적으로 성찰적으로 다룰 줄 알며 그러면서도 독자들의 흥미와 즐거움이 무엇인지를 아는 새로운 형태의 작가라고 평을 내렸다(방민호, 『환상소설첩』, 향연, 2004).

소리가 난다. 인간이 듣지 못하는 것뿐이다. 인간의 마음이나 생각이 움직일 때, 사랑하고 증오하고 두려워하고 화내고 참고 싸우고 화해하고 선해지고 악해지고 망설이고 후회할 때에도 소리가 난다. 인간이 행복하고 불행할 때에도 소리가 난다. 욕심내고 양보하고 그리워하고 원망하고 소망하고 두려워할 때에도 각기 다른 소리가 난다. 아주 높고 아주 가느다란 소리. 인간은 그 소리를 듣지 못한다. 그러나 개는 그 예민하게 발달한 청각으로 그 모든 소리를 듣고 반응한다."

한동안 침묵이 흘렀습니다. 모든 사람들이 멍하니 그를 쳐다보고 있었습니다. 다시 한번 영배가 반복했습니다.

"인간은 듣지 못한다."

— 「내 영혼의 우물」, 39쪽[11]

감옥에서 영배가 정신이 나간 듯 깊고 몽롱한 혼수상태에 빠져 있을 수밖에 없는 이유는 그의 정신이 "여기가" 아니라 "행복한 개학교"에 있기 때문이다. 그렇게 이상세계를 박탈당한 심영배는 정신분열증 환자가 되어 감옥에서마저 버림받게 되지만, 사실 그의 정신분열이란 두 세계의 간극에 낀 인간이 정신적 균형을 잃으면서도 도달할 수밖에 없는 필연의 종착지[12]이기도 하다.

이 때 광기를 서술하는 구경꾼으로 등장하는 것은 규식이라는 인물이다. 규식은 예전에 친구 상일과 함께 영배의 개학교에서 개를 훔친 적이

---

11 이러한 심영배의 광기는 사실 구경꾼의 시선에는 푸코가 이야기하는 고전주의 시대 이전 광기의 이미지를 지닌다. 이 때 광인은 세상 이면을 알고 있으며, 저 세상의 신비로움과 통하는 연결체로써 작동한다.
"동물성은 인간적 가치와 상징을 통한 길들이기로부터 멀어지고, 이제 동물성의 무질서, 맹렬함, 있음직하지 않지만 풍부하게 나타나는 괴기스러운 모습에 의해 인간이 현혹당하게 되더라도, 인간의 내면에 있는 침울한 격노, 빈약한 광기를 드러내는 것은 바로 동물성이다. 이와 같은 어두운 본성의 반대편 극단에서 광기는 앎이기 때문에 매혹적인 것이 된다. 우선 이 모든 부조리한 형상이 사실은 어떤 어렵고 폐쇄적이며 비의적인 앎의 요소이기 때문에, 광기는 앎이다."(푸코, 이규현 역, 『광기의 역사』, 나남출판사, 2004, 71~72쪽)
12 강진호, 「비극의 세계, 절망과 부정의 형식」, 『실천문학』 1999년 가을호, 251쪽.

있었기 때문에 영배를 알아보는 동시에 그를 두려워한다. 같이 영배의 개학교에서 개를 훔쳐 보신탕집으로 넘겼던 상일이 영배에게 살해당했기 때문이다. 그로 인해 무기징역을 선고 받은 영배를 같은 감방에서 만나는 것은 규식으로서는 껄끄러운 일이 아닐 수 없지만, 그 두려움의 근원은 오히려 다른 곳에 있다. 영배가 경찰들에게 잡힐 때 "갑자기 고개를 길게 뽑아 우우우우하며 개처럼 울부짖었고, 그 소리에 화답하여 그 동네의 개들이 일제히 짖어대기 시작했다"(43쪽)는 것을 알고 있기 때문이었다. 이러한 사실을 알고 있는 구경꾼인 규식에게 영배는 완연한 광기의 인물[13]이다. 이 때, 규식─작가─의 조심스러움으로 무장한 공손한 시선과 말투에서 독자는 영배의 광기에 대한 호기심과 공포감을 신빙성 있게 받아들이게 된다.

하지만, 기억해 둘 것은 영배가 늘 미쳐있는 상태가 아니라는 점이다. 내내 지독하게 말이 없던 영배는 개 이야기를 할 때를 제외하고는 세상에 뜻이 없는 인물이다. 하지만, 절도범 똥별이 "부조리한 폭력"에 의해 범틀(범털虎毛), 사회에서 가졌던 힘을 배경으로 교도소 안에서도 대접받는 재소자)인 사기꾼 집사에게 남색을 허용한 뒤 자살하자, 영배는 "개처럼 짖고, 달겨들며, 물어대는" 완연한 분열증의 증세를 드러낸다.

> 그 땝니다. 갑자기 옆에 엎어져 있던 심영배가 벌떡 일어섰습니다. 넌 뭐야, 이 새끼야? 엎어져! 교도관이 고함을 질렀습니다, 크르르르, 심영배가 으르렁거렸습니다. 그는 모든 이빨을 드러내고, 잇몸까지 드러내고, 시뻘겋게 충혈된 얼굴을 있는 대로 찌푸리고 짖어대기 시작했습니다. … 영배가 짖어대는

것을 관찰한 정신병원의 한 의사는 그가 실어증에 걸린 것 같다, 그래서 단순
히 짖어대는 것이 아니라 그렇게 짖어댐으로써 무슨 의사를 표현하려고 하는
것 같다고 말했습니다.

—「내 영혼의 우물」, 52~53쪽

규식이 바라보는 영배의 광기는 오로지 공포이다. 자신과의 관계도 그
러하거니와 폭력—상일의 살해—에 관한 극단적 이미지와 결부되어 있
는 광기는 공포 이외의 것이 될 수 없다. 하지만 여기에서도 구경꾼과 광
기는 철저하게 분리되어 있다. 영배에게 다각도로 두려움을 가지고 있던
것은 규식이었으나, 분노와 광기의 대상은 똥별을 자살하게 만든 집사였
기 때문이다. 때문에 규식은 광기에 대한 관조와 체험을 동시에 소화해
낼 수 있는 단 하나의 인물로 설정된다.

이때부터 최인석의 구경꾼들이 보는 세계는 특정한 광기의 색채를 가
지게 된다. 광기와 구경꾼의 시선은 철저하게 분리되고, 객관적인 구경
꾼의 시선으로 묘사되는 광기의 발현은 거리가 있음에도 불구하고 비정
상의 선을 넘어 오히려 현실적으로 다가온다. 「노래에 관하여」에서도 사
정은 유사하다. 삼청교육대라는 폭력과 광기가 비인간적이고 강제적인
"감금"이라는 공간적 요소와 매치되어 구경꾼의 시선은 더욱더 현장감
을 갖게 된다. 작가는 80년대 벽두의 가장 비인간적인 경험이었던 삼청
교육대를 통해 전면적인 폭압과 반윤리적인 현실이 여전히 현재적인 문
제임[14]을 환기한다.

"열어" 트럭 꽁무니의 포장이 젖혀졌다. 그와 동시에 안에서 민간인들이 뛰
어내리기 시작했다. 트럭 위에서 두 명의 병사들이 고함을 질러대는 소리가

---

14 양종근, 「좌초한 영혼과 강요된 형식」, 『실천문학』 1995년 여름호, 315쪽.

들렸다. "빨리 빨리 뛰어내려, 이 개새끼들아."

그리고 그들 민간인들이 뛰어내리자마자 병사들은 그들을 향해 곤봉과 군화발과 주먹을 휘두르기 시작했다. 비명소리가 어둠 속에 어지럽게 흩어졌다. 곤봉이 엉덩이와 어깨와 목과 발목을 난타했다. … 군화발이 옆구리를 찰 때마다, 곤봉이 어깨를 내리칠 때마다 숨이 막혔다 터지고, 그랬다가는 다시 막혔다. … 영우는 문득 이렇게 맞고 있다가는 이대로 고스란히 죽고 말 것이라는 생각이 들었다. 죽음이, 그 시커먼 아가리를 쩍 벌리고 바로 코앞까지 다가와 그를 삼키려 하고 있었다. 이렇게 죽는 수도 있을까, 이렇게 죽을 수도 있는 것일까…

—「노래에 관하여」, 101~102쪽

하지만, 아이러니하게도 다양한 폭력의 카니발과 같은 이 작품에서 폭력의 양쪽—폭력을 행사하는 자와 그 폭력의 대상—은 모두 희생양이다. 끌려온 수용자들이 이유도 모르고 잡혀온 평범한 사람들이듯, 무차별적인 폭력의 권능을 행사하는 김중사 또한 고아로서 이 사회에서 버림받은 존재이다. 처음 서로를 짐승으로 생각하던 이들이 "서로에게서 사람을 발견하기 시작하고", 상대방에서가 아니라 각기 "자기 자신에게서 짐승을 발견"하게 되는 과정을 통해, 폭력이 난무하는 이 사회 자체가 사람을 짐승으로 만들고, 사람다운 관계를 가지지 못하게 하는 것을 지적한다.

순식이 이야기를 시작한 것은 2시 30분 무렵이었다. 그는 갑자기 영우에게 이렇게 중얼거렸다. "우린 사람이 아니야, 형" (…중략…) "알아 형? 그러니까 여긴 사실은 세상도 아니야. 이번에 분명히 깨달았어." (…중략…) "우리 사람이 아니라……." (…중략…) "곰 아니면 호랑이야." (…중략…) "이곳은 세상이 아니라 동굴이고." (…중략…)

"괜찮아. 우린 아무 일 없을거야. 넌 일주일만 지나면 석방이야." 순식은 고개를 저었다.

"석방? 어디로?" (…중략…) "어딜 가건 우린 아직 사람이 아니고, 이 세상은 아직 세상이 아닌데"

(…중략…) "밖? 어디가? 다 굴속인데…"

—「노래에 관하여」, 152~155쪽

이와 같이 비인간적인 사회가 비단 삼청교육대에 한정된 것이 아님을 인식하는 순간 공포, 또는 무력감은 극대화된다. 이는 폭력에 대한 물리적인 공포와는 다른 것이다. 삼청교육대라는 특수한 역사적 경험을 다루면서도 작가의 목적은 그것을 지엽적으로 축소시키기지 않고 일반화하는 것에 있어 보인다. 그 배후에는 다양한 인물들의 입을 통해 언급되는, 세상이 감옥이고, 교도소이고, 동굴이라는 금언金言이 버티고 있다. 안과 밖이 다 굴속이고 아직 세상이 아니라면, "그 옛날 사람이 되고자 굴속으로 들어간 호랑이와 곰이 아직도 사람이 되지 못하고 그 안에서 새끼를 치고, 또 새끼를 쳤고, 여기가 아직도 그 굴속이라면"(154쪽), 이 비루한 세상의 경계는 결국 사라지고 마는 것이다. 그것을 "깨달은" 순식이 선택할 수 있는 것은 죽음밖에 없다. 순식은 탈출을 시도한 것이 아니라 죽음을 선택한 것이다.

이 공간에서 구경꾼의 시선은 더욱 더 무력해진다. 폭력의 주체로서가 아닌 대상으로서의 시선의 객관성이란, 더욱 "리얼"하기 마련이다. 하지만, 이 작품은 자신(영우)이 당하고 있는 폭력과 불합리한 처사에 대해서는 지극한 거리를 유지하는 반면, 김 중사의 광기에 가까운 폭력과, 순식의 자살과도 같은 탈출, 살기위해 미친 듯이 다른 사람을 바늘[15]을 훔치는 사람들에 대한 시선은 자세하고도 멈춤이 없다. 순식이라는 주인공을

---

15 사실, 이 작품에서 사람들을 치졸의 극치로 몰고 가는 소재가 바늘이라는 점은 흥미롭다. 거칠대로 거친 성인 남자들이 상대적으로 가장 작고 여성스러운 물건인 바늘을 오로지 맞지 않기 위해 훔치는 장면은 삼청교육대라는 공간이 가지고 있는 폭력성과 광기를 극명하게 드러나게 하는 충분한 힘을 가지고 있다.

두고 굳이 영우라는 구경꾼을 배치한 것은 우연이 아니다. 이중 삼중으로 구경꾼과 다양한 광증 발현자와의 거리를 엄격하게 유지하는 것은 이 시기에 설정된 구경꾼과 광증 발현자의 거리가 가장 폭력적인 거리임을 부연한다. 구경꾼 영우가 같은 삼청교육대에 있으면서도 순식만큼 아파할 수도, 김 중사만큼 미치지 않을 이유도 여기에 있다. "노래"로는 치유될 수 없는 거대한 힘 앞의 무력한 구경꾼의 시선과, 리얼리티에 상처를 입힐 정도로 과장된 광기의 폭력을 분리하는 작가는 전망의 부재라는 지적을 피할 수는 없을 테지만, 그 역시 또 하나의 전망이었던 시대를 환기한다.

이 폭력적 거리의 정점이자 전환점이 되는 작품이 바로 「나를 사랑한 폐인」이다. 이 작품은 동해안의 작은 포구 거진 근처의 외딴 언덕에 바다를 향해 자리 잡은 낡은 한옥 술집 "카페 귀허歸墟"와 세상을 삼켜버릴 듯이 무섭게 요동치는 어두운 바다를 무엇인가 삶에 본질적인 것을 순수한 형태로 드러나게 하는 한정된 공간으로 설정하고 있다. 그리고 여기에 세 인물이 있다. 애초에 지망했던 시인 대신에 거짓 기사나 꾸며대는 여성지기자로 전락한 자신에 대한 자조와, 비루한 연명을 강요하는 세상에 극도의 염증을 느끼는 동찬과 벼랑 끝 바위에 앉아 어두운 바다를 하염없이 바라보며 담배 한, 두 개비 피는 것으로 간신히 정신적 연명을 거듭하는 정순이다. 그리고 정순의 인생을 저당잡고 굴속 같은 방에서 괴물과 같은 신음소리로 육체적 연명을 증명하는 정순의 남편[16]이 있다. 이들은 처음에는 자신에게 내재된 광기는 인식하지 못한 채 서로의 광기

---

16 정순의 남편이 자신의 방안에서 지르는 광기어린 신음소리, 젊은 시절 온갖 악행으로 아내를 괴롭히고, 늙고 병든 몸으로 또 다시 정순의 삶을 끌어내리는, 그가 고통과 아내에 대한 불만으로 질러내는 신음소리는 거의 광인의 것에 가깝다. 그리고 그 신음소리 안에서 남편에 대한 복수와 연민을 거듭하는 정순의 차가운 시선은 또 하나의 구경꾼을 보여준다. 그렇게 침식당한 정순의 삶에 내재된 광기는 동찬에게 전이되고, 지극히 사회적인 삶만을 구가하던 동찬에게서 발현된다.

를 "구경"하게 된다. 하지만 곧 순수에 대한 열망을 죄책감처럼 안고 살아가는 동찬과, 벗어날 수 없는 절망의 삶에 대한 염증을 운명처럼 받아들이는 정순은 지옥 같은 삶에 대한 자멸로서의 서로의 광기에 매료된다. 무엇보다도 그들이 옆방의 반신불수 남편의 신음소리를 배경으로 벌이는 정사는 그로테스크의 극치라 할 수 있다. 병마로 인한 광기의 괴물은 아마도 두 사람의 정사를 알고 있었을 테지만, "귀로 구경"할 수밖에 없는 상태에서 광기는 더해가고, 세 사람의 비정상성은 서로에게 강하게 전이된다. 때문에 이 정사는 단순한 살섞음이 아니라 서로에게서 구경꾼의 시선을 거두고, 자멸의 안쓰러운 광기가 전이되는 결정적 순간이라 할 수 있다.

하지만, 동찬과 정순이 선택하는 "폐인"으로서의 광기는 단지 절망에 압도된 나머지 내면으로만 침잠하는 것과는 다르다. 일상적 삶의 질서와 논리에서 보면 그것으로부터의 일탈이 폐인의 길이지만, 폐인의 눈으로 본 세상은 "시장과 구정물의 늪"에 지나지 않기 때문이다. 지옥 같은 세계에 살면서도 낙원을 꿈꾸는 정순은 폐인이 되려는 자멸적 욕망에 색다른 의미를 부여한다. 그것은 희망을 찾아서 절망 속으로 더욱 깊이 빠져드는, 낙원을 찾아 지옥 속으로 더욱 깊이 들어가는 자기구제의 시도가 되는 것[17]이다. 동찬이 귀허로 찾아온 서울 사람들―동찬의 아내 서영과 김주간―앞에서 펼치는 자학의 발언들에는 구제에 대한 열망으로 격화된 자멸의 광기가 극렬하게 표출되어 있다.

---

17 이러한 사고방식이야 말로 "최인석적인 것"이라 말할 수 있는 것일 것이다. 실제로 「나를 사랑한 폐인」 이후 5년 뒤의 작품인 『이상한 나라에서 온 스파이』에서 우영은 낙원으로 가는 길을 위해 지옥과 같은 이 세상에서 땅을 파기 시작한다. 이처럼 낙원으로 가기 위해서는 진정한 지옥을 관통해야 한다는 사고방식은 최인석 전 작품을 전유하고 있다고 할 수 있다.

나는 폐인입니다. 끝까지 이럴꺼예요? 서영이 힐문하자 동찬은 말했다. 나
는 폐인국廢人國의 왕입니다. … 나는 행려병자입니다. 마침내 아까부터 몇 번
이나 목구멍까지 올라왔으나 참았던 질문을 서영은 뱉어냈다. 저 여자하고 어
떤 사이예요? 나는 무용지물입니다. … 나는 물고깁니다. 동찬이 말하더니 비
틀거리며 일어나서 길이 끝나는 막다른 산자락 쪽으로 느릿느릿 걸어갔다. 거
기 썩은 목선이 놓여 있었고, … 그는 그 목선 안으로 기어들어가 텀벙, 몸을
담갔다. 물속에서 뻘흙 같은 것들이 부옇게 솟아올랐다. 동찬은 목까지 빗물
안에 담근 채 노를 젓듯 두 손을 허우적거렸고, 그때마다 물속에 가라앉아 있
던 쓰레기들이 계속해서 솟아올랐다. 어어 시원하다. 나는 고랩니다. 들어와
요. 태평양 심해에 들어가 한잔 합시다. 같이 갈 고래 없어요? 서영이 목선 앞
으로 다가가 부르짖었다. 어서 나와요! 이게 무슨 꼴이에요! 김주간은 큰 소리
로 웃어대기 시작했다.

— 「나를 사랑한 폐인」, 80~81쪽

정순은 동찬의 광기를—서영과는 달리—구경하는 것이 아니라 흡수한
다. 「나를 사랑한 폐인」이 최인석 작품 중 광기의 발현과 구경꾼의 철저
한 분리에서 벗어나 새로운 국면을 맞이하는 것은 바로 이 광기의 전이
에 있다. "내"가 누구이고, "폐인"이 누구인지 구별할 필요가 없어지는
상황에는 결국, 사랑이라는 형태로 전이된 "형식적이고 비루하지만, 일
상적이고 정상적인 삶"을 버리게 만든 광기만이 남게 되는 것이다. 그
동안 충실하게 자기 자리만을 지키고 관찰자적 입장을 고수하던 구경꾼
에게 묘사의 대상이었던 광인들의 격한 감정이 흘러들어가고, 자신도
모르는 사이 구경꾼의 시선을 가진 채 광기는 동시발현된다. 이 작품에
등장하는 폐인, 동찬과 정순은 그런 의미에서 광기의 전이, 광기와 시선
의 일치화의 시작을 보여주는 인물들이라 할 수 있다. 그리고 이러한 시
선의 변화가 바로 그 뒤를 잇는 최인석 소설의 환상을 이끌어내는 힘이
된다.

3. 구경꾼과 광증발현자 간의 환상적 거리

90년대 중후반 이후 최인석의 소설이 농도 짙은 환상성을 유지해 온 일은 잘 알려진 일이다. 그 방식은 특히 근대화 이후 환상소설이 뿌리를 내리기 어려웠던 한국에서는 정말 유난히 환상적인 일[18]이었다. 작품 초기 잉태된 유토피아와 낙원에 대한 갈망이 형태를 갖춰가는 한편, 환상은 또 다른 자리를 틀고 성장하고 있는 셈이었다. 그러나 그렇다고 이 환상이 유토피아적인 갈망과 전혀 겹쳐지지 않거나 그것을 포함하지 않은 것도 아니다. 이것이 최인석류 환상소설의 특징이다.

또 하나 이 시기 최인석 소설에서 흥미로운 것은, 폭력적인 거리를 유지하던 광기와 구경꾼 사이가 결정적인 변화를 보여준다는 점에 있다. 그 시초가 『나의 아름다운 귀신』의 연작소설 4편이다. "거대한 송전탑이 하나 시커멓게 곤두서"있는 철거직전의 달동네를 배경으로 진행되는 네 편의 연작 소설에서 우리는 구경꾼의 시선과 광기의 발현이 기존의 소설에서 방향 전이를 했음을 확인할 수 있다. 이 지점에서 광기와 구경의 시선은 집중력을 보인다. 즉 광인을 구경하는 사람도 광인이고, 구경꾼을 구경하는 사람도 결국 광인이다. 꼬마 무당의 손을 잡고 날아가는 소년에서, 직녀를 그리워하는 존속살해자, 악귀를 잡아먹는 솔개의 영혼을 타고난 기형아까지 범위도 영역도 이미 무의미해진 가운데 광기와 구경꾼의 거리는 결국 사라지게 된다.

「내 사랑 나의 귀신」에서도 작가는 일단 부조리한 현실에서 이야기를 출발시킨다. 반논리적이며 불합리하고, 뒤집혀져 있는 삶의 환경은 당연히 아름답지 못하다. 작가가 붙들고 늘어진 그 현실의 한 단면이 민둥산

---

18 김진석, 『이상현실, 가상현실, 환상현실 : 초월에서 포월로 3』, 문학과지성사, 2001 참조.

의 세계이다. "망가진 세발자전거나 구멍 난 양동이, 소주병들, 담배꽁초, 본드가 말라붙은 비닐 주머니, 찢어진 만화책과 고무신짝, 운동화짝, 빈 음료수통과 더러는 죽은 개나 고양이의 시체 따위"가 널린 가운데에 "아카시아가 가시를 드러내고 끈질기게 뿌리를 틀어 내리기 시작"(9쪽)하는 빈터 쓰레기 밭 한가운데서 환경은 부조리한 삶의 조건이 될 수밖에 없다. 작가는 이러한 뿌리 뽑힌 삶의 현장으로서의 산업사회 뒷골목을 "리얼리틱"하게 무대 위로 끌어낸다. 그러나 서술자의 목소리는 등장인물의 소개에서부터 갑자기 서정적인 톤으로 바뀌며, 현실을 파고들던 시선을 우주로 도약시킨다. 현실을 문제 삼는 동시에 느닷없이 현실을 탈피[19]하는 것이다.

> 귀연은 내 손을 잡으며 말했다.
> "난 널 사랑해. 하지만 넌 날 사랑하지 않아. 넌 누굴 사랑하니?"
> 나도 모르는 사이에 나는 입을 열었다. 아니 입을 연 것은 내가 아니었다. 내 마음속에 너무나 오랫동안 짓눌려 있던 사랑과 두꺼비가 마침내 최초로 제 목소리를 찾아내어 대답하고 있었다. 그 놈은 귀연이 엄마, 라고 말하지 않았다. 당골네, 라고 말했다.
>
> —「내 사랑 나의 귀신」, 24쪽

현실에 바탕을 둔 서사가 어느덧 현실을 초월하는 환타지로 급변하는 것은 고산자古山子 김정호[20]가 내려앉은 귀연이라는 신비로운 여자아이

---

19 최인석 소설에 나타나는 리얼리즘과 환상이 맞닿아 있는 이러한 특성은 마술적 사실주의로 분류할 수도 있게 한다. '마술적 사실주의Magical Realism'라는 용어는 1925년 독일의 미술평론가 프란츠 Franz Roh가 『후기표현주의 – 마술적 사실주의 : 최근 유럽 회화의 문제점』에서 시작한다. '마술적 사실주의' 계열의 작품들은 환상과 현실, 심리적 실재와 현실성, 역사와 허구 등의 경계가 해체되고 상호 교환되는 특성을 공유한다. 시간의 역류나 순환이 직선적 시간성과 공존하는 것이나 전도된 역사가 등장하는 것도 이들이 전제로 삼는 독특한 세계 인식 방법으로 비롯된 문학적 현상들이다.
20 대동여지도를 그린 김정호, 귀연의 말을 빌리면, "그분은 그 지도를 통해 우리 눈에 보이지 않는 곳, 어떤 지도에도 표기될 수 없는 곳을 확인하고, 그곳으로 넘어가려 한"(34쪽)사람이다. 곧 그가 만들

가 등장하면서부터이다. 현실에 발을 붙이고 "바라보기만 했던" 주인공
은 귀연을 만나면서부터 "귀연이 엄마"를 사랑하는 현실과 환상을 넘나
들기 시작한다. 현실이 너무 엉망진창이므로 그 현실에 아부하거나 방종
하거나, 혹은 그냥 있기만 해도 남는 것은 지옥의 고통뿐이다. 그 지옥의
앞마당 같은 현실을 극복할 유일한 방법은 갑작스런 혹은 기적 같은 초
월뿐이기에 작가는 인물들을 일거에 또 다른 세계에 배치한다. 그렇게
함으로써 도저히 극복할 수 없어 보이던 현실의 그물망에서 벗어나고 있
는 것이다.

> 나는 경중경중 뛰며 부르짖었다. 한빙지옥을 여우고 금수지옥을 여우고 그
> 마지옥을 여우고 토산지옥을 여우고 … 지게차가 짐승처럼 덤벼들어 지붕을
> 베어 물자 당골네의 집이 무너져 내렸고, 철탑이 번쩍번쩍 불꽃을 토하며 무
> 너져 내렸고, 민둥산이 무너져 내렸고, 하늘과 땅이 뒤엉켜 쏟아져 내렸고, 우
> 리의 우주가 한꺼번에 붕괴하였고 … 나는 귀연이가 네 손 네 발을 다 치켜들
> 고 하늘 높이 나비처럼 날아가는 것을 보았고, 승규가 그녀의 손에 매달린 것
> 을 보았으며, 나의 방울과 삼신부채는 저 혼자 절겅절겅 팔랑팔랑 흔들리고
> 펄럭거렸고, 나는 당골네의 음성으로 부르짖고 있었다.
>
> ─「내 사랑 나의 귀신」, 41쪽

서사의 비약이 이쯤 되면 작중인물이 사건에 종속되는 것이 아니라,
사건이 작중인물의 성격에 종속될[21] 수도 있음을 확인할 수 있다. 무당의
춤사위를 빌리고 서사무가의 운율을 빌리면서, 화자는 무속적 신비주의
로 날아간다. 현실의 일, 즉 무허가 주택 철거가 무속적인 천지개벽으로
이어지고, 느닷없이 우주 빅뱅으로 번진다. 그 변화가 너무나 갑작스럽

고자 한 지도는 현실 속의 지리적 환경이 대한 지도가 아닌, 새로운 세계에 대한 그리움과 열망이 만
들어낸 보이지 않는 세계에 대한 지도인 것이다.
21 송기섭, 앞의 글, 214쪽.

고 비약적이기는 하지만, 바로 이 "비약"에서 귀연의 어미인 당골네를 사랑하는 나와 나를 사랑하는 귀연, 귀연을 사랑하는 승규의 존재 구분은 사라지게 된다. 구경꾼과 광기 사이의 거리가 사라지는 순간이다. 소년은 무당으로 변신하고, 귀연과 승규는 승천한다. 여기에서 땅의 세계와 하늘의 세계가 섞이고, 삶과 죽음 또한 섞이며, 현실과 환상도 섞인다. 때문에 이러한 급습과도 같은 비약은 치열한 탈출구 찾기의 연장선에 있다.

이러한 양상은 「내 사랑 나의 암놈」에서 조금 더 심화된 형태로 진행된다. 이 작품은 우주를 넘나드는 판타지 상상력을 활용하는 동시에 변신 모티프를 중심에 둔다. 주인공이 솔개로 변하는, 아니 솔개가 인간으로 태어났다는 설정을 가진 이 작품은 카프카의 패러디이면서 전통적인 변신 설화의 변이이기도 하다. 유도幽都라는 땅에 살다가 "여와"의 명을 받아 악귀 상류相柳를 물리칠 소명을 받고 인간세로 들어온 "나"의 퇴마록을 다룬 이 작품은 솔개로 태어났어야 할 자신이 인간의 신체라는 기형畸形의 운명을 안고 태어났다고 믿는 소년의 카니발적 상상력의 소산으로 빚어졌다. 이 현실과 비현실의 세계 사이를 유영하고 있는 것은 순하고 여린 것, 착하고 가난한 것들과 그의 대칭을 이루는 억세고 강한 것, 악하고 탐욕스러운 것들이다. 무릇 선한 것들은 악한 것들에 무력하게 쓰러지면서 끝내 그들이 소망하는 낙원의 꿈 한 자락만큼은 보듬고 허물어지는데, 그 한 자락의 꿈이 이 소설의 전체를 가로지르는 몽유의 기록이 되는 셈이다.

나는 나의 몸 생김생김이 형과는 다르다는 것을 발견하고 깜짝 놀랐고 겁이 났다.…나는 내가 기형이라는 것을 알았다. 날개도 없이, 더구나 형도 없이 어떻게 저 상류와 싸운단 말인가? …형은 태초부터 악귀들을 잡아먹는 것이 일이었다. 아침에 악귀 삼천을, 저녁에 악귀 삼백을 잡아먹어 치우는 형이 아닌가.

—「나의 사랑 나의 암놈」, 158쪽

이처럼 소년은 자신의 원래 생김새가 어미의 태안에 같이 들어있던 형과는 다르다는 것을 알고 절망한다. 소년은 형이 남긴 깃털 하나를 잡고 세상에서 첫 울음을 울었지만, 아무도 그것에 대해 신경 쓰지 않는다. 소년은 인간의 형태를 가지고 태어났지만, 자신이 솔개라는 사실에 단 한 번도 의심을 갖지 않으며, 실재로 솔개로 변신[22]하게 된다. 특히, 어느 한 순간에 솔개의 형태를 갖추는 것이 아니라, 서서히 솔개로 변신하는 과정은 환상과 리얼리즘의 경계를 유지하는 최인석 소설의 특징을 그대로 반영한다.

소년은 헌터 증후군(Hunter syndrome)을 통해 "배가 불러지고, 손이 굽고, 온몸 여기저기 털이 자라나기 시작하고, 얼굴이 일그러지기 시작"(175쪽)하면서 원하던 솔개의 모습을 갖춰간다. 인간의 형상이 기형으로 인식되는 전복적인 양상, "비정상"의 외면에 집착하는 광기[23]는, 열악한 현실을 고발하는 동시에 그 현실을 탈피하기 위한 방편으로 보인다. 그러나 중요한 것은 동시에 소년이 어미도 아비도, 열 이상을 세지 못하는 대신 미래를 맞춰내는 누이 선이도 정확히 읽어내는 구경꾼이라는 점에

---

22 작중에서 소년이 솔개로 변하는 과정은 크게 두 가지 사건으로 진행된다. 처음은 소년이 걸린 헌터 증후군(Hunter syndrome)이라는 병이고, 두 번째는 누이의 실수로 끓는 물에 빠져 화상을 입은 것이다. 헌터 증후군 아이는 모두가 비슷한 외모를 가지게 된다. "키가 작고, 얼굴이 도톰하며 볼에 홍조가 있고 머리형은 크고 앞머리가 나와 있으며, 목이 짧고 코뼈가 낮고 넓으며 입술이 두껍고 혀가 커지고, 머리카락이 굵고 눈썹의 숱이 많고 배가 불룩해지고 특이한 걸음걸이"를 보이게 된다. 아무런 이유 없이 변신하는 것이 아니라, 이러한 병에 걸렸기 때문이거나 화상을 입었기 때문에 '변신'하는 것은 리얼리즘과 환상이 절묘하게 접촉하는 것을 상징한다. 게다가 헌터가 hunter, 즉 사냥꾼으로 발음되는 것은 솔개의 이미지와 결합되면서 환상성에 리얼리즘을 가미하게 된다.

23 「내 영혼의 우물」의 영배의 "개되기"가 절망의 끝에 나타난 완벽한 광증의 형태였다면, 이 작품에서의 "솔개되기"는 구경꾼과 광인의 시선을 한 개체에 내재한 채 그 분열의 사이에 외피까지 변해가는 초월적인 대안 찾기로 제안된다.

있다. 내부의 광기가 뚫고 나온 기형의 외면이 악귀 상류를 인식하고 유토피아를 지향한다는 점에서 구경꾼의 시선을 내재한 것으로 보이기 때문이다. 이 두 가지 극단이 한 개체 안에 공존하게 되면서, 쓰레기 밭으로 환유하는 현실에 대비하여 주인공들이 꿈꾸는 현실은 늘 동화적이고 환상적이다.

> 나는 날고 있다. 내 옆에서 주둥이에 깃털 하나를 물고 날고 있는 것은 누이 선이다. 그 옆에는 어미가 연탄가루가 다 벗겨진 희디흰 얼굴로 마주 불어오는 바람을 가르며 날고, 아비는 다가가려 할 때마다 자꾸 밀어내는 어미를 흘끔흘끔 살피며 시무룩한 얼굴로 날다가 나와 눈이 마주치면 계면쩍은 웃음을 짓는다. (…중략…) 저 먼 하늘에는 내가 태어난 날의 태풍이 아직도 사방팔방을 다 삼키고도 오히려 하나가 남아나는 아홉 개의 입을 휘두르며 앞서 달려가고, 뒤에서는 새로운 태풍이 밀려오지만, 나는 마침내 솔개처럼 자유롭다.
> ─「내 사랑 나의 암놈」, 250쪽

「내 사랑 나의 암놈」이 광증발현자의 "세상 구경"을 다룬다면, 다음 창작집인 「구렁이들의 집」은 침전물처럼 가라앉아 있던 광기와 구경꾼 시선이 격하게 소용돌이치면서 더 짙은 환상을 그려내고 있다. 화자인 "나"는 어미가 꿈속에서 구렁이와 교접해 뱃속에 십년을 품고 다니다가 낳은 구렁이의 새끼다. 이 새끼 구렁이에게 현실은 하나의 지옥도에 비견될 만하다. 아비는 집을 나가버렸고 가난과 공방空房에 시달리던 어미는 우는 새끼를 창밖으로 던져버린 뒤, 다시 달려 나와 새끼를 껴안고 통곡한다. 비극적인 자아분열은 고전적인 이물교환의 형태로 심화되면서 인물의 내면과 현실감각은 탁해진다. 결국 "나"는 큰아비의 집에 버려지듯 맡겨지고, 나는 그곳에서 조로증早老症에 걸려 죽을 날만 기다리며 살아가는 사촌 순이를 사랑하게 된다. 큰아비의 이웃집에 사는 이상한 노파의 나이는 삼백스무 살, 순이의 나이는 백서른여섯, 내 나이는 마흔둘[24], 어린 나는 순이를 사랑하지만 결국 나는 순이를 죽게 만든다. 내가 그녀의 약값을 들고 "튀어버린 탓"에 순이가 "수천마리의 나비로 변해 날아가 버렸기" 때문이다. 이처럼 "구렁이들 집"으로 형상화 된 이 공간은 비현실적인 설정을 동원해 절망적인 현실을 시적으로 더욱 생생하게 드러내는 요소들로 채워져 있다.

이 작품의 주인공인 화자는 구경꾼과 광기의 시선을 동시에 내재한 정신분열의 증거로 말을 심하게 더듬는데, 그것은 자신 속에 여러 짐승이 살고 있으며 그것들이 한꺼번에 말을 하려고 하기 때문이라고 생각한다. 하지만 차츰 "나"는 그 여러 짐승들에게 말을 하는 순서를 만들어줄 수 있게 되고, 비록 여전히 심하게 더듬기는 했으나, 한 짐승이 얘기를 시작하면 다른 짐승들은 그 얘기가 끝나기까지 기다리는 법을 조금씩은 가르칠 수 있게 된다. 그리하여 주인공은 자신 안에 사는 짐승이 여럿이기는 하지만, 그들은 결국 두 짐승의 변형, 그림자 또는 자취들이라는 것을 깨닫는다. 그리고 그 둘 모두 자신을 닮았다는 것도 발견한다. 그리고 그는 그 두 짐승에게 이름을 붙여준다. "사슴과 승냥이", 그것이 그들의 이름이다.

"나는 나의 사슴과 승냥이를 한순간도 잊은 적이 없었다. 나의 사슴은 승냥이를, 나의 승냥이는 사슴을 한 순간도 잊지 않았다. 어찌 잊는단 말인가. 우리는 서로에게 채워진 족쇄와 같았는데, 우리는 늘 서로에게 넌덜머리를 내며 그 족쇄를 풀어버리려 발버둥치기는 했으나, 한순간도 서로를 잊을 수는 없었다. 돌연 허벅지에서 시작되어 온몸의 균형을 무너뜨리며 쥐가 나듯 시시때때로 목을 막고 혓바닥을 휘감아 말을 방해하여 말더듬증을 초래하는 그것들을 어떻게 잊는단 말인가. 서로 다른 방향으로 달려 나가려는 충동 때문에 늘 내

281
✳
고영진 — 구경꾼과 광증 발현자의 거리

---

24 이 작품에 등장하는 인물들의 나이는 인용한 것처럼 비현실적이다. 현실의 뒤엉켜진 시간 질서 내에 위치한 삼백 살이 넘은 노파는 신화적인 세계의 주인공처럼 새로운 전형성을 획득한다.

의식과 욕망을 동서로, 남북으로 분열시키는 그놈들을 어떻게 잠신들 잊는단 말인가."

— 「구렁이들의 집」, 44쪽

"나"의 자아분열을 구체적으로 보여주는 대목이다. 이것을 통해 우리는, 자아분열이 "족쇄"와 같이 하나의 운명으로 작용하고 있으며, "나"는 그 이중적 자아를 운명적으로 한 순간도 벗어날 수 없는 한계적 상황에 놓여 있음을 알 수 있다. 그리고 그 이중적 교착상태에서 제대로 된 말을 한마디도 찾지 못하고 더듬기만 한다. 족쇄와 같은 운명적 분열과 말더듬은 내 인생에 제대로 된 그 무엇은 결국 영원히 부재할 수밖에 없다는 결론을 전제한다. 때문에 이러한 내부로의 침잠은 가장 농도 짙은 환상을 이끌어 낸다. 광기를 넘어선 광기, 광기를 구경하는 것조차 곤혹스러운 지경에서 환상은 이러한 인물들을 "합당하게" 설명하는 유일한 방법이 되어 준다. 「구렁이들의 집」에는 주류 시스템에서 소외된 채로 처절한 삶을 반복하는 우리 시대의 이웃들이 등장하며, 그들은 최소한의 현실성마저도 거세당한 채, 이물교환으로 태어난 반쪽 구렁이답게 "기어 다녀야" 하는 운명을 더욱더 비참하게 재생하고 있다.

이 장에서 거론된 작품 속 인물들은 모두 그 원인은 다르지만, 지옥과 같은 생을 견뎌내는 유일한 통로로 광기와 환상이라는 방식을 차용한다. 물론 광기와 구경꾼의 시선이 일체된 순간에도 다른 형식의 광기는 진행되고 있다. 그것은 제도이고, 억압이고, 박탈당한 부이고, 기회주의고, 어미고 아비였다. 그동안 자기 자리를 지키고 있을 뿐이었던 광기의 근원들이 스스로 광기 색채를 강하게 드러내었고, 이는 무엇보다도 가시성이 없다는 점에서 촘촘하게 일상화된다. 정상은 비정상을 욕망한다. 이는 현실을 떠나있는 방법이기도 하고, 동시에 현실을 살아낼 수 있는 방법이기도 하다. 늘 지기만 하는 이웃과 각인된 패배를 운명처럼 안고 태어난 사람들이 살아내야 하는 고단한 삶은 "바라보는 동시에 미치지 않을 수 없는" 상황을 전제하게 되는 것이다.

4. 업둥이 로맨스와 유토피아

구경꾼과 광기의 거리가 환상적으로 일체되어 오히려 복잡다단한 정신분열의 형태로 형상화된 최인석의 인물들은 데카르트가 덮어두고 싶었던 광기에 대해 다시 생각하게 한다. 광기를 감금과 비난의 대상으로 삼았던 가장 기초적인 바탕은 "미칠 가능성의 부정"[25]에 있었다. 이 기준이 무너지고 미친 사람을 구별할 수 없게 되면, 광기를 구경하면서 느끼는 공포는 의식할 사이도 없이 또 다른 광기의 형태로 구경꾼에게 전이된다.

이러한 의식의 진행을 완성한 것이 바로 최인석의 8번째 장편소설 『이상한 나라에서 온 스파이』[26]이다. 도둑 아비와 알콜 중독자 어미를 가진 고아, 영리를 위해서 고아원을 운영하는 남자, 빚쟁이 아비 때문에 스트립걸이 된 여고생, 딸이 몸을 팔아 벌어온 돈으로 다시 오입질을 하러 가는 아비, 미군을 증오하면서도 그 자본력에 기생하는 사람들, 사랑하는 여자를 위해 살인을 저지르는 남자, 그리고 이 비루한 세상을 "열고야"로 만들겠다고 몇 백 년을 걸어온 여자 등이 유신시대에서 신군부의 정권장악의 1980년대에 이르는 한 자리에 모여 앉은 소설이 바로 이 작품

---

25 푸코, 앞의 책, 114쪽.

26 이 장편은 작가가 1999년 봄부터 같은 해 겨울까지 『동서문학』에 「내 사랑 나의 間諜」이라는 제목으로 연재했던 것을 수정, 보완한 것이다. 삼청교육대의 피해자 취재 중 만난 심우영이라는 노인이 들려주는 이야기가 기둥 줄거리를 이루는 이 작품은 '인물'의 소설이다. 수많은 인물들이 등장하고 사실 그 누구에게도 기울어지지 않는 각자의 무게를 지니고 있다.

이다. 심우영을 중심으로 마주 앉은 이 사람들은, 역사와 상황이라는 것
이 얼마나 극단의 광기를 감추고 있는 사람들을 한자리에 모여 앉게 할
수 있는가를 보여주고 있다. 특히, 도둑놈 아비와 술주정꾼 어미 사이에
서 자신의 의지와는 무관하게 삼신할미의 강압으로 이승에 나온 "우영"
과 이상한 나라에서 파견된 스파이 "밥어미"의 만남은 최인석 소설의 광
기와 구경꾼의 시선, 그리고 폭력과 환상의 거리를 그리는 데 있어 가장
뛰어난 안정감을 갖추고 있다. 고아로 태어난 심우영이 광기의 시대와
공간을 살아내며 "진짜" 광증발현자와 같은 밥어미를 만나 광기가 전이
되는 과정을 그린 이 작품은 그 동안 최인석 소설 전체를 전유하던 유토
피아에 대한 염원이 만개한 작품이기도 하다. 특히, 주인공 우영이 어미
의 자궁 아래 착상하기 전 나누는 삼신할미와의 대화는 최인석 소설에서
자주 보이는 모티프[27]로 우영을 평생 따라다니는 고아의식과 연결되어
있다는 점에서 주목할 필요가 있다.

> "하필이면 여기라니, 하필이면 이런 집구석이라니……"
> 나는 칭얼거렸다. 도로 데려가면 되잖아. 그러나 삼신할미는 고개를 저었다.
> "내 뜻대로 되는 일이 아니란다. 참고 사는 수밖에 없어. 요 다음엔 좋은 세
> 상에다 심어주마. 열 달 되기 전에는 절대로 나가지 마라. 알았지? 열 달 되기
> 전에는 절대로 나가서는 안돼. 누가 나오라고 해도, 쇠붙이를 밀어 넣고 끌어
> 내도 악착같이 거기 달라붙어 있어야 해. 짜고 맵고 더럽고 냄새나는 약물이
> 쏟아져 들어와도 거기 매달려 있어야 하는 거야. 알았지?"
>
> —『이상한 나라에서 온 스파이』, 60~61쪽

---

27 최인석은 먼저 『나의 아름다운 귀신』에서 이러한 모티프를 보이면서, 현실과 이상의 극렬한 대립을
보여준 적이 있다. 주인공들은 자신이 태어난 과정 자체를 알게 되면서, 근원 자체를 부정하거나, 이
질적인 존재가 되어간다. 이 부분에서 최인석의 인물들은 부모가 없는 고아를 뛰어넘어, 세계에 대한
지지대가 없는 고아로 확장된다.

비참하고 비루한 현실의 표본 집단 같은 집, 그 집의 아비와 어미에게 들어오던 날 우영에게 삼신할미가 한 말은 이 작품 전반에 나타나는 세상에 대한 작가의 인식이고, 우영이 세상을 살아가는 방법이 된다. 아이러니하게도 처음 맞이한 현실이었고, 세상이었던 어미의 자궁에서 우영의 고아의식은 뿌리 내리게 된다. "너는 지네의 새끼"라는 취한 어머니의 저주를 가슴에 문신으로 새긴 그는 10대 후반 고아원을 탈출해 더럽고 악취 나는 세상을 향해 달려 나왔을 때부터 "원래 나의 세상은 다른 곳에 있다"는 강한 열망으로 삶을 진행시킨다. 이는 "고아가 고아를 낳는다"는 고아의식과 밀접하게 연결되면서 우영을 프로이트가 말하는 "업둥이"[28]로 만들고, 현실과 환상을 넘나들기 좋은 자유로운 캐릭터로 설정하는 것을 가능하게 한다.

여기는 당신의 나라가 아니에요. 당신은 이 나라 사람이 아니에요. 여기는 남의 나라예요. 당신 나라는 저기 멀리…… 아주 멀리 떨어져 있어요. 남의 나라에서 살면서 이런 정도 설움 받는 거야 어쩌면 흔한 일일 수 있어요. 당신보다 더 큰 설움으로 억장이 천번 만번 무너진 사람이 하나둘이 아니에요. 밥어미는 통곡하는 나의 등을 끝도 없이 쓰다듬으며 말했다. 그 나라에서는 …… 모든 인연이 아름다워 모든 사랑이 성취되는데, 심지어는 사람과 곰이 사랑을 나누고, 나비와 지렁이가 화촉을 맺어요. 모든 꿈은 이루어지거나 거기 이르는 길이 열려요. 사람과 사람 사이를 돈, 불신이나 증오, 신분이나 직업, 직위

---

28 부모에게서 인간의 얼굴을 발견한 어린아이가 어떤 부모를 만드느냐에 따라 가족소설은 업둥이(l'enfant trouvé)와 사생아(le batârd)의 두 단계로 나뉘고, 소설을 쓰는 방법도 그에 부응하는 두 가지가 존재한다. 업둥이는 부모 모두를 낯선 사람들로 부인하면서 자신을 주워온 아이로 규정한다. 부모 모두를 부인하는 나르시스적인 업둥이는 세계와 불화하여 다른 쪽으로 가버리는 반면 사생아는 세계에 몸담고 세계를 정면으로 공격하면서 세계의 정복을 꿈꾼다. 업둥이는 소설의 낭만주의 및 상징주의적 방식으로, 사생아는 사실주의적 방식으로 나타난다. 낭만적 주인공인 업둥이의 가장 큰 특징은 세상의 희생자 같은 태도를 취하는 동시에 새로운 세상을 탄생시킬 수 있는 자신의 사고의 전능함을 믿는다는 것이다. 사고의 전능에 대한 믿음은 실제 현실의 실추를 초래한다. 사랑과 절대를 추구하는 위로할 길 없는 영혼에게 현실은 거짓에 불과하다(꿈이 하나의 세상이고, 세상이 하나의 꿈이다). 프로이트, 김정일 역, 「가족 로맨스」, 『성욕에 관한 세편의 에세이』, 열린책들, 2003 참조.

같은 것이 벽처럼 가로막고 있는 것이 아니라 이해와 관심이 잔칫집 대문처럼
열려 있어요.

—『이상한 나라에서 온 스파이』, 214쪽

　고아 우영을 중심으로 전개되는 광기 가득한 디스토피아의 이야기를
정화하고 삶의 진정한 의미가 "산다는 일"의 치욕을 치유하면서 아름다
운 유토피아의 현현을 실제적으로 구현하는 구원적 행위에 있다는 것을
환기시키는 것이 바로 꽃실이 또는 작은 년이라고도 불리 우는 밥어미가
끌어가는 이야기의 중심이다. 최인석이 창조한 인물 중 가장 신화적인
성격과 환상적인 매력을 소유한 밥어미는 자기를 "열고야"라는 나라에
서 파견된 스파이[29]라고 밝히며, 지구 반대편까지 우물을 파면 세상을
바꿀 수 있다는 믿음을 갖고 실천한다. 고아원 탈출 이후, 매음과 폭음,
살해, 영리에 삶에 연루된 우영을 감싸 안으면서 밥과 술, 심지어는 육체
까지 제공하고 동시에 유토피아의 현현을 설명하는 밥어미는 수탈구조
가 개입하지 않는 삶, 욕망과 야만이 작동하지 않는 삶, 폭력과 착취가
비껴난 원형의 삶을 상징한다. 때문에 희생과 구원의 제의를 수단과 방
법을 가리지 않고 반복하는 밥어미의 행태는 무엇보다도 구경꾼들의 시
선에는 "미친" 것으로 "보여"질 수밖에 없는 것이다. 하지만, 사실 작가
는 "그들이야말로 고아보다 더 고아가 아닌가요. 이 세계가 이 지경인 동
안은"(235쪽)라고 말하는 밥어미를 통해 이 세상이 얼마나 비정상적이며
일그러진 곳인가를 말한다. 밥어미의 선행은 실수로 아비를 죽인 영순의
죄를 대신 떠맡아 영순 대신 감옥으로 들어가는 장면에서 절정에 달한
다. 이 작품은 그것도 모자라 우영을 대신해 죽은 밥어미의 정신을 이어

---

29 이는 이 소설이 『동서문학』에 「내 사랑 나의 間諜」으로 연재되었다는 점에서 또 다른 힌트를 준다.
　간첩, 스파이, 間者 등의 이미지 역시 근원이 모호하다는 고아와도 깊은 연결점이 있기 때문이다.

받는 늙어버린 우영이 열고야국에 대한 열망과 동경을 품은 채 지구 반
대편을 향한 깊은 우물[30]을 파는 장면으로 마무리된다. 이러한 결말이야
말로 작가가 말하는 기적이며 이상異常한 나라에서 온 이상理想한 밥어미
의 광기가 가장 안정적인 형태로 전이된 예인 것이다.

　그렇다면 이 치욕과 희망이 만나는 방식에도 주목해 볼 수 있을 것이
다. 사실 손을 맞잡고 있는 것일지도 모르는 이 극단의 가교 역할을 하는
것이 －구경꾼과 광기의 일체가 그러하듯이－ 바로 환상이다. 작가는 산
해경과 삼국유사의 견훤 설화 등의 모티브에 신화적 상상력을 결합시켜,
"욕망과 야만의 땅"너머의 열고야列姑射, 우영과 영순, 그리고 작가가 꿈
꾸는 세상을 표현한다. 그뿐만 아니라 이 환상은 현실과 종종 뒤섞이
며－밥어미가 죽는 날, 우영은 머리가 일시에 백발이 되었고, 영순은 목
소리를 잃었으며, 용이 뛰쳐나오는 바람에 쓰러진 은행나무는 어느새 하
늘을 훨훨 날아 희망고아원 뜰에 내리꽂혔고, 그날 이후 잎을 피우기 시
작했다－독자들의 허를 찌른다. 거대한 은행나무에 두 눈이 있다거나,
때로는 지네로 변하기도 하는 주인공처럼 비현실적인 장면은 현실에 대
한 작가의 집요한 관심을 더 도드라지게 하는 치밀한 장치다. 그렇게 최
인석의 소설에는 치욕과 희망, 현실과 비현실이 손을 맞잡고 있다. 이미
「나를 사랑한 폐인」에서 시도된 적이 있던 광기의 전이와, 광기를 내재
한 채 구경꾼의 시선을 유지하는 실험이 스케일 크게 완성된 것이다. 이
세상을 굴속으로 인식하는 순식도, 행복한 개학교에 영혼을 맡겨둔 영배
도, 귀연을 따라 날아가 버린 소년도, 자신이 사람이 아니라고 믿는 솔개

---

30 최인석 소설 자체가 알레고리의 덩어리라는 점을 고려하지 않더라도 이 우물의 의미에 대해서는 짚
　고 넘어가지 않을 수 없다. 그리운 공간으로 갈 수 있는 통로라는 설정으로 밥어미가 나염 공장 뒤뜰
　에 단 하나의 삽으로 파기 시작하는 우물은 고행의 일부이자, 희망의 시작이다. 지구의 자기장을 바
　꿔 극광의 오로라를 보겠다는 일념은 환타지의 극치를 보여주는 동시에 현실의 비루함을 환기한다.

도, 사슴과 승냥이를 키우는 구렁이도 사실 모두 우영과 같은 고아가 아닌가? 복수와 울분의 대상이었던 세상에 대해 같은 "폭력"으로만 맞서던 "고아" 우영이 밥어미의 광기를 받아들이는 과정은 동찬과 정순이 서로의 광기에 대한 전이로 "폐인"이 되는 양상과는 조금 다르다. "여기는 내 세상이 아니므로" 구경꾼의 시선을 유지하던 고아들이 밥어미의 광기를 받아들여 구원의 "삽"을 들고 시작하는 "우물파기"는 현실을 전제하는 초월의 전형성을 획득한다. 그리고 구경꾼과 광기 그 경계를 아슬아슬하게 유지하면서 완성되는 그 어긋난 조화가 바로 최인석 소설의 유토피아의 진면목이다.

5. 환상, 혹은 소설의 사회사

"우물이 있었어. 작은, 그렇지만 늘 맑은 물이 나오는 우물. 우물이라기보다는 샘이었다고 할까. (…중략…) 개들의 눈에서 불꽃이 나온다는 거 알아? 낮엔 안 보여. 밤이면 보이지. 그 눈이 파랗게, 붉게, 노랗게 반짝거려. 그건 그 아이들의 영혼의 빛깔이야. (…중략…) 불꽃놀이 같은 그림이. 어둠을 화폭으로 해서, 저희들의 영혼이 그려 놓은 그림을 보면서 그 아이들은 정말 신나고 행복하게 뛰놀았어. 나도 그렇게 살았어. 나도 그렇게 살 수 있었어. 우리 콩쥐도 팥쥐도 서동이도 선화도 양길이랑 견훤이랑 꺽정이랑 길동이도 다 그렇게 살 수 있었어."

— 「내 영혼의 우물」, 48쪽

양 같은 범이 살고 범 같은 양이 사는 곳, 금 같은 돌이 나고 돌 같은 금이 나는 곳, 꽃 같은 비가 내리고 비 같은 꽃이 피어나는 곳, 별 같은 노래가 있고 노래 같은 별이 빛나는 곳, 곰과 사람이 혼례를 치르고, 물고기와 새가 나란히 하늘을 나는 곳, 담장 같은 뜰이 있고 뜰 같은 담장이 있는 곳, 자기를 사랑해 주지 않는 사람을 사랑하게 되는 곳이 아니라 모든 사랑이 고스란히 성취되는

곳, 친구와 친구 어미가 사랑을 이루고, 서로가 서로를 향하여 별이 되도 달이
되는 곳.

— 「내 사랑 나의 귀신」, 35쪽

"그 곳의 율법은 인간, 사랑, 그리고 즐거움이에요. 그 이상의 어떤 이념이
나 가치도 없어요. 사랑을 위하여 깨어나고 즐거움을 위하여 일을 해요. 사랑
을 위하여 꿈을 꾸고 즐거움을 위하여 꽃이 피어나요."

— 『이상한 나라에서 온 스파이』, 214쪽

『구경꾼』에서 시작된 최인석의 인물들이 앙망해 마지않던 저 평화와
행복의 나라는 『이상한 나라에서 온 스파이』의 열고야까지, 이는 도달할
수 없는 나라, 한 마디로 동서양을 막론하고 고금을 따질 것 없이 이상향
이다. 인물들은 이상향으로 가지 못해서 미치고, 이상향으로 가기 위해
서 미치고, 또 이상향에 도달했다 생각해서 미친다. 물론 『이상한 나라
에서 온 스파이』까지의 여정에 변화가 없다는 것은 아니다. 작가가 유토
피아의 형상을 지속적으로 그려오기는 했으나, 이처럼 자세한 지형도를
그린 적이 없었으며, 게다가 그 이상향의 실제로서 스파이를 파견하기까
지 한 것이다. 이상향을 욕망하는 것을 금지당하고 구경만 했던 고아들
은 이제 그 정적인 자리를 벗어버리고 이상을 현존하는 세계로 가시화하
기 위해 함께 "미치기로" 하는 것이다. 광기가 기존 견고한 구조 전체를
위협하는 존재로 파악된 것이 구경꾼이 이미 광인에게서 자신을 알아보
기 시작했기 때문이라는 푸코의 지적은 여기에도 해당된다. 때문에 여기
에서 시작되는 상상력에는 끝이 없다. 이상향으로서의 유토피아가 인간
의 모든 욕망이 충족된 세계로 표현된다는 점에서, 유토피아의 환상성은
곧 당대적인 인간 이해의 지형을 반영한다. 그래서 환상은 현실에서 억
압된 욕망을 가상 세계를 통해 충족시키는 도구가 되는 동시에, 적극적

289

인 현실적 대응력을 상실하게 하고, 불가능한 꿈으로 도피하도록 부추기는 무기력한 타협기계의 동력이 되기도 한다. 하지만, 바로 이러한 환상의 양면성이 폭력과 구원을 만나게 하고, 선과 악을 화해하게 하며, 현실과 비현실의 경계를 무화시키고, 구경꾼과 광기를 한 개체 안에 공존하게 만드는 것이다.

최인석의 소설은 초반, 광기에 대한 구경꾼의 시선이 폭력적 거리를 유지하는 것으로 세상에 대한 냉소적인 시각과 허무주의를 감추지 않았다. 그 당시 구경꾼에게는 직면하기 어려운 진실을 내포하고 있는 광인을 마주하는 용기가 없다. 구경꾼은 광인을 보고 광인은 사람들이 보지 못하는 것을 본다. 자신의 세상이 아니기에 거리를 유지할 수 있었던 구경꾼들은 광기를 받아들이면서, "어디엔가"가 아니라 자신이 서 있는 자리에 유토피아를 건설하기 시작한다. 현실과 비현실이 "행복하게" 화해할 수 없다는 것을 인식하는 바로 이 순간, 눈앞에 벌어지는 환상은 내상이 피부를 뚫고 나온 고름이자 비극의 절정이며 이것이 바로 최인석의 광기이다. 광기를 바라보는 것과 발현하는 것만큼 거리가 멀어 보이는 현실과 환상에서 구경꾼의 시선을 "잃지 않은 채 미쳐버릴" 수 있다는 것, 또는 구경꾼이 시선이 "있어야 미칠" 수 있다는 것이 그가 말하는 환상과 리얼리즘의 조화일 것이다.

트라우마의 소설화 과정에서 환상의 영역을 만난 듯한 최인석 소설의 독서는 한 마디로 곤혹스럽다. 다양한 욕망처럼, 광기의 형태와 구경꾼의 시선, 그리고 그 일치의 과정도 다양하다. 때문에 세상과 차단되어 자신의 악마적인 운명을 고통스럽게 견디는 최인석 소설의 인물들은 우리로 하여금 연민과 안타까움을 느끼게 한다. 이들이 앓는 육체적, 정신적 질환은 소외된 자들의 고통을 입증하는 징표이다. 그러기에 제도적 규범의 모순과 불합리성에 대한 집요한 형상화는 최인석 소설이 보여주는 큰

미덕이다. 사실, 최인석은 그의 말대로 "대상을 온전히 가리키기 위한 글을 쓰기 위해서"[31], 그리고 "너의 혁명 또는 광기로 일관"[32]하라는 인식과 약속을 지켜나가고 있는 것인지도 모른다. 그의 소설이 끈질기게 잡고 있는 인간다운 삶에 대한 아웃사이더의 열망과, 특히 연작 소설에서 보이는 완성된 중편쓰기로서의 가치구현이라는 의미에서 최인석의 가치는 더욱 높다. 그러기에 절망과 맞닿아 있는 희망, 그리고 그 여백을 채우고 있는 견고하기까지 한 환상의 역할을 눈여겨 볼 수밖에 있다. 이미 우리 시대 소설은 그저 재미있는 허구가 아니다. 때문에 그 곤혹스러운 독서의 가치를 다시한 번 믿을 수 있는 것이다.

『어문연구』 50집(어문연구학회, 2006. 4)에 수록

---

31 최인석 등, 「연속좌담 : 우리 시대의 작가들은 무엇을 생각하는가－시대의 변화와 작가의 고민」, 『실천문학』 2001년 겨울호, 300쪽.
32 최인석, 「소설가 최보의 어제 또 어제」, 『나를 사랑한 폐인』, 문학동네, 1998, 88~89쪽.

지역의 힘, 지역의 문학 2

대전 · 충남 지역을 중심으로

김화선

1. 서론

  80년대 문화운동의 일환으로 지역의 구체적인 현실에 바탕을 둔 문학의 필요성이 제기되고, 90년대 지방자치시대가 본격적으로 대두된 이래 지역문학에 대한 논의는 꾸준히 이루어져 왔다. 그러나 지역문학 연구에 대한 당위성과는 별도로 실제 지역문학은 서울을 중심으로 한 중앙문학에 밀려 일종의 변두리 문학으로 치부되어 왔다. 그 저간에는 서울(중앙)과 지역(지방)으로 구분하는 이분법적 시각과 각 지역의 빈약한 문화적 토대가 지역문학 연구를 활성화하는 데 장애로 작용했음을 인정하지 않을 수 없다.

  그렇지만 최근 들어 세계주의(globalism)와 지역주의(localism)가 결합된 '글로컬리즘(glocalism)'의 시각이 부각되면서 지역을 이해하는 관점 역시 재구성되고 있다. 전지구적 보편주의와, 지역중심주의의 한계를 넘어 지역의 가치를 새롭게 발견하려는 시도들이 지역문학 장에서도 이루어지고 있는데 이는 매우 고무적인 현상이라 하겠다. 기실 지역의 문제가 더 이상 지역만의 문제로 한정될 수 없다는 것은 이 시대를 살고 있는 우리 모두가 인정하는 사실이다. 한미 에프티에이(FTA) 문제를 비롯하여 거대 자본이 지역의 구석구석을 파고드는 현실에서 지역의 문제는 곧 우리 모두—서울에 살고 있는 사람들을 포함하여—의 문제인 동시에 세계의 문제가 되기 때문이다. 이는 지역문학을 바라보는 시각에도 동일하게 적용된다.

이렇듯 지역문학을 바라보는 이론적 토대가 마련되고 각 지역의 정체성을 드러내는 연구 성과들이 축적되면서 지역문학 장 역시 새로운 국면을 맞이하고 있다. 지역 구심주의(local centripetalism) 의식을 중요성을 강조하면서 부산·경남 지역문학을 연구한 박태일의 『한국 지역문학의 논리』(청동거울, 2004), 『경남·부산 지역문학 연구 1』(청동거울, 2004)나 지역문학을 '주변부적 시각'에서 주목한 구모룡의 『지역문학과 주변부적 시각』(신생, 2005), 지역문학사 서술을 위한 서술방법론을 본격으로 모색한 양영길의 『지역문학과 문학사 인식』(국학자료원, 2006) 등은 지역문학 장이 활성화하는 데 기여한 논의들이라고 할 수 있다. 특히 지역문학의 범주를 형식의 차원(해당 작가가 지역에서 살고 있(었)다는 실존적 조건), 내용의 차원('지역성'을 담보하는 문학의 내적 기제—주제·표현방식 등), 실정의 차원(상징권력, 인맥, 명망성, 발표지면 등)의 세 가지 범주로 제시한 남기택의 「지역에 의한, 지역을 위한」(『작가마당』 8호, 2005년)은 지역문학 연구에 시사하는 바가 크다고 생각한다.

이러한 논의를 바탕으로 본고는 대전·충남 지역문학의 정체성과 성격을 규명하고자 한다.[1] 대전과 충남 지역문학에 관한 논의는 주로 시문

---

1 대전·충남 지역문학과 관련하여 주목할 만한 연구로는 다음의 글을 들 수 있다. 남기택 외, 『경계와 소통, 지역문학의 현장』, 국학자료원, 2007 ; 남기택, 「탈식민과 지역문학에 대한 고찰」, 『비교한국학』

학을 중심으로 이루어져왔으며, 소설의 경우 『대전문학사』(박명용 편, 한국예총대전광역시지회, 2000)에서 소설문학사와 지역 소설가의 범위와 관련되어서만 논의되었을 뿐이다. 따라서 본고는 대전·충남 지역문학 연구가 깊이 있게 진전되기 위해서는 실증적 차원에서의 연구가 꼼꼼하게 이루어져야 한다는 문제의식하에 대전·충남작가회의 기관지인 『작가마당』에 수록된 소설을 중심으로 대전·충남 지역문학의 정체성과 특성을 밝혀보고자 한다.[2]

지역문학을 연구하기 위해 전제되는 것은 지역성의 함의라 할 수 있는데, 본고에서 주목하고자 하는 대전·충남의 경우, 지역적 정체성이 무엇이냐고 묻는다면 쉽게 대답하기 어렵다. 타 지역에 비해 지역색이 다소 약하며 문화적으로 소외된 대전·충남 지역은 양반과 선비 정신의 충청도－대전을 포함하여－와 과학의 도시 대전이라는 담론이 지역의 성격을 표현하고 있지만 이것이 진정한 지역성을 담지한다고 보기는 어렵다. 지역성이 무엇인가라는 물음은 실제 그 지역에서 살고 있는 사람들의 삶과 연관되는 물음이어야 하며, 그런 점에서 사회·존재론적인 물음이어야 할 것이다.[3] 그러므로 지역문학은 "모든 삶의 터전을 지역이라는 관점에서 바라보고 그것이 작품 속에서 형상화 된 것"[4]이어야 하며, 단순히 작가의 출신 지역이나 생활 반경 등 물리적으로 추정 가능한 지역

제15권 제2호, 국제비교한국학회, 2007 ; 송기한·김현정 엮음, 『대전·충청 지역의 고향시』, 다운샘, 2004 ; 이형권, 「지역문학의 탈식민성과 글로컬리즘－대전·충남 문학을 중심으로」, 『어문연구』 제52집, 어문연구학회, 2006. 12.

2 이 글은 『경계와 소통, 지역문학의 현장』(남기택·김화선 외, 국학자료원, 2007)에 수록된 필자의 글 「지역의 힘, 지역의 문학－『작가마당』에 수록된 소설을 중심으로」의 연구 성과를 토대로 한 후속 연구라고 할 수 있다.

3 오홍진, 「지역문학 담론의 현황과 과제」, 남기택·김화선 외, 『경계와 소통, 지역문학의 현장』, 국학자료원, 2007, 18쪽 참고.

4 김승환, 「민족문학과 지역문학」, 『작가들』 2001년 겨울호, 소명출판, 115쪽.

주의를 넘어서서 실질적으로 경험 가능한 삶터를 인식의 중심에[5] 세워야 할 것이다. 요컨대 대전과 충남지역에 뿌리를 두고 그곳을 삶의 현장으로 살아가는 사람들의 일상을 고스란히 담아낸 문학이야말로 진정한 지역문학이라 할 수 있다.

본고의 분석 대상인 『작가마당』은 2007년 12월, 민족문학작가회의에서 한국작가회의로 명칭을 변경한 문인단체의 대전·충남지회, 즉 대전·충남작가회의에서 발간한 문예지이다.[6] 1999년 봄 창간호를 시작으로 2009년 상반기 제14호에 이르기까지 『작가마당』은 대전과 충남 지역을 중심으로 작품 활동을 하고 있는 지역 문인들의 문학적 욕구를 꾸준히 담아내는 공간으로 기여해왔다.[7] 특히 2007년 들어 연간지에서 반년간지로 체제가 바뀌면서 『작가마당』은 문학의 새 영토를 찾고 있는 지역 작가들의 고민을 충실히 대변하고 있다. 지금까지 『작가마당』이 보여준 행보는 서울을 중심으로 한 중앙과 지방(지역)의 이분법적 구도에 의해 주변부로 밀려난 지역의 문학이 실천할 수 있는 구체적인 하나의 가능성을 보여준다는 점에서 그 의의를 찾을 수 있다.

논의의 편의를 위해 창간호부터 14호까지 『작가마당』에 발표된 소설 작품의 목록을 살펴보면 다음과 같다. 1999년 봄 창간호에는 서순희의 「바다에 뜬 얼굴」, 조재도의 「돼지꼬리」, 김종광의 「전당포를 찾아서」가 발표되었고, 1999년 겨울 제2호에는 채진홍의 「인도에서 온 여자」, 한윤희의 「멀미」, 김종광의 「전설, 기우」가 수록되었다. 그리고 2000년 겨울

---

5 박태일, 「지역시의 발견과 연구」, 『한국시학연구』 제6호, 한국시학회, 2002, 89쪽 참조.
6 2009년 하반기부터 대전·충남작가회의는 대전과 충남 지역으로 분리되었다. 따라서 창간호부터 분리되기 전 마지막 호인 14호를 분석하는 이 논문은 지역문학사적으로 나름의 의의를 지닌다고 할 수 있다.
7 김화선, 「지역의 힘, 지역의 문학―『작가마당』에 수록된 소설을 중심으로」, 남기택·김화선 외, 앞의 책, 211쪽 참고.

제3호에 채진홍의 「황토 저고리」, 오내영의 「청라 언덕 우에 꽃 필 적에」, 신인작품으로 유은선의 「여관에서 TV를 본다」와 박성실의 「존마이 김경일 傳」, 심정리의 「첫서리」가 게재되었다. 2002년 가을 제5호에는 강병철의 「아버지의 꽁치」, 김종광의 「웃음과 고생」이, 2003년 제6호에는 서순희의 「미인공예」와 심정리의 「불감증」, 이전오의 「고독한 사냥꾼」이 발표되었다. 2004년 제7호에는 노창환의 「좁고 어두운 골목」, 유달상의 「다이아몬드 성」이 게재되었고, 2005년 제8호에는 김탁환의 「어떤 만찬」, 김동민의 「궁상각치우」, 김상배의 「올무」가 발표되었다. 그리고 2006년 제9호에는 조동길의 「고마나루 別詞」, 2007년 상반기 제10호에는 김종광의 「웃은 어디에」, 2007년 하반기 제11호에는 이강산의 「칼자국」이 수록되었고, 2008년 상반기 제12호에는 강병철의 「1977 한탄강」이, 2008년 하반기 제13호에는 서희(서순희)의 「화이트 캐슬」, 2009년 상반기 제14호에는 김종광의 「우라질 양귀비」가 실렸다. 이밖에 작가집중조명 코너를 통해 한창훈의 「강」(『작가마당』 제7호)과 강병철의 「병실 206호」(『작가마당』 제9호), 서희의 「노랑 저고리」(『작가마당』 제10호)가 발표된 바 있다. 이 소설 작품들을 중심으로 대전·충남의 지역적 정체성이 드러나는 방식과 그를 통해 알 수 있는 대전·충남 지역문학의 특성을 살펴보기로 한다.

2. 지역과 삶, 민중성의 발견

『작가마당』에 발표된 소설 작품들의 작가들은 모두 대전·충남 지역 출신이거나 중앙 문단에서 주로 활동을 하더라도 대전·충남 지역과 연고가 있는 이들이다. 물론 지역 작가가 창작한 작품이 모두 지역문학이 되는 것은 아니다. 앞서 살펴본 바와 같이 지역문학은 삶의 뿌리가 되는 지역의 현실에 관심을 두고 지역적 삶을 형상화한 것이어야 한다. 따라서 『작가마당』에 발표된 소설 작품들이 형상화하고 있는 삶의 양상들이 대전·충남 지역의 구체적 현실에 바탕을 두고 있는가를 증명하는 것은 지역문학의 정체성을 규명하는 데 있어 반드시 해결해야할 과제라 아니할 수 없다.

『작가마당』에 게재된 소설 작품들을 일별할 때 가장 먼저 눈에 띄는 특징은 많은 작품들이 서민들의 일상에 밀착하여 그들의 삶을 사실적으로 재현하고 있다는 점이다. 작가들은 다소 투박하지만 그야말로 '리얼'하게 소시민의 삶을 들려주는데 그 속에는 술 냄새 풍기며 힘겨운 일상을 버티고 있는 아버지와 남편들의 모습, 억척같이 살아가는 여인네들의 애환이 담겨있다. 그들의 삶은 "곰팡이 냄새가 떠나지 않는 지하방에" 누운 이주 노동자이거나(노창환, 「좁고 어두운 골목」), "세상을 바꾸려는 열정이 방향을 바꿔 다단계 사업의 괴상한 이데올로기로 변질"된 억척 여성 혜미이자(유달상, 「다이아몬드 성城」), 아가씨인지 총각인지 헷갈리는 우람한 몸매를 지니고 힘든 육체노동으로 돈을 버는 대학졸업생이며(서희, 「미인공예」), 남편의 폭력에 시달리거나 심지어 그로 인해 생을 접은 여인과(심정리, 「불감증」·김상배, 「올무」), "WORLD INN-旅館 명찰이 붙은 T골목에서 나고 자"란 스물여섯 수빈의 일상으로 구체화된다. 그들은 모두 "좁고 어두운 골목"에 서서 "세상의 언저리를 맴돌고 있는 사람들"이지만 그들의 삶이 비관적이지만 않은 것은 그들이 서 있는 삶의 공간이 "세상의 끝이 아니라 세상의 중심이라"(이강산, 「칼자국」)는 인식 때문이다.

> "뜨더라도 골목 사람들 무시하지 마라. 나처럼 물장사를 하든, 돼지뼈를 삶든, 가랑이를 벌리든, 코피 터지게 열심히 산다. 이 바닥에서 살다보면 누가 누구를 무시하는 게 얼마나 같잖은 일인 줄 아니? 여기서 잔뼈가 굵은 사람들은 남을 함부로 무시하지 않아. 남들 등쳐먹고 사는 것처럼 보이는 우리든 돈

푼이나 있다고 꼴값하는 눈 먼 놈들이든 서로서로 필요한 존재라고 생각해."8

　가진 것 없이 밑바닥에서 살아가는 인생이라 할지라도 삶을 살아가는 그들의 자세는 이토록 치열하다. 어떤 일을 하며 살아가든 그들은 누구보다 진지하며, 타인을 함부로 무시하지 않는다. 또한 예문에 제시된 바와 같이 그들은 자신의 개별적 삶이 함께 살아가는 우리의 삶과 무관하지 않다는 진리를 이미 깨닫고 있다. 현재 자신들에게 주어진 삶의 책무에 충실하면서 그들은 가난하고 힘없는 소외된 개인들의 삶이 공동체적 삶의 차원과 긴밀히 연결되어 있다는 사실을 간파하고 있는 것이다.

　가난하지만 최선을 다해 열심히 살아가는 사람들의 삶은 비단 T골목—T골목은 대전의 한 골목이어도 좋고 아니어도 무방하다—에 국한되지 않는다. 『작가마당』에 게재된 소설들 중에서 가장 구체적인 삶의 현장으로 제시된 곳은 서해안 바닷가라고 할 수 있다. 충남 보령이 고향인 서희(서순희)의 「바다에 뜬 얼굴」(창간호, 1999년 봄)과 「미인공예」(제6호, 2003년), 「노랑 저고리」(제10호, 2007년), 「화이트 캐슬」(제13호, 2008년)은 서해안 바닷가, 즉 보령을 배경으로 하고 있다. 김동민의 「궁상각치우」(제8호, 2005년)도 보령 지역이 공간적 배경이며, 오내영의 「청라언덕 우에 꽃 필 적에」(제3호, 2000년)의 "사과를 씹는 여자"가 사랑했던 애인과의 추억을 기억하기 위해 다시 찾아간 곳도 대천이다. 지금은 보령으로 지명이 바뀐 대천을 「미인공예」의 주인공 '아름'은 다음과 같이 묘사한다.

　　대천은, 인구가 십만 명 남짓한 조그만 도시다. 내가 태어날 무렵만 해도 반
　농 반어에 폐허와 비슷한 상가들과 대포집 뿐 병원도 중국집도 드문드문 있는

---

8 이강산, 「칼자국」, 『작가마당』 제11호, 2007년 하반기, 164쪽.

읍 소재지였다. 차츰 조개껍질로 된 모래사장이 유명해지면서 바닷가에 있는 솔밭들이 야금야금 파헤쳐져 횟집, 나이트클럽, 맥주홀, 다방, 노래방이 지천으로 생겼다. 지금은, 도로가 넓혀지고 모텔, 수산물센터 등 굵직굵직한 건물들이 들어서서 낯선 도시를 보는 것 같다.[9]

다섯 편의 소설에서 배경이 되고 있는 대천 혹은 보령은 단순히 공간적 배경으로만 기능하지 않는다. 이곳은 「미인공예」의 '나'에게는 "해마다 기말 시험을 끝내고 긴 겨울 방학동안" "그 대천항 골목 안에 다닥다닥 붙은 허름한 횟집에서 아르바이트를" 하던 삶의 터전이었고, 「바다에 뜬 얼굴」에서는 아버지가 실직한 이후 새로운 일자리를 구할 때까지 어머니와 함께 머물러야 했던 아버지의 고향이었다. 그러나 "굵직굵직한 건물들이 들어서"고 "공사장에서 일하는 인부들과 선원들과 부둣가의 노점상들로 발 디딜 틈이 없"이 변하면서 고향이라는 공간이 갖는 모성적 생명력은 훼손되고 만다. 대천 곧 보령은 "기업인들이 그 넓은 바다를 메워서 농토나 공장 부지를 만드느라고 파괴시킨 뻘뻘"이 늘어나면서 "개펄은 오염되어서 무엇인들 제대로 살 수" 없는 공간이 되었다. 그렇지만 무엇보다도 작중인물들에게 있어 대천/보령은 삶의 고통을 고스란히 감당해야 하는 구체적 삶의 현장이다. 대천은 헤어진 애인과의 아픔이 있는 부재와 상실의 공간이며(오내영, 「청라 언덕 우에 꽃 필 적에」) "회사원이었던 아버지"가 "아이엠에프 위기 이후에 실직을" 하고 "새로운 일자리를 구해서 엄마와 나를 데리고 갈 때까지" 아버지의 부재 속에서 실직의 어려움을 견뎌내야 했던 아픔의 공간이다(「바다에 뜬 얼굴」). 어렵게 4년제 대학을 나와도 쉽게 취직을 하지 못하고 힘든 육체노동으로 현실을 버텨야하는 고통과 좌절의 공간인 동시에(「미인공예」), "심성

---

9 서희, 「미인공예」, 『작가마당』 제6호, 2003.

을 갉아먹는 몹쓸 곳처럼 여겨"지는(「노랑 저고리」) 공간이기도 하다.[10]

　이와 같이 『작가마당』에 수록된 소설들은 대천/보령을 지역민들의 삶의 공간으로 형상화하면서 지역의 구체적 현장에서 살아가고 있는 민중들의 삶에 관심을 기울이고 있다. 그러나 단순히 고통을 겪고 있는 민중들의 현실을 텍스트화하는 차원에 머무른다면 지역문학을 통해 새로운 희망을 찾거나 현실을 극복할 수 있는 대안을 발견하기 어려울 것이다. 바로 이 지점에서 서희의 「노랑 저고리」는 생의 경계를 확장하려는 여성 인물의 새로운 시도를 보여주고 있어 주목을 요한다. 소아마비로 다리를 저는 말희는 생계수단으로 운영하던 한복집 '노랑 저고리'의 문을 닫고 "묵묵히 글만 쓰면서 살아가리라 다짐"한다. "글을 쓸 수 있다면 이제 어떤 것과도 상관없이 정신적으로 자유로울 수 있을 것만 같았"으나 막상 글을 쓰기 시작하니 "세상과의 괴리감이 견디기 힘들" 정도이다. 그런 그녀에게서 새로운 가능성을 엿볼 수 있는 까닭은 '노랑 저고리'라는 한복집으로 상징되는 공간을 이해하는 그녀의 태도 때문이다.

　　대천시내를 바라보았다. 동부 아파트단지 앞 신작로를 따라 가면 주유소, 슈퍼마켓, 꽃집, 동물병원, 약국, 세탁소, 자전거포를 지나면 시장이 시작된다. 거기 손님들과 웃고 떠들며 어울리던 튀김닭집과 분식집과 보리밥집을 더듬다가 굳게 잠겨있는 노랑 저고리에 눈길이 멎는다. 그곳엔 활기 있고 자유스럽고 강렬한 다른 무엇이 있었던 것 같은 회한이 가슴을 적신다. 수많은 손님들과 함께 울고 웃었던 가게에서의 아귀다툼들이 아픔처럼 슬픔처럼 떠올랐다. 이제 다시는 그런 날이 오지 않을 성 싶자, 노랑 저고리가 견딜 수 없이 그리워진다.
　　그녀가 만들어 주는 커피를 마시며 사랑방처럼 들락거렸던 사람들이 때로 그 앞에서 머뭇거리면서 아쉬워하면서 지나는 모습이 눈앞에 그려지자 달려

---

10 김화선, 앞의 글, 219쪽 참고.

가서 문을 따 주고 싶다.[11]

한복집 '노랑 저고리'는 작중인물 말희의 생활 현장인 동시에 대천 사람들의 사랑방이자 대천 지역민들의 삶의 공간이다. 시장 골목을 들끓던 시장 사람들의 이야기는 보령에서 출생한 소설가 서희의 삶 그 자체이기도 하다.[12] 비록 말희는 '노랑 저고리'의 문을 닫고 글을 쓰기 시작했지만 그녀의 글쓰기가 대천 지역민의 삶과 멀어지지 않을 것이란 믿음을 가질 수 있는 것은 바로 이 때문이다. 지역적 정체성을 자신만의 방식으로 드러내는 소설가 서희의 글쓰기를 지켜보며 우리는 지역문학의 미래를 기대할 수 있을 것이다.

서희의 「노랑 저고리」에서 재발견된 공동체적 삶의 가치는 아이에게 젖을 물리며 광주의 아픔을 기억하는 「멀미」의 인영과 남편이 사랑했던 자신의 친동생을 결국 사랑으로 받아들이는 「첫서리」의 '나'가 보여준 태도와 같은 맥락에서 이해할 수 있는 것으로서, 일종의 사랑의 연대라고 평가할 수 있다.

비록 현실은 냉정하고 아이러니할지라도 희망의 끈을 놓지 않고 묵묵히 살아가는 민중들의 삶에 주목할 때 지역문학은 그 힘을 발휘할 수 있을 것이다. 코를 높이면 취직이 잘 될 것이라는 기대에 부풀어 성형수술을 하지만 딸기코를 갖게 된 「미인공예」의 '나'와 같이 삶의 터전은 여전히 냉혹하지만 그 터전에 자리를 잡고 살아가는 지역민들은 혼자가 아니라 우리이며, 서로서로가 필요한 존재라는 사실을 뼈저리게 잘 알고 있기에 묵묵히 내일을 기약할 수 있는 것이다. 공동체적 삶의 가치에서 발견한 끈끈한 연대의식은 "갯비린내를 맡으면 멀미하는 것처럼 속이 울

---

11 서희, 「노랑 저고리」, 『작가마당』 제10호, 2007년 상반기, 125쪽.
12 서희, 「작가노트」, 위의 책, 129~131쪽 참고.

렁거리고 머리가 띵하"거나(서희, 「바다에 뜬 얼굴」), "속이 뒤틀리는 욕지기"(심정리, 「불감증」)로 고통스러울지라도 "나를 찾기 위한 사투"를 결코 멈추지 않을 것이다.

한편 지역의 공간성을 강조하는 방식 이외에 주목할 수 있는 또 다른 특징은 인간 군중의 삶을 서사화하는 방식이다. 일종의 에피소드식 구조로 소박한 서민들의 일상을 병렬적으로 배치하는 것인데, 강병철의 「병실 206호」(제9호, 2006년)와 「1977 한탄강」(제12호, 2008년 상반기)을 그 예로 들 수 있다. 「병실 206호」와 「1977 한탄강」은 병실 206호와 군대 취사장을 배경으로 인간 군상의 삶을 그리고 있는데, 딱히 주인공이라 할 수 있는 인물이 없는 대신 환자들과 병사들 모두가 서사의 주요 인물이 된다. 작가는 작중인물들 각자가 그려내는 다양한 삶의 흔적들과 꿈틀거리는 욕망들을 하나하나 묘사하면서 인생이 무엇인지 그 의미를 묻고 있다.

보다 구체적으로는 서술자의 요약제시와 논평이 사용되었는데, 가령, 「병실 206호」는 같은 병실에 입원해 있는 환자들의 병력이나 형편을 단락을 바꿔가며 요약해준다. 예컨대 "박박머리 서병오는 일 년째 병원살이 중이다. 평소엔 얌전하다가 갑자기 발작을 일으키는 건 그의 성품과 아무 상관이 없다. 수없이 반성하지만 주파수가 빨라질 때마다 상소리가 튀어나오는 것이다. 아무도 받아주지 않으므로 누이들만 닦달하는 것이다. 그러나 서병오는 팔의 신경이 죄다 끊어져 손찌검으로까지 이어지지는 못한다."[13]나 "취사병 중에서 학사 가호철 상병을 제외한 나머지 인간들은 도대체 뭐 하나 건질 게 없다고 생각한다."[14]와 같은 식이다.

13 강병철, 「병실 206호」, 『작가마당』 제9호, 2006년, 98쪽.
14 강병철, 「1977 한탄강」, 『작가마당』 제12호, 2008년 상반기, 120쪽.

작중인물들의 출생년도를 인물의 이름 옆에 병기한 김종광의 「우라질 양귀비」(제14호, 2009년 상반기)는 양귀비꽃을 둘러싼 한바탕 소동을 중심으로 한 동네에서 살아가는 사람들의 삶을 스케치하고 있다.

> 안채에서 시어머니 서창자(40년생)와 애들(1998년생 딸, 2002년생 딸)이, 슈퍼에서 남편 최명청(65년생)이, 식당채 부엌에서 서편댁(56년생)과 동편댁(52년생)이, 그리고 민박채에서 엠티 왔다가 밤새 술 처마시고 해뜰 때 마지못해 잠들었던 대학생들이, 모두가 뛰쳐나와 놈의 시끌벅적한 비행을 입 딱 벌리고 구경했다.[15]

예문에서와 같이 작가는 처음 등장하는 작중인물을 소개할 때 출생년도를 표기함으로써 각 인물들의 존재에 사실감을 불어넣는다. 71년생 '고음순'을 주축으로 「우라질 양귀비」의 작중인물들은 기르는 것이 법으로 금지된 양귀비 때문에 일련의 사건들을 겪게 된다. 작중인물의 이름 옆에 병기된 출생년도는 실존하는 인물들이 겪은 일들을 객관적으로 소개하는듯한 환상을 만들어낸다. 그리하여 독자들은 마치 한 편의 신문 기사를 읽는 것처럼 서사를 재구성하게 되는 것이다. 이러한 방식은 「전당포를 찾아서」부터 김종광이 즐겨 사용하는 방식이다. 각 장면마다 "장덕호(68세)", "정인혜(35세)", "정인자(19세)" 등 개별인물들을 전경화하고 다른 인물들은 주변으로 분산시키는 서술전략을 구사하여 주변부 인물을 사사로운 일상에 가두지 않고 우리 사회의 전면에 부각시킴으로써 보다 현실적인 리얼리티에 성공적으로 다가가고 있다.[16]

이상에서 설명한 바와 같이 『작가마당』에 수록된 일련의 작품들은 균질화될 수 없는 이질적인 욕망의 움직임을 능청스럽게 서사화하면서 우

---

15 김종광, 「우라질 양귀비」, 『작가마당』 제14호, 2009년 상반기, 220쪽.
16 하상일, 『타락한 중심을 향한 반역』, 새움, 2002, 270~278쪽 참고.

리들 모두에게 적용되는 보편적 삶의 양상을 제시하고 있다. 주변부적 삶의 진실은 특정 지역에 한정되는 것이 아니기 때문이다. 대전·충남 지역의 실제 공간인 보령을 배경으로 하는 이들 작품들이 지역의 경계를 넘어서는 이유가 바로 여기에 있다.

3. 충청도 사투리가 갖는 효과

문학 텍스트에 사용된 사투리는 잠재된 지역성이 공식적으로 발현되는 최상의 수단이다.[17] 흔히 충청도 사투리는 속도가 느리고 어눌하여 세상물정을 잘 모르는 어리숙하고 순박한 인물의 내면을 드러내는 수단으로 사용되기도 하고 경우에 따라서는 의사소통의 원활한 흐름을 차단하여 고집스러운 자기만의 세계를 전달하거나 의뭉스럽게 속내를 잘 드러내지 않는 책략으로 사용되기도 한다. 그렇다면 대전·충남 지역의 소설가들은 지역색을 강하게 드러내는 충청도 사투리를 어떤 의도와 목적으로 사용하고 있는지 살펴보면서 대전·충남 지역문학의 정체성을 규명해보기로 하자.

『작가마당』에 수록된 소설 중에서 충청도 사투리를 맛깔나게 구사하고 있는 작품은 강병철과 김종광, 서희, 김동민, 채진홍의 소설들인데 각각의 텍스트에서 사투리 구사가 갖는 효과는 사뭇 다르다. 작중인물들의 입을 통해 구사되고 있는 충청도 사투리는 단순히 작가의 고향이 충청도임을 말해주거나 텍스트의 공간적 배경을 암시하는 수준에 머물지 않고 대전을 포함한 충청도 지역을 삶의 근거지로 삼고 있는 이들의 일상을 사실적으로 재현한다.

예컨대 어머니에게 애증의 양가감정을 지닌 아들의 심리를 어머니가

---

17 김화선, 앞의 글, 214쪽.

입고 있던 낡은 황토 저고리에 묻은 코피로 상징화한 채진홍의 「황토 저고리」(제3호, 2000년 겨울)는 삶의 터전인 대전충청 지역의 현장감을 작중인물들의 말투로써 실감나게 전하고 있다. 서희의 「화이트 캐슬」(제13호, 2008년 상반기) 역시 표준어와 사투리로 서울과 보령이라는 지역적 거리감을 효과적으로 전달하고 있다. '여자'는 탱화를 그리기 위해 보령에 잠시 머무는데 그곳에서 만난 낯선 인물들은 모두 충청도 사투리를 구사한다. 작가는 보령이라는 공간적 배경을 사실적으로 재현하면서 보령을 찾은 '여자'의 심리적 거리를 언어의 차원에서 연결시키고 있는 것이다. 「화이트 캐슬」과 마찬가지로 「노랑 저고리」도 보령 시장에서 살아가는 주민들의 삶이 생생한 사투리로 묘사되고 있다. 뿐만 아니라 김동민의 「궁상각치우」에서도 충청도 사투리는 서술자의 표준어와 대비되어 보령의 지역색을 강하게 드러낸다. 이처럼 충청도 사투리는 서사가 진행되는 구체적인 배경을 사실적으로 재현하면서 현실감을 획득하고 있다.

더 나아가 채진홍의 「인도에서 온 여자」(제2호, 1999년)에서 충청도 사투리는 서사를 이끌어가는 역할까지 담당하고 있다. 암자에서 기거하는 방처사의 능청스러운 사투리는 표준어를 구사하는 여성 인물들 사이에서 자연스러운 대화를 이끌어낼 뿐 아니라 암자를 찾아온 '여자'가 자신의 내면을 드러내도록 유도한다.

다음으로 충청도 사투리는 작중인물의 성격을 표현하는 수단으로 사용되고 있다. 우리는 그 예를 강병철의 「아버지의 꽁치」에서 찾아볼 수 있다. 만물잡화상으로 집안의 경제를 책임지던 아버지, "수전노 키 작은 근수 씨"는 대화를 할 때면 늘 앞 뒤 맥락을 잘라버리고 꼭 필요한 가운데 토막만을 불쑥불쑥 내놓곤 한다. 유장한 가락으로 느릿느릿 구수하게 이야기를 전하는 서술자의 충청도 사투리와 대조적으로 투박한 아버지의 충청도 사투리는 무뚝뚝하지만 여린 심성을 지니고 있는 아버지의 성격을 고스란히 드러낸다. "기둥 뿌리 뽑혀두 나 몰러라 헐껴?", "깅가?", 말을 아끼며 짧게 툭툭 던지는 아버지의 사투리는 가난한 가장이었던 아버지의 따뜻한 속내를 감추는 동시에 드러내는 기능을 하고 있다.

　한편 앞서 언급한 김동민의 「궁상각치우」는 음주운전을 하다 뺑소니 사고를 낸 주식이 어머니 몰래 "땅문서와 저금통장을 들고" 현주와 함께 고향을 떠나기까지의 과정이 주요 서사를 이루고 있는 작품이다. 주식은 "장대비가 쏟아지는 새벽에 자전거를 타고 도로를 횡단하는 늙으신네"를 차로 치고 도망쳤다는 두려움으로 인해 고향을 떠나기로 결심한다. 다방에서 일하면서 빚더미에 앉게 된 현주 또한 빚 독촉에 쫓겨 "자신의 빚 절반의 돈"에 해당하는 땅문서며 패물을 부모님 몰래 건달들에게 건네주고는 남은 빚 때문에 결국 고향을 등지는 인물이다. 이 소설의 백미는 주식이 뺑소니 사고를 낸 대상이 사람이 아니라 고라니였다는 사실이 밝혀지는 후반부이다. 그 사실을 알 리 없는 주식의 불안감과 주식의 돈으로 사채업자들로부터 도망치려는 현주의 영악함은 후반부의 반전을 돋보이게 한다.

　　음매! 비 똥줄 나게 오네. 이러다 시상 나무뿌리고 뭐고 다 뽑혀 남아나는 것 읊겠구먼. (이주식은 대청에서 전화를 받으며 마당을 힐끗 훔치었다. 마당 밖은 아직 어둠이 가시지 않았다.) 네 집 기둥 아직 안 뽑혔냐. 나야 지금 집 기둥 뽑혀 노 젖고 있다. 이참 떠내려가는 것 부산까정 떠내려갔음 좋것는듸. 근듸 시방 워쩐 일이냐, 식정부터. 아직 닭도 울지 않았구먼. (지난 밤부터 장맛비가 퍼붓고 있다. 이주식은 전화벨이 울리기 전 새벽 일찍부터 잠에 깨어 있었다.) 뭣이여! 긍께 어젯밤부터 식정까정 상가 집에서 술 믁고 오다 전봇대 받았다는 거여! 거기가 어듸쯤이여? 병원? 많이 다쳤는가? 아이구 다행이구 먼, 타박상만 입었다니. 차는 개 박살나고야. 요즘 시상에 곤드레만드레 헐레벌떡 취해갔고 운전대 잡는 늠이 워딨냐? 뉘 말 따라 살인면허여. …뉘 전봇대가 과부인줄 알고 달겨들었지. 기왕지사 받을 거믄 기철이네 담장에다 황소

뽈로 들이 박듯이 꼴아 박을 것이지, 전봇대가 뭔 잘못 했다고.[18]

위에 제시한 예문은 「궁상각치우」의 첫 장면이다. 다소 수다스럽게 주절주절 쏟아지는 충청도 사투리는 작중인물의 입말 형태로 제시되고, 괄호 안에 묶인 서술자의 표준어는 작중인물의 행위를 묘사하고 상황을 설명하거나 논평하고 있다. 작중인물 주식의 사투리는 언뜻 소탈해 보이지만 소설의 후반부에 이르면 뺑소니 사고를 내고 도망치는 그의 이중성을 유감없이 드러내는 장치로 기능한다. 보령 출신의 작가 김동민은 충청도 사투리로 작중인물 주식의 의뭉스러운 태도를 암시하고 있는 바, 이는 곧 겉과 속을 알 수 없는 충청도식 말하기가 갖는 효과라고 할 수 있다.

강병철과 더불어 충청도 사투리를 능숙하게 구사하는 작가는 김종광이다. 사실 김종광에게 서울과 지역의 구분은 무의미하다. 이는 김종광이 지역적 특성을 잘 드러내고 있는 작가가 아니라는 뜻이 아니라 그의 작품 세계가 충청도라는 지역을 중심에 두되 특정 지역에 고립되지 않고 있다는 의미에서 그러하다. 이러한 김종광 문학의 특성을 '충청도적 의식의 확산'이라고도 부를 수 있을 터인데,[19] 충청도 사투리가 넘쳐나는 그의 작품에서 충청도는 특정 지역을 가리키는 지역적 의미로만 한정되지 않는다. 김종광 식의 '충청도 의식'은 현실의 아이러니를 꿰뚫어보면서도 결코 웃음을 잃지 않는다. 충청지역에 근거를 두되 서울과 대한민국, 나아가 자본주의적 현실 전체를 연관시키는 힘을 발휘하는 것이 바로 작가 김종광이 지니고 있는 충청도 의식이다. 그리고 그러한 충청도 의식을 표출하는 수단이 충청도 사투리의 구사임은 물론이다.

"학교 발전 기금으로 적립된 삼십억 원 중 십억 원을 탁월한 수작으로

---

18 김동민, 「궁상각치우」, 『작가마당』 제8호, 2005년, 126쪽.
19 김화선, 앞의 글, 216쪽.

빼돌려 저와 제 가족만 잘먹고 잘사는 데 할애하셨다는 혐의"를 받고 있는 이사장의 비리를 규탄하기 위해 서울로 올라간 순박한 대학 새내기 박무현의 서울상경기를 서사화한 「전당포를 찾아서」(창간호, 1999년 봄)는 충청도 사투리를 작중인물의 성격을 암시하고 나아가 자본주의적 현실을 비판적으로 재고하는 서술의 방편으로 사용하고 있다.

시위에 참여하기 위해 서울로 올라왔지만 차비도 없고 서울 지리에도 어두워서 집으로 돌아가지 못하는 상황에 처한 박무현은 파출소에 찾아가 통사정을 한다. 눈물을 훔치며 "저는유 한민대학교 혼주캠퍼스 사학과 일학년 박무현이라고 하는듀, 제가 오늘 서울로 데모허러 왔다가 잽혔거든유.", "제가 뭘 알아유. 서울에 온게 두 번짼가, 세 번짼디 뭘 알아유. 돈은 하나두 읎지. 잡어갔으면 책임을 져야 될 거 아녀유. 책임지세유."라고 막무가내로 사정하는 장면에서 "스무 살쯤 되었을까 앳된 얼굴"에 "키가 작고 옷은 싸구려티가 덕지덕지"한 박무현의 "충청도 쪽 억양이 다량 묻어 있는 어눌한 말씨"가 그대로 드러난다. 박무현의 입에서 나오는 충청도 사투리는 세상물정에 어두운 어리숙한 시골 청년의 이미지를 효과적으로 만들어낸다.

김종광의 충청도 사투리는 박무현의 예에서 보듯 현실을 풍자하지만 해학성을 잃지 않는 묘미가 있다. 어눌하고 어정쩡하며 느리고 답답함마저 유발하는 박무현의 충청도 사투리는 욕설과 직설적인 표현으로 현실을 비판하면서도 비극적 현실을 해학적으로 변주시키는 작가적 역량을 유감없이 증명한다. 소설가 김종광이 「웃음과 고생」(제5호, 2002년 가을)에서 말하고 있는 분노의 역설적인 표출인 웃음과 타락한 자본주의 삶의 소비의 역설인 고생이 설득력을 갖는 것도 이와 같은 맥락에서이다.[20]

20 김화선, 위의 글, 217~218쪽 참고.

박무현의 사투리는 비극적인 상황을 해학적으로 변주하면서 따뜻한 인간미로 주변부 인물들의 삶을 품어안는다. 이러한 자세는『작가마당』제14호에 발표한「우라질 양귀비」에서도 그대로 드러난다. 의도하지 않게 학생운동에 휘말려 정치적 인물이 되어버린 고음순의 일상은 개인의 삶이 정치적 실존의 문제로 직결될 수밖에 없는 긴밀한 상관성을 유머러스하게 보여준다. 그 과정에서 작가 김종광은 충청도 사투리를 전략적으로 활용하여 현실에 대한 예리한 비판과 모순투성이의 현실을 극복하려는 민중들의 의지를 웃음의 세계로 끌어올려 서사화하고 있다.

4. 결론

지역문학에 대한 연구는 문학과 삶이 별개의 것이 아니라 문학이 곧 삶이라는 인식에서 출발한다. 지역성을 사고하는 작업은 자신이 뿌리내리고 있는 현재적 삶과 그 삶이 맞닿아 있는 오랜 역사를 아울러 사고하는 것이며 자연적 태도에서 벗어나 현실에 작용하는 모든 권력에 문제제기하는 것에 다름 아니다. 물론 교통통신 수단이 발전하면서 각 지역의 공간적 거리감은 좁혀지고, 정보를 동시대적으로 공유함에 따라 지역성의 의미를 숙고하는 일이 다소 시대착오적인 발상으로 여겨질 위험 또한 배제할 수 없는 상황이다. 그러나 지역에 대한 논의는 인간이 처한 토대를 살펴보고 현실과 문학을 통합하여 사고하는 것에서 비롯된다. 지역에서 살아가는 사람들의 구체적 삶에 관심을 기울이고 지배담론과의 끊임없는 거리두기를 통해 진정한 삶의 가치를 물을 때 비로소 지역문학은 시작된다고 할 수 있다.

지역문학에 대한 연구가 문학장에서 생산적인 논의를 이끌어내기 위해서는 다양한 텍스트들을 대상으로 깊이 있는 실증적 연구가 진행되어야 할 것이다. 그리하여 본고는 소설을 중심으로 대전·충남 지역문학의 정체성을 탐색하기 위해 대전·충남작가회의 기관지인『작가마당』에 수록된 소설 작품들을 분석해보았다.『작가마당』에 발표된 소설 작품들을 근거로 대전·충남 지역문학의 대체적인 성격을 추론해 볼 때 가장 두드러지는 특징은 소시민들의 삶에 관심을 가지고 그것을 서사화한 작품들이 많다는 것이다. 이들 작품들은 서민들의 일상에 밀착하여 그들의 아픔과 시련을 서사화하되, 아이러니한 현실을 해학적으로 승화하거나 휴머니즘적 차원에서 타인을 따뜻하게 끌어안으려는 인간미 넘치는 인물들의 삶을 보여주는 방식을 택하고 있다. 이는 특히 강병철과 김종광, 서희의 소설 텍스트들에서 두드러진다. 이때 충청도 사투리는 아이러니와 해학의 경계를 가로지르며 지역민의 삶을 구체화하는 서술 전략으로 기능한다. 어눌하지만 거침없고, 의뭉한 인물들의 내면은 그들이 뱉어내는 충청도 사투리를 통해 표출된다.

제도권 밖으로 밀려난 힘없는 존재들에게 관심을 가지고 그들이 함께 살아갈 공동체적 삶에 리얼리티를 부여하면서 작가들은 더불어 살아가는 민중들의 삶이 지니는 가치를 조명하고 있다. 그 가치는 일종의 연대의식의 소산인 바, 현실 비판적 성격을 지니면서도 따뜻함을 놓지 않는 작가들이 추구하는 문학적 입장을 대변한다고 보아도 무방할 것이다. 그렇다면 독자들 또한 연대의식에 동참하여 지역의 작가들과 소통하는 것을 게을리해서는 안 될 것이다. 지역문학에 힘을 불어넣는 책임은 비단 작가들만의 몫은 아니기 때문이다.『작가마당』의 지역적 실천이 작가와 독자 모두에게 유의미한 의미를 보여주는지 향후의 걸음을 지켜봐야 할 것이다.

『문예창작』16호(한국문예창작학회, 2009. 12)에 수록

한국전쟁과 지역문학

강원지역의 경우

남기택

1. 머리말

본고는 한국사회의 대타자(Other)로 존재하고 있는 6·25 전쟁이 지역 문학과 어떤 관계를 맺고 있는가라는 문제의식에서 출발한다. 대타자로 서의 한국전쟁이란 현 단계 정치, 경제, 사회, 문화 등 어느 분야라 하더 라도 그 형성과 성격에 있어서 전쟁의 영향으로부터 자유로울 수 없다는 범박한 사실을 가리킨다. 한국전쟁 60주년을 맞아 그에 관한 객관적 시 각과 이론의 확보는 지역문학 문제로까지 관점을 확대시키고 있다. 한편 1980년대 이후 본격적으로 시도되고 있는 지역문학에 관한 기존 연구들 은 논의의 범위를 보다 확대시킬 것을 주문하고 있다. 본고의 문제의식 역시 다양한 관점에서 이론적, 실천적 접근을 시도함으로써 지역문학담 론의 층위를 심화시키는 흐름과 연동된다.

이러한 접근에는 몇 가지 전제가 필요한데, 그 중 하나가 지역문학장 이라는 단위가 한국전쟁을 전후한 시기에 존재하고 있었는가의 문제이다. 본고에서 상론하고자 하는 대상은 강원지역문학인데, 지금까지 연구 결과에 따르면 강원지역문학장이 본격적으로 전개되기 시작한 것은 1960년대 이후의 일이다.[1] 그럼에도 불구하고 그 이전부터 지역 출신 작가나 지역에 근거한 문학 및 문화단체가 존재하지 않은 것은 아닌바 이로부터 파생되는 강원지역문학의 전사가 분명 존재한다. 본고는 이러한—강원지역문학의 전사라 할—대상들을 한국전쟁기와 그 이후의 시기를 중심으로 살펴보고자 한다.

또 하나는 지역문학이라는 범주 설정의 문제이다. '지역문학'은 여전히 논란의 여지를 지닌 문제적 대상이다. 기왕의 지속적인 논의에도 불구하고 이에 대해 합일된 의견이 존재하지 않는 실정은 그 다층적 성격을 반증한다. 본고에서는 폭넓게 지역과의 직간접적 관계 속에 놓이며 지역적 의미를 추론할 수 있는 단위를 지역문학의 범주로 두고 논의하고자 한다. 이는 지역문학에 대한 정당한 개념이라기보다는 작위적 성격이 강한바 연구자의 주관을 벗어나지 못하는 한계를 지닌다. 그럼에도 불구하고 지역문학론 내부에서도 문제적 단위로 존재하고 있는 '강원지역문학'에 대한 연구를 확대하기 위함이라는 당위성을 지니리라 본다.[2]

---

1 서준섭, 「강원도 근대문학연구에 대하여」, 『강원문화연구』 11, 강원대 강원문화연구소, 1992 ; 엄창섭, 「강원문학의 사적 고찰—영동지역의 현대시문학을 중심으로」, 『한국문예비평연구』 제1호, 한국현대문예비평학회, 1997 ; 양문규, 「강원지역문학의 생성방식과 발현양상」, 『작가와사회』 2004년 가을호 ; 전상국, 「강원 문학의 역사와 현황」, 『물은 스스로 길을 낸다』, 이룸, 2005 등 참조.
2 또한 본고의 논점이 개념 설정의 당위성에 주목하는 원론적 논의가 아니라는 점에서도 이에 관한 상론은 생략한다. 다만 본고가 유념하는 지역문학의 범주에 대해서는 아래 입장을 참고하기로 한다(남기택, 「지역에 의한, 지역을 위한」, 남기택 외, 『경계와 소통, 지역문학의 현장』, 국학자료원, 2007, 56쪽).
"지역문학이라 명명할 수 있는 일차적 근거는 해당 작가가 지역에서의 삶을 살고 있(었)다는 현실이다. 이는 지역문학을 규정하는 일차적 조건, 혹은 실존적 조건으로서 지역문학의 형식이라는 층위를 이룬다. 지역문학이 그 형식을 지니기 위해서는 외형적으로 해당 지역과의 관련성이라는 조건이 필요한 것이다. 다음으로 '지역성'을 담보하는 문학의 내적 기제가 있다. 이는 작품의 주제나 표현 방식, 의미와의 관련성 차원으로서 지역문학의 내용 층위를 이룬다. 고유한 향토색, 지역적 서정, 지역적 삶의 내면적 승화 등등이 이와 관련된 요소라고 할 수 있겠다. 그런데 이와 같은 형식과 내용은 지역문학의 '종속성'을 규정하는 어떠한 근거도 되지 못한다. 그렇다면 중앙과 지역을 이항대립적으로 구분

이러한 전제 아래 본고는 한국전쟁을 전후한 시기 강원지역문학의 양
상을 개관할 것이다. 또한 그로부터 형성된 문학적 정체성에 대해 살펴
보고자 한다. 문학적 정체성 논구는 지역문학론의 궁극적 과제 중 하나
이다. 또한 그것은 고정된 것이 아닌 유동적이고 구성적인 개념인 만큼
이에 대한 현재적 관점에서의 접근이 항상적으로 필요하다고 하겠다. 이
를 통해 미진한 강원문학사를 구성하는 데 일조할 수 있으리라 본다. 이
는 또한 한국문학의 총량을 더하고 기존 한국문학사를 보완하려는 노력
의 일환일 수 있겠다.

2. 한국전쟁 이전의 매체 양상

본격적인 문학매체가 존재하지 않았던 당대 강원지역문학장의 현실을
고려할 때 문화매체에 대한 고찰은 문학장의 전사를 재구하는 하나의 방
법일 수 있다. 한국전쟁 이전에 강원지역에 존재한 대표적인 문화매체는
1945년에 창간된 『강원일보』라 하겠다. 『강원일보』는 준비위 격으로 만
들어진 「彭吳通信」을 전신으로 한다. 「팽오통신」은 건준(건국준비위원
회) 문화부에서 독립한 문화동지회의 중심멤버들에 의해 창간되었다. 이
들은 여운형에 반대하여 건준에서 이탈, 민간단체인 문화동지회를 조직
한다. 중심 인물은 남궁태를 위시하여 권오창, 최상기, 김학인, 인종기,
양한웅 등이다. 이들은 강원지역에도 민초들의 소리를 대변할 일간신문
을 창간해야 한다는 공통된 생각을 지니고 있었다. 그 사전작업차 지역
통신을 발행했던 것이 「팽오통신」인 것이다.

하는 종속의 조건이라는 것이 별도로 존재하게 되는데, 이를 통칭 중앙 문단과의 변별적 거리라 할 수
있다. 이러한 요소가 결국 지역문학의 종속성을 규정하는바 이를 지역문학의 실정적 충위라 부르기로
하자."

　　팽오통신은 활자인쇄가 아닌 등사판 프린트물이라는 것 외에는 모든 체제가 신문과 같았다. 제1면은 정치 · 경제, 제2면은 사회 · 문화면이었으며 1면에는 사설 칼럼란까지 만들었다. 발행부수는 처음에는 1백부였으나 1주일 후부터 2백부로 늘렸고 제호는 꼬딕체, 횡서였다. '彭吳'라는 이름은 단군이 팽오라는 사람을 강원도지방에 보내 홍익인간의 이상을 펴려 했다는 데서 구전되어 오며 개척자적인 의미도 포함된다. 팽오통신은 신문 발행을 전제로 한 것이었으므로 제26호까지 발행하고 바톤을 강원일보에 넘겼다.[3]

　　이와 같은 기록에 의하면 『강원일보』는 보수 우익인사들이 지역에서 정론적 입지를 확보하기 위한 노력의 일환으로 비롯되었음을 알 수 있다. 「팽오통신」의 활동을 이어받아 1945년 10월 24일 창간호를 발행한 『강원일보』는 타블로이드 2면, 각 7단으로서 1면에 사설을 비롯한 정치 · 경제뉴스, 2면에 사회 · 문화기사를 실었고, 본문은 5호활자를 썼다. 초창기 동인들은 ① 민족과 사회의 정화, ② 민주독립국의 건설, ③ 문화창달, ④ 破邪顯正 등에의 헌신을 모토로 내세웠다.[4] 『강원일보』는 1945년 12월 신의주 학생사건이 일어난 것을 남한 최초로 보도하고, 1948년에는 독도오폭사건을 국내 최초로 특종보도(1948. 6. 9)하는 등 의욕적 활동을 전개한다.

　　문학장의 활성화 측면에서도 『강원일보』는 직간접적 계기를 마련하고 있다. 1947년 12월 9일자의 사고문은 신춘문예 모집에 관한 것으로서, 부문은 논문, 수필, 소설, 시, 동요 등 5개 분야이다.[5] 최초의 신춘문예 입선자 및 작품명은 허만욱의 「건설의 탑을 세우자」(논문), 송효성의 「숨廊 여자」(소설), 장준식의 「조국」(시), 홍준표의 「산책」(수필), 임훈식의

317

남기택 — 한국전쟁과 지역문학

---

3 강원일보사사편찬위원회, 『강원일보 40년사』, 강원일보사, 1985, 76쪽.
4 위의 책, 같은 쪽.
5 상금은 1등 3천원, 2등 1천원, 3등 5백원이다. 규격은 논문 500행 이내(10자 1행), 수필 500행 이내, 소설은 단편소설에 한하고, 접수기간은 12월 10일부터 25일 사이로 공고되었다.

「담배불」(꽁트), 최홍경의 「동생 장난감」(동요) 등이다.

하늘 가까이

叡智의 눈동자처럼 天池 있고

줄기 줄기 기름진 江물

誼이 좋게 골으로 흐르고

白頭 妙香 太白 智異 뭇 山勢는

聖者의 이마처럼

맑은 하늘 가에 빛났어도

황폐한 거리

太陽을 등진 이땅에는

슬픔이 주검보다 무서운

기나긴 서른여섯해 였다

이제엔 얘기로 욕된

주거니 받거니 지난날을 이야기하며

다시 우럴어보는 우리들의 하늘에

날씨 궂은 氣流가 흘러

가슴을 터뜨려

미칠듯 노래하던 우리의 自由가

아─상기 解放이 왔다는 山川

이땅에서 멀고나

오─解放이여!

우리를 蒙昧에도 잊지 못할

自主獨立 참된 自由 解放이여!

─ 장준식, 「조국」 부분

시부문 입선작인 위 작품은 해방을 맞는 감격과 소회를 다지는 등 전
형적인 애국의지를 주제로 하고 있다. 해방 이후의 격정이 채 사라지지

않은 감정적 어조가 그대로 드러나는 작품이라 하겠다. 이처럼『강원일보』는 신춘문예작품을 모집한 것을 위시하여 장편소설 연재(박희준,「연희의 반생」, 1948) 등의 사업을 통해 지역문단을 활성화하기 위한 일련의 노력을 보여주었다. 1949년 6월 15일에는 지령 1,000호를 기념하여 영화의 밤, 3만원 문예 현상모집 등의 문화행사를 주관한 기록이 남아 있다.

> 彭吳通信으로서 發足한 本報가 來 15일로서 紙齡 1千號를 맞이하게 되었읍니다. 돌아보건대 5個星霜! 荊棘의 途上에서 교통 경제 등등의 諸般苦衷을 극복하고 報道 계몽의 言論이 負荷한 硬堅히 하여 오며 紙齡 1千號를 맞게 되었음은 오로지 讀者諸賢의 애호와 有志諸氏의 끊임없는 鞭撻의 혜택이옵기 심심한 謝意를 드림과 동시에 微意나마 이에 報코저「培版 발행」「文藝 현상모집」「讀者慰安 映畫의 밤」등의 行事와 아울러 言論으로서의 負荷된 사명의 완수를 盟誓하오니 倍前의 애호 鞭撻이 있아옵길 冀望하옵나이다.[6]

한편 태백산맥을 경계로 영동지역에서는『동방신문』이 존재했다는 기록을 볼 수 있다.『동방신문』은 1945년 9월 7일 미군정 당국의 신문발행 허가 제1호로 발행되었다. 사장 겸 주필 김석호, 편집국장 염태근, 업무국장 김덕기, 기자 박상민·김광래, 편집 이준호 등이 참여했다. 형태는 타블로이드판 2면을 등사판으로 인쇄했고, 1면은 미군정 당국의 포고문 또는 행정지침을, 2면은 지방뉴스를 게재했다. 보급 구역은 강릉 명주 삼척 일원과 정선 평창의 일부 지역이었으며, 1946년 1월부터는 강릉인쇄소의 협조를 얻어 활판인쇄로 신문을 발행했다.『동방신문』의 주조는 민족진영의 우익지를 표방했고, 그런 까닭에 행정당국의 발표문 위주로 제작되었다. 이를 통해『동방신문』이 주민계도적인 측면의 매체이었음

---

6 「謹告 紙齡 1千號를 앞두고」(社告),『강원일보』, 1949. 6. 9.

을 알 수 있다.[7]

반면 계급문학적 차원에서의 매체와 관련해서는 '조선문화단체총연맹'(문련)의 지부활동을 들고자 한다. 문련은 1946년 2월 24일 '조선문화건설중앙협의회'와 '조선프롤레타리아예술동맹'이 통합하여 발족한 좌파단체로서 아래의 기사를 통해 강원지역에도 문련의 지부가 존재했음을 확인할 수 있다.

> 이제 이와 가치 朝鮮民主主義 國家建設의 絕大한 推進力이 되어잇는 南朝鮮의 藝術運動과 文化運動은 다시 各 地方으로 擴散하야 名實이 相半한 人民의 藝術과 文化를 建設할 氣運이 濃厚해진 것은 참으로 우리가 慶賀해마지 아니하는 바이다. 우선 各道에 잇서서 朝鮮文化團體總聯盟의 支部로서 **江原道 文化人聯盟,** (…중략…) 各其 結成되었다는 報道가 最近에 連續하여 들어왔다. 그리고 朝鮮文化團體總聯盟의 傘下團體로 서울시에는 이미 그 支部들이 결성된 지 오래고 仁川, 開城, 水原, **春川,** 大田, 釜山, 木浦, 安城과 가튼 主要한 都市에 있는 文學, 音樂, 演劇 등 各種 文化團體도 中央에 잇는 朝鮮文化團體總聯盟이나 그 傘下團體와는 不絕한 有機的인 連絡을 갓고 있다.[8] (강조는 인용자)

이들 단체의 존재는 해방 이후 사회 각 부분은 물론 문화예술계 흐름을 주도했던 좌파계열의 활동이 강원지역에도 영향을 미쳤음을 반증하는 사례라 하겠다. 하지만 이에 대한 구체적 사료의 부족으로 상세한 논급이 어려운 점이 한계로 남는다.

한국전쟁 이전 강원지역에서의 구체적 문학활동의 예로는 춘천을 근거지로 한 동인지 『좁은문』 발간(1948)을 들 수 있다. 동인으로는 이재학, 김세한, 이형근, 신철군, 장운상, 유광열, 구혜영, 한옥수, 임혜자, 장

---

7 강원일보사편찬위원회, 앞의 책, 76~77쪽 참조.
8 「建國途上의 地方文化運動」(사설), 『문화일보』, 1947. 3. 15.

동림, 장독, 장건 등이었다고 한다.[9] 그 밖에 1940년대 춘천을 중심으로 한 강원지역의 문단 형성과 관계가 있던 인물로는 박영희, 신영철, 이태극 등이 거론되고 있다.

3. 전후 강원지역문학장의 구성

3.1. 언론매체의 양상

해방 이후 불모지와 다름없던 지역의 현실 속에서 『강원일보』는 문화운동의 기수를 자임하며 의욕적 활동을 전개한다. 그러나 그 활동은 한국전쟁으로 인해 지속되지 못하고 1·4후퇴 때 부산으로 피난했던 강원도청과 함께 신문사의 활동도 중단된다. 이후 1951년 4월 15일 당시 원주읍에 강원도청 임시사무소를 설치하게 되는데, 이 임시사무소는 휴전 직후인 1953년 7월 30일 강원도청이 춘천으로 수복될 때까지 도청으로서의 모든 기능을 수행한다. 『강원일보』는 1952년 5월 12일 원주읍에서 속간호를 발행하였고, 신문사가 춘천으로 돌아온 것은 1954년 3월 10일의 일이다.[10]

영동지역의 『동방신문』 역시 한국전쟁과 더불어 폐간되는데 전시 중에 강릉에서 『강릉일보』가, 속초에서 『동해일보』가 일간으로 창간된다는 점이 특기할 만하다. 『강릉일보』는 1950년 12월 『동방신문』 창간을 주도했던 김석호를 사장으로 추대하고 편집국장 심상열, 총무국장 이상민, 업무국장 김덕기 등을 주축으로 발행된다. 강릉과 삼척 등을 보급 영역으로 하여 570호까지 발행하였으나 재정난으로 발행이 중단되었다.

---

9 전상국, 앞의 책, 316쪽. 이후 지속적인 활동을 편 것은 구혜영(소설), 유광열(시) 등이다.
10 강원일보사편찬위원회, 앞의 책, 115쪽.

『동해일보』는 운영자 박태송을 중심으로 1952년 4월 15일 속초에서 창간, 속초, 고성, 양양 등 수복 지구를 보급 영역으로 삼았다. 1년간은 등사판으로, 그 후에는 활자로 발간되던『동해일보』는 1955년 3월, 공보처의 발행허가를 받지 못해 자진 폐간되었다. 이후『동해일보』의 경영진이 판권만 갖기로 하고 휴간중인『강릉일보』를 인수하여 1955년 7월 15일 속간하였으나 결국 운영난으로 1957년 7월 19일 자진 폐간하였다.[11]

해방 이후 속초, 고성, 양양 등의 변방지역에서 문화적 시혜가 전무했으리라는 것은 짐작이 갈 만한 일이다. 신문에 지역이 거명되는 것도 한국전쟁으로 수복된 이후였던바, 한국전쟁 전에는 양양 38선 근방에서 발생한 남북한 교전상황이 기사의 대부분이었다고 한다. 양양과 고성지역은 1950년 10월 수복되었으나 공방이 이어졌고 1951년 6월에 재수복된다. 이어 8월에는 유엔군 사령부가 관할하는 군정이 실시된 후 수복지구 행정권 이양(1954. 11)이 시행되기 전까지 양양과 고성은 남북 어디에도 속하지 않는 UN군 관할 지역이었다.[12] 이런 조건 속에서도 휴전(1953. 7. 27) 때까지 강원도에는 열악하기는 하지만『강원일보』,『강릉일보』,『동해일보』의 이른바 '3사시대'가 존재하였다. 강원지역이 최전선 전장지역이라는 점에서 볼 때 이러한 매체의 구도는 고무적 사실이라 하겠다.

한국전쟁으로 인한 침체기 이후 강원지역문학이 새롭게 태동하는 데에는『강원일보』가 직간접적 매개로 작용하고 있다. 신춘문예제도를 통해 지역문인을 양성하는 매체로서 기능한 것이 대표적 사례라 하겠다. 전상국, 이승훈, 백혜자 등 현재 강원지역의 문학과 문화를 논할 때 거론되는 대표적 인물들은 공통적으로 1950년대 춘천에서 수학하면서『강원일보』의 학생문단과 인연을 맺게 된다.

---

11 『강릉시사』, 강릉문화원, 1996 참조.
12 『설악신문』 923호, 2009. 9. 14 참조.

1950년대 후반에 들어 『강원일보』는 한국 최초로 지방지 특성화를 의도적으로 지향하기 시작했다. 1957년 10월부터 종래의 중앙뉴스 편중에서 탈피하여 지방기사로 전지면을 채우는 편집방침과 체제를 갖추는 것이다. 각 지방지들이 중앙뉴스에 의존하여 신문을 제작하던 시기에 전국 처음으로 지방기사로 전지면을 채우는 이른바 지방 특성화를 단행한 것은 특기할 만한 일이다. 강원지역의 거점 언론이 표방하는 이러한 성격은 지역문화와 문학의 방향에도 영향을 미쳤으리라 본다.

1958년 3월 15일부터는 일요배판(4면) 발행을 계기로 문화면이 독립적으로 운영되어 문예 발표의 장을 제공하게 된다. 이와 더불어 교양, 오락물 등을 다루어 지역문화와 정서 계발의 발판을 마련한다. 동년 어린이날을 맞아 도내 어린이 동화대회를 열었고, 이어 광복절을 계기로 제1회 강원도 초중고교 문예작품 현상모집을 실시하는 등 문화예술 발전에 일조하고자 하였다.

또한 특징적인 것으로서 1959년 2월 5일자 사고에서는 '군인페이지' 신설을 알리고 군인들의 원고와 군부소식을 싣기 시작한다. 매주 1회 일요일자 2면에 실린 군인들의 원고는 영내생활수기, 미담가화, 후방 국민에 대한 요망, 고향에 보내는 소식, 전투수기 등을 대상으로 삼았다. 그 밖에도 이 지면은 부대탐방, 지휘관 인터뷰 등 군관계 기사를 집중적으로 실었다.[13]

3.2. 동인활동의 양상

동인지를 중심으로 하는 문학활동은 강원지역문학의 전형적 특성을 구성한다. 대표적 사례가 전쟁기에 이루어진 '청포도시동인회'의 활동

---

13 강원일보사편찬위원회, 앞의 책, 117~125쪽 참조, 재인용.

이다.[14] 황금찬, 최인희, 김유진, 이인수, 함혜련 등이 1951년 강릉에서
조직한 이 모임은 1952년 동인지 『청포도』를 창간하고 제2호(1953)까지
발간한다. 『청포도』는 등단 문인들의 전문적인 활동이 아니었다. 단명에
그치고 만 역사 역시 아마추어적인 성격을 반증한다. 하지만 『청포도』의
존재는 이후 지역문학에 중요한 영향을 미치게 된다.

> 陽地바른 언덕 위에
> 겹겹이 싸인 나무 잎들이 포다하게
> 말으는 한낮
>
> 눈은 아직 먼 山에 슬리어 있고
> 바위 틈에 다시 흐르는 물 소리!
>
> 땅속에는 제각기 그리움에 커가는 生命이
> 이 한낮 따스한 잠에 속잎이 생긴다.
>
> — 최인희, 「待春賦」(『청포도』 창간호) 부분

위 작품은 청포도 동인들의 작품세계를 상징적으로 전조한다. 자연적
인 소재를 통해 사물의 원리와 생을 노래하는 방식이 그것이다. 이러한
경향은 청포도 동인을 대표하는 황금찬의 경우에도 유사하게 발견된다.
예컨대 "멀리 돌아간 산구빗길/ 못 올 길처럼 슬픔이 일고// 산비/ 구름
속에 조으는 밤// 길처럼 애달픈/ 꿈이 있었다"(황금찬, 「보내놓고」, 『청
포도』 제2호)와 같이 풍경 속에 담긴 생의 의미를 천착하는 단형 서정을
볼 수 있는 것이다.

당시 교사의 신분으로 『청포도』를 주도했던 황금찬, 최인희 등은 이전

---

14 전상국은 "1969년 첫 모임을 가진 뒤 1971년 1월에 발간된 『표현』 제1집은 춘천은 물론 강원도 최초
  의 시동인지"(앞의 책, 321쪽)라고 기록하는데, 이보다 앞서 비록 단명에 그쳤지만 강릉을 중심으로
  한 시동인지 『청포도』가 존재한다.

에도 각 학교에서 『영동』(농업학교), 『대관령』(상업학교), 『花浮山』(여학교), 『師道』(사범학교) 등의 교지가 발간되는 데 영향을 미친다. 또한 『청포도』 이후 이들 동인과 더불어 신봉승, 심구섭 등 학생을 포함하는 또 다른 동인지 『보리밭』이 창간(1952)되기도 한다.[15] 이로써 『청포도』의 존재는 일회적이고 우연한 일화가 아닌 전후 강원지역문학을 형성하고 주된 성격을 구성하는 지역사적 사건임을 알 수 있다.

영서지역에서는 전후 『강원일보』가 공모한 신춘학생문예작품에서 입상한 춘천시내 문예반 출신들이 1959년 결성한 '봉의문학회'(동인은 이승훈, 전상국, 허남헌, 유근, 유연선, 손명희, 김주경, 백혜자 등이며 이후 '예맥문학회'로 개명)의 활동이 6·25 이후 춘천지역 최초의 동인활동으로 기록되고 있다. 이들 동인들의 소년기 전쟁 경험은 일종의 원체험으로서 이후 문학세계에도 영향을 미치게 된다. 한편 이덕성, 이희철, 이형근, 이기원, 이만선 등도 춘천을 중심으로 한 지역문단에서의 주요 활동을 보인다.[16]

역시 1959년 조직된 '관동문학회'의 기관지 『관동문학』은 범지역적인 문학매체를 자임하며 오늘날까지 강원지역문학을 이끄는 중요한 역할을 담당하고 있다. 대부분 단명한 1950년대의 기타 동인활동에 비해 그 명맥이 50여 년 이상 지속되고 있다는 점은 특기할 만하다. 그럼에도 불구하고 동인 단체로서의 실질적인 활동이 이루어지는 것은 1980년대에 이르러서인바 1950년대의 관동문학회는 신봉승 등의 개인적 활동이 중심인 것으로 보아야 할 것이다.[17]

---

15 신봉승, 「『관동문학』 50년과 함께한 세월」, 『관동문학』 제21호, 관동문학회, 2008, 12~14쪽.
16 전상국, 앞의 책, 317~318쪽.
17 관동문학회를 비롯한 1960년대 이후의 동인매체에 대해서는 남기택, 「강원지역의 문학매체 고찰」, 『영주어문』 제19집, 영주어문학회, 2010. 2 참조.

그 밖에 지역적 특성상 군인들의 문학모임도 소규모나마 존재하게 된
다. 예컨대 양양지역에 주둔하고 있던 통역장교들의 동인지인 『造山』을
들 수 있다. 이들은 자체적인 습작활동은 물론 지역 학생문단의 경향에
대해서도 자신들의 동인지를 통해 촌평하는 등 적극적인 활동을 편 것으
로 기록되고 있다.[18] 정훈문학의 존재는 한국전쟁 이전부터 강원지역문
학의 일요소였다. 전술한 바와 같이 군인문화는 이곳의 주요 매체에서도
특화시킬 만큼 지역문화의 한 층위를 담당하고 있었다. 이는 전쟁을 전
후한 한국사회의 일반적 성격일 수도 있겠으나 강원지역의 경우 그 지정
학적 조건상 정훈문학이 특화될 개연성이 높다. 이에 대한 사료의 확보
와 검토 역시 이곳 지역문학 연구의 과제라 하겠다.

강원지역의 문학활동은 이처럼 개별지역 단위에서 독자적인 동인활동
을 통해 그 명맥을 이어가고 있다. 이들 동인활동에는 그 발아의 기원으
로 한국전쟁이라는 사건이 존재함을 기억해야 할 것이다. 전쟁이라는 외
적 요인과 소통 곤란한 지리적 조건 속에서 형성된 개별지역 단위의 동
인활동은 1960년대 이후 문학장의 아비투스로서 본격적으로 자리하게
된다.

3.3. 개별 작가의 양상

본 절에서는 한국전쟁기 강원지역문학으로 논의될 수 있는 개별 작가
의 경우를 예시하고자 한다. 한국전쟁 이전에도 강원지역의 문학적 사례
는 다수 존재한다. 구한말 의병활동의 일환으로 춘천 등지에서 제작되었
던 의병가사, 강원지역을 소재로 하는 신소설, 근대문학의 본격적 전개
과정에서 이효석과 김유정 등의 사례는 강원지역문학을 논구하는 데 있

---

18 신봉승, 앞의 글, 14~15쪽.

어 간과할 수 없는 연관을 지닌다. 기타 일제 강점기에 활동한 심연수나 한용운 등의 문학이 현 단계 강원지역문학장에 미치는 영향은, 이들의 문학적 실체와 무관하게, 지역문학의 실정적 의미를 형성하는 주요 요인이요 지역문학적 전사라 하겠다.

1950년대 개별 작가의 양상 역시 전쟁기 강원지역문단의 효시격으로 거론했던 청포도 동인의 면모를 우선 언급해야 할 것이다. 최인희(1926~1958)의 경우 지역 출신이라는 상징적 의미만이 아니라 작품세계에 있어서도 강원지역문학의 정체성과 관련된 주요 맥락을 지닌다. 특히 한국전쟁기 강원지역문학의 성격을 반영하는 대표적 사례에 해당된다고 본다. 이는 그의 등단작 3편이 전쟁을 전후하여 상재되었고, 이어지는 문학세계가 1950년대에 집중되고 있기 때문이다. 또한 그가 전쟁기 강원지역문학사의 주요 사건이었던 청포도시동인회의 주축 구성원이었던 사실, 이후 최인희 문학상 등으로 지역문단에 지속적인 영향을 미치고 있다는 사실 등에서 두루 확인되는 바이다.

최인희는 한국전쟁 직전에 『문예』를 통해 두 편의 시를 발표한다. 「낙조」(『문예』, 1950. 4)와 「비개인 저녁」(『문예』, 1950. 6)이 그것이다. 이들 작품은 전원 풍경을 소재로 전형적인 서정을 표현한다. 불필요한 수사가 없는 정제된 표현 역시 최인희 시의 특징적 경향을 대변하고 있다. 한편 천료 작품인 「길」(『문예』, 1953. 6)은 보다 깊이 있는 철학적 사색을 담고 있다. 이 작품을 추천 게재한 모윤숙은 "최씨는 四年前에 이미 二回의推薦을 얻었던 사람으로서 뛰어난 才能은 보이지 않으나 그 素朴하고 健實한 詩精神이危殆롭지 않음을좋게 본것"[19]이라고 평한다. 모윤숙의 직감은 시적 재기보다는 소담한 형식으로 생의 의미를 관조해 나가는 최인희

---

19 모윤숙, 「詩薦後感」, 『문예』, 1953. 6, 78쪽.

시의 태도를 간파하고 있다. 이 작품은 "누가 지나갔을 갈림길에서/ 마음 서운하여 도라보며 가는 길에// 길의 비롯함은 어디서인지/ 말해 줄 아무도 없다"와 같이 일종의 실존적 고독을 노래한다. 이는 기존의 목가풍 정서와는 다른 것으로 전쟁의 경험이라는 변인을 연상케 하는 대목이다.[20]

이른바 '동해안 시인'으로 별칭되기도 하는 황금찬(1918~   )은 1953년 『문예』로부터 1956년 『현대문학』을 거쳐 천료, 데뷔한다. 정식 데뷔는 늦었으나 연배나 문학활동 면에서 최인희보다 앞섰으며 당대 지역문단에의 영향 역시 절대적이었던 인물이 황금찬이라고 할 수 있다. 황금찬 시에서 강원지역문학과의 관련성은 출신 지역이 속초라는 점과 등단 이전인 전쟁기 강릉에서의 교편생활 경험이라 하겠다. 지역문학의 관점에서 관련성을 찾기 어려운 것은 지연적 경험이 물리적으로 부족한 이유도 있겠으나 '나비' 등으로 상징되는바 순수성과 생명성 추구의 문학세계가 지닌 성격 때문이기도 하다.[21] 그럼에도 불구하고 첫 시집[22]에 담긴 초기시들의 주조, 즉 시조적 발상을 배경으로 한 향토색은 지역문학의 주된 내용을 구성하는 일요소일 것이다.

무엇보다도 전쟁 경험의 충격과 그로 인한 상실감은 한국사회라는 전체 단위를 관류하는 주된 정조였음을 황금찬의 시를 통해서도 확인할 수 있다. 예컨대 등단작 중 하나인 "사람은 가고/ 성터는 남아/ 무상함이 이리도 새삼스럽다/ 무너진 성돌 위에 푸른 이끼/ 세월을 남기고 간 슬픈 애기여"라는 「접동새」의 표현은 전후의 상실감과 존재론적 비애를 표출

한다. 이는 또한 황금찬의 시적 출발과 관련된 시조적 경향을 드러내는 등 전통적인 형식미학을 보여주는 작품이기도 하다.

이들에 앞서, 강원지역의 문학사를 논하는 자리에서 빠트릴 수 없는 인물 중 하나가 김동명(1900~1968)이다. 강릉 출신인 김동명은 『개벽』을 통해 등단(1923)하였고, 김유정, 이효석 등과 더불어 근대 강원지역문학의 원류격으로 기억되고 있다.[23] 그런데 김동명 역시 황금찬과 유사하게 지역문학적 전거를 찾기는 쉽지 않다. "다만 향토 출신 시인이라는 점에서 논외로 할 수 없는 경우"[24]라 하겠다. 실로 그의 작품은 초기작에서부터 "오직 서리에 잎 붉고/ 가을 하늘에 떼 기러기의 울음이 높거던/ 달 아래로 가소서/ 무너지는 잎 싸늘한 달빛 속으로/ 스며드는 내 노래를 찾으오리다"(「懷疑者들에게」)와 같이 감상적, 퇴폐적 경향으로 대변된다. 그럼에도 불구하고 위 작품과 더불어 「祈願」 등의 작품이 발표된 『개벽』 12월호가 '강원도 특집호'였던 점은 김동명 시의 강원지역 문학적 배경이 데뷔 당시부터 발견되는 사례라 하겠다. 또한 그가 소년 시절 원산으로 이주하기 전까지 주변으로부터 강릉군수의 재목으로 기대되었다는 회고도 지역적 연고를 살피는 하나의 단서가 된다.[25] 그리하여 김동명의 작품세계는 전후에도 강원지역문학과의 연관 속에서 진행되었으리라 본다.

1950년대 한국문학사를 통해 잘 알려진 박인환(1926~1956)은 인제 출신으로서 전후 강원지역문학의 주요한 성과 중 하나이다. 박인환이 '후반기' 동인의 일원으로 전후 모더니즘을 이끈 인물임은 주지의 사실이

329
＊
남기택 ― 한국전쟁과 지역문학

---

23 그리하여 김동명은 "강원 문학사에서 최초의 시인이라고 지칭"된다(서준섭 · 박민수 · 송준영, 「강원도 시단과 시를 말한다―지역성, 특이성, 보편성」(좌담), 『현대시』 2003년 8월호, 40쪽).
24 서준섭, 앞의 글, 116쪽.
25 엄창섭, 『김동명 연구』, 학문사, 1987, 20쪽.

다. 강원지역문학장 내에서 자연에 기초한 순수 서정이라는 주류 흐름과 대비되는 특징적 사례로서 심도 있는 연구가 필요한 대상이라 하겠다.

삼척 출신으로서 지역문단에 많은 영향을 미치고 있는 문인이자 학자인 이성교(1932~　)는 1956년 『현대문학』을 통해 등단한다. 등단을 비롯하여 대부분의 문학활동을 서울에서 펼친 그이지만 작품세계 곳곳에 지역적 삶의 경험이 드러나 있다.[26] 서정주 역시 이성교의 시세계를 "강원도적인 골격과 풍류와 서정"[27]의 세계로 적시함으로써 지역적 삶이 시작의 원천을 이루고 있음을 시사한 바 있다. 이러한 사실은 1950년대는 물론 이성교 전체 시세계를 이해하는 데 주요한 지표가 되어야 하리라 본다.

박기원(1908~1978) 역시 전쟁기 강원지역문학사의 구성을 위해 주목해야 할 대상이다. 박기원은 "『民聲』, 『文藝公論』에 작품을 발표하며 동양적인 서정의 세계를 깊이 탐구한 강릉 출신의 시인"[28]으로 짧게 기록되고 있다. 1929년에 등단한 그는 일제강점기 말기 시집 『호반의 침묵』 원고를 일경에게 압수당해 발간이 무산되었다고 전해진다. 그런 그가 처음 시집을 상재한 것이 1953년 2인 시집 『寒火集』[29]이다. 박기원 시 중에는 "베틀에서 내리니 샛별이 진다/ 한숨 밴 북끝에 첫닭이 울어/ 열두 새 실꾸리 시름을 짜는/ 아람찬 베폭 嶺東 細上布"(「織女別曲」, 『松竹梅蘭』, 1969)와 같이 전통적인 설화에 바탕하여 민족 감정을 승화하는 상당한 수준을 볼 수 있다. 여기 표현된 바와 같이 "영동 세상포"를 매개로 "인간의 이별보단" 나은 "천상의 인연"을 노래하는 서정은 암하노불岩下老佛이라는 강원지역 정서를 환기하는 동시에 인간의 존재론적 한계로부터

한국문학의 이념과 한정

26 이에 대해서는 남기택, 「삼척지역문학의 양상 고찰」, 『한국언어문학』 제67집, 한국언어문학회, 2010. 2, 371~372쪽 참조.
27 이성교 1시집 『산음가』에서 서정주의 「序」. 인용은 『이성교 시전집』, 형설출판사, 1997, 17쪽.
28 엄창섭, 「강원문학의 사적 고찰」, 앞의 책, 338쪽.
29 박기원·최재형, 『한화집』, 현대사, 1953.

배태되는 보편적 공감을 수반하고 있다.

한편 진인탁(1923~1993) 시는 전쟁기 강원지역문학의 양상을 사후적으로 조명할 수 있는 자료가 된다. 진인탁은 1948년 「食母」, 「土窟」 등을 『동국시집』 1집에 발표하고, 1949년 5월 동일 작품을 『학생과문학』에 김기림의 추천으로 게재하면서 등단한다. 전쟁기 삼척군 북평고에서의 교편활동 이외에 진인탁의 삶은 주로 타지역에서 이루어지고, 생업으로 인하여 문학활동을 지속할 수도 없었다.[30] 그럼에도 불구하고 지역문학장 내에서 뚜렷한 영향력을 행사하고 있음을 볼 수 있다. 이러한 문학적 양상은 그 자체로 전쟁이 가져온 문학적 황폐화와 그 와중에도 지속된 지역적 삶의 형상화라는 의미를 지닌다. 또한 고향과 역사를 소재로 하는 긴장된 시편들[31]은 사후적이나마 지역문학적 의미망을 구성하는 실증적 사례라 하겠다.

그 밖에 김영준(1934~1996)의 시는 생활문학운동으로서의 전형적인 양상을 보여준다. 춘천 출신인 그는 영동지역에 거주하며 평생을 지역문화운동에 헌신한다. 그 결과 강원영동지역문학사에서는 빠트릴 수 없는 인물로 기억되고 있다. 그럼에도 불구하고 생전에는 제대로 된 시집 한 권을 상재하지 않는 등 삶으로서의 문학을 실천한 독특한 문학적 이력을 지닌다.[32] 이는 전쟁의 경험과 그로 인한 이주의 생이 부여한 문학적 형태일 수 있겠다.

이상으로 1950년대 강원지역문학의 일부 사례를 예시해 보았다. 이들이 지연적 연관 외에 지역문학적 내용성을 의도적으로 담보하고 있지 않

331

❋ 남기택 ── 한국전쟁과 지역문학

---

30 진인탁은 말년에야 유일한 시집 『자화상』(반도출판사, 1991)을 발행한다.

31 남기택, 앞의 글, 367~369쪽 참조.

32 김영준의 시집은 유고집으로 『길·세월·밤』, 『누가 무엇을 숨길 수 있으랴』(이상 혜화당, 1997)가 있다.

은 것도 사실이다. 이는 지역문학장의 분화 자체가 전쟁 이후 본격적 지역화의 과정과 맞물려 있다는 사실과 무관하지 않다. 그것은 역설적으로 지역문학 연구가 한국문학 연구의 일환이요 그 총량을 밝히는 거시적 목적에 부합하는 이유이기도 하다. 이들에 대한 지역문학적 접근은 기존의 문학사적 관점이 아우르지 못한 문학적 총량과 다양성을 설명하는 하나의 논거라 할 것이다.

3.4. 전후 강원지역문학장의 성격

위에서 살펴본 바와 같이 전쟁기 강원지역문학의 양상은 지극히 열악한 것이었다. 이러한 매체 및 동인, 개별 작가의 활동 등은 그 자체로 1950년대 강원지역문학의 현실이요 나아가 한국문학의 한 현상이었다. 기존 문학사를 통해 보듯 한국전쟁은 남북한 문학 이질화의 결정적 계기였다. 해방 이후 가시화되기 시작한 소위 '분단문학'은 전쟁을 계기로 고착화되었다. 사실 남북한을 막론하고 전쟁이라는 민족적 비극의 상황은 당시 문학은 물론 여타 예술과 사회제도를 부차적인 것으로 규정할 수밖에 없었다. 그리하여 한국전쟁기의 시는 전쟁현장의 시였다고도 할 수 있다.[33] 전쟁체험을 직접적으로 다루고 있는 시편들은 전쟁의 가열함 속에서도 인간성을 회복하고 이를 지키고자 하는 실존적 몸부림이 공통적으로 나타나고 있는데, 전쟁이라는 선험적 조건에 모든 창작 역량이 귀속되고 있다는 점에서 한계를 지닌다. 문학작품이 어느 역사적 사실에 의해 그 내용과 형식을 지배받는다면 그것이 지닌 예술적 의의는 반감되고 말 것이다.

---

33 최동호, 「1950년대 시적 흐름과 정신사적 의의」, 김윤식·김우종 외, 『한국현대문학사』(증보판), 현대문학사, 1994, 313쪽. 이경수, 「민족시 형성의 과제와 부정의 정신」, 최동호 편, 『남북한 현대문학사』, 나남, 1995, 139쪽 참조.

순수 서정시는 한국 근대시의 형성과 전개에 있어서 전통적 요소인바 이러한 경향이 전후에 계승되는 것은 자연스러운 현상이다. 분단문학 극복의 측면에서 볼 때 이들 작품에서는 "현실의 고통을 개인적 감상으로 대응하려는 태도를 극복하려는 정신세계"[34]를 보여준다는 긍정적 측면을 지니기도 하지만 대개 현실과는 거리가 먼 내면세계로의 매몰 경향이 강한 것 또한 사실이었다. 주지하는 바와 같이 1950년대 남한 시단의 다른 한 축에는 후반기 동인을 중심으로 한 모더니즘 시운동이 자리하고 있었다. 이들은 기성의 문학, 질서, 권위 등을 부정하고 1930년대 모더니즘의 감각과 기법을 받아들여 새롭게 모더니즘 시운동을 전개한다. 이들은 자기 자신과 대결하려는 절박한 자의식, 현란하고 장식적인 이미지, 죽음과 폐허의 그늘에서 삶의 허망함이나마 새로운 감각으로 포착해내려는 시도 등을 보여주었다. 모더니즘 운동의 의의는 전통의 답습보다는 새로운 기법을 구사하여 50년대적 고뇌에 시적 형식을 부여해보려 했다는 데에 있다.[35] 그러나 절망적인 현실의 무게가 너무 컸던 나머지 문명비판과 기성 부정의 역할을 충실히 수행해내지 못하고 공허한 관념의 포즈에 그치고 말았다는 것이 지배적인 평가이다. 시장르에 나타난 이러한 경향은 대개 소설에서도 반복되고 있다.[36]

이와 같은 전후문단의 전반적 경향에 비출 때 강원지역문학은 주로 순수 서정의 맥락을 따르는 형국이라 하겠다. 생각해볼 문제는 전문적인 지역문학의 매체가 부재할 수밖에 없는 환경 속에서 개별 작품의 양상이

---

34 이경수, 앞의 글, 141쪽.

35 최동호, 앞의 글, 321쪽.

36 예컨대 이재선은 이 시대 소설이 전쟁이라는 인위적 재난으로서의 파괴성에 의한 피해를 묘사하거나 결여된 휴머니티와 평화주의를 고양하는 두 개의 큰 측면으로 전개되었다고 지적한다(이재선, 「전쟁체험과 50년대 소설」, 김윤식·김우종 외, 앞의 책, 333쪽). 50년대 소설의 의의는 분단문학의 관점에서 전쟁 폐해와 상처를 기록하여 잊지 않으려 했다는 점을 들 수 있겠다. 비록 전쟁의 피해를 비본

삶과 문학의 원천인 지역적 삶과는 거리가 먼 다소 주관적인 혹은 문학 보편적 원리를 추구하고 있다는 사실이다. 더 큰 문제는 이러한 성격이 전쟁기 당대를 넘어 이후 강원지역문학장의 구조적 속성으로 연결된다는 사실에 있다.

요컨대 위와 같은 1950년대 강원지역문학의 현상은 이후 크게 두 가지 방향에서의 정체성을 구성하게 된다. 첫째는 문단 자체의 비수월성이며, 둘째는 문학 내용의 순수서정화이다. 강원지역은 전쟁의 직접적 영향을 받은 지정학적 공간으로서 문학을 포함한 문화계 전반의 타격을 피할 수 없었다. 반면에 정훈문학을 위시하여 반공과 순수로 문학적 내용이 일관되는 계기를 이루기도 한다. 그 과정에서 고착화된 동인지문단은 이후에도 구조적 경향을 반복하면서 현 단계 강원지역문학장의 특징으로 이어지고 있다.

여기서 분명한 것은 전쟁이라는 역사적 상황이 남북한을 막론하고 전후문학적 제경향의 결정적 요인이 되고 있다는 사실이다. 그것은 어쩌면 당연한 결과로서 전후 남북한 사회의 대타자격 존재인 전쟁은 문학에도 지배적 결정인이 되었을 것으로 볼 수 있다. 문제는 당대의 창작 주체들이 전쟁이라는 타자에, 그것이 수반하는 정치적 이데올로기라는 타자에 선험적으로 지배된 나머지 그 역반응인 주체의 강화로 모든 문학적 경향을 일관하고 있다는 점이다. "한국의 전후문학은 전후 현실의 황폐성과 삶의 고통을 개인의식의 내면으로 끌어들이고 있지만, 이데올로기의 허구성을 정면으로 파헤치지 못한 채 정신적 위축상태를 벗어나지 못한

질적인 차원에서 모사한 수준에 그친 것이긴 하지만, 당대의 분단인식을 각종 문학적 장치들을 통해 반영함으로써 오늘날의 분단문학과 유기적인 연관을 맺고 있다는 점에서 보다 적극적인 의의를 지닐 수 있는 것이다(차원현, 「1950년대 한국소설의 분단인식」, 문학사와 비평연구회 편, 『1950년대 문학 연구』, 예하, 1991, 131쪽).

다"[37]는 것이다. 이는 전후 남북한 문학의 공통된 한계 상황이었다.

이런 점에서 오늘날 이성적이고 총체적인 주체의 소멸로써 문학의 경향을 진단하고 있는 현상은 시사하는 바가 크다. 타자성의 선험적 지배를 받던 시대로부터 타자를 인정하고 그것을 객관적으로 바라볼 수 있는 시각의 확보는 통일문학사를 위한 토대이기도 하다. 지역문학은 이처럼 문학의 타자성을 입증하는 차원에서도 주요한 이론적 범주가 될 수 있다.

4. 맺음말

한국전쟁이 가져온 강원지역문학의 결여는 일시적인 것이 아니었다. 전쟁으로 인한 매체 상실은 개인의 문학적 단절은 물론 강원문학 전반에 아마추어리즘적 경향을 조성하는 큰타자로서 여전히 기능하고 있다. 여기에는 분단 최전선에서 전쟁의 포화를 온몸으로 맞이해야 했던 지정학적 조건, 휴전 이후에도 계속된 남한사회 내에서의 소외구조 등이 연동된다. 그리하여 한국전쟁은 강원지역문단에 두 가지 방향에서 정체성을 부여하고 있는 듯하다. 첫째는 문단 자체의 비수월성이며, 둘째는 문학 내용의 순수서정화이다. 동시기에 진행된 부산경남지역과 제주지역의 문학활동을 대비하자면 극명한 차이를 볼 수 있다. 반면에 정훈문학을 위시하여 반공과 순수로 문학적 내용이 일관되는 계기를 이루기도 한다. 강원지역 출신으로서 전쟁에 참가하여 제주지역에서 활동한 김구랑의 사례는 강원지역문학이 전쟁을 전후하여 겪어야 했던 이주의 운명을 잘 보여주고 있다.[38] 그 과정에서 고착화된 동인지문단은 이후에도 구조적

---

37 권영민, 『한국현대문학사』, 민음사, 1993, 100쪽.
38 '이주의 운명'이라는 표현은 강원지역문학의 내면이 아닌 외형적 사실을 비유하는바 강원지역문학장 자체가 해체되고 만 현실을 가리키고자 함이다. 전쟁기 제주지역에서 김구랑의 문학활동에 대해서는 김동윤, 「전란기의 제주문학과 『제주신보』」, 『영주어문』 19집, 영주어문학회, 2010. 2 참조.

경향을 반복하면서 현 단계 강원지역문학장의 특징으로 이어지고 있다.

본고에서는 한국전쟁기 강원지역문학으로 논의될 수 있는 대표적인 매체와 작가의 사례를 예시하였다. 여기서 문제는 대상 텍스트들이 지연적 연관 외에 지역문학적 정체성을 크게 담보하고 있지는 않다는 사실이다. 이는 지역문학장의 형성 자체가 전쟁 이후 본격적인 지역 분화의 과정과 맞물린다는 사실과 무관하지 않다. 역설적으로 이는 지역문학 연구가 한국문학 연구의 일환이요 그 총량을 밝히는 거시적 목적에 부합하는 이유이기도 할 것이다. 이들에 대한 지역문학적 접근은 기존의 문학사적 관점이 아우르지 못한 문학적 다양성을 밝히는 하나의 논거이기도 하다.

나아가 제언하자면 통일문학과 생태문학은 강원지역문학이 지향해야 할 하나의 방향이 될 수 있다. 강원도의 지정학적 조건은 분단 현실을 피부로 느끼게 한다. 이는 역설적으로 분단문학에서 통일문학으로 지향하는 데 있어 주도적 역할을 할 수 있는 조건이기도 하다.[39] 또한 강원도는 우리나라 생태의 보고이며 자연의 보루이다. 이 역시 분단이라는 현실적 상처를 치유할 수 있는 배경이요 문학 본연의 생태적 의미를 실현하는 기제가 된다. 한국전쟁은 강원지역문학에 선험적 한계를 남겨놓았다. 또한 동시에 그 모순을 해결할 수 있는 지정학적 의미를 이미 부여하고 있다. 이에 대한 의식적 전유는 강원지역문학이 한국전쟁이라는 대타자를 극복할 수 있는 방법이기도 하다. 이는 의무가 아닌, 이-푸 투안 식으로, 인간이 문학을 통해 자신의 세계를 경험하는 방법을 제공하기 마련이라는 점에서 하나의 운명일 것이다.

『한국문학논총』 55집(한국문학회, 2010. 8)에 실린 것을 수정, 편집

---

39 김영기, 「통일·생명 문학의 고향」, 『월간 태백』 1996년 1월호, 79쪽 참조.

비워냄과 차오름, 대상을 끌어안는 힘

김완하론

박현이

1. 시작하며

시인의 언어는 과거와 현재, 그리고 미래의 시간에 무한히 닿아있다. 그의 언어에는 다양한 시간의 편린들이 피는 꽃과 지는 꽃, 밀물과 썰물, 때로는 녹음과 낙엽의 독특한 이미지로 아로새겨 있다. 따라서 한 시인의 시적 궤적을 따라가 보는 일은 그의 심연으로부터의 시혼詩魂이 그려내는 다양한 무늬들을 추적해 나가는 과정에 다름 아닐 것이다.

시인 김완하는 이처럼 상반된 이미지들을 시작과 끝이 맞닿은 하나의 시간으로 결합해내는 데 고심한다. 그의 시에서 지나간 삶의 흔적과 현재의 아픈 일상은 '기억'이라는 용기 속에서 하나의 시간으로 융해되며, 이러한 과정 속에서 미래를 향한 길은 열리게 된다. 그 길은 다소 불확정적이고 모호하지만, 희망과 온기로 충만하다. 그가 그려내는 길은 프로스트의 그것처럼 이미 주어진 두 갈래의 길 중, 하나의 길만을 선택해야 하는 차원에 머무는 것이 아니라, '이 세상 가장 먼 데'서부터 찾아내야만 비로소 열리고 '닿을 수 있'는 창조적 차원의 길이다. 요컨대 그의 시적 상상력은 우리의 기억 가장 먼 저편에서 그리움을 끄집어내어 삶의 고통과 허무를 기억의 온기로 다스릴 수 있게 만들어준다.

이 글에서는 김완하[1] 시인의 시 속에서 주요 모티프로 등장하고 있는 자연 및 일상의 삶이 어떻게 형상화되고 있으며, 또한 그들은 어떠한 관계에 놓여 있는지를 조명해볼 것이다. 표면상으로는 다분히 이분법적인 소재들이 그러한 차원에 갇히는 것이 아닌 비워냄과 차오름의 변증법적 과정을 통해 도달하고 있는 지점과 그 도착점에서 다시 열리고 생성되는 길의 의미에 대해 살펴보고자 한다.

2. 자연의 적막과 삶의 고통, 대상과의 거리감

김완하의 시편에는 우리 주변의 소소한 자연과 삶이 소박하지만 아린 모습으로 담겨 있다. 그의 시에서 자연은 주로 산이나 강, 들판, 나무, 풀꽃, 비나 눈들의 이미지로 그려지고 있으며, 삶은 '서씨 아저씨'나 '영태 할머니'와 같은 친근한 이웃들, 또는 '튀밥 기계를 돌리는 사내'나 장터에 모인 사람들처럼 일상적 인물들의 모습으로 그려지고 있다. 그런데 주목할 점은 이러한 자연사의 이미지들에 인간사의 이미지가 상응되어 지속적으로 나타나고 있다는 점이다.[2]

---

1 김완하 시인은 1958년 경기도 안성 출신으로 1987년 문학사상 신인상에 당선되어 문단에 데뷔하였다. 시집으로는 첫 시집인 『길은 마을에 닿는다』(문학사상사, 1992)와 두 번째 시집인 『그리움 없인 저 별 내 가슴에 닿지 못한다』(문학사상사, 1995) 그리고 세 번째 시집으로 『네가 밟고 가는 길이 너의 길이다』(북커뮤니케이션스, 1999)가 있으며, 저서로는 『신동엽 시 연구』가 있다. 이 글에서는 첫 시집과 두 번째 시집을 텍스트로 삼기로 한다.

2 김재홍(『길은 마을에 닿는다』 작품 해설, 141~144쪽 참조)은 김완하의 시에 등장하는 자연의 이미지들을 대자연의 생명력으로 파악하고, 이와 대비되어 인간사의 어려움이나 고달픔이 드러나고 있는 것으로 보고 있다. 그러나 이 글의 입장은 인간사, 즉 삶의 이미지가 어려움이나 고달픔으로 형상화되고 있는 것에는 기본적으로 동일한 입장이지만, '자연'과 '삶'의 관계가 대조적으로 드러나고 있다고는 보지 않는다. 오히려 이 둘의 이미지는 서로 닮아 있으며, 한 편의 시에서 겹쳐지고 스며들고 있다.

하회강에 밤이 깊다
모래에 그림자 파묻고
무거운 밤을 지고 섰다
열렸던 길들은 돌아가 어둠 속으로 눕고
샛길에 닿기를 거부한다
강물 소리에 귀를 담그고
하얗게 **뼈**를 비우는 나무들
먼 산들 끝내 제 모습 지우지 못한다
(…)
하회 강물 천년 두고 흘러
굽은 물줄기 하나 꺾지 못하고
굽은 허리 더 휘어 돈다고
자욱한 개구리 울음뿐이다
강 질러온 빛 부용대에 머리 부딪혀
산산이 꽃 되어 내리는지

— 「하회강에 가서」 부분

겨울 물돌이에 닿으며
온몸으로 감겨 오는
강 물살이 저렸다
(…)
굽은 솔 둥치를 안고
물살에 귀 대면
쇳소리로 떠는 부용대
온 산이 징 징 징 울었다

— 「낙동강 칠백리」 부분

하회강과 낙동강을 소재로 한 위의 시들에서 강을 비롯한 주변 자연물
들의 이미지는 '그림자, 무거운 밤, 어둠'과 같은 시어들을 통해 전체적
으로 어둡고 적막한 분위기를 자아내고 있다. 또한, "어둠 속으로 누"워

"샛길에 닿기를 거부하"는 길들 및 "하얗게 뼈를 비우는 나무들"로 의인화되어 표현되고 있는 자연의 모습을 통해 힘겹고 고단한 일상을 살아가는 사람들의 고통을 비추어 볼 수 있다. 자연으로 대변되는 '하회 강물'은 천년을 두고 흘러가는 영원성을 함축하고 있는 듯 보이지만, 결국 "굽은 물줄기 하나 꺾지 못하"는 유한성을 이미 내부에 노정하고 있다. 이처럼 그의 시에 드러나는 자연의 이미지는 무한한 생명력을 담고 있다기보다는 우리의 삶과 동일선상에 있는, 그래서 오히려 일상처럼 친숙하게 둘 간의 이미지는 겹쳐지고 스며들어간다. 따라서 "온몸으로 감겨 오는/ 강물살" 때문에 시적 화자는 마음이 저려오는 것이고, '부용대'와 '산'에도 삶의 고통에서 전해오는 감정을 이입시켜 그들은 "쇳소리로 떨"거나 온몸으로 "징 징 징 울고" 있다고 표현하는 것이다. 이러한 자연의 적막감과 삶의 고통은 다음 시에서 더욱 심화되어 드러나고 있다.

희끗희끗 들판 어둠
질러와, 막차는
마을 사람들을 쏟아낸다
개똥벌레처럼 들길을 흔들며 간다

허전함을 삼키며
마을은 개 짖는 소리에 휩싸인다
하루내 꺾인 어깨 걸고
취한 사람들 삽을 끌며
비칠대고 걸어간 발자욱만
언 가슴에 박힌다

찬 바람 몰려와
개 울음 쓸어간 후
두엄더미 잔설 위로

몇 조각 불빛은 기침처럼 꽂힌다
마을 사람들 일제히 빗장을 지르고
어둠으로부터 길을 끊어낸다

—「겨울 이사리」 부분

    눈 내려 "희끗희끗"한 '들판'과 '어둠'은 그 자체로 고요하고 쓸쓸한 이미지를 자아내는 동시에 종일 노동과 일에 지친 마을 사람들의 고단한 삶의 일면을 비유적으로 환기한다. 여기에서 특히 '희끗희끗'이라는 시어는 백발의 이미지를 연상시키면서 자꾸만 닳고 소모되어 가는 일상의 모습을 다시 한 번 강렬하게 각인시킨다. "허전함을 삼키"는 마을의 풍경 역시, 삶의 고통과 헛헛함을 잊기 위해 술에 "취한 사람들"의 모습과 닮아 있으며, 이는 "깊은 어둠 구렁에서 돌아오는 사람들/ 허기진 하루/ 꾸러미에 묶여 돌아온다"(「밤길」)에서처럼 보다 구체적으로 드러나기도 한다. 한편, "박힌다, 꽂힌다, 지르다, 끊어낸다"와 같은 서술격 동사에 해당하는 시어들은 날카롭고 강렬한 아픔의 이미지를 드러내는 데 보다 효과적으로 기여하고 있으며, 이들을 통해 자연과 삶의 적막함과 고통은 더욱 고조되어 나타나고 있다.
    결국 시적 화자는 이러한 것들을 스스로 감내하지 못해 "빗속에 섞은 우리들 눈물 가려지겠는가/ 다시 찢어진 우산을 펼 수 있겠는가/ 채울 수 있겠는가, 패인 땅의 아픔을"(「장마」)처럼 스스로 자문하기에 이르는데, 여기에서 시적 화자가 지향하는 대상과의 거리감이 생겨나는 것이다.

뿌리와 가슴이 맞닿을 날은
진정 언제일는가
한겨울 견디어 온 숲에서
문득, 나무 우듬지 우러른 시선을
꺾어 밑둥을 바라본다

우리는 상사화를 비유해
꽃과 잎의 거리를 노래해왔다
그러나, 한 생애 어둠 깊이 누워
밟히고 썩으며, 이 큰
나무숲을 뒤덮는 뿌리의 고통

꽃이 진 그 자리에 움트는
잎은 그래도 얼마나 행복한가
하나의 죽음으로만 닿는
뿌리와 줄기의 캄캄한 거리
무너지는 삶의 흔적을 껴안고
겨우내 삭이고 삭인 뒤
하늘로 퍼올리는 푸르른 그리움

—「숲에서」 전문

위의 시는 꽃이 필 때 잎은 이미 말라 있는 상사화의 특성을 통해 꽃과 잎의 거리감을 일차적으로 언급하지만, 더욱 눈여겨볼 점은 시적 화자가 절감해내는 "뿌리와 줄기의 캄캄한 거리"라는 이차적 언급이다. 1연에서 시적 화자는 "뿌리와 가슴이 맞닿을 날은/ 진정 언제일는가"라고 막막한 거리감을 한숨 섞인 어조로 자문하고 있으며, 2연에서는 어둠 속에 묻혀 밟히고 썩어야만 하는 뿌리의 고통에 대해 이야기하고 있다. 이 시에서 '뿌리'는 고통을 수반하는 매우 근원적이면서도 진실에 가까운 그 무엇임에 틀림없다. 따라서 그것은 삶인 동시에 시적 화자가 궁극적으로 긍정하면서도 지향하는 대상이다. 그럼에도 불구하고 시적 화자가 느끼는 대상과의 거리감은 너무 크기 때문에 '뿌리와 줄기', '뿌리와 가슴'이 맞닿기에는 아직 역부족이다. 그러나 여지는 남아있다. 마지막 연을 보면, 삶은 여전히 무너지고 있지만, 따라서 아픈 '흔적'으로 상기되고 있지만, 거듭 "삭이고 삭인 뒤" 그리움이란 매개체를 통해 변화를 위한 발판을 스스로 마련한다.

3. 비워냄과 차오름, 삶의 자정작용

날마다 되풀이되는 일상의 고단함과 힘겨움 속에서 스스로를 비우고 버리는 것은 얼마나 힘겨운 일인가? 그러나 김완하는 가장 낮은 곳을 향함으로써 삶의 고통에 한층 더 다가가고, 다시 스스로를 비워냄으로써 대상에 근접하고자 한다. 따라서 그의 시에는 '빈 들, 빈 벌판, 빈 모래밭, 빈 뜰, 텅 빈 공간, 빈 가슴'과 같이 비워냄의 이미지를 환기하는 시어들이 자주 반복하여 등장하고 있으며, 중요한 것은 이들이 다만 "비어 있"는 정적이고 수동적 상태의 차원에 머무르는 것이 아니라, '낮추다', '버리다', '굽히다', '지다' 등의 하강 지향성을 띤 동사들과 다시 결합함으로써 스스로를 적극적으로 비워내고 있다는 점이다. 따라서 그들은 동적이면서도 생생한 긴장감을 형성해낸다.

> 별들이 아름다운 것은
> 서로가 서로의 거리를
> 빛으로 이끌어 주기 때문이다
> (…)
> 별들이 아름다운 것은
> 서로의 빛 속으로
> 스스로를 파묻기 때문이다
> (…)
> 별들이 아름다운 것은
> 새벽이면 모두 제 빛을 거두어
> 지상의 가장 낮은 골목으로
> 눕기 때문이다
>
> —「별·1」부분

더러는 아픈 일이겠지만
가진 것 없이 한 겨울 지낸다는 것
그 얼마나 당당한 일인가
스스로를 버린다는 것은 또 얼마나 아름다운가
몰아치는 눈발 속에서
눈 씻고 일어서는 빈 벌판을 보아라
(…)
그러나, 보아라
땅 밑 어둠 씻어 내리는 물소리에 젖어
그 안에서 풀뿌리들이 굵어짐을
잠시 서릿발 아래 버티며
끝끝내 일어설 힘 모아 누웠거늘
자신을 버릴 수 있다는 것은
얼마나 당당한 일인가

—「생의 온기」 부분

하늘 끝 가장 높은 곳에서 빛나는 별들이 '지상의 가장 낮은 골목'으로 "눕"는 행위, '몰아치는 눈발' 속에서도 "스스로를 버리"고 "비워"내는 빈 벌판의 행위에서 비워냄을 통해 오히려 역설적으로 '아름다움'과 '당당함'으로 거듭나고 있음을 발견할 수 있다. 이는 "한 순간을 위하여,/ 스스로 굽히는 활/ 스스로를 더 낮추는 활을 보아라"(「12대를 이어온 궁장의 말」)처럼 스스로를 낮추고 굽히는 활의 모습에서 비워냄의 이미지는 더욱 선명해지며, 이는 결국 그에게 있어 "잔뿌리 끊어내고 뽑히는 청무우"처럼 "산다는 것은 버리는 것"(「입동」)에 다름 아님을 의미하는 것이다. 그렇다고 해서 이러한 '비워냄'이 허무나 관조의 색채를 띠고 있는 결코 아니다. 왜냐하면 그것은 스스로가 적극적으로 비워내는 행위이며, 다시 차오르기 위한 비워냄이기 때문이다.

가장 맑게 차오르는 별
새벽 빈 뜰에 내려서면
공복을 채우는 안개
헛기침으로 안개를 터는 숲

마을은 지워지고
허리까지 찬 바다
몇 개 섬으로 솟은 산봉우리
(…)
바람이 가르는 편으로
연못 속 옛 도읍이 깨어나듯
해일에 잠겼던 도시가 솟아나듯
안개의 살을 벗고 일어서는 산

─「일어서는 산」 부분

　위에서 볼 수 있듯이 "차오르는, 채우는, 찬, 솟은, 솟아나듯"의 동사들은 '차오름'의 이미지를 강렬하게 환기하면서 상승 지향성을 띠고 있다. 그것은 '빈 뜰'의 비워진 공간을 '안개'가 채워내고 마을이 "지워진" 공간에서 바다가 "차오르"고 있으며, 다시 산과 산봉우리가 "솟아오르"고 있다. 그렇다면 이 비워냄을 차오르게 만드는 원동력은 과연 어디에서 비롯되고 있는 것일까? 여기에서 우리는 "내 그리움은 마치/ 성욕과 같아서/ 시도 때도 없이/ 고개를 쳐든"(「동박새」)다는 표현과 "우리 가슴 향해/ 활시위 굳세게 당기고/ 꺾일수록,/ 시위 더 팽팽히 차오른(「동백숲에서」)"다는 표현을 거듭 새겨볼 필요가 있다. 스스로를 비워낸 공간은 인내와 기다림, 그리움으로 차오르며, 이러한 일련의 정서들은 시적 화자를 그가 지향하는 대상으로 이끌어가는 매개체이자 원동력이 된다.

진실을 향한 고통은 얼마나 아름다운가
우리가 한세상 무너지며 달려와

빈 가슴으로 설 때,
하늘 가득 박힌 별들이여
(…)
별은 왜,
어두운 곳에 선 이들의 어깨 위로만
살아 오르는가
휩싸인 도시를 빠져 나와
앙상한 나뭇가지 사이로만 빛을 뿌리는가

—「별·3」 부분

별이 돋아나고, 산이 솟아오르고, 빈 공간이 차오르는 과정은 "진실을 향한" 아름다운 '고통'이 선행할 때, 또한 우리 삶의 "무너지는" 아픔이 뒤따를 때 그리하여 오로지 '빈 가슴'으로 세상 앞에 설 때만이 비로소 가능한 것이다. 또한, 그와 같은 희생과 인고의 기다림을 감내해내는 "어두운 곳에 선 이들"에게만 별빛으로 상징되는 희망은 "살아 오르는" 것이다.

우리의 삶 속에서 이분법은 피할 수 없는 딜레마이자 힘겨운 과제이듯 그의 시에서도 그러하다. 그러나 시인은 이와 같은 비워냄과 차오름이라는 이분법적 구도를 지양하여 궁극적으로는 "달이 차다 기울듯"이, "바닷물이 들어왔다 빠져나가듯이" 겹치고 스며들어 그것들을 온전히 하나의 의미로 결합해낸다. 즉, 그의 시에서 비워냄과 차오름은 별개의 것이 아닌, 변증법적 작용으로 다음의 시들에서 그것을 간파하고 있는 시인의 모습을 발견할 수 있다.

물 나간 뒤
빈 바닥 위에서
두 섬도 하나임을 알았습니다

—「섬」 부분

물 나가서야
섬도 하나의 큰 바위임을 안다

바다 깊이 떠받치고 있는
돌의 힘

—「썰물」 부분

여기, 남기 위해
흘러가는 것이 있다

다시 돌아오기 위해서
떠나가는 것이 있다

—「강물」 전문

얼마나 완벽한가
지나온 길은 이미 지워지고
다만 앞이 있을 뿐
그러나, 앞도 이제 뒤가 되는 것을

—「너」 부분

　물 나간 뒤, 두 섬도 하나로 이어져 있음을, 섬도 하나의 큰 바위라는 자연의 섭리를 포착해내는 시인의 태도에서 사람과 사람 사이의 거리 역시 "가까울수록 더욱 멀고/ 멀수록 더욱 가깝다"(「동백꽃」)는 깨달음을 엿볼 수 있다. 더 나아가 "다시 돌아오기 위해서/ 떠나가는"이나 "앞도 이제 뒤가 되는"이라는 시적 진술에서는 "과거에 용접된 현재는 모두 과거의 유산이므로 '기억'은 이미 과거에 대해 하나의 해방인 동시에 여기서 시간은 어디서도 시작하지 않고 하나로 뒤섞여 있다"[3]는 철학적 성찰

3 엠마누엘 레비나스, 강영안 역, 『시간과 타자』, 문예출판사, 1998, 38~45쪽 참조.

까지 엿볼 수 있다. 즉, 지나간 과거의 시간과 다가오는 미래의 시간은 시인이 바라보고 있는 현재의 자연 현상을 매개로 하여 그의 '기억' 안에서 비워내고 차오르는 일련의 변증법적 과정을 통해 다시 재생되고 하나로 뒤섞이고 있는 것이다. 이러한 과정은 그의 시에 반복되어 드러나고 있는 '밀물과 썰물, 꽃의 지고 피어남, 별의 지고 돋음, 끊어졌다 다시 열리는 길, 어둠 속에서 차오르는 불빛' 등의 이미지를 통해 보다 구체적으로 설명될 수 있다.

그럼 비워냄과 차오름의 작용을 시인이 그토록 강조하는 이유는 무엇이며, 그것이 궁극적으로 도달하려는 지점은 어디일까? 그것에 대해 김완하 시인은 직접적으로 언급하기도 한다.

> 물은 흐르는 동안 저절로 깨끗해진다고 한다. 그것은 자기 내면의 반성 속에서 끊임없이 새로운 자세로 움직여 가는 역동성 때문일 것이다. 그렇듯이 시는 내게 있어 삶의 자정작용自淨作用이었다.[4]

물이 흐르는 동안 저절로 정화되듯이 그에게 있어 시는 하나의 삶의 자정작용自淨作用에 해당하며, 결국 이러한 시정신이 그의 시편들에 녹아들어 비워냄과 차오름의 이미지로 묻어나고 있는 것이다. 따라서 그것은 일상의 고통과 삶의 아픔을 스스로 치유하고 정화하려는 시인의 적극적 의지에 해당한다고 볼 수 있겠다.

> 그대, 나뭇잎 떨어지는 이유 아는가
> 나무는 제 가슴 한 켠에
> 품었던 예리한 도끼 날 들어올려
> 스스로의 가슴 내리칠 때,

---

4 김완하, 「첫머리에」, 『길은 마을에 닿는다』, 7쪽 참조.

> 그 고통의 불길이 나무 전체를 물들이는 것
> 그 보이지 않는 떨림으로 나뭇잎 지는 것을
> …
> 저 숲의 나무들 비인 허리
> 반짝이며 어둠 속 서기 위해
> 알몸으로 얼음 속 견디기 위해서
> 수십 자루 도끼 날을 버렸거늘
> 나무는 제 몸 속에 간직한
> 마지막 도끼 날로 내리쳐
> 봄이면 아기 손톱만한 이파리로
> 상처를 가린다
>
> —「나뭇잎 지는 이유」 부분

나무 스스로가 품었던 도끼로 자신의 몸을 내리침에 의한 고통에서 단풍 현상이 비롯된다고 본 시인의 태도에서 모든 아픔과 고통을 감내하는 시적 화자의 굳은 의지와 "봄이면 아기 손톱만한 이파리로/ 상처를 가리"는 자발적 상처 치유를 통해 새로운 희망을 일궈내는 모습을 찾을 수 있다. 이것은 일종의 삶의 자정작용이며, 이를 통해 시적 화자와 대상과의 거리는 서서히 좁혀 들어가고 있다.

4. 길의 열림, 대상을 끌어안는 힘

앞에서는 그의 시편에서 시적 화자와 그가 지향하는 대상 사이의 거리감이 '비워냄과 차오름'이라는 일련의 변증법적 자정작용을 통해 다소 해소되어감을 볼 수 있었다. 이제 시적 화자는 이를 계기로 대상을 보다 적극적으로 끌어안으려 한다. 이러한 태도는 주로 '나팔꽃'과 '칡덩굴' 같은 덩굴 식물의 이미지로 표현되고 있는데, 이는 자신의 줄기로 모든 대상을 감고 올라가는 덩굴 식물의 속성을 통해 세상을 온몸으로 끌어안

으려는 시적 화자의 끈질긴 노력과 포용력을 간접적으로 그려내고 있는
것이다.

> 저렇듯 얽혀 사는 아름다움을 보라
> 험한 비탈길 함께 기어오르는,
>
> 하나의 뿌리로 여러 개 하늘을 품고
> 무더기무더기 꽃을 피우는
>
> 아픔으로 얼크러져 바로 서고
> 서로의 상처를 온몸으로 감싸주며
>
> 가파른 어둠 벼랑을 타고 올라
> 죽음까지도 함께 지고 가는

—「칡덩굴」 전문

> 쓰러진 산을 일으켜 세울 때가 있다
> 억수 장마에 검게 타버린 솔숲
> 둥치 부러진 오리목,
> 칡덩굴 황토에 쏠리고
> 계곡 물 바위에 뒤엉킬 때
>
> 산길 끊겨 오가는 이 하나 없는
> 저 가파른 비탈길 쓰러지며 넘어와
> 온 산을 휘감았다 풀고
> 풀었다 다시 휘감는 뻐꾹새 울음

—「뻐꾹새 한 마리 산을 깨울 때」 부분

위의 시들에 등장하는 "얽혀 살다, 품다, 감싸주다, 함께 지고 가다,
뒤엉키다, 휘감다" 등의 동사들은 다른 시편에서도 되풀이되는 시어들

인데 이들은 모두 대상을 수용하고 감싸안으려는 시적 화자의 태도를 함축한다. 이러한 '끌어안음'의 태도는 때로, "스스로 깨어난 나무들은/ 바위 속 빈 고독의 알을 깬/ 매미 하나씩 불러와 제 가슴에 품고/ 뜨거운 살을 부비며 우는"(「나무와 매미」)에서처럼 나무와 매미의 관계나 가을 숲 안에서 서로 "어깨를 잇대어 시간의 무게를 지고 있"는 "소나무와 오리나무, 싸리꽃과 억새풀"(「가을 숲 안에서는」)의 관계로 형상화되기도 한다. 그런데 눈여겨볼 점은 여기에서 '나무와 매미, 소나무와 오리나무, 싸리꽃과 억새풀'의 관계가 한 쪽이 일방적으로 주는 관계에 머무는 것이 아닌, 양쪽 모두에 동일한 비중의 힘이 실려 있는 공생 관계로 발전해 간다는 점이다. 그러므로 그것은 "기대지 않고는 설 수 없는 땅에서/ 서로의 어깨에 팔을 두르고/ 하나의 기둥으로 서고 싶은"(「나팔꽃의 꿈」) 욕망이며 몸부림인 것이다.

자연물에 빗대어 비유적으로 형상화한 시적 화자와 대상 간의 관계는 다시 사람 사이의 관계로까지 확장된다. 이에 시적 화자는 "사람도 나이가 들면/ 한 그루 나무되어 사람 곁에 선다/ (…)/ 나이 들면 사람도 한 그루/ 나무되어 풀 키우듯 사람을 품는다"(「지리산 철쭉숲에서」)고 인간사를 바라보게 되는 것이다.

> (…) 그러다 더러는 나무 밑으로 떨어지기도 했지. 저무는 가을 마당에 나와 서면 하늘을 떠받친 울창한 가지들, 저녁노을에 온몸 발갛게 불태우던 나무. 그 큰 둥치로 무너지는 가을을 통째로 받아내고 있었지.
>
> (…) 그때 나는 문득, 이 세상을 살아가며 내가 끌어안아야 할 일들을 어렴풋이 떠올리기도 했었지.
>
> ─「우리 마을 나무」 부분

나무가 "그 큰 둥치로 무너지는 가을을 통째로 받아내고 있"는 모습에서 시적 화자는 "이 세상을 살아가며" 자신이 '끌어안아야 할 일'들에 대해 떠올리고 있다. 그러나 이는 "문득"이나 "어렴풋"한 것이 아닌, 시적 화자 스스로의 암묵적인 결심과 각오이다. 왜냐하면 그것은 단지 생각에 그치는 것이 아니라, 그의 시 전체에 걸쳐 체계적으로 의미화되기 때문이다. 그가 대상을 끌어안는 힘은 "서로의 뼈 녹이는 불길 속에서도/ 더 굳게 껴안을 수 있는 힘"이며 "천년 어둠에 갇혀"있는 중에도 "피와 살을 살라내/ 뜨겁게, 더 뜨겁게 포옹하는"(「화석」) 강인한 정신력이다. 또한, 그 힘은 더욱 심화되어 시적 화자가 직접 대상으로 통하는 길을 찾아 나서게 만드는 창조적 힘이 된다.

> 소나무 밑둥 발로 차
> 눈덩이 뒤집어쓰고
> 더 큰 걸음으로 비탈을 오른다
>
> 밤 깊어 울 안을 쓸고 가는 싸락눈
> 떠돌던 산새들 젖은 울음도 마을 떠나고
> 밤 들도록,
> 그리움에 목이 타는데
>
> 아침이면 쌓인 눈 넉가래로 밀어
> 거기, 거대한 담과 벽도 삽으로 쳐내며
> 새로운 길을 뚫는다
>
> —「겨울산」 부분

  시적 화자는 눈 내리는 겨울산을 오르며 그의 앞을 가로막고 있는 많은 장애와 난관에 정면으로 맞서 나가고 있다. 인용된 1연에서 "밑둥을 발로 차"는 시적 화자의 태도가 소극적 길 찾기에 해당한다면, 이것은 점점 산을 오르면서 보다 적극적이고 강인한 의지로 심화되어 종국에는

"거대한 담과 벽" 앞에서도 물러섬 없이 '넉가래'와 '삽'으로 비유되는 모든 수단과 방법을 동원해 "새로운 길을 뚫"고자 하는 적극적 길 찾기로 변모되고 있다.

이제 이러한 길 찾기를 통해 길은 서서히 열리게 되는데, '길의 열림'의 이미지는 그의 시들에서 주로 "닿는다, 열린다, 트인다" 등의 시어를 통해 드러나고 있으며, "이 세상 가장 먼 데서/ 길은 마을에 닿"(「눈발」)듯이 가장 먼 곳과 가장 낮은 곳으로부터 길은 열리게 된다.

> 강이 아무리 깊이 흐른다 해도
> 물굽이마다 산을 안고
> 몇 번이고 굽이쳐 흐른 뒤에야
> 제 물길 크게 열릴지니
> 그 잇닿음에 큰 길 훤히 트일지니
>
> 그리하여, 오늘 이곳에
> 하나의 산맥과 깊은 강물은 만나나니
> 뜨거운 기쁨으로 만나나니
>
> 산맥이여
> 큰 산 하나 낳지 않겠는가
> 강물이여 그 산을 두고
> 이 땅 차진 흙 속 깊이 사무쳐
> 천번 만번 흐르지 않겠는가
>
> ―「사랑을 위하여」 부분

그런데 이 길은 단지 뚫리고 열림으로서만 의미를 갖는 것이 아니라, "길은 다시 길 위에 누워서 길이 되"(「노인의 강」)는 지속적으로 생성하고 창조되는 의미를 내포하고 있다. 그러므로 위의 시에서도 길은 다시 길로 통하듯이 "크게 열"린 물길은 다시 "하나의 산맥과 깊은 강물로 만나” “큰 산 하나 낳”는 창조적 힘을 발휘하고 있는 것이다. 시적 화자, 더불어 시인이 궁극적으로 지향하는 대상이란 ‘사랑’으로 대변될 수 있는 삶의 진실이자 진리라고 할 수 있을 것인데, 대상을 온몸으로 끌어안는 행위를 통해 화합과 조화는 실현되고 이를 통해 대상과의 거리감은 해소되며 극복되고 있다.

이제 그 자리에서 “길은 열리”고, “별은 돋아나”며, “불빛은 반짝인”다. 그리고 그것은 바로 창조와 생성의 힘에 다름 아니다.

5. 마치며

시인 김완하는 시작詩作에 있어 자연을 주요 소재로 취하고 있지만, 그에게 자연은 예찬이나 관조의 대상이 아니다. 시인은 ‘자연’과 ‘일상’이라는 겉보기에 다분히 이분법적으로 보이는 소재들을 일련의 의미화 작용을 통해 온전하게 결합해내고 있다. 따라서 그의 시에서 주요 모티프로 등장하고 있는 자연 및 일상의 삶은 이분법적 차원에 갇히는 것이 아니라, 비워냄과 차오름이라는 자발적 상처 치유를 통해 새로운 희망을 일궈내는 변증법적 차원에 도달하고 있다. 시적 화자는 그것을 통해 그가 지향하는 대상과의 거리감을 해소시키며, 시인 스스로에게 그것은 삶의 자정작용이기도 하다.

네가 빛나기 위해서
수억의 날이 필요했다는 걸 나는 안다
이 밤 차가운 미루나무 가지 사이
아픈 가슴을 깨물며
눈부신 고통으로 차 오르는 너,

믿음 없인 별 하나 떠오르지 않으리

그리움 없인 저 별 내 가슴에 닿지 못하고
기다림 없는 들판에서는
발목 젖은 풀 뿌리 하나에도
별빛 다가와 안기지 않으리

어둠 속 무수히 흩어지는 발자국
별 하나 가슴에 새기고 돌아가
고단한 하루에 빗장을 지를 때
지친 풀잎 허리 기댄 언덕 위로
너는 꺼지지 않는 등을 내다 건다

너와 내가 하나의 강으로 닿아 흐르기까지
수천의 날이 또 필요하리라
이 밤 네가 빛나기 위해
수억의 어둠을 뜬눈으로 삼켜야 했듯
그 눈물 어리어 흘러가는 강을 나는 본다
　　　　　　　—「그리움 없인 저 별 내 가슴에 닿지 못한다」 전문

　　김완하 시인이 추구하는 길은 단지 두 갈래의 주어진 길이 아니라, "이 세상 가장 먼데"서부터 끊임없이 찾아내야만 비로소 열리고 "닿을 수 있"는 창조적 차원의 길이며, 동시에 그것은 "그리움 없인" 결코 '가슴'으로 가 닿을 수 없는 길이다. 결국 그의 시세계가 도달하고 있는 지점은 자연의 적막과 삶의 고통을 끝없는 '그리움'과 인내, '믿음'의 정신으로 끌어안고 감내해 낸 지점이며, 이제 별빛의 따스함이 충만한 그곳에서 다시 시인은 "너와 내가 하나의 강으로 닿아 흐르기까지" "수천의 날"을 고심해야 할 것이다. 길은 열려 있지만, 그 길은 여전히 생성되는 길이기 때문이다.

잡범문학의 진수,
유용주의 『어느 잡범에 대한 수사 보고』

오연희

1

　"어느 잡범에 대한 수사보고"는 작가 유용주가 시인에서 소설가 겸업을 선언하며 냈던 성장소설 『마린을 찾아서』(2001)의 후속편에 해당하는 자전소설이다. 2002년 한겨레신문에 연재했던 작품을 7년 만에 책으로 묶어낸 것이라고 한다. 자신이야말로 "최상급 루저"라고 자처하는 작가가 이 작품을 통해 "성공했다는 사람들이 만든 세상이 허위로 가득하다는 이야기를 하고 싶었"다고 밝힌 바 있듯이, 이 작품은 무전취식, 상관폭행, 공무집행방해 등 범죄 중에서도 허접한 범죄만을 저지른 '오성장군 부럽지 않은' 어느 잡범의 이야기를 통해, 공공연하게 불법이 판치는 현재 우리의 현실이 얼마나 부당하고 불법적인 것인지를 역설적으로 드러낸다.

　"철저하게 세상의 밑바닥을 뒹굴고 핥고 빨고 깨지고 피투성이가 되면서 마침내 잡범으로써 자신의 삶의 정체성마저 획득하였으니, 나에게 그의 잡범은 차라리 무슨 **구도자의 한소식처럼 성스럽기까지 하다**(강조는 필자)"는 송기원 작가의 말에서 드러나듯 이 작품을 끝까지 읽은 독자라면 80년대 『인간시장』의 장총찬에 비견될만 한 2000년대 판 서민들의 분노와 울분을 대변해줄 또 한 명의 반영웅(?)을 발견하게 될 것이다. 장총찬이 희망의 시대에 썩은 권력자를 향해 서민들이 느꼈을 분노와 상실감을 대신 되갚아준 80년대식 영웅이었다면, 유용주 소설의 주인공이자 작가의 분신이기도 한(실제로 한겨레신문 연재 당시 주인공의 이름은 '김호식'이 아니라 '유용주'였다고 한다) 김호식은 냉소주의와 비관주의가 감도는 2000년대에 대응되는 서민들의 영웅임에 분명하다.

그러나 장총찬과 김호식 사이의 거리, 그리고 그들을 그리는 서술방식상의 간극은 어쩌면 두 시대가 배태한 차이라고 하기에는 너무나 이질적이고 간극이 커 보이는 것 또한 사실이다. 그것은 가진자(유죄)/못가진자(무죄)의 이분법이 지배하던 시대에서, 대어형 범죄자(권력형 범죄자들－시국사범－경제사범 등)/송사리형 잡범(소시민들)의 대립구도로의 이행, 즉 범죄의 보편화로의 변화에서 그 원인을 찾을 수 있을지 모른다. 부패한 가진 자들에게 '눈에는 눈, 이에는 이' 식으로 단죄하는 장총찬은 현대판 홍길동, 장길산이다. 그러나 더 이상 거대담론으로서의 정의를 논할 수 없는 시대, 사회정의라는 명목으로 각종 범죄가 자행되는 시대에 홍길동, 장길산은 더 이상 영웅이 아니다. 그들은 80년대 시국사범들만큼이나 현행법으로부터는 범죄자이나, 사회적 정의의 실현이라는 거대담론의 편에 서 있는 진정한 법과 정의를 수호한다고 자처하는 자들이기에 그러하다. 그들은 2000년대적 관점에서 볼 때는 분명 몫을 가진 자들이다. 그들은 지지와 환호를 받는다. 스타는 현상을 유지하기 위한 일종의 이데올로기다. 그렇다면 몫을 가지지 못한 자들의 대변자는 어떤 사람들이어야 할까, 이 소설은 바로 이런 의문을 품고 읽어봄직한 작품이다.

　오늘날 죄가 없다고 말할 수 있는 자가 과연 있는지부터가 의문이다. 죄 없는 자만이 저 여자에게 돌을 던지라던 그리스도의 말씀이 고스란히 통용되는 시대에 잡범이란 참 허접하고 한심하지만 바로 우리 자신의 얼굴에 다름 아니다. 실제로 오늘날 현실은 무엇보다도 범죄적이고, 우리는 누구도 부인할 수 없는 보편적인 위선의 시대에 살고 있다. 각종 인사 청문회에서 보여지듯 권력형 부정부패와 범죄 행위가 당연시되는 시대, 정상적으로는 그 자리까지 올라갈 수 없고, 법을 지키면서는 도저히 축적 불가능했을 만한 재산을 치부한 공직자들, 그리고 상속법과 공정거래법 등 현행법을 어기면서 엄청난 이윤을 착복하고 있는 대기업들, 이것은 더 이상 항간에 떠도는 소문도 아니고 음모론도 아닌, 이 시대 몫을 가지지 못한 자들이 공공연하게 믿고 있는 엄연한 현실의 모습이다.

　이런 세상에서 잡범이란 참 할 말도 많고 억울함도 많을 것이다. 그 쌓인 이야기가 현실에서 발생한 범죄 사건을 다루는 공적 담론의 형식으로 시작해서 취조관, 유치장 근무 경찰관, 육군교도소 교도관 등과의 사적 대화, 일인칭 회상시점의 자전적 기록, 일기 등 다양한 진술방법을 통해 일종의 고해성사처럼 독자들에게 고스란히 날것으로 전달된다.

　특히 범죄자들의 은어, 그들끼리만 통하는 신호체계와 일상적 습관, 사고방식에 완벽하게 익숙했기 때문에 가능했을 완벽에 가까운 잡범의 서사는 유용주이기에 가능했을 새로운 한국 노동문학의 진수를 보여준다. 그리하여 이 같은 작가 유용주의 문학적 자산은 그의 소설을 한국 노동문학사에서 전무후무한 잡범문학이란 새로운 장르를 열어놓았다.

2

　인간사회의 성립과 범죄는 동일한 기원을 지닌다. 멀게는 동생을 죽인 살인자 카인에서, 가깝게는 고조선 사회의 8조법금에 나타난 처벌 조항들로부터 범죄의 연원을 짐작할 수 있다. 그런데 유용주의 『어느 잡범에 대한 수사 보고』에는 유독 범죄라고 하기에는 좀 '거시기한' 무전취식이나 단순 폭행, 술주정 행위의 일종인 행패 같은 잡다한 범법 행위들이 '어엿한' 범죄로 공무집행되어 유치장, 경찰서, 육군교도소 등으로의 수감으로 이어진다. 어째 '빵 한 조각'에 30년 형을 산 장발장까지 들먹여질만한 상황이다. 반면 공권력이라는 이름으로 자행되는 폭력이야말로 본격적인 '범죄'가 무엇인지를 여봐란듯이 보여준다. 이 소설에서 간접적으로 거론되는 80년 광주 사태나, 80년대 운동권 학생들에게 가해졌던 물고문, 성고문 사태, 그리고 이 책에서 다루어지지는 않았으나 최근 우리의 마음을 서늘하게 했던 용산참사는 과연 누구를 위한 법이고 공권력의 집행인가를 되묻게 하는 사건들이었다. 특히 최근의 용산참사에서 강경 진압자들 모두 중죄 처벌받지 않은 것은 이제 전국민의 '호모 사케르화'가 가속화될 것이라는 사실의 한 징조로 보이기조차 한다.

　범죄를 단죄하고 공동체의 정의를 실현해야 할 임무를 진 자들에 의해 자행되는 폭력과 불법이 소시민들의 잡다한 불법 행위보다 훨씬 더 범죄적이고 폭력적일 때, 그리고 범죄가 편재하고 보편적일 때, 더 이상 범죄가 왜 발생하는가 하는 문제는 관심의 대상이 되지 못한다. 오히려 그런 범죄에 관한 사람들의 인식이 어떻게 변화하고 있는가가 더 본질적인 차원의 문제를 야기한다. 사람들의 범죄에 대한 인식은 그 사회의 정의가 무엇인지를 가리켜주는 일종의 지표이자 신호탄이기 때문이다. 그렇다면 잡범 김호식의 범죄에 관한 인식 변화를 통해, 이 소설이 재현하고 있는 현실은 어떤 것이며, 나아가 작가의 분신인 김호식이 궁극적으로 지향하는 삶이란 어떤 것인지를 읽어낼 수 있을 것이다. 결국 이 작품은 잡범의 궁핍한 주체화 과정을 서사화하고 있는 잡범문학으로 분류해볼 수 있기 때문이다.

3

이 작품은 크게 네 부분으로 이루어져 있다. 작품 서두와 말미에 붙은 프롤로그와 에필로그, 그리고 작품 본문에 해당하는 총 3부로 이루어진 '어느 잡범에 대한 수사 보고', '어느 잡범에 대한 중간 보고', '어느 잡범에 대한 최종 보고'가 그것이다. 3부작은 잡범 김호식의 인생여정을 역시간적으로 보여준다. 그것은 가난하고 빽 없는 한 소시민 남자가 어떻게 해서 '오성장군도 아니고 불두칠성이 찬란한' 다수의 전과 기록을 달게 되었는가를 다양한 서술 방식을 통해 보여준다.

그렇다면 김호식의 전과 기록을 진술 순서대로 따라가 보자. 1993년 무렵 우유 배달원이자 시인인 김호식이 술을 먹고 경찰을 때려 공무집행방해죄로 경찰서에 잡혀가 담당 형사가 김호식의 전과에 흥미를 느끼게 되면서 '시간 때우는 셈 치고 얘기나' 들어보자고 하면서 두 사람 간의 문답 형식으로 김호식의 찬란한 잡범 전과에 얽힌 인생사가 진술되기 시작한다.

먼저 액자형식으로 진행되는 무전취식에 얽힌 사연은 이렇다. 김호식은 군 제대 후 일식집 주방장으로 일하면서 문화센터 시 창작교실에 나가던 1987년 길에서 주운 신용카드로 룸살롱에서 술을 마시다 무전취식으로 잡혀 유치장 신세를 지게 된다. 그런데 술에 취해 잠들다 깨어난 그의 눈에 비친 유치장은 '호헌철폐, 독재타도, 미국반대'를 외치는 대학생들의 고함소리가 하늘을 찌를 듯 했고, 먼저 석방되어 나가는 그를 향해 대학생들이 박수를 쳐 주며 외치던 구호는 다름아닌 '호헌철폐, 무전취식, 독재타도, 무전취식'이었다.

김호식에게 '무전취식'의 죄는 '호헌철폐, 독재타도, 미국반대'를 외치던 대학생들과 동고동락하는 짧지만 발본적인 경험으로 작용하면서 거대한 사회구조적 범죄 행위에 맞설 용기를 일깨우는 중요한 인생의 전환점이 된다. 그러나 같은 전선에 선 대학생과 잡범 사이에는 먹고사는 문제에 관한한 서로 섞일 수 없는 엄연한 차이가 존재하고 있었다. 시국사범─대학생─사식/잡범─무식자─관식이란 전선의 갈림을 가시화해 준 것은 바로 밥의 차이 즉 사식/관식의 대립에서이다. 같은 유치장에 들어간 서른 명 가까운 사람들 중 잡범은 "나 혼자밖에 없"었고, "밥이 들어와 빙 둘러앉았는데 나만 관식이고 학생들은 죄다 사식"인 냉정한 현실이 그것이다.

여기서 김호식은 심한 '부끄러움'을 느낀다. 그것은 분명 죄에 대한 부끄러움이 아니라, 자신이 80년대 양심적 지식인의 한 지표였던 시국사범이 아닌 잡범이라는 사실, 그리고 먹고사는 문제가 해결되지 않은 가난한 사람이라는 사실에서 비롯된 감정이다. 결국 먹고사는 문제가 해결된 사람들끼리 벌이는 정치투쟁에 낄 수 없는 밑바닥 인생, 아감벤식으로 말하면 벌거벗은 생명/정치적 존재의 오늘날 더욱 분명해지는 대립구도가 무전취식이라는 죄명 속에 고스란히 담겨있었던 셈이다.

잡범 김호식의 두 번째 죄는 그로부터 10년 전 스물 네 살 되던 해 군대에서 하사관 후보생을 때려 10개월간 '남한산성'(육군교도소의 별칭)에 들어간 죄이다. 이 죄는 2부 전체를 차지할 정도로 자세하게 다뤄질 것이기에 1부 전체수사보고의 장에서는 잠시 일인칭 내적 독백 서술로 짧게 제시된다. 곧이어 다시 현재로 돌아와 김호식의 세 번째 죄 공무집행방해죄가 공적 담론과 사적 담론을 종횡하며 다양한 서술방식으로 제시된다. 피의자 신문조서가 꾸며지고, 검사 임용만과 검찰 주사보 박병준의 진술서를 꾸미기 위한 취조과정과 꾸며진 범죄사실 진술서, 그리고 새너울 신문사 객원기자이자 소설가 한상규의 탄원서가 잇달아 공개된다. 진술서와 탄원서는 각기 반대의 시선에서 바라본 잡범 김호식의 범법 행위에 대한 서로 다른 인식을 반영한다. 그것은 하나의 사실에 대한 서로 다른 보도 태도, 가령 신문에 자주 등장했던 폭도/성난 민중의 차이를 그대로 반영하는 것이기도 하다.

이렇게 1부에서는 총 세 개의 죄에 대한 간략한 소개가 제시되고, 이어지는 2부는 거의 군대 이야기로 점철된다. 군대 특유의 폭력과 부조리, 그리고 군 생활을 한 양평의 아름다움과 문학에 대한 열정, 대학에 다니다 온 입대 동기를 통해 알게 된 80년 5월 광주의 진실에 대한 눈뜸 등이 주마등처럼 펼쳐진다. 그리고 급기야 김호식이 배속된 취사장 사병들과 하사관 후보생들 사이의 패싸움에 연루되어 결국 그는 남한산성 육군 교도소에 수감되기에 이른다.

이 때 김호식의 죄에 대한 인식은 세상에 대한 분노이다. "초범에다, 무슨 주도면밀한 계획을 세워 일부러 한 행동도 아니고, 어떻게 보자면 동네 조무래기들 장난 비슷한 건데 구속까지 시킨 걸" 보면서 김호식은 "군법이란 게 하찮아 보이"는 인식에 도달한다. 그러면서 "전치 육 주에 징역 오 년이라면 도대체 전두환과 노태우를 비롯해 그 밑의 똘마니들은, 어떻게 처벌해야 분이 풀리"겠냐며 억울함을 토로하기에 이른다.

> 그렇게 많은 사람을 죽인 놈들은 떵떵거리며 살고 있고, 단순하게 싸우다 구속된 놈은 단 한 차례 반성할 기회도 주지 않고, 처음부터 5년을 때린다면 우리 사회에 정의니 도덕이니 양심이니 진실이란 말은 다 허깨비에 불과하다는 말입니다. 만인은 법 앞에 평등하다는 말 또한 … 쓰지 말아야 한다는 겁니다.(226쪽)

결국 현재의 그는 "검찰이라는 조직이 국가 공권력을 확립하는 곳이 아니라 국가 반발력만 높이는 곳"이라는 것을 새삼 깨닫고 '유전무죄 무전유죄'의 냉혹한 현실을 체득하게 된다. "굶어본 사람들은 압니다. 밥이 얼마나 엄정한 것인지를. 밥을 제대로 알아야 삶을 제대로 볼 수 있지요"라는 현실 인식은 고스란히 체험문학, 이 땅의 노동문학의 주인공이기에 가능했을 대사이다. 어찌보면 한국의 노동문학이란 장르에서 이만큼 전형적인 대사를 또 찾아볼 수 있을까 싶을 정도이다. "태어난 곳과 학벌과 재산과 신분과 계급에 관계없이 서로 때리지 않고, 욕하지 않고, 죽이지 않는 세상은 없는 것인가"(128쪽)라는 김호식의 탄식 역시 고스란히 이 땅에서 몫을 가지지 못한 사람들 모두의 바람이고 소망을 대변한다.

군교도소 생활에서 시작해서 출소로 끝을 맺는 3부는 "한마디로 재수 없이 걸려 들었을 뿐"(299쪽)이라는 죄에 대한 전면적인 부정 의식을 보여준다. 1인칭 독백서술, 교도관과의 대화, 일기 등의 서술을 통해 "이렇게 군인 깡패들이 날뛰는 세상에"(302쪽) 가난과 회한과 고통 속에서 죽은 아버지의 죽음을 애도하는 주인공 김호식의 서사는 '고통을 고통으로 감내하는' 민중의 굳센 정신력을 보여준다.

또한 "문학하며 사는 것도 투쟁이며 도전"(305쪽)이라는 새로운 삶의 희망을 건져올리면서 "어떻게 싸워야 하나"를 끊임없이 자신에게 물어볼 것을 다짐하는 장면 역시 한국 노동문학에서 극히 전형적인 한 장면을 오마주하거나 반복한 것으로 읽힐 수 있다.

> LA올림픽 폐회식. 넋을 잃고 보았다. 멋있고 아름답고 환상적이라는 말보다 죽음의 잔치를 연상했다. 말세에 신이 재림하는 순간 같은, 자살 광시곡 같은 느낌을 받았다…그래, 너희들은 분명 망할 것이다. (308~309쪽)

잡범보다 못한 자들이 이끌어가는 사회, 유전무죄 무전유죄인 사회,

거대한 폭력이 법을 이리저리 무기처럼 휘두르는 사회, 그런 사회에서 주인공 김호식의 죄에 대한 인식은 분명하다. 죄의 끝에 도달한 너희들은 망할 것이다. 그러나 우리는 승리할 것이라는 전형적인 노동문학적 확신에 찬 신념이 그것이다.

4

가난과 무지가 온갖가지 잡범을 양산하는 사회에서 쓰레기가 되는 삶들은 숭고하다. 아감벤식으로 말하면 분명 근본적인 대당 범주는 동지-적이 아니라 벌거벗은 생명-정치적 존재, 배제-포함이라는 범주쌍이다. 죄를 지어 갇힌 감옥보다 더 많은 죄인들이 활개치는 감옥 밖의 세상은 죄의 안/밖의 경계를 허문지 오래이다. 분명 법과 정의는 같지 않으며, 차라리 법이 아니라 우리의 양심에 정의가 있고, 잡범 딱지는 법에 순종하는 대다수 소시민들의 삶이 사실은 얼마나 허구적인 것인지를 드러내는 예외적 인생의 한 단면을 보여준다.

> 그래, 늦은 것은 후회가 아니다
> 틀린 어법처럼 한 마리 벌레 되어
> 천천히 걸어가리라(335쪽)

결국 중요한 것은 합법성이 아니라 정의라는 인식은 이 작품에서 김호식의 죄에 대한 인식의 한 단면을 잘 드러내주는 말이다. '틀린 어법처럼' 천천히 걸어가겠다는 마지막 에필로그의 한 구절은, 소포클레스의 안티고네가 크레온의 현행법에 반하여 행동했던 것처럼, 현재의 법을 위법하는 것이 아니라 초월하겠다는 다짐에 다름아니다. 틀린 어법은 어법을 어기는 것이 아니라 어법을 초월하는 것이다. 그것은 어법을 지키면서는 표현할 수 없는 것, 어법이 더 이상 어법으로 작용할 수 없는 지점을 가리키는 데 유용하다. 아마도 작가 유용주에게 문학은 바로 그런 것이었을 것이다.

5

이 소설에서 상당히 비중있게 다뤄지고 있는 성 관련 담론들은 특히 여성 독자들에게는 작품을 읽어나가는 데 있어서 상당한 걸림돌로 작용하고 있음을 지적하지 않을 수 없다. 불편하고 불쾌한 감정은 비단 이 작품에서 여성이 단지 남자 주인공 김호식의 성적 환타지의 대상으로만 존립하고 있다는 데서만 기인하는 것은 아닐 것이다.

성과 문학은 이 소설에서 주인공 김호식이 '마음대로 할 수 있는' 남아있는 유일한 것이다. 그러나 그의 성은, 그리고 문학은 왠지 노동문학의 관례를 통해 볼 때 낯설기 그지없다. 올림픽에서 메달을 따서 인생역전하는 선수들에 비견되는 문학을 통한 주인공 김호식의 인생역전의 꿈은 너무나 제도권적인 것이기에 그렇다. 이 작품에서 서술되는 성 관련 담론과 에피소드들 역시 그러하다. 쿤데라가 전체주의 사회에서 오직 사랑(섹스)과 웃음만이 개인이 가처분할 수 있는 유일한 자유의 영역이라고 밝혔듯, 사랑과 성이 다루어지는 방식은 미시적인 영역에서의 민주화의 정도를 점칠 수 있는 중요한 영역이다. 문학은 한결같은 정치의 실패를, 사랑의 성공이라는 미시적 영역에서의 상상적인 구원의 방식을 통해 재현함으로써 항상 새로운 비전을 제시해주곤 했다.

오늘날 성 관련 담론들에서도 성의 전복적 저항적 성격을 쉽게 찾아볼 수 있다. 브라이언 터너는 『몸과 사회』에서 몸의 쾌락은 소비주의에 전적으로 통합되지 않는 개인주의적 저항을 만들어낼 수 있다고 말한 바 있다. 여성의 무의식, 성욕, 몸의 열락이 욕망을 재생산하는 과정으로부터 자본주의의 근간이 되는 가족주의와 이성애를 전복하는 힘이 생산되며 여성의 몸은 바로 혁명의 거점, 전복의 핵심이 된다는 것이다.

그리하여 근대 남성중심주의와 기독교 문화의 금욕주의적 전통 속에서 과도하게 억압되었던 여성의 몸은 이제 교환가치를 위협하면서 남성주의의 근간을 전복하고 해체하는 전략적인 작용점이 될 가능성을 내포하게 된다. 들뢰즈 역시 자본주의 체제를 전복하는 탈주의 끝이 여성의 자궁이 될 수 있는 가능성을 언급하면서 여성의 몸에 나타난 욕망의 실천들은 남성적 나르시시즘을 해체하고 주체의 통일성을 해체한다고 밝힌 바 있다. 다시 말해서 자아성찰을 위해 한 사회가 제공한 보편적인 표상들과 절연해버린 개별주체들에게 몸은 새로운 상징 가치를 생산할 수 있는 뚜렷한 공급자로서 부각되고 있는 것이다.

그러나 유용주의 소설에서 여성의 몸은 너무나 수동적이어서 남성적 나르시시즘을 지탱해주는 보조적인 수단으로만 제시되고 있는 듯하다. 순결한 여대생, 교사 부인/밑바닥 매춘 여성들의 대립은 고스란히 오늘날 지배적인 성 관련 이데올로기를 답습한다. 이 또한 잡범다운 성적 인식을 대변하는 것이라면 그야말로 리얼리즘 문학의 진수를 보여준 유용주식 잡범문학의 한 전형이라고 봐도 무방할지는 좀 더 두고 볼 일이다.

『문학마당』(2010년 봄호)에 수록

저자 소개

유경수

충남대학교 국어국문학과를 졸업하고 동 대학원에서 석·박사 과정을 마쳤다. 현재 충남대학교와 카이스트에서 강의를 하고 있다. 주요 논문으로 「문학과 현실의 소통 가능성」, 「존재의 탐색과 탈식민성 연구」 등이 있다.

고영진

충남대학교 국어국문학과를 졸업하고 동 대학원에서 「한국 현대소설의 환상기법」(2004)으로 석사 학위를 받았다. 동 대학원 박사과정을 수료하고 현재 충남대학교, 단국대학교에서 강의를 하고 있다.

김정숙

충남대학교 국어국문학과를 졸업하고 동 대학원에서 「한국현대소설의 호명 시학」(2004)으로 박사학위를 받았다. 현재 카이스트, 충남대학교에 출강하고 있으며, 저서 『한국소설의 언어의식』(2009)과 논문 「서사와 묘사의 상호작용을 통한 주제의 확장」 등이 있다.

김현정

대전대학교 국어국문학과를 졸업하고 동 대학원에서 「백철 문학 연구」(2000)로 박사학위를 받았다. 현재 대전대학교, 충북대학교에 출강하고 있으며, 저서로 『백철 문학 연구』, 『한국현대문학의 고향담론과 탈식민성』 등이 있다.

김화선

충남대학교 국어국문학과를 졸업하고 동 대학원에서 「한국 근대 아동문학의 형성 과정 연구」(2002)로 박사학위를 받았다. 현재 배재대학교에 재직 중이다. 주요 논문으로 「언어제국주의에 저항하는 문학적 글쓰기」, 공저로 『문학으로 읽는 성과 사랑』, 『친일문학의 내적 논리』 등이 있다.

남기택

충남대학교 국어국문학과를 졸업하고 동 대학원에서 「김수영과 신동엽 시의 모더 니티 연구」(2003)로 박사학위를 받았다. 2007년 『현대시』에 평론 「악한, 광장에 서 다」로 등단하였고, 현재 강원대학교 교양학부에 재직 중이다. 저서 『근대의 두 얼 굴, 김수영과 신동엽』 등이 있다.

박현이

목원대학교 국어국문학과를 졸업하고, 충남대학교 대학원에서 「자아 정체성 구 성으로서의 글쓰기 교육 연구」(2010)로 박사학위를 받았다. 현재 목원대학교와 나 사렛대학교에서 강의하고 있으며, 주요 논문으로 「기억과 연대를 생성하는 고백 적 글쓰기」, 「'공간'의 재발견을 통한 교양교육으로서의 글쓰기 사례 연구」 등이 있다.

서혜지

건양대학교 문예창작학과를 졸업하고 충남대학원에서 「이문구 소설의 담론 연구」 (2003)로 석사학위를 받았다. 동 대학원 박사과정을 수료하고 현재 충남대학교, 건 양대학교에서 강의를 하고 있다.

오연희

충남대학교 국어국문학과를 졸업하고 동 대학원에서 「황순원의 『일월』 연구」로 박사학위를 받았다. 『논리적 독서법』, 『단락, 어떻게 읽고 쓸 것인가』, 『서사론』, 『서사양식』 등의 역서가 있다. 글쓰기와 서사론, 노동문학 등을 연구 중이며 현재 목원대학교에 재직 중이다.

오홍진

대전대학교 국어국문학과를 졸업하고 충남대학교 대학원에서 한국 근대문학을 공부하고 있다. 2003년 〈문화일보〉 신춘문예에 평론 「죽음을 통해 죽음을 넘어 화해하는 길-황석영의 『손님』론」으로 등단하여, 현재 문학평론가로 활동하고 있다. 주요 평론으로 「서정의 그늘」, 「부드러운 사랑에 이르는 길」 등이 있다.

홍웅기

목원대학교 국어국문학과를 졸업하고, 충남대학교 대학원에서 박사과정을 수료했다. 2010년 『문학마당』에 평론 「서사주체의 자기탐색 방식」으로 등단하였고, 현재 충남대학교, 목원대학교에서 강의하고 있다. 주요 논문으로 「사유와 실천의 윤리학」, 「김훈 소설의 존재의 재현방식 연구」 등이 있다.

한국문학의 이념과 현장

인쇄 2010년 10월 15일 | 발행 2010년 10월 20일

지은이 · 유경수｜고영진｜김정숙｜김현정｜김화선｜남기택｜
　　　　　박현이｜서혜지｜오연희｜오홍진｜홍웅기
펴낸이 · 한봉숙
펴낸곳 · 푸른사상사

등록 제2-2876호
주소 서울시 중구 을지로3가 296-10 장양B/D 7층
대표전화 02) 2268-8706(7) | **팩시밀리** 02) 2268-8708
메일 prun21c@yahoo.co.kr / prun21c@hanmail.net
홈페이지 www.prun21c.com

@ 2010, 유경수｜고영진｜김정숙｜김현정｜김화선｜남기택｜
　　　　박현이｜서혜지｜오연희｜오홍진｜홍웅기

ISBN 978-89-5640-776-0 93810

값 22,000원

☞ 21세기 출판문화를 창조하는 푸른사상에서는 좋은 책을 만들기 위해 노력하고 있습니다.
　저자와의 합의에 의해 인지는 생략합니다.